吴组缃小说课

吴组缃 著

傅承洲 整理

人民文学出版社

图书在版编目（CIP）数据

吴组缃小说课/吴组缃著；傅承洲整理. —北京：人民文学出版社，2018

ISBN 978-7-02-013644-5

Ⅰ.①吴… Ⅱ.①吴… ②傅… Ⅲ.①古典小说—小说研究—中国—文集 Ⅳ.①I207.41-53

中国版本图书馆CIP数据核字(2018)第002609号

责任编辑　徐文凯
装帧设计　黄云香
责任印制　任　祎

出版发行　人民文学出版社
社　　址　北京市朝内大街166号
邮政编码　100705
网　　址　http://www.rw-cn.com

印　　刷　三河市宏盛印务有限公司
经　　销　全国新华书店等

字　　数　248千字
开　　本　880毫米×1230毫米　1/32
印　　张　10.375　插页1
印　　数　1—3000
版　　次　2019年1月北京第1版
印　　次　2019年1月第1次印刷

书　　号　978-7-02-013644-5
定　　价　58.00元

如有印装质量问题,请与本社图书销售中心调换。电话:010-65233595

目 录

吴组缃的古代小说研究
　　——以遗作、讲义为中心（代序） ························ 傅承洲 1

论《金瓶梅》·· 1
《聊斋志异》讲稿··· 25
　　一　绪言·· 34
　　二　《聊斋志异》故事（题材）的来源················ 47
　　三　蒲松龄的生平及思想································ 81
　　四　选读示例（《张鸿渐》）···························· 115
　　五　《聊斋志异》的思想性与艺术描写············· 135
谈《三国演义》·· 164
谈《水浒》·· 173
关于《西游记》·· 186
论贾宝玉典型形象··· 195
《儒林外史》的思想与艺术
　　——纪念吴敬梓逝世二百周年························ 244
关于中国古代小说理论的几点体会······················· 281

吴组缃的古代小说研究

——以遗作、讲义为中心（代序）

傅承洲

一

  吴组缃不仅是著名的小说家，也是著名的古代小说研究专家。他在《三国演义》《水浒传》《西游记》《红楼梦》《儒林外史》等小说名著的研究方面都发表过重要论文，尤其是《论贾宝玉典型形象》《谈红楼梦里几个陪衬人物的安排》《儒林外史的思想与艺术》等几篇论文，堪称学术经典，这些论文大多收进他的论文集《说稗集》和《中国小说研究论集》中。在《说稗集》出版不久，马振方便发表了《说〈说稗集〉》，首次对吴组缃的古代小说研究的特点与成就作了评述，认为吴组缃从事古典小说研究有两个特别的条件："一是很早就开始掌握和运用马克思主义的理论、方法；二是擅长小说创作。两者对他的古典小说研究起到了十分重要的作用，构成《说稗集》的鲜明特色。"① 1994 年，吴组缃去世，周先慎撰写了《吴组缃先生的古典小说研究》，对吴组缃的古代小说研究进行了全面的论述，提出吴组缃"以一个小说作家特有的眼光、素养和经验，尤其以他对人生热忱而执着的态度，对人和社会生活的切身的

---

① 《北京大学学报》1989 年第 5 期。

体察与认识,深广的人生阅历,以及对艺术敏锐的感受力,在中国古典小说的研究上形成了鲜明独特的风格"①。2008年,北京大学中文系举办了"纪念吴组缃先生诞辰100周年学术研讨会",与会学者提交了一批探讨吴组缃古代小说研究的论文,这些论文比以前的研究又有细化和深化,程毅中的《论述吴组缃先生的中国小说史学术思想》以吴组缃的论文《我国古代小说的发展及其规律》为基础,结合其他论文,对吴组缃的中国小说史思想作了归纳与展开。周先慎的《重温吴组缃先生论〈三国演义〉》和石昌渝的《吴组缃先生的〈红楼梦〉研究》分别就吴组缃研究《三国演义》和《红楼梦》的主要观点作了评述。刘勇强的《吴组缃文学研究的学术个性》观照范围涵盖了吴组缃的现代文学研究、古代小说研究和文学史研究,由此归纳出吴组缃文学研究的个性。② 上述研究,对吴组缃的古代小说研究的成就与风格作了深入细致的探讨,但这些论文基本上是以吴组缃生前发表的论文为立论依据的,事实上,吴组缃对古代小说的研究并不限于已发表的十几篇论文,他的学生马振方在《说〈说稗集〉》中指出:"吴先生在课堂上讲授过的对我国古典小说的许多精辟见解和心得体会还没有写进这个集子,将在新著中和读者见面。"③遗憾的是,由于当时吴组缃年事已高,这些"精辟见解"还没有写出来就与世长辞,除了当年听课的学生外,他人对这些研究并不知晓。

从二十世纪五十年代开始,吴组缃便在北京大学中文系讲授中国古代文学方面的课程,先后主讲过宋元文学史、明清文学史的基础课和中国小说史、《聊斋志异》、《红楼梦》的专题课,并编写了

---

① 《文学遗产》1995年第1期。
② 上述论文均收入《嫩黄之忆——吴组缃先生诞辰一百周年纪念文集》,北京大学出版社2012年版。
③ 《北京大学学报》1989年第5期。

讲义。这些讲义,只有宋元文学史,由沈天佑整理、增补,于1989年由北京大学出版社出版。明清文学史本来也列入北京大学出版社的出版计划,因讲义大多遗失,未能整理出来。2011年,我在整理沈天佑师的文稿时,发现了一批吴组缃二十世纪五六十年代撰写的讲义,这批讲义分别用活页纸和笔记本(只有一种笔记本装订完好,其他均为散页)撰写,部分讲义章节注明了撰写时间,还有一些讲义编了序号。根据讲义的用纸、编写时间和序号,大体上可以辨认有以下几种:

1. 1955年秋季讲授《红楼梦》专题课的讲义。
2. 1957年秋季讲授《聊斋志异》专题课的讲义。
3. 1960年秋季讲授明清文学史的部分讲义,存《明代文学概说》《〈三国演义〉的主题思想与艺术》和《儒林外史》三章。
4. 1961年春季讲授中国小说史的讲义及1962年春季讲授中国小说史的补充讲义。这两种讲义写在一个笔记本上,1962年补写了《〈水浒传〉的人物描写》、《〈三国演义〉的艺术描写》《〈聊斋志异〉选讲》三节。
5. 1961年秋季讲授中国小说史的讲义,存《明代拟话本》《聊斋志异》《儒林外史》三章。
6. 另有三张活页纸的《西游记》的讲义,没有注明课程名称和备课时间。

这些讲义,只有《红楼梦》和《聊斋志异》专题课的讲义比较完整,其他课程的讲义多有遗失,比如明清文学史肯定要讲戏曲与诗文,现存讲义中未见相关内容。根据个人的授课经验,一门课,第一次讲,肯定要写详尽的讲义,以后再讲,可以用以前的讲义,只需作一些修改和补充,不一定重写。吴组缃的讲义可能也存在类似的情况,1961年春季的中国小说史讲义,就没有《儒林外史》和《红楼梦》的内容,《聊斋志异》也比较简略,因为在此之前,他讲过《聊斋志异》和《红楼梦》的专题课和明清文学史的基础课,完全有可能用以前的讲义。在这批讲义中,还夹有一篇研究《金瓶梅》的论文,用方格稿纸誊写,与讲义明显不同。这批讲义,多数章节已经整理成论文发表,笔者仔细对照过《红楼梦》专题课讲义与《论贾宝玉典型形象》一文,虽然讲义列了十个专题,只有两个专题写得比较详尽,其他专题只有一些提纲,最详尽的一个专题《〈红楼梦〉主要中心人物贾宝玉的典型形象》与论文内容基本相同。也有论文写于讲义之前,如《〈儒林外史〉的思想与艺术》一文发表于1954年,至少是写于现存讲义之前。还有一些讲义没有整理成论文发表,最重要的要数《聊斋志异》专题课的讲义。论《金瓶梅》的论文很可能是根据讲义整理而成,生前没有发表。笔者谨对这些重要的手稿作简要介绍和评述,在此基础上,对吴组缃的古代小说研究的特点与成就作进一步的探讨。

二

《论〈金瓶梅〉》是吴组缃已经定稿没有发表的一篇论文,论文用 16 开对折 600 字红色方格稿纸誊写,誊清后又有修改,共 26 页,一万五千多字。稿纸下方印有"京电 65.11"字样,应为稿纸印刷单位的简称和印刷时间,"京电"是北京市电车公司印刷厂的简称,吴组缃另一篇讲稿所用的 400 字稿纸,下方就印有"北京市电车公司印刷厂印刷 65.1"。如果这一判断无误的话,吴先生的这篇论文写于 1965 年底或 1966 年初,这就不难理解这篇论文定稿后没有发表的原因,因不久"文化大革命"爆发,学术刊物不能发表研究《金瓶梅》的论文。

在这篇论文中,吴组缃首先论述了《金瓶梅》在章回小说发展

史上的重要地位,提出了两个第一:

> 《金瓶梅》的出现,在我国古代小说的发展上是一桩应该重视的大事,因为它是第一部文人作者创作的长篇小说,它是第一部取用家庭社会日常生活,描写平凡的市井人物,以揭露黑暗腐败的现实社会和政治的作品。

《金瓶梅》是第一部文人作者创作的长篇小说,并不是吴组缃的发现,但吴组缃进一步提出了关于作者的一种假设:"当时山东有不少通俗文艺作家,如散曲作家冯惟敏(1511?—1580?)、戏曲作家李开先(1501—1568)等,设想像冯惟敏这样的文人是《金瓶梅》的作者是有可能的。"第二个第一,则是吴组缃的创见。此前,吴晗曾提出:"《金瓶梅》是一部现实主义小说,它所写的是万历中年的社会情形。它抓住社会的一角,以批判的笔法,暴露当时新兴的结合官僚势力的商人阶级的丑恶生活。"[①]郑振铎认为:"她(指《金瓶梅》)是一部很伟大的写实小说,赤裸裸的毫无忌惮的表现着中国社会的病态,表现着'世纪末'的最荒唐的一个堕落的社会景象。"[②]吴组缃明确指出了《金瓶梅》是第一部用家庭日常生活的题材揭露黑暗腐败的社会与政治的作品,无疑比前人抓得更加准确。论文紧接着用大量的篇幅对《金瓶梅》的主题思想进行了深入的挖掘,吴组缃说:

> 《金瓶梅》是一部揭露明中叶后社会政治黑暗与腐败的书。从众多等色的平凡市井人物日常生活活动的深入细致的描写刻画中,提出了我国封建社会发展中面临转变的历史时期具有重大意义的症结问题,亦即有关我国封建社会后期所

[①] 吴晗《金瓶梅的著作时代及其社会背景》,《文学季刊》创刊号,1934年1月。
[②] 郑振铎《谈金瓶梅词话》,《文学》第1卷第1期,1933年7月。

以停滞不进或发展迟缓的主要问题。从这个意义说,它是比《红楼梦》早一个半世纪、明中叶后当时的一部政治历史小说,绝不能仅把它看做一部"*淫书*"或"*秽书*"。

通过分析典型形象来探讨小说的思想意义,是吴组缃研究古代小说的常用方法。吴组缃认为,西门庆是《金瓶梅》中的主要人物,"怎样认识作者给我们塑造的西门庆这一个典型人物,是理解此书主题思想的要害问题。"论文对西门庆是这样定性的:"西门庆是个官僚、富商又兼地主的封建统治代表人物。这样一种'三位一体'的统治阶级代表人物是我国封建社会后期商品经济高度发展、资本主义因素在许多地区开始萌芽,封建阶级和封建制度濒于腐朽没落,因而力图垂死挣扎时期的特种产物。"这种市侩"利用可能有的特权以及一切不法手段谋取眼前实利暴利","财富集中在这种腐朽反动的封建统治势力手里,绝对不会成为有利于发展经济裨益民生的生产性资本;恰恰相反,它只会助长他们所掌握的封建特权,更加疯狂地干坏事,破坏工农业生产,打击正当的商业经营。"这些财富,"最显眼的还是消耗在他们奢侈和糜烂的生活享用上面。""在这个腐朽反动的封建势力统治下的社会里,绝大多数人显然是境遇极为悲惨的被压迫者。"吴组缃用大量的明代史料与小说情节对照,在论述西门庆利用不法手段与特权谋取财富时,便引述了严世蕃所列举的当时全国积资五十万的十七家富豪、积资一百万的五家富豪的名单,这二十二家,"除七家看来是商人,其他十五家都是王室、贵族、太监、大官和土司。"在论述西门庆的奢靡享乐时,引述了何良俊《四友斋丛说》的记载,"今寻常燕会,动辄必用十肴,且水陆毕陈,或觅远方珍品,求以相胜。"某家请一客,"肴品计百余样",又某家请客"用银水火炉、金滴嗉。是日客有二十人,每客皆金台盘一付,是双螭虎大金杯,每付约有十五六两。"这些史料充分证明《金瓶梅》所描述的人物与情节是明代中后期社会生活的真实写照。于是吴组缃得出结论：

> 全书暴露的是我国封建社会后期面临变革之际具有重大意义的症结问题，亦当时社会发展中的一个主要问题：即随着商品经济的高度发达和资本主义因素开始萌芽，封建阶级——官僚、地主同市侩结为三位一体，形成极端腐朽反动的统治势力，紧紧压在城乡人民头上，贪赃枉法，为所欲为，掠夺社会财富，吸尽人民膏血，摧残农、工、手工业生产和商业经营，从而穷奢极欲，腐蚀人心，严重桎梏着社会的前进与发展。

论文最后考察了作者创作《金瓶梅》的根本立场与态度。吴组缃认为："书中的描写，在读者的眼前只见一片令人窒息的如磐夜气和森严的黑暗；虽然在被压迫层中也算有一些微不足道的反抗，从侧面也透露了一点似有若无的斗争，但总的看来，在这个现实世界里，简直看不到任何与黑暗统治相对峙的积极因素和有希望的力量。"作者为什么这样处理？"原来作者暴露现实黑暗，并非从变革的要求出发，或向往什么新的前景，而只是要拿西门庆作个反面典型，对封建统治阶级提出警告。"从这篇论文所提出和解决的一系列问题来看，至今仍然有重要的学术价值；还原到它所写作的时代，无疑是"文革"以前少有的几篇精彩论文之一。

三

吴组缃生前曾多次讲授《聊斋志异》专题课，逝世之后，他的学生撰写纪念文章，好几位提到吴组缃当年讲《聊斋志异》的风采。北京大学中文系54级学生张罩羿在《难忘的专题课——纪念吴组缃先生》一文中专门回忆了吴组缃讲《聊斋志异》专题课的情境：

我们54级汉语文专业的同学读到大学三年级的时候,赶上了好点儿:系(中文)里开始设置专业专题课。专题课《文心雕龙》《红楼梦》《聊斋志异》《鲁迅》等都由校内外名家,如何其芳、吴组缃、陈涌等先生讲授,很受同学们欢迎,但我印象最为鲜明深刻的却是吴组缃教授开设的《聊斋志异》专题课。

他对《聊斋志异》版本考订之精当,对蒲松龄家世和交游考证之周详,对蒲松龄思想脉络分析之透彻,对《聊斋志异》思想艺术、历史地位评价之独具卓识,对国内外出版研究《聊斋志异》状况之熟悉,真是令人叫绝。①

笔者发现的吴组缃讲《聊斋志异》专题课的讲义,可以证实这些回忆所言不虚。讲义题为《〈聊斋志异〉讲稿》(下文简称《讲稿》),题后注明时间:"1957.9.25",应该是首次备课时间。在讲义开头有一节关于课程的说明,其中有这样一段话:"我向未讲过此课,对此课准备得也不够充分,谈不到有什么深入的研究,更不明白同学们的阅读情况,这就需要好好地计划与斟酌,并要求同学们随时的帮助。"说明这是吴组缃为第一次讲《聊斋志异》专题课所写的讲义,时间是1957年秋季。该讲义用活页纸正反两面书写,共29张,作者用红蜡笔按张标注了序号,实际共58页,每页39行,每行40多字,大约9万多字。最后一页明显没有结束,说明讲义后面可能有遗失。《讲稿》共有五部分:(一)绪言。(二)《聊斋志异》故事(题材)的来源。(三)蒲松龄的生平及思想。(四)选读示例。(五)《聊斋志异》的思想性与艺术描写。限于篇幅,这里只能就《讲稿》中最精彩的内容——关于蒲松龄人生际遇与其思想和创作关系的论述,关于《聊斋志异》中人物形象的思想

---

① 张稼羿《难忘的专题课——纪念吴组缃先生》,《吴组缃先生纪念集》,北京大学出版社1995年版,第83—84页。

内涵与艺术创新的解读,作简要评述。

《蒲松龄的生平及思想》是这本讲义中最有理论深度的一章。在蒲松龄的生平研究中,贡献最大的要数胡适与路大荒。胡适在《辨伪举例——蒲松龄的生年考》一文中①,根据蒲松龄的《降辰哭母》诗和《述刘氏行实》文考证出蒲松龄出生于康熙十三年,享年七十六岁,订正了张元《柳泉蒲先生墓表》所载"享年八十有六"的错误。路大荒广泛搜集蒲松龄的著作,编辑出版了《聊斋全集》,并编撰了《柳泉蒲先生年谱》②,对蒲松龄一生主要事迹与交游作了考述,对部分诗文作了编年。关于蒲松龄的思想的研究,学界起步较晚,在1957年以前,比较集中的话题是讨论蒲松龄是否具有民族思想,蒲松龄及其《聊斋志异》是否具有人民性。吴组缃对前人研究蒲松龄的论著非常熟悉,关于蒲松龄的生卒年,《讲稿》采用了胡适的观点。对蒲松龄生平的叙述,也参考了路大荒的《柳泉蒲先生年谱》。对学界关于蒲松龄思想的讨论,吴组缃也发表了自己的意见。他不赞成蒲松龄有民族思想的观点,他说:

> 这时正是明末清初之际,尖锐激烈的阶级矛盾,没有安顿下来,又加上如火如荼的民族矛盾,农民起义此仆彼起,反抗清朝刚建立的政权,而地主阶级却从其自身利益出发,甘愿做满清统治者的顺民,对农民起义加以血腥的镇压。所谓民族矛盾,实质上也是阶级矛盾。对于农民的反抗,地主阶级和外族统治者,其阶级利益是一致的。蒲家此时正是上升的地主,对农民的造反,更为仇视,更为敏感。决不因为民族之间的矛盾,而放弃与农民敌对的立场。

吴组缃肯定蒲松龄及其《聊斋志异》的思想具有人民性,"由

---

① 《胡适论学近著》第一集卷三,上海商务印书馆1937年版。
② 载路大荒、赵苕狂编《聊斋全集》卷首,上海世界书局1936年版。

于他的热衷功名,想往上爬,他的思想有极其庸俗的一面;由于他始终功名困顿,始终身处贫贱,一生过着冷淡生活,因此他的思想同时又有颇为光辉的一面。这光辉的一面,就是他的内心与人民百姓紧密连接在一起而产生的。"

  前人已经注意到蒲松龄在《聊斋志异》中批判科举制度与其考科举的痛苦经历有关,但对此理解并不一致。何满子认为,"蒲松龄对科举制度残害下的知识分子的痛苦,理解得最为真切。他自己受过创伤,他所接触的大多数知识分子,也都是被科举制度折磨得精神恍惚、如痴如狂的可怜的生物。""他不是死抱住功名不舍的人,他虽然也按着那时代给知识分子安排好的道路去赶考应试,但碰了几次壁,认清了科举制度的底蕴以后,就意兴索然了。他中年以后的应试,与其说是贪恋功名,无宁说是为了习俗所羁,如他自己所说的'犹守旧辙恋鸡肋'的食之无味之举而已。"①吴组缃不这么看,他认为"蒲则迫于客观处境,又自信具备主观条件,他是一心要往上爬,一生没有淡却猎取功名之念的。他大概每科必考,每考必以全力;虽然屡考屡败,但同时又屡败屡考,从没放弃热衷功名的念头。"吴组缃提供了大量的材料证明蒲松龄始终热衷功名,并没有意兴索然。蒲松龄一面执着地参加科举考试,一面写小说批判科举制度,这该如何解释? 任访秋认为,"蒲松龄的思想是非常庞杂的,不成体系的,因而中间往往存在着极大的矛盾。……由于自己科场失意,一生潦倒,故对八股取士制度深恶痛绝,但在内心中,又不能忘情于功名富贵,因而对某些由此而位至显达的人,不禁又流露出艳羡之情。"②吴组缃也不同意这种观点,认为蒲松龄参加科举考试和在作品中揭露科举的罪恶并不矛盾,

---

① 何满子《蒲松龄和〈聊斋志异〉》,上海出版公司 1955 年版,第 78 页,第 80 页。
② 任访秋《〈聊斋志异〉的思想与艺术》,《新建设》1954 年第 11 期。

他没有否定科举制度,只是讽刺主持科举考试的人。"他之攻击个人——主考者的做法不对,办事的人岂有此理。他是为把科举制度弄糟了而感愤激,他不但没有对科举制度怀疑,反倒是站在维护和办好科举制度的立场上来作指责、发义愤的。蒲在作品中反复攻击科举,但所挖苦和嘲笑的,也只是主考官个人,认为他们没有眼睛,不识好文,不识真才,主观上只是发牢骚,也并没有攻击科举制度本身(但客观实际上是攻击了制度)。有人认为他一方面反对科举,一方面又以考中功名来报答所认为的好人,说这亦是他作品中思想矛盾,其实仔细研究,他的这种思想是统一的,并不矛盾。"应该说,吴组缃对蒲松龄思想与行为的把握更加准确。

《聊斋志异》中有不少描写男女青年自由恋爱的作品,学术界基本持肯定态度。分析这类小说产生的原因与意义,大多从时代背景的角度进行挖掘,封建婚姻制度剥夺了男女青年婚恋的权利,而蒲松龄热情赞美了这种反封建的爱情。吴组缃则独辟蹊径,从蒲松龄独特的人生经历来解释这类作品产生的直接原因。蒲松龄从三十一岁到七十岁,一直在外作幕宾和塾师,生活孤寂无聊。他的小说和诗文大多写于这一时期,其中爱情题材的作品寄托了作者的爱情理想。吴组缃说:

  蒲生活于达官缙绅的社会环境中,所能有的只是封建婚姻关系的夫妇之情。他之对于自由活泼的异性之美,对于志趣相同、彼此相知的爱情之乐,他亦是有此要求的。对于以才情自负而身处贫贱寂寞中的蒲氏来说,在他青年时代,此点恐怕在他的精神生活中占据了重要的地位而不能满足的。作品中对于爱情的体会,对多情青年男女的形象之描摹刻画,无不委婉动人,深切入微,正可证明此种情怀。

中外文学理论家早已指出,文学创作就是作家运用虚构和想象来弥补人生的缺憾。吴组缃认为,青年蒲松龄大量创作爱情题材的作品,是其感情生活得不到满足所致。

《讲稿》对《聊斋志异》中的不少名篇作过精彩的分析,特别重视小说人物的创新意义。《张鸿渐》中的施舜华,吴组缃认为她是一个崭新的女性形象,非常欣赏她在感情面前大方、自信、真诚、直率的个性。舜华出场,"我们并不能知道她是狐仙,她是作为现实女子出场的。张在暗处微窥之,原来是个二十岁左右的美丽女子,她十分精明,一眼看到草荐,就盘问,老妪只好老实告诉出来,不敢隐瞒。这个年轻美貌女子立刻发脾气,与老妪刚才所料想顾虑的完全符合。发了脾气之后,见到了张,她却如此敬重风雅士,于是又责备老妪慢待了客人。立刻以酒浆和锦裀来招待这个落难的书生。张此时私问老妪,才补叙出来,原来太翁夫人俱早谢世,止遗三女,这是大姑娘。怪不得这初次出面,确是当家作主的大姊的气派。跟着即推扉而入,即榻上抚慰惶张失措的客人,说'无须,无须',并近榻坐,提出以门户相托的话。虽有点腼腆,但多么大方、爽朗,开门见山,不似世俗女子的忸怩作态。张张皇地回说家中已有妻,她即笑着夸赞他的诚笃,十分自信,亦十分自负,不容对方再啰嗦,即干脆地说:'既不嫌憎,明日当烦媒妁。'这完全是个思想意识获得解放的女子,在三百年前,完全是个未来的崭新的女性形象。"这种未来的崭新的女性形象,与封建婚姻制度是对立的。施舜华"听张说想念家中的妻子,即不高兴,说夫妇之情,'自分于君为笃,君守此念彼,是相对绸缪者,皆妄也'。她要求的是真心专一的爱情,张的一番自以为言之成理的解释,实际是肯定封建社会多妻与重婚的婚姻制度是合理的,不成问题。而舜华笑着说的'妾有偏心:于妾,愿君之不忘;于人,愿君之忘之',实即反映了她的思想要求——即真心专一的爱情——是与封建婚姻制度(一夫多妻)不相容的。从这样的内心要求出发,她经过幻化试探,证实了张的心之所属,即不能容忍。但其内心并不是没有斗争,其始还曲为解说以自慰,以为'犹幸未忘恩义,差足自赎'。但对其恩义的感激,究不是她所要求的专一真心的爱情,所以过了二三日,便觉'终无意味',才决心送张回家去,成全他们。"蒲松龄的高明之处在于不仅写出了施舜华真诚专一的爱情理想,而且写出了一个女性真实而丰富的人性。而吴组缃敏锐地发现并揭示出了这一形象的内心世界与性格特征。

吴组缃认为《霍女》的思想和艺术水平,远远超过了《婴宁》,主要就是创造了霍女这一独特形象。他说:"《霍女》中写一富而吝的朱大兴,平日一毛不拔,吝啬无比,但性喜渔色,色所在,冗费不惜。霍女来找他,和他同居了二年,□求无厌,要吃最珍贵的东西,要穿要用最贵重的东西,还要常常嫌日子无味,要请戏子来唱戏。如此数年,朱供应不支,渐趋破产。此时霍女便不辞而别。她跑到邻村一个世胄何氏家,何是个大少爷,爱其美,十分宠爱她。朱知道了,与何氏打官司。最后霍女又到贫士黄生家,黄贫苦无偶,女救之,黄最初拒绝。霍女为之苦做苦干,操作家务,帮助他成家立业,以最大的真诚与心力贡献给他,与之过共苦共难的夫妇生活。她告诉黄说:'妾平生于吝者则破之,与邪者则诳之。'霍女是一种侠义式的人物,她完全突破了封建社会以男性为中心的片面的贞操观念,完全出于自己的主动选择,最初像个荡妇,实际却如此地疾恶富贵,而倾心钟情于一个贫贱的书生。作者不因三易其夫而使其光彩动人的性格丝毫减色,这在当时社会中可谓大胆与难能可贵的创作。"吴组缃特别欣赏霍女破吝济贫的侠义品格和蔑视封建贞操观念的大胆行为,因为她突破了封建礼教和制度的藩篱,具有未来女性的性格特征。

吴组缃不同意将人物简单地分为好人和坏人,他说:

> 据说世上有两种人,一种是好人,一种是坏人。我个人以

为,第一,好坏不是绝对的,要看你从什么观点去看,在什么立场去评量;第二,世上决没有完全的好人,也没有完全的坏人;第三,不可只看表面,要考察其所以如此之故。①

他分析《聊斋志异》的人物,也持这种观点,认为王桂庵的性格具有两面性,"在这篇里,对于主人翁大名世家子王桂庵这个人物,自始至终抓住了其性格中的两个方面:一方面是世家子弟的纨绔、轻薄的习性;一方面是他的多情的性格。因为他是世家子弟,轻薄是他的阶级属性,他生长的那家庭里,习染于那社会里,他是会有这种阶级烙印的;另一面,毕竟他是个青年,又多情、深于情,对于所钟爱的女子,能够严肃地、深挚地去爱她。作者对此有敏锐感觉,有很高的认识能力,因此他处理的极为恰当而深刻。全篇通过种种生动逼真、引人入胜的情节描写,抓紧不放松地表露了王性格的这两面,而带着温婉的同情,批判其恶劣的一面,肯定其多情的一面。"不仅指出王桂庵性格的复杂性,而且分析了形成其复杂性格的家庭与社会原因。

四

吴组缃研究古代小说的论文和讲义,大多写于1954年到"文革"前夕这十余年间。当时的学术环境并不理想,政治运动对学术研究的冲击很大。翻检同一时期的论文,不难发现,由于受"左倾"思潮的影响,大量论文在分析作家和作品时存在简单化、教条化的倾向,其学术结论很难经得住时间的检验,而吴组缃的论文却没有因为时间的推移而降低其学术价值。当时盛行的文学原理讲

---

① 吴组缃《如何创作小说中的人物》,《中国小说研究论集》,北京大学出版社1998年版,第415页。

文学是社会生活的反映,因而一些论文只讲小说与社会生活的关系,甚至将小说当成了研究社会生活的材料。吴组缃对此保持着清醒的认识,对这种做法提出了严肃批评:

> 有些《红楼梦》研究者往往抛开人物形象,从书中摘取一些枝节的事项和节目,来论断作品反映了怎样的思想,提出了怎样的问题。还有不少这样的例子,比如列举大观园里一顿酒饭花了多少银子,乌庄头送来多少什么地租,诸如此类,以证明贾家生活的奢侈,如何剥削农民,和说明了什么性质的历史或经济问题,等等。若是一部《红楼梦》只提供了这样一些干瘪的事实和数字,那它有什么价值?①

吴组缃也讲反映论,与众不同的是,他强调作家的重要作用。他说:

> 我们讲反映论要讲两面。文学都是社会生活的反映,这是客观的一面;还有作者怎么处理,这是主观的一面。这两面都不能抹杀。②

吴组缃在《红楼梦研究》讲义中将作家的思想与作品的倾向作了明晰的阐释:"作品的思想倾向性,就是作者对他所处理的生活现实所持的看法和态度的表露。作者对于生活现实的看法,就表现为作品的思想性;作者对于生活现实的态度,就表现为作品的倾向性。"他这样概括《红楼梦》的思想倾向:"《红楼梦》所写的生活现实正反映了这样两种力量的矛盾斗争:一方面是衰朽不堪、趋向最后崩溃但又居于统治地位的封建主义制度;一方面是处于萌芽状态的初步民主主义思想。这是表现在封建统治阶级内部的、

---

① 吴组缃《论贾宝玉典型形象》,《中国小说研究论集》,第 206 页。
② 吴组缃《答美国进修生彭佳玲问》,《中国小说研究论集》,第 432 页。

当时中国社会发展过程中的具有重大意义的矛盾。书中对于封建主义秩序丧天害理、泯灭人性以及种种丑恶庸俗的特征本质的生活现象,给予严苛的、无情的暴露和鞭挞;对于封建主义秩序所不容,而衰朽力量一时还不能控制的,以贾宝玉为中心的纯洁真挚的人与人的关系和高尚美好的内心精神,则给以热情洋溢的歌颂和宣扬。"按照吴组缃的观点,这一结论,既是小说的思想倾向,也是作家的思想倾向。

吴组缃研究小说,总是将作品——作家——生活三者结合起来考察,研究《儒林外史》,首先考察作者吴敬梓的生平与思想,特别强调吴敬梓从名门望族到贫困不堪的人生经历对其思想与创作的影响,接着考察清代思想家从顾炎武、黄宗羲到戴震与吴敬梓思想的共同之点,然后从小说出发,概括出《儒林外史》的思想倾向,"《儒林外史》攻击和揭露清朝封建统治下的政治与社会,主要还是就士大夫阶层入手,即以士子们对功名富贵的问题作为中心的。"[1]研究《聊斋志异》几乎采用了同样的研究策略。这种研究显然比那种只考察作品反映了什么样的生活的研究范式更加科学,更加深刻,也更有说服力。

吴组缃强调学者也要有生活知识和历史知识,"搞古代小说,一定要具备深厚的生活知识。这方面我认为我们的研究界做得很不够。不光作家要有生活知识,评论家更需要有生活知识。我常常看到评论文章中闹笑话,就是因为评论者缺乏生活知识,进入不了作品。搞古代小说,还需要很丰富的历史知识,只看二十四史、《资治通鉴》不行,还要多看野史、笔记小说,那是有血有肉的历史。"[2]他批评老朋友茅盾的小说《春蚕》"很不真实,甚至有点架

---

[1] 吴组缃《〈儒林外史〉的思想与艺术》,《中国小说研究论集》,第167页。
[2] 吴组缃《历史的回顾与反思》,《中国小说研究论集》,第92页。

空和无中生有"①。老通宝借债养蚕,企图大捞一把,好似投机商人,"这种作风不合一般蚕农思想的常理,与老通宝整个一套保守思想既不相称,也不相容,所以说是架空的,不真实的。"②这种认识就源于他对农民和农村生活的熟悉。研究古代小说,不光要有生活知识,还要有历史知识。《红楼梦》写薛家进京,首要目的是为宝钗候选才人赞善。看似不经意的一笔,吴组缃认为这是作者有意贬薛家,"在封建时代,一般善良的父母都不肯把自己女儿往深宫里送,牺牲女儿的终身幸福来谋求富贵。《聊斋志异》中的《窦氏》《刘夫人》以及川戏《拉郎配》都写了这方面的情形,为了逃避选入深宫,硬把十一二岁的幼女往外送。薛家却不是这样。"③这一发现,就得益于历史知识。吴组缃不同意薛宝钗是封建淑女的说法,认为她是一个实利主义者。其中一个重要证据就是薛家进京住进贾府之后就不走了,"薛家在京中有很多房子,本来,完全可以住到自己家里去,俗语说,'探亲不如访友,访友不如住店',自己家里有漂亮的房子,为什么非要跑到贾家去住?而且简直是赖着不走!"④薛家刚进贾府住在梨香院,后来迁到东北角另一个小院子,将梨香院让给戏子住,薛家也不生气。为什么会这样?原来薛家是皇商,富而不贵,薛蟠闹出人命案,迫切需要政治势力的支持和庇护。贾家贵为国公府,贾宝玉是这个国公府最有希望的继承人,薛宝钗实际上是看上了宝二奶奶的位置。运用生活知识、历史知识来解读作品、分析人物,没有什么高深的理论,也不引经据典,其结论却经得起推敲,为学界广泛接受。

---

① 吴组缃《〈谈春蚕〉》,《中国小说研究论集》,第350页。
② 《〈谈春蚕〉》,《中国小说研究论集》,第351页。
③ 吴组缃《贾宝玉的性格特点和他的恋爱婚姻悲剧》,《中国小说研究论集》,第277页。
④ 《贾宝玉的性格特点和他的恋爱婚姻悲剧》,《中国小说研究论集》,第278页。

探讨吴组缃的古代小说研究,很容易发现他的小说创作对其小说研究的影响,这只是问题的一个方面,吴组缃的小说创作与小说研究的关系,应该是先研读与借鉴古代小说进行小说创作,然后再凭借其小说创作经验来研究小说。据吴组缃回忆,他上高小的时候,就翻看过一些古代小说,在芜湖上中学时,就买了一部亚东本《红楼梦》。那时候"课堂上读书作文还是文言为主。这样,我们自然而然拜亚东本白话小说为师,阅读中用心钻研、琢磨。一部《红楼梦》不止教会我们把白话文跟日常口语挂上了钩,而且更进一步,开导我们慢慢懂得在日常生活中体察人们说话的神态、语气和意味"①。吴组缃中学阶段便开始创作并发表小说,二十世纪三十年代初,就读于清华大学的吴组缃,创作了一系列反映农村生活的短篇小说,得到茅盾等人的激赏,四十年代初又创作了长篇小说《鸭嘴涝》。从五十年代开始专门研究古代小说。从读小说、写小说到研究小说,吴组缃独特的经历使他对古代小说尤其是小说名著烂熟于心,对古代小说的特征与价值的认识多有独到的见解。

吴组缃论小说,有如小说家谈自己的创作一般,将作家的创作意图、人物描写、情节安排说得入木三分,洞中肯綮。吴组缃认为,写小说,中心工作就是描写人物,他说:

> 什么是写小说的中心?我个人以为就是描写人物。因为时代与社会的中心就是人。没有人,就无所谓时代与社会;没有写出人物,严格的说,也就不成其为小说。②

他分析古代小说,往往从人物入手,来挖掘其社会意义与审美价值。他认为,"现实主义艺术无不以从生活中塑造真实的人物

---

① 吴组缃《漫谈〈红楼梦〉亚东本、传抄本、续书》,《中国小说研究论集》,第287—288页。
② 吴组缃《如何创作小说中的人物》,《中国小说研究论集》,第410页。

形象为能事,无不以塑造具有丰富深刻的现实内容和巨大艺术感染力量的人物形象为能事。作品中写的场面、情节和无论什么事物与琐细节目,离开了人物形象的塑造,就失去了意义。作品的思想主题,社会和历史的特征内容,也总是从人物形象表现和反映出来。"①基于这种认识,吴组缃研究小说,总是抓住小说的中心人物,《论贾宝玉典型形象》用三万多字的篇幅,对贾宝玉性格的形成、贾宝玉性格的发展、贾宝玉性格的主要特征、贾宝玉性格的矛盾和限制、作者的处理态度和了解等问题作了深入细致的分析,并由此归纳出这一形象乃至这部小说蕴含的深刻的社会意义。

吴组缃研究古代小说,最令人佩服的是谈小说的布局,即人物与情节的安排。这得益于他的创作经验。他说:

> 写小说,在有了内容之后,下笔之前,得先布局。像画画,先勾个底子;像造房子,先打个蓝图,这时候,首先面临的就是人物的安排问题。比如,把哪些人物摆在主要的、中心的地位,把哪些人物摆在次要的、从属的地位;怎样裁度增减去留、调配先后重轻,使能鲜明而又深厚地显示内在的特征和意义;从而充分地、有力地并且引人入胜地表达出思想内容来:凡是这些,都应该按照题材和主题的具体情况,从全局着眼,作一番精打细算。②

吴组缃在分析人物形象的时候,总是要先明确人物在小说中的地位,《论贾宝玉典型形象》开篇便提出,《红楼梦》的中心事件是"贾宝玉和林黛玉、薛宝钗的恋爱、婚姻的悲剧"③。"整个《红

---

① 吴组缃《论贾宝玉典型形象》,《中国小说研究论集》,第 206 页。
② 吴组缃《谈〈红楼梦〉里几个陪衬人物的安排》,《中国小说研究论集》,第 253 页。
③ 吴组缃《论贾宝玉典型形象》,《中国小说研究论集》,第 205 页。

楼梦》悲剧都是以这三个人物为中心。而贾宝玉在三个中心人物中又居于主要的地位,并且全书所有各类人物都是围绕着他作为一个完整的典型社会生活环境而展开的。"[1]他分析短篇小说《张鸿渐》,也采用了这种方法,"全篇为我们塑造了三个人物形象:张鸿渐、张妻方氏和狐施舜华。作品侧面写那斗争,正面所写的,就是张、方、施三个人物之间的关系问题。作者把那些矛盾的对方,县令赵、无赖甲及差役,作为反面人物,置于侧面;而将此三人,作为正面人物,着重、正面地写他们。但张、方、施三个主要人物,张又居于中心,是篇中的主人公。因为全篇是把他居于主位,笔头是跟着他走,他到哪里,就写到哪里;他不在哪里,就不写哪里。"这种研究的价值不仅仅是在说明人物在小说中的地位,同时也是在探讨人物的安排。作家写小说,每个人物的出场都有其用意,即便是一些陪衬人物。像《红楼梦》中的甄士隐、贾雨村、冷子兴、刘姥姥,都是小说中很不起眼的人物,在吴组缃看来,都是作家经过深思熟虑而精心安排的。安排贾雨村的用意,"重要的一点,是为了布局贾、林、薛三个中心人物的会合"[2]。小说先写他帮林如海将女儿林黛玉带到贾府,紧接着写他审理薛蟠的人命官司,于是薛宝钗随母亲和哥哥住进贾家。在写贾雨村"送"黛玉与宝钗进贾府的过程中,就手介绍了贾、林、薛三家的家世和境况。这个人物贯穿全书,还是"仕途经济道路上为主人公贾宝玉的性格和发展始终作映衬的一个反面人物"[3]。大热天到贾家要见宝玉,惹得宝玉不高兴。为讨好贾赦迫害石呆子。这样一个陪衬人物,作家将他的作用发挥到了极致。吴组缃曾用打台球来比喻人物安排:"有

---

[1] 《论贾宝玉典型形象》,《中国小说研究论集》,第207页。
[2] 吴组缃《谈〈红楼梦〉里几个陪衬人物的安排》,《中国小说研究论集》,第255页。
[3] 《谈〈红楼梦〉里几个陪衬人物的安排》,《中国小说研究论集》,第258页。

一种打台球的高手,打出一杆球,击中一个目标,同时碰动了旁边的一个或两个球,而后从台沿上反击回来,又连碰一大串,使得满台的球都动;一杆打出去,可以得很高的分数。"①优秀的小说家,就如打台球的高手,一个边缘人物,就关联到小说中众多的人物和情节。

吴组缃读小说,经常能发现一些看似普通的情节,其实蕴含着作家的匠心。抄检大观园,探春打了王善保家的一个耳光,打得很重,声音很响。主子打奴才,这在贵族家庭里司空见惯的事儿,吴组缃认为这一情节具有重要的意义和丰富的内容,它集中地有力地揭示了复杂的深刻的现实矛盾,包括庶出和嫡出的矛盾,王夫人和邢夫人妯娌之间的矛盾,主子和奴才的矛盾,封建统治势力与处于被损害被牺牲的地位的姑娘之间的矛盾。还"突出地、集中地表现了探春的性格和王善保家的的性格以及她们所处的具体社会环境的复杂的特征。"②

吴组缃的古代小说论文和讲义,绝大多数是研究具体作品,主要是小说名著,包括他的小说史讲义,也是讲几部小说名著。但他并不是孤立讨论某部作品,而是将它放在整个小说发展史上来考察它的价值与地位。吴组缃讲《聊斋志异》,首先介绍了古代小说的起源与演变,从古代的神话传说、六朝的志怪志人讲到唐朝的传奇文,一一举例说明其特点,目的是为了论述《聊斋志异》对历代文言小说的继承与发展。他在《讲稿》中写道:

> 总之,由远古神话传说,发展至六朝,而一度大盛。在六朝,无论志怪、志人,都是出于传闻实有之事,加以如实的记

---

① 《谈〈红楼梦〉里几个陪衬人物的安排》,《中国小说研究论集》,第261页。
② 吴组缃《关于向优秀古典作品学习技巧的问题》,《中国小说研究论集》,第4页。

录，文字朴实，形制简短。至唐，则发展表现才思和文采的传奇文，始有有意为艺术创作的小说。《聊斋志异》所接受的文学传统，主要是此一体系的东西，所采用的文学形式，主要是此一系统的形式，其精神，主要是此一系统的精神。它在文学发展史上，所以了不起，所以可贵，却不仅因其接受了此一传统，而在乎它有所独创。

吴组缃将《聊斋志异》与前代文言小说进行比较，认为它有明显的不同和巨大的创造："《聊斋志异》在接受传统的基础上，有巨大的创造。第一，它把传奇与志怪志人，把唐以前的古代小说，和唐以来的传奇文，两者结合起来，汇同起来，一方面志怪，同时又传奇。……其中有许多长篇的，其故事之曲折，文词之铺陈，有唐传奇的特点，但其情节之怪异、故事之诡诞，则是志怪的特色。""第二，其篇幅短的，虽是古志怪的样子，但却有意味，不那么简朴无华，或客观记录。……或写一事，以讽刺现实，攻击社会。或有所寄托，其中富有意义，给人教训，表达出一种道理，如寓言。"吴组缃论《金瓶梅》，提出"它是第一部取用家庭社会日常生活，描写平凡的市井人物，以揭露黑暗腐败的现实社会和政治的作品"。也是将《金瓶梅》放在整个白话小说发展史上进行考察所得出的科学结论。

吴组缃的古代小说研究，最为学界推崇的是他的《红楼梦》和《儒林外史》的论文，随着这批手稿的发现，他的《聊斋志异》和《金瓶梅》的研究，也会得到学界的高度重视。今后《聊斋志异》和《金瓶梅》研究史的梳理，吴组缃都将是绕不过的一家。

五

下面说一说关于本书的整理情况。吴组缃的两篇遗作均为手稿,写于二十世纪五六十年代,尤其是《聊斋志异讲稿》,写在活页纸上,字很小,加之时间久远,墨迹褪色,整理十分困难。整理者本着忠实于原作的原则,不妄改,凡有订正与补充,一律标注为整理者所为。无法辨认的文字,用符号"□"代替。手稿中的引文,整理者根据权威版本作了核对订正,不另加注释说明。手稿所用繁体字一律转换为简化字。《聊斋志异讲稿》的标点,大多只用逗号和句号,整理者加上了通用标点符号。限于时间与水平,整理工作可能还有不少的疏漏,恳请读者批评指正。

论《金瓶梅》[①]

一

《金瓶梅》出现于明代隆庆、万历年间,约当十六世纪中叶后、十七世纪初。最初以抄本流传,至万历后期始见刊行。全书一百回。有两种版本:最早的名《新刻金瓶梅词话》,有万历四十五年(1617)东吴弄珠客的序。作品采用山东方言和市井行话,词句不甚整饬。开头借用《水浒传》武松打虎一段故事,而后展开正文。另一版本是天启和崇祯的刻本,名为《原本金瓶梅》[②],内容与上本相同,但回目对仗改得工整了,词句修饰了,方言土语改掉了,回前韵文有许多不同,首回以"西门庆热结十兄弟"开头,借用的武松打虎故事连同末后结插的《水浒传》人物情节全都删去了。这些想都是出于复刻者的加工。

《金瓶梅》的作者,在明代当时就没有人知道是谁,因此有种种臆测和不可信的传说。《词话》本开卷有一篇署名"欣欣子"的序,开头说:"窃谓兰陵笑笑生作《金瓶梅传》,寄意于时俗,盖有谓也。""欣欣子"可能就是"笑笑生"本人。这里说明了作者是兰陵人;兰陵是山东峄县境的古称,看书中采用山东口语,所写生活也

[①] 手稿原题《金瓶梅》,题目中的"论"字系整理者所加。
[②] 当指《新刻绣像批评金瓶梅》。

富有地方色彩,这位作者是山东人无疑。今存署名"笑笑生"的作品还有一首《鱼游春水》词,见《花营锦阵》。当时山东有不少通俗文艺作家,如散曲作家冯惟敏(1511?—1580?)、戏曲作家李开先(1501—1568)等,设想像冯惟敏这样的文人是《金瓶梅》的作者是有可能的。

《金瓶梅》的出现,在我国古代小说的发展上是一桩应该重视的大事,因为它是第一部文人作者创作的长篇小说,它是第一部取用家庭社会日常生活,描写平凡的市井人物,以揭露黑暗腐败的现实社会和政治的作品。

先说第一点。我们知道,民族文化都是人民群众创造的,小说这一晚成的文学体制也是如此。宋元以来的白话小说,原是民间流行的群众口头创作,后经文人加工,才成为书面文学读物。这中间实经过了一个从开始受封建统治阶级歧视、压迫与摧残而最终以其新鲜活泼的艺术生命迫使对方承认和接受的长时期复杂、曲折的斗争过程。所谓承认和接受,就作品思想内容说,自不免给予了歪曲和改篡,这在封建文人整理加工以前,即口头创作阶段就开始了;但就其体制表现方面说,则是欣赏其艺术表现,摹仿其形式技巧。这就由据以整理加工,进而至于摹拟和仿制。第一部文人创作的《金瓶梅》的出现,正标志着我国古代小说创作进入这一发展的新阶段。从此,文人创作就代替宋元以来以群众创作为基础的作品,而蔚成小说创作的主流了。这是说长篇小说。至于短篇"拟话本",始见于冯梦龙的《古今小说》,即《三言》,《三言》中"拟话本"的创作始于何时,已难确说。若三书的编刊,都在明天启年间,比《金瓶梅》的出现要迟许多年。冯梦龙与《金瓶梅》的作者差不多同时,但冯年纪要小得多。

次说第二点。我们又知道,宋元以来以群众创作为基础的长篇作品,其取材都是历史故事及神话传说,讲的主要都是非常的事件、非凡的人物。人们喜爱说古谈怪,把眼前平凡的人和事倒忽视了。《金瓶梅》的作者摆脱这一传统,另辟蹊径,取材于眼前的日常生活和身边的平凡人物,以为这也有重要的意义,说是"寄意于时俗,盖有谓也"(欣欣子《金瓶梅词话序》)。这使我国古代小说在英雄传奇和神怪小说之外,又有了鲁迅所称的"世情小说"。这一取材的转变,即由古远转到眼前、由想象落到实地,从一方面说,范围小了,眼界窄了,它直接表现的重大意义和惊心动魄的斗争,显然不如原来群众创作那么引人注目了;但从另一方面看,它却发现了现实,抓住了现实。这表明人们思想认识的一大进展,标志着我国古代小说现实主义方法进入了一个成熟的新阶段。由于开辟了这一条大路,才有可能产生以后的比如《红楼梦》这样的伟著,而且使我国古代小说所取得的造诣几乎可以和二百来年后的欧洲现实主义巨著相提并论。这也是单说长篇小说。至如短篇,宋元话本里早有现实生活题材的作品,不过多是构撰为悲欢离合、曲折离奇的故事,和《金瓶梅》一味白描平淡无奇的日常生活活动还是有区别的。但这类话本为《金瓶梅》开了路,给予了影响,则是不可否认的事实。

《金瓶梅》以这样的开创精神出现,绝不是出于偶然,也不是作者个人的才能可以说明问题的。那是由于明中叶后时代社会的发展各方面都已提供了有关的必要条件,它的出现,只是水到渠成,出于历史的必然。关于我国封建社会后期各方面变化的背景和此一时期小说发展总的情况,前面已有论述。这里简说几方面要点。

自明嘉靖即十六世纪后半中国封建社会内资本主义生产关系因素已见萌芽。山东地当南北水陆交通的要冲,商业的发达,人事交往的频繁,大小城市中尤其显而易见。政治方面,自正德、嘉靖朝政权益趋腐朽,社会日渐败坏,人民群众在官、绅、霸、侩的奴役、掠夺、剥削下,过着水深火热、暗无天日的生活。政治、经济的特点集中反映到思想文化上,是又出现了一个所谓"王纲解纽"的时期。其要点是大力反孔,反程朱理学,反封建教条。李贽(1527—1602)是当时的一位主将,以可惊的胆识批判传统文化,抨击封建阶级知识分子。在文学工作上,则努力提倡新兴的小说。他的评点长篇小说的工作,从内容到形式都是开创性的。针对当时黑暗的封建统治和社会痼疾,他认为好的作品应该面对现实,抒发自己的愤懑和不平;他评点作品,着重阐释人物形象的思想意义,并且启发读者联系现实生活、重视现实生活。他的充满勇气与热力的倡导,使许多封建阶级知识分子转变思想,从统治阵营游离出来,跟他宣传反传统、反复古的文学观,重视通俗文学的搜集、整理、编纂和刊印,并且动手从事摹拟、创作的工作。这里面"公安派"的袁氏三兄弟、"竟陵派"的钟惺、通俗文学家冯梦龙等是代表人物,也包括各地区日逐发达起来的书业和出版业中的许多人,他们也多是一些中下层的知识分子。于是在文化出版界,小说、戏曲、词曲、民歌及其有关的书的刊行风起云涌,形成了高潮。在这样的社会风气与环境条件下,《金瓶梅》的出现就是理所当然,无足为奇了。当然,作者个人的条件和主观的努力也是应该重视的。他在自己的严重局限下能在某些方面得风气之先,关心当时的政治与社会,十分熟悉所接触的现实与人事,衷心爱好新兴的通俗文学,写作上也多才多艺,更为重要的是,不为利、不为名,勇于克服多方面的困难,使自己的开创性的工作能够完成得很出色。

二

《金瓶梅》是一部揭露明中叶后社会政治黑暗与腐败的书。从众多等色的平凡市井人物日常生活活动的深入细致的描写刻画中，提出了我国封建社会发展中面临转变的历史时期具有重大意义的症结问题，亦即有关我国封建社会后期所以停滞不进或发展迟缓的主要问题。从这个意义说，它是比《红楼梦》早一个半世纪明中叶后当时的一部政治历史小说，绝不能仅把它看做一部"淫书"或"秽书"。

此书借用了《水浒传》的故事和人物，作为线索，从"武松打虎"引出潘金莲和西门庆。《水浒传》说，潘金莲和西门庆很快就被武松为兄报仇杀掉打死；《金瓶梅》说，在酒楼被打死的是另一人，西门庆逃脱了，并且买嘱官府，把武松充发远去，潘金莲仍被他奸娶为妾。从这里岔了开来，即以西门庆为中心，展开了全书的描写。到第七十九回西门庆纵欲亡身以后，武松才得回来杀嫂报仇，全书已入尾声了。所以借用旧故事，可能因为当时盛行的《水浒传》给了他较深较大的借鉴影响；但更为重要的是，北宋末世政治腐败，内则义军蜂起，外则强敌压境，终至崩溃灭亡；明中叶后局势大致相近，以彼喻此，借资警鉴，确具苦心，也很巧妙。鲁迅也说："沈德符谓《金瓶梅》亦斥时事，蔡京父子指分宜（严嵩父子），林灵素则指陶仲文，朱勔则指陆炳，其它亦各有所属。"（《中国小说史略》）书中用宋事只是幌子，一到具体描写，什么"惜薪司""兵马司""锦衣卫"等等明显地都是明朝的官衔名目；尤其所写官场弊病、社会时尚、市井习俗、人物言语风貌，无不散发着浓厚的明中叶后现实生活的气息。

书名是三个妇女名字拼凑的。她们都是西门庆的妾媵。书中着重描写了众多妇女们的形象，她们也许是其中比较突出一些的三个典型。《金瓶梅词话》本东吴弄珠客的序说："诸妇多矣"，独以三人命名，"盖金莲以奸死，瓶儿以孽死，春梅以淫死，较诸妇为更惨耳"。意思还是出于什么"女人祸水"，引为"鉴戒"的封建观念。三人之中，李瓶儿先死；西门庆死后，写了潘金莲的下场，还着重写了有关春梅的经历,进一步展示了社会动荡、阶级升降和政局剧变的形势。因此书名对总括全书结构倒有些意义。总之,她们三人是书中的重要人物,却不是主要人物。主要人物还是西门庆。

西门庆是个什么样的人呢?书里就《水浒传》作了添改,介绍他的身份出身说:

> 原是清河县一个破落户财主,就县门前开着个生药铺。从小儿也是个好浮浪子弟,使得些好拳棒,又会赌博,双陆、象棋、抹牌、道字无不通晓。近来发迹有钱,专在县里管些公事,与人把揽说事过钱,交通官吏。因此满县人都惧怕他。

看他凭这样的身份条件接着干些什么,又怎样"发迹"起来:为奸占潘金莲,他买嘱王婆下砒霜谋杀了武大;买嘱仵作团头何九验尸,"一床锦被遮盖";又买嘱县衙不准武松的告状并把武松刺配孟州。他原有一妻三妾,除潘金莲外,又为谋财骗娶了富商的寡妇孟玉楼。邻居花子虚是他的"十兄弟"之一,其妻李瓶儿原是梁中书之妾,花子虚的叔叔"御前班"升"广南镇守"花太监买她来配给了侄儿,花太监死后,巨额财富落在她的手里。西门庆把李瓶儿勾上手,花子虚郁病而死。在侵吞了花家财物以至相邻的住宅,正准备谋娶李瓶儿的时候,不料京都发生了大狱,牵连到他,谋娶的事不得不搁了下来。李瓶儿一时失望,招赘了民医蒋竹山为夫,用残余的资财,开设药店,靠行医卖药度日。西门庆官司一了,就买嘱几个痞棍讹赖蒋竹山,捣毁了药店,把蒋竹山抓到官府里,打得皮开肉绽。李瓶儿还是被他娶到家,先给一顿马鞭子作下马威。看他娶妾、谋财是怎样利用官府势力,使的什么鬼蜮心计和恶毒手段!此时这个土豪和市侩"资格"已经高升:从"西门大郎"成为"西门大官人";能和地方官府平起平坐,给周守备贺生日,骑一匹高头大马,四个小厮跟随,同席的有夏提刑、张团练、荆千户和贺千户。

牵连西门庆的京都大狱,是因北房犯边,失误军机,权奸兵部尚书王辅和提督杨戬被科道官参劾倒台,杨戬"门下"的党羽都要"拿送南牢问罪",并被"三法司"判处"发边充军"。杨戬的手下陈洪,其子陈经济是西门庆的女婿,因此拿问的杨党名单上也有西门庆。陈洪打发儿子带了大批箱笼财物来投奔岳父,另外送他五百两银子。西门庆慌得立刻差派家人来保、来旺携带巨额金银礼物上东京打点,结果拉上了蔡太师府的关系,经由"右丞"李邦彦的手,将案卷中"西门庆"名字改作"贾庆",一块石头方才落地。但是陈家送来的箱笼细软都被他收藏了(后来女婿再三指索,岳父母只是不认),女婿陈经济也从此留下替他做买卖,管文书杂务。一场横祸竟被他如此轻轻巧巧"化凶为吉"!

西门庆以一个"白身"人,能在地方享有权势,正因为"上头"有亲家陈洪连及杨戬作靠山。现在杨戬倒了,他眼明手快,随即巴上了更过硬的靠山蔡太师。蔡太师府的管家翟谦,过去因陈洪的关系曾打过交道,这是条现成的路子。原来太师府正是通过这些家奴跟各地坏蛋结缘,把爪牙分布四方的。于是一拍即合,西门庆的身价骤增。乔大户拿着二千两银子请他求人情了:扬州十二个商人被沧州安抚使扣押下狱。西门庆"慨然"答允,派来保重重的送了财礼去,太师马上下书到沧州,释放了那些商人。接着,太师寿日,他送了"生辰担",多是苏州定办的锦绣珍品和工匠现打的大件头金银器。太师喜欢,赏他一个官:金吾卫副千户实授山东提刑所理刑,顶补贺千户的缺。从此西门庆以"一介乡民"而"平地登云",有了正式官职,自然显赫起来。临府邻县和码头税关的官员也来通声气;本地的许多太监,管皇木、管皇庄、管砖厂的薛内相、刘内相等不断地筵宴往来。同时,在祖坟隔壁和近郊买了几处庄子,在本街添买几所房屋,家中添进了好多丫头、小厮和奴仆,李知县还送给他一个能写会唱的苏州少年。每日冠带上衙,排军喝道。买卖也越做越有兴头。分批派伙计到南边坐庄办货,一笔就几千上万的资金;大笔放高利债;又在本地开解当铺、绸铺、缎铺、绒绵铺;只绒绵铺一天也卖几十两银子。做官和做买卖是他们这样人的两手,绝不会偏废的。

不过意外的"报效"也多起来了。比如蔡太师的管家翟谦给他出题目:十五六岁好女子"替我寻一个送来";又介绍"老爷之假子"新科蔡状元因回南道经清河,请招待、给盘缠。西门庆求之不得,殷勤遵办,用心买一个女子送去。对蔡状元除送白金百两,还添绢缎礼品。不久,为扬州苗员外被家人苗青勾通水盗谋财杀害,西门庆受贿一千两放了他。此事为巡按严参。果然,由翟管家央告太师,顺顺当当给开脱了;并且另点了新巡按下来。新巡按姓宋,是蔡太师之子礼部尚书蔡攸的妇兄,西门庆反多了一重靠山。而那个蔡状元,也新点了御史。西门庆随即托蔡状元请宋巡按到他家赴宴,拉上关系;还关照蔡状元早发他的家人来保掣取"淮盐三万引"的事,蔡说:"这个什么打紧!"对来保说:"我到扬州,你等逐来察院见我,我比别的商人早掣取你盐一个月。"试看,这个市侩竟这样用通天手段垄断买卖!于是蔡太师再做生日时,他亲自进京拜寿,送去二十扛金银缎匹,托翟管家请求,拜了太师为干爷。他即提升为正千户提刑官,而且进京陛见,同朝廷以及地方当权执政者都结为一体了。就是这样,他们由上至下,由地方到朝廷盘根错节,相互勾连,成为最凶残无耻的封建统治势力,压在良民百姓头上敲骨吸髓,无所不用其极。

正在这富贵逼人,炙手可热的时候,西门庆却纵欲而死。跟着,不只西门庆一家仆妾星散,家财销亡,而且整个时世动乱震荡,内忧外患纷至沓来,终于造成总崩溃的局面。第三十回说:

> 看官听说:那时徽宗天下失政,奸臣当道,谗佞盈朝。高、

杨、童、蔡四个奸党,在朝中卖官鬻爵,贿赂公行,悬秤升官,指方补价。夤缘钻刺者,骤升美任;贤能廉直者,经岁不除。以致风俗颓败,赃官污吏遍满天下。役烦赋重,民穷盗起,天下骚然。

不因奸邪居台辅,合是中原血染人!

作者这番议论,虽然也是老生常谈,不见得高明,却借北宋亡国的史事,预示了明末天下大乱、土崩瓦解的覆灭之势。

怎样认识作者给我们塑造的西门庆这一个典型人物,是理解此书主题思想的要害问题。围绕着这中心,写的人与事非常繁多,各方面关系错综复杂,其起落兴败的发迹过程,都和所展示的政治社会环境紧密联系着。以上只是极其粗略的概述,已觉颇不简单。有必要再引一段第六十九回媒婆文嫂对王招宣府女主人林太太所作的介绍:

县门前西门大老爹,如今见在提刑院做掌刑千户。家中债,开四五处铺面:缎子铺、生药铺、绸绢铺、绒绵铺。外边,江湖又走标船,扬州兴贩盐引,东平府上纳香蜡。伙计主管约有数十。东京蔡太师是他干爷,朱太尉是他旧主,翟管家是他亲家。巡抚巡按多与他相交;知府知县是不消说。家中田连阡陌,米烂成仓。赤的是金,白的是银,圆的是珠,光的是宝。身边除了大娘子乃是清河左卫吴千户之女,填房与他为继室。只成房头、穿袍儿的也有五六个。以下歌儿舞女、得宠侍妾,不下数十。端的朝朝寒食,夜夜元宵。今老爹不上三十四五年纪,正是当年汉子,大身材,一表人物。

文嫂虽是媒婆嘴,这里说的却都是事实。我们试看吧:

西门庆是个官僚、富商又兼地主的封建统治代表人物。这样一种"三位一体"的统治阶级代表人物是我国封建社会后期商品

9

经济高度发展、资本主义因素在许多地区开始萌芽,封建阶级和封建制度濒于腐朽没落,因而力图垂死挣扎时期的特种产物。重要的是,这种人绝不是单个地存在:一方面,全国各省、各府、各州县、各城镇无处不有,他不过是其中之一典型;另一方面,他直接通向朝廷,勾连各级政权,最高的擅权执政者什么太师、太尉,以至巡抚、巡按、府尹、县官都同他结为一体,他不过是整个封建统治势力的一个细胞,或安置在基层的一个爪牙。鲁迅说:"至谓此书之作,专以写市井间淫夫荡妇,则与本文殊不符,缘西门庆故称世家,为搢绅,不惟交通权贵,即士类亦与周旋,著此一家,即骂尽诸色,盖非独描摹下流言行,加以笔伐而已。"(《中国小说史略》)这说明了此书主题的要紧处。总之,市侩势力融入封建统治,或封建统治市侩化;这是当时政治经济条件下产生的一种征象,为以往所未曾见过的。看明代的历史,从嘉靖(1522—1566)年间宦官刘瑾和勾结宦官、狼狈为奸的严嵩、严世蕃父子,才显著出现这种擅权执政的人物;他们都是皇帝最信用的人物,因为皇帝自己也是这种人物。这说明此时若还一味死死叮住孔孟之道不放,实不足适应现实变化的要求,亦难于维持其苟延残喘的统治了。

　　这里所谓的市侩,是指利用可能有的特权以及一切不法手段谋取眼前实利暴利的人,这也是我国封建社会后期商品经济发展扩大、商业城市大规模兴起中出现的;原来"一介乡民"的西门庆正是这样的人物。他的父亲西门达是个走南闯北、搞投机倒把致富而又破落下来的财主。西门庆原来只有一个生药铺,凭他从小观摩历练出来的邪恶本领:头脑机灵,手辣心狠,巧取豪夺,大发横财;也是凭着相同的鬼蜮伎俩,由结交官府,枉法贪赃,一步步钻进最高执政者的"门下",成为统治机构里行使重要权力的基层理刑官,作威作福,直接鱼肉人民。"富贵必因奸巧得,功名全仗邓通成!"他深知抓政治权力的重要,在这方面他奴颜婢膝,放开手大把花钱。他所侵吞掠夺来的财富是以最大的份额送进了太师府。我们知道全国有无数大大小小的西门庆,因此像蔡太师父子这样的家伙就成为皇家之外最大的财富所有者。明人王世贞(1526—1590)说:严嵩的儿子严世蕃"积赀满百万,辄置酒一高会。其后四高会矣,而干没不止。尝与所厚客屈指天下富家居首等者,凡十七家;虽溧阳史恭甫最有声,亦仅得二等之首。所谓十七者:己(严自己)与蜀王、黔公、太监黄忠、黄锦及成公、魏公、陆都督炳;又京师有张二锦衣者,太监永之侄也;山西三姓、徽州二姓与土官贵州安宣慰。积赀满五十万以上方居首等。前是无锡有邹望者将百万,安国者过五十万。"接着又说:"今吴兴董尚书家过百万,嘉兴项氏将百万,项之金银古器实胜董,田宅典库赀产不如耳。大珰冯保、张宏家赀皆直二百万之上,武清李侯当亦过百矣。"(《弇州史料后集》卷三十六)这里先说了十七家,后又说了五家,除七家看来是商人,其他十五家都是王室、贵族、太监、大官和土司,而严家父子,在皇家之下,则是当时首屈一指的大富家。总之,全国的财富、百姓的血汗,绝对多的数量集中到这种封建统治势力的手里!这段记载还让我们看到,严世蕃以一孔孟之徒的方面大员,那样沾沾自喜地公开对人炫耀自己的血腥财富,宣扬自己对这种财富的癖好,完全一副无耻市侩嘴脸,同西门庆岂非一丘之貉!

财富集中在这种腐朽反动的封建统治势力手里,绝对不会成为有利于发展经济裨益民生的生产性资本;恰恰相反,它只会助长他们所掌握的封建特权,更加疯狂地干坏事,破坏工农业生产,打击正当的商业经营。就拿西门庆放高利债说,许多商人如李智、黄四等经常由他的盟兄弟帮闲篾片应伯爵、谢希大之流介绍了来,一笔借款五百或一二千两,月息高至五分,限期归还;另外要给中人抽几十两佣金,还要不时馈送酒肉宴席,召唤妓女优伶来侍候答应,以酬谢他的"恩德"。当时新兴的许多工厂和作坊,如纺织之类,不但机数受严格限制,每机要课重税,而且机户的资金也往往是从高利债借贷而来;在这样的凶恶的封建特权压榨之下,所以有"机户出资,机工出力,相依如命"(《明实录:神宗实录》)的话。即以经营商业说,像西门庆这种市侩特权者,也决不同于普通商人。如前面叙及的关于贩盐的事,这是官府控制的专制买卖;先是扬州盐商十二人,不知借个什么罪名忽然被沧州官府扣押入监,转辗托人行贿说情才得释放。这一飞来横祸,岂不弄得那些商人倾家荡产?而西门庆凭他的特权,一下得到"淮盐三万引",向宋巡按一说,就可以早掣取一个月。一个普通商人怎么能够比得上他?他开店做买卖,也都是凭他的权势和富厚的资金,乘人之危,贱进贵出,搞的是囤积居奇,投机倒把攫取暴利的勾当。比如他从南边办货,船到临清码头,派人去向税监钱主事一说,就可以逃免巨额的税银,普通商家怎么能比?

当时朝廷开支浩繁,入不敷出,为了榨取人民膏血,先搞什么"皇店""皇庄",后又搞"采办""制造",实行矿税和榷税。这些都是对工农手工业产品的专利垄断。哪里有什么特产和商货,就把太监派到哪里去。这是最惨重的劫掠,对工农商业都是致命的摧残。这样的恶毒主意也只有手辣心狠,只顾眼前实利的市侩执政者才想得出办得到。那时昏聩荒淫的皇帝就重用亲信这种人。因此所谓的"税珰"遍全国,以至木税、船税、盐、茶、鱼、苇及门摊商税、油布杂税,"无不领于中官"。其中福建的高寀、武昌的陈奉、云南的杨荣、山东的陈增、临清的马堂等等,都以公然抢劫商号、凌逼民家,引起市民大暴动。这就是所谓"大当小监,纵横绎骚,吸髓饮血,天下被害"的情况。《金瓶梅》所写经常同西门庆流连肉酒和妓女、亲密交往的管皇木的薛内相、管砖厂的刘内相,正是这种"税珰"或"中官"。小小一个清河县,就有这许多"税珰"!而西门庆骑在良民百姓头上胁迫压榨,肆无忌惮,同这些税珰如出一辙。西门庆死后,他的宠婢春梅所嫁的周守备府的家奴张胜,就为其妻舅"坐地虎"刘二撑腰,在临清码头带着一帮地痞横行霸道,捣毁大酒楼,毒打布商何官人;这是当时司空见惯的事。如此看来,西门庆买嘱人讹赖并痛打医生蒋竹山,捣毁他的生药铺,还把他抓去坐监牢,弄得完全破产,就更不足怪了。在这种腐朽凶残的封建势力统治下,一般工商业者朝不保夕,生命财产毫无保障,确是明中叶后的真实写照(只在万历初期,张居正执政,有过一些促进农工业生产的措施,但为时很短)。

当时封建统治者手里日益增长的财富,最显眼的还是消耗在他们奢侈和糜烂的生活享用上面。这也是伴随着明中叶商品经济发达的同时才特别显现出来的。嘉靖年间松江人何良俊《四友斋丛说》(卷三十四)告诉我们,说正德(1506—1522)以前,许多士大夫家里"只如寒士",许多"门阀甚高"的官僚,"家居犹不异秀才时"。但是,"至正德间,诸公竞营产谋利"。又说,他小时见人家请客,不过几样菜;大请客样数多一点,一年不过一两次。"今寻常燕会,动辄必用十肴,且水陆毕陈,或觅远方珍品,求以相胜。"某家请一客,"肴品计百余样",又某家请客"用银水火炉、金滴嗉。是日客有二十人,每客皆金台盘一付,是双螭虎大金杯,每付约有十五六两","此是所目击者"。这说的是南边当时经济特别发达的富庶地区封建阶级上层社会风气变易的现象。西门庆以一山东小县的市井暴发户,其奢靡与铺张"吸髓饮血"的情况大致差不多;这也是随着他财与势的上升而日渐其加甚的。书中的描写最令人触目的是吃吃喝喝。生日节日不说,日常人来客往,门庭若市,即家常吃饭,也是整坛的名酒,满桌名贵的菜,样样点出名目,一点一大篇;从早到睡,吃喝没了时。许多食品是远地的出产,甚至是进口货。家里妾媵丫头成堆,奴仆伙计成群,他们吵闹说笑,躄气讨好,进进出出,忙忙碌碌。此外还有妓女歌童、三姑六婆、帮闲篾片、内亲外眷,以至和尚道士、"神仙"术士,都在这个府里转,他们敬酒唱曲、宣卷念经、你瞒我骗、说谎调白,和各种神道迷信活动;他们所求的无非沾点官势,啃点"元宝边"。看来,围绕着"西门大官人",这个市井社会里难有一个劳动者,他们都是游民和寄生虫。

另一方面,我们看到以这个市侩当权者为中心的社会人与人之间表现出来的精神内心之下劣或卑鄙。例如西门庆加官生子后,把孩子取名为"官哥儿",以示庆幸;接着由女眷建议和县中乔大户家定了亲。这应该是封建阶级所谓"门当户对"的婚姻。西门庆却对其妻吴月娘说:

> 既做亲也罢了,只是有些不搬陪些。乔家虽如今有这个家事,他只是个县中大户,白衣人。你我如今见居着这官,又在衙门中管着事。到明日会亲,酒席间他戴着小帽,与俺这官户怎生相处?甚不雅相!就是前日荆南冈(荆都监)央及营里张亲家(张团练)再三赶着和我做亲,说他家小姐今才五个月儿,也和咱家孩子同岁。我嫌他没娘母子,也是房里(妾媵)生的,所以没曾应承他。不想倒与他家做了亲!(第四十一回)

几天后乔家来会亲,月娘假意说:"寒家与亲家那边结亲实是有玷。"试看乔五太太怎么说:

> 娘子是甚怎说话!想朝廷不与庶民做亲哩!老身说起来话长:如今当今东宫贵妃娘娘系老身亲侄女儿。他父母都没了,止有老身。老头儿在时,曾做世袭的指挥使,不幸五十岁故了。身边又无儿孙,轮着别门侄另替了,手里没钱,如今倒是做了大户!(第四十三回)

恩格斯一针见血地指告我们,剥削阶级婚姻都是政治行为。

看这两家谈亲,各有自己的算盘和细账,彼此以富贵相骄傲,针锋相对、锱铢较量,就同他们做投机倒把买卖一个样。

又如蔡太师的假子蔡状元任为两淮巡盐御史,路过山东,西门庆大事铺张,盛设家宴,招来"海盐戏子"还有许多歌儿伶童递酒唱歌,竭诚款待。西门庆借蔡御史拉上握着本地区大权的新贵宋巡按的关系,又托了他早发"三万盐引"的买卖。接着写道:

> 当下掌灯时分,蔡御史便说:"深扰一日,酒告止了罢。"因起身出席。左右便欲掌灯,西门庆道:"且休掌烛。请老先生后边更衣。"于是从花园里游玩了一回,让至翡翠轩那里,又早湘帘低簌,银烛荧煌,席下酒席完备。海盐戏子,西门庆已命手下管待酒饭,与了二钱赏钱,打发去了。书童把卷棚内家活收了,关上角门。只见两个唱的,盛妆打扮,立于阶下,向前花枝招飐磕头。……蔡御史看见,欲进不能,欲退不可(一作舍)。便说道:"四泉(西门庆的号),你如何这等爱厚!恐使不得。"西门庆笑道:"与昔日东山之游,又何别乎?"蔡御史道:"恐我不如安石之才,而君有王右军之高致矣!"于是月下与二妓携手,不啻恍若刘阮之入天台。(第四十九回)

鲁迅颇欣赏这里的描写,在《论讽刺》(《且介亭杂文二集》)一文中将它同《儒林外史》中的讽刺之笔并提。这确也是"无一贬词,而情伪毕露,诚微词之妙选,亦狙击之辣手矣"。因为其中把在冒充风雅的肉麻说词下掩盖着的赤裸裸的势利关系和卑劣无耻的市侩内心揭露无遗。

在诸多"盟兄弟"中,西门庆和应伯爵最为"莫逆之交",简直影不离身。作品用大量笔墨写了这个帮闲篾片,即鲁迅《二丑艺术》(见《准风月谈》)中所谓的"二丑"。这在回目中也略见一斑,如《应伯爵庆喜追欢》《应伯爵替花勾使》等等。他跟着西门庆"说事过财","打诨趋时"。他对西门庆一口一声叫"哥",西门庆称他"你这狗材",妓女们叫他"应花子"。有时装傻卖乖,有时感恩戴德,有时说下流笑话,开恶俗玩笑;西门庆看见他就"笑得眼睛没缝儿",乐于让他饱吃好酒好肉,拿回扣,得赏赐。但西门庆这里一死,他就钻到新发户张二官家去"效忠",算计如何取得西门庆家的美妾和财物。

西门庆同他宠爱的众多姬妾和使婢以及数不清的与之发生关系的仆妇与姘妇的关系,也都是"现金实物交易"的关系,事先事后随即给予钱物,或女方乘机索要银两、衣妆和首饰。

看当时他们这个社会里支配一切的就是赤裸裸的钱和势,什么传统的德行和信条都好像从来没有存在过。

马克思、恩格斯在《共产党宣言》里为我们精辟地揭示出欧洲资本主义成熟时期走向腐朽反动的资产阶级统治所造成的社会关系的特殊现象。《金瓶梅》所描写的市侩执政者所统治的社会确实颇为相似,这里人与人之间也是只有赤裸裸的利害关系,只有冷冰冰的实利或势利关系,"一切素被尊崇的观念和见解都被消除了","一切神圣的东西都被亵渎了!"但实质上是大不相同的,因为这里封建统治势力所集中在手里的社会财富都是利用极端专制的封建特权从农、工、手工业和商业掠夺、榨取而来,又从而助长其腐朽反动的权力给予生产业和商业以严重打击和限制,使之无由成长和发展。这和欧洲处于同一社会发展阶段从生产劳动者直接剥削和大鱼吃小鱼并吞而来,转而投入扩大生产的资产阶级手里所集中的财富或资金是完全两样的。这是消费的财富,但不是生产的资金,反倒是压制生产、摧残工商业,严重阻碍资本主义因素成长发展的枷锁。它必然加快封建社会的解体,加甚封建阶级的腐化与堕落,促使封建专制政权日益走向崩溃;同时,也必然陷广大农村及城市被压迫人民于水深火热的绝境,无法存活,唯有不断地奋起反抗,以暴力对抗暴力,蔚成伟大的革命运动。这才是解决问题,推动社会前进的唯一道路。

　　于此,回头来看《金瓶梅》的具体描写,这个腐朽反动的封建势力统治下的社会里,绝大多数人显然是境遇极为悲惨的被压迫者。由于特权者对土地的掠夺,赋税的惨重以及自然经济的日益破坏,大量农村人口被迫流入城市;商品经济的畸形繁荣,造成城市人口的病态膨胀。据历史记载,全国百万人口的大城市有四十多个。就山东一省说,济南和临清人口都近百万。西门庆以一小县的暴发户,被奴役的男女里里外外几近百个。看史书资料,当时江苏、河南很多豪门,家奴千余人;湖北如麻城几个大户,男女奴仆有三四千人。看来西门庆家的情况实微不足道,是极其普通的。书中告诉我们,这些身居城市的被压迫者,绝非摆脱了封建束缚的所谓"自由劳动力",而是处于被奴役地位的奴隶,和没有自主之权的商品或礼品。来旺、来保、来昭、来兴、来安、岱安、平安、棋童、琴童、书童等等,有陪嫁来的,有投靠来的,有几两银子买来的,有作为礼品赠送来的。他们没有自己的意志,成天被使唤得马不停蹄,替主人干着种种罪恶、腌臢的活动,仰承着主子的喜怒,一有触犯,就可以被打得皮开肉绽,被陷害、被价卖、被处死。可悲的是,看他们的精神状态和所作所为,几乎完全忘本了。他们为环境所腐蚀,为势利所诱惑,为小恩小惠所收囊,多半麻痹了、堕落了、蜕化变质,以至仗着主势成为封建势力的爪牙了。尤可注目的是那些置身黑暗枯井、社会底层的年轻妇女们。她们在荒淫无耻、糜烂透顶的生活牢狱里,是首当其冲的受害者、牺牲者。她们原多是劳动人民的女儿:来旺儿媳妇宋蕙莲是木工棺材匠的女儿,伙计韩道国老婆王六儿是屠夫的女儿,潘金莲是裁缝的女儿,奶子如意儿原是个军兵的妻子,丈夫出征,六两银子卖给了西门家。其余大批的丫头,包括后来作了贵夫人的春梅在内,不用说,都是三两五两银子买来的。城乡赤贫的人民太多了，他们的儿女比牲畜还贱。别看她们平日伶牙俐齿，争强好胜，各有自己的个性和想头；更可诧异的是，什么三从四德，贞操节烈，以及《女儿经》上一套传统教训，她们脑里半点影子也没有，好似从来未受过礼教束缚，早已具有"自由""解放"的思想一样。但是实际上，论她们的待遇各有很大的差异，但都身居受尽屈辱、横遭摧残与蹂躏的地位。甚至最富有因而也最受尊重的李瓶儿，西门庆一怒之下，就可以叫她脱得一丝不挂，跪在地上挨一顿马鞭子；甚至最受骄宠因而气焰也最高的潘金莲和庞春梅，西门庆一死，吴月娘就交贩卖人口的媒婆领了去，只许穿随身衣服，什么东西都不许带，等着人家讨价还价拿银子去购买。这就看出来了，原来她们只是毫无人格，毫无人权的奴隶和商品！她们尽管很聪明、会算计、有才干，可是对自己这种悲惨处境却毫无自觉，也不以为意。成日只忙于梳洗打扮、讲穿讲吃、钩心斗角、邀宠取媚，就拿潘金莲来说，她是那样冷酷凶残、恶劣无耻，谁不对她憎恨、嫌恶？可是，以一个劳动人民的女儿，她会是天生如此的吗？试看一下作者给我们的简括交代："这潘金莲却是南门外潘裁的女儿，排行六姐。因他自幼生得有些颜色"，父亲死后，"做娘的因度日不过，从九岁卖在王招宣府里，习学弹唱，就会描眉画眼，傅粉施朱。""况他本性机变伶俐，不过十五，就会描鸾刺绣，品竹弹丝，又会一手琵琶。后王招宣死了，潘妈妈争将出来，三十两银子转卖与张大户家，与（白）玉莲同时进门，大户家习学弹唱。""这两个同房歇卧。主家婆余氏初时甚是抬举二人，不令上锅灶，排备洒扫，与他金银首饰，妆束身子。日后不料白玉莲死了，止落下金莲一人，长成一十八岁，出落的脸衬桃花，眉湾新月。"那张大户瞒着主家婆把金莲奸污了。"后主家婆颇知其事，与大户嚷骂了数日，将金莲甚是苦打。大户知不容此女，却赌气倒赔房奁，要寻嫁得一个相应的人家。大户家下人都说武大忠厚，见无妻小,又住着宅内房儿,堪可与他。这大户早晚还要看觑此女,因此不要武大一文钱,白白的嫁与他为妻。这武大自从娶的金莲来家,大户甚是看顾他。若武大没本钱做炊饼,大户私与银两,与他做本钱。武大若挑担儿出去,大户候无人,便蹓入房中与金莲厮会。武大虽一时撞见,亦不敢声言。朝来暮往,如此也有几时。忽一日大户得患阴寒病症,呜呼哀哉死了。主家婆察知其事,怒令家童将金莲、武大即时赶出,不容在房子里住。""原来金莲自从嫁武大,见他一味老实,人物猥琐,甚是憎嫌,常与他合气,报怨大户:'普天世界断生了男子,何故将奴嫁与这样个货。每日牵着不走,打着倒退的。只是一味噇酒,着紧处,都是锥扎也不动。奴端的那世里晦气,却嫁了他!是好苦也。'"(第一回)这就交代得很明白:看她的身世经历和所受教养,这个贫家女儿完全是封建市侩势力魔掌下惨遭侮辱、迫害与牺牲而冤苦无告的可怜虫。她从来不知人间有什么好心的爱护,有什么正义的扶持;她被逼给武大作妻,是出于枉屈无辜的惩罚和无耻利己的残害。如此看来,她的许多恶行丑态,实是一种被歪曲得变了形也变了质的报复与雪恨。等到被西门庆奸娶为妾以后,她完全陷入糜烂生活的泥淖中无由自拔,她的灵魂彻底堕落了,腐烂了。这种糜烂生活,亦是当时一种特征。史料记载甚多,这里还是引鲁迅的一段话:"故就文辞与意象以观《金瓶梅》,则不外描写世情,尽其情伪,又缘衰世,万事不纲,爱发苦言,每极峻急,然亦时涉隐曲,猥黩者多。后或略其他文,专注此点,因予恶谥,谓之'淫书';而在当时,实亦时尚。成化时,方士李孜僧继晓已以献房中术骤贵,至嘉靖间而陶仲文以进红铅得幸于世宗,官至特进光禄大夫柱国少师少傅少保礼部尚书恭诚伯。于是颓风渐及士流,都御史盛端明、布政使参议顾可学皆以进士起家,而俱借'秋石方'致大位。瞬息显荣,世俗所企羡,侥幸者多竭智力以求奇方,世间乃渐不以纵谈闺帏方药之事为耻。风气既变,并及文林,故自方士进用以来,方药盛,妖心兴,而小说亦多神魔之谈,且每叙床笫之事也。"(《中国小说史略》)由此可见,这也正是当时政治历史的特征现象之一,同上述腐朽反动的封建市侩统治的诸般特征都是成套的、一体的。"上有好之,下有甚笃"。封建统治阶级凭借其攫取的特权与财富,以此腐蚀了自身,加速了自身的崩溃与灭亡;同时亦以此毒化、腐化了所奴役的人民,使之蜕化变质,忘了本、烂了根,成为立不牢、站不起的软体动物。在作者所揭露的这个社会圈子里,我们所见的是一团漆黑,看不见半丝光亮。勉强寻求,也许如来旺儿及其妻宋蕙莲,算是表示了一点儿反抗的意思;他俩的腐化、堕落,也够瞧的了。但一个敢于痛骂主子的混账无耻,声言要"白刀子进去,红刀子出来";一个目睹身受主子的鬼蜮伎俩和狰狞嘴脸,因而愤不欲生,两人的惨局:一个充军、一个上吊,至少是不同于别人那么服服帖帖甚至心甘情愿的罢!

但是书中并不见完全没有写及有意义的斗争。在封建统治政权内部显然存在着对立势力尖锐激烈的生死斗争。西门庆的罪恶活动刚开头,就碰上京都的大狱:科道言官给事中宇文虚中参劾了蔡太师及其同党兵部尚书王辅和提督杨戬。但结果杨戬参倒台了,蔡太师却安然无恙,王辅也蒙恩不究。第二次,曾御史又参上一本,这回是从蔡太师的基层下手,直接搞到西门庆头上,结果蔡太师很容易地就挡住了,西门庆反倒因此转祸为福。但是最后,蔡太师集团终于被参彻底倒台了:蔡太师的管家翟谦当然跟着垮了,投靠翟管家的拐了西门庆贷款的韩道国夫妇及其女儿、西门庆买赠翟管的姜媵韩爱姐一家数口狼狈逃回山东,母女都沦为娼妓,此时已经天下大乱,封建政权濒于崩溃了。很显然,同腐朽反动的市侩执政者蔡太师集团相对立的如宇文虚中、曾御史等一派,是要求变革的,在统治阶级内部是代表进步的。他们之间的斗争三起三落,屡仆屡起,最终还是顽固保守派垮台,而革新派胜利;虽然,已经为时过晚了。应该说,两派之间不断的激烈斗争,革新派的要求是比较符合广大城乡人民的利益的,是会受到当时挣扎于水深火热的人民群众的拥护的。而作者的倾向也是很鲜明的。但是,书中只从侧面约略写了这一斗争。而且,这种斗争,仅限于朝廷以内,与城市平民的活动无关,和广大的农民的斗争隔绝。比起书中提出来的明中叶后期社会发展中面临严重的症结问题所要求承担的政治历史任务,就显得微不足道,简直没有多少意义了。

综上阐述,可知《金瓶梅》是一部政治历史小说。全书暴露的是我国封建社会后期面临变革之际具有重大意义的症结问题,亦当时社会发展中的一个主要问题:即随着商品经济的高度发达和资本主义因素开始萌芽,封建阶级——官僚、地主同市侩结为三位一体,形成极端腐朽反动的统治势力,紧紧压在城乡人民头上,贪赃枉法,为所欲为,掠夺社会财富,吸尽人民膏血,摧残农、工、手工业生产和商业经营,从而穷奢极欲,腐蚀人心,严重桎梏着社会的前进与发展。这所暴露的问题,对我们认识当时以至此后我国的历史实际具有重要的意义。因为它不是属于短暂时期的偶然发生的问题,而是贯串于长久历史时期的规律性问题。应该这样设想:只要剥削阶级还没消灭,一旦让他们当权得势,则利用特权,垄断经济、鱼肉人民,阻碍社会发展,开历史倒车,总是不可免的。

三

《金瓶梅》通过典型人物的描写,抓住当时现实社会发展中的症结问题,对腐朽反动势力的黑暗统治所作的暴露为以前所未有,已如上述。问题在于:书中的描写,在读者的眼前只见一片令人窒息的如磐夜气和森严的黑暗;虽然在被压迫层中也算有一些微不足道的反抗,从侧面也透露了一点似有若无的斗争,但总的看来,在这个现实世界里,简直看不到任何与黑暗统治相对峙的积极因素和有希望的力量。我们要问,难道当时面临变革的现实社会真相就是如此么?否!事实是,哪里有压迫,哪里就有反抗。看有关当时的史书记载,从广大农村到重要城市,农民起义和市民暴动连续发生,规模之大,组织力之强,反抗之激烈与英勇,足使统治者丧胆。只拿山东地区说,正德时刘六、刘七义军由河北、京畿攻入山东、河南,众至百万;万历时临清市民反抗税监马堂的劫掠,远近罢市,民众万余焚毁税署,打死爪牙三四十人。甚至宫廷里也发生"宫变",嘉靖二十年(1541)十六名宫女勒死那个荒淫残暴的皇帝(后被救活);史家说,"宫闱事秘,疑莫能明",其实正说明群众暴动,反抗罪恶统治者,已成普遍风潮。这样斗争形势,这里或那里,被压迫者的精神面貌总会有所表现,《金瓶梅》作者却视而不见,听而不闻,作品里没有适当的反映,是对现实的歪曲。这显然出于作者的阶级偏见。

原来作者暴露现实黑暗,并非从变革的要求出发,或向往什么新的前景,而只是要拿西门庆作个反面典型,对封建统治阶级提出警告。《金瓶梅词话》东吴弄珠客的序说得直截了当:"奉劝世人,勿为西门庆之后车可也。"书中作者常常出面发议论,说的也都是这种作为"世戒"的意思;第七十八回说:"乐极生悲,否极泰来,自然之理。西门庆但知争名夺利,纵意奢淫,殊不知天道恶盈,鬼录来追,死限临头。"看来,作者对当时现实社会旧秩序的破坏,传统观念的淡薄,虽然视为既成事实,不以为意,但他的思想体系仍不出当时盛行的"三教合一"思想的范围。他所谓"自然之理"或"天道之机",无非是什么"世运代谢,物极必反"的天理循环论;无非是什么"祸因恶积,福缘善庆"的因果报应的世故迷信之谈。这都是极端庸俗反动的封建阶级统治思想。作者认为"当局者迷,旁观者清",他写作此书,"寄意于时俗,盖有谓也",就是要以旁观者身份为封建统治阶级敲起警钟。

唯其作者的根本立场观点是如此,所以书中颇着重有关封建阶级"祸福"的最切身的所谓"女色"问题。于此写得穷形尽相,多重渲染,简直以淫秽为有趣,具见在当时上层腐朽糜烂生活风气的影响下,作者的精神、情趣的下劣与病态。此实超出揭露黑暗统治特征现象的需要。最后写西门庆纵欲亡身,不过借作"鉴戒",劝告剥削阶级不要步他的后尘。令人诧异的是,作者顽固地持封建传统的谬见,不厌重复地用独白和韵语,连同具体描写,把"祸源"一律归于女方,而西门庆倒好像成了受害者。众多的妇女多被写得下流无耻,甘当玩物,以取得主子的欢悦为荣,对她们被污辱被损害的奴隶地位及内心悲苦,根本无动于衷。就中特举出三个较重要的典型人物作为书名,正是以"女人祸水"的谬见,向世俗男子如西门庆之流说教。这里面还写了西门庆之妻吴月娘,对她的势利眼、刻薄寡情、贪财不义等劣迹虽不加掩饰,但总的看来,作者心目中是拿她作为被肯定的"贤妻"的形象,以与诸妇作对照的;因为她三从四德,相夫育子,主持门户,品行端正,在主要方面无不合乎封建伦理标准。

但是作者的封建伦理观念还是很淡薄的。或许由于商品经济发达的社会生活所形成,或者由于作者饱经世故,感情麻痹,在具体描写中经常流露一种冷漠的无动于衷的客观主义的态度。作者好像认为"凡是存在的,都是合理的";现实世界及人事的变化,都受"自然之理"的支配,其间一切都是冷酷无情的,无所谓是非与善恶。这样一种客观定命论世界观,就导致他艺术方法上爱憎不明、美丑不分、褒贬模糊以及精芜无别、细大不捐的自然主义倾向。例如小丫头秋菊的横遭凌虐,孙雪娥的不幸经历和悲惨遭遇等等,作者都出之以若无其事的冷漠之笔,描写中不露明确的爱憎与褒贬。对西门庆许多恶行劣迹和鬼蜮伎俩的描写，作者有时流露惊奇欣赏，有时好像认为此人坦真无辜，有时则出以玩世的游戏之笔，很难引起读者严肃的感情。与此相关联，是艺术概括往往不足，对日常生活活动的描写过于琐屑，几乎每顿酒饭都详点品名，讲经宣卷以至唱曲，都连篇累牍记述故事和曲词，致使全书臃肿，令人生厌。

作者所信持的所谓"自然之理"，实际归结为"天理"与"神道"以及庸俗的因果轮回的迷信思想，作者十分相信看相卜卦，"吴神仙"为诸妇相命，无不一一应验，巫婆卜龟儿卦和为潘金莲作法，也都其应如响。西门庆死后，吴月娘生一遗腹子孝哥，据说孝哥乃西门庆投胎，这个"二世"西门庆后为高僧普静和尚收为徒弟，众多冤死的男女一个个荐拔转世，于是现实世界的严重矛盾斗争，都完事大吉。此可见作者根本的立场观点之庸俗与顽固。

《聊斋志异》讲稿①

先说几句关于本课教学方面的问题：

《聊斋志异》是我们中国文学史第三段中一部伟大的作品集，它包括短篇作品四百三十多篇，连同《拾遗》《遗稿》及《逸编》（皆是编时删去的），大约有450多篇。其中绝大部分都是短篇小说，具有奇异情节的、超现实的故事的、以神话传说为题材的短篇小说，约有三百多篇。同时也有许多记事、素描、特写，有讽刺文，有寓言，有的只数行，有的几十字、一二百字，保持了古代笔记小说的原来面目和体制。这样一部结集，内容方面非常丰富，思想艺术上，在中国文言小说中，可算得到最充分的发展，获得最高的成就，在社会上的影响之大、之深，在中国文言小说中，也是首屈一指，无与伦比的。因此，它在中国文学史上，应该居于了不起的重要地位。

四百几十篇像珍珠一样圆润可爱、像锦绣一样灿烂美丽的作品，值得我们细心地来好好研究它，学习它，俾使我们对中国古代文学中这一艺术形式的作品，在第三段文学史所作的一般介绍，所得基础知识之上，能有进一步的认识与了解。但是我们这个课，应该估计其困难之点，我想到的有下述诸方面：①四百多篇作品，这是一部大著作，如何全面地、比较深入具体地来学习它？这是不容

---

① 原稿中《聊斋志异》，或简称《聊斋》，或简称《志异》，整理者统一改为"《聊斋志异》"。

易的一个大的工作。因我研究不足,经验不足,甚无把握。②据我所知,上学期,同学们学习第三段文学史,此书曾花了四个小时(四节课时间)讲它,得到一些大体、轮廓的认识,这是好的。但此书系用古奥典雅的文言,其故事形式及艺术表现,有其深奥的历史渊源,不像读《儒林外史》《红楼梦》那么明白易晓,尤其在语言运用上,同学们自学时恐有一些困难。我们读《红楼梦》,也不免有一些语言及词汇上的困难,一些历史知识及生活知识方面的困难,比如第五回中,宝玉倦欲睡,导至屋中,挂《燃藜图》,宝玉一见即不喜,不肯进去。什么是《燃藜图》?为何宝玉不喜?(91回)宝玉答黛玉问:"任凭弱水三千,我只取一瓢饮。"黛玉说:"瓢之漂水,奈何?"宝玉说:"非瓢漂水,水自流,瓢自漂耳。"黛玉说:"水止珠沉,奈何?"宝玉说:"禅心已作沾泥絮,莫向春风舞鹧鸪。"黛玉说:"禅门第一戒是不打诳语的。"宝玉说:"有如三宝。"什么意思?同学阅至此,恐怕多是不求甚解,跳过去算了。我们讲了一学年《红楼梦》,思想艺术,大讲特讲,像这样的词汇用语名物的问题,我们就一句也未提到。这都无关宏旨。(当然,也应该不放过,读书不求甚解,总是不对的。)因为那是白话长篇,一二名物词语不懂,并不影响对于主旨的了解。可是现在的《聊斋志异》却不同,它是典型的文言短篇,主旨、形象、故事及作品的意思和意味都是通过那些精练的语言,通过用词造句的匠心表达出来。一词一句不解,会影响到全篇。我们且不当以懂得了一篇的大意为满足,并要进而了解与体会其艺术表现的高妙处。因为我们不只是在豆棚架下听狐鬼故事,我们是文学的学徒,是要做中国文学的专家。我可以举一事,今日市上有用白话语体译的聊斋故事(不是连环画),译得不能说不忠实,但读起来,失掉原文的神味,成了纸扎的花朵,无香味,色泽也不对,成了死的东西。有一青年告我,他读《聊斋志异》原文,只懂得百分之五十或七十,于是他买来译成白话的《聊斋志异》故事来看,看了几篇,就不想看了,说还是看那半懂不懂的原作有意思,能有吸引人的魅力。文学本是以语言为物质材料的艺术,而《聊斋志异》这样的文言小说,则尤其为精致的语言的艺术。我们不可放过。这事我要提起大家的注意,虽然达到如何程度,不可过分要求,但不可忽略。此应属于古汉语的,语言和文学不可分的关系,于此可知。此事甚复杂,不易,我在此方面亦少功夫,愿与同学一同学习。通行评注本,为但明伦评,吕湛恩注的,注也是文言,无标点句读,那是供旧时代具有文言修养的读者用的,对我们目前的读者,仍有困难。但亦有帮助,多看了,就可以进去。全部的新注本,国家出版社正在做,恐须一二年后才得出版。我建议以选注本为精读之助,旧全本作参考。有了66篇的具体详明的学习打了底子,可以触类旁通。再以旧本作参考,问题不大。此不只对阅读《聊斋志异》为必要,对我们文学阅读修养、古汉语修养、古代文学修养,亦是大有益处的。但看明白了词句,并不等于对领会其语言艺术全部问题都已解决。我们还须领会其表达思想感情及故事内容的特殊手法,了解其行文的风格或精神韵味,这方面也是很深厚复杂的,自内容至形式、方法、技巧,它接受了自古以来文章的优美传统,而又有前所未有的新创之处,将我国文言的表达能力提到最高的程度。我在这方面的修养也很有限或不足,但我们也不可忽视。③我们此课,现在决定开半年,每周两篇,一学期,只能上17周,除去一次测验,实际只讲得16次,再除去今日一次,只得15次。如何恰合同学的具体需要,解决同学们遇到的问题,是一方面;同时,又要把其总的精神与特点扼要地加以说明,这是需要摸索的。我向未讲过此课,对此课准备得也不够充分,谈不到有什么深入的研究,更不明白同学们的阅读情况,这就需要好好地计划与斟酌,并要求同学们随时的帮助。

　　由上所云,我对此课进行的计划大致如下:

绪言,总的讲一讲此书的思想和艺术方面的问题。具体的题目如下：

一、《聊斋志异》故事题材的来源

1. 古代神话传统的继承与演变——汉魏六朝小说——志怪

2. 唐宋传奇——爱情

3. 不只是书面的,且是世代在民间流传演变与发展与新创的

二、作者的生平及思想

1. 时代背景

2. 生平

3. 思想及艺术创作的动力

三、《聊斋志异》的思想性

四、《聊斋志异》的艺术描写

五、结语

六、选读示例

在讲总的方面问题时,即在本课进行中,势必要(对)具体的作品作概括的讲述,要就具体的作品来讲,因此就要求同学们要随着进行自学,自己阅读。我所希望的,同学们都已粗略的读过,我讲时所举篇名及故事、人物,都已有一个影子。讲后,再翻看一下,以资印证,求得进一步的了解。若事先未读过,那就较为困难,□须随时先看一些,虽然不完全合要求,也只好以选本来读。因为有标点,有分段,有注释,易于进行。图书馆中买了几十部,另有全本的,也有几十部。请同学按具体要求,自行借阅,我建议有力的,自购一部,能有多少自学时间分配于此课？要作合理的计划,不可占过多的时间,妨碍全部的学习计划。反对无兴趣主义,因有困难,就不感兴趣,因而怠惰。也反对兴趣主义,只能实事求是地做,总

在文学史基础知识之上，做进一步的学习，深一步的了解，其程度多少，则不做过分的要求，因为我们有比此更重要的学习和工作。

其次，在学习过程中，尤其在自习的过程中，有些什么有关阅读方面的困难，望随时写成纸条，具体地提出来，交给我们。让我们针对情况，来组织讲稿及课堂安排。若是提不出具体问题，亦请把阅读与学习的大概情况反映给我们。每个人可自动地提，用纸条，也可以由班长收集，也可由张相儒同志反映，对讲的内容亦可提出意见，以求参考。

我们还谈一谈关于目前《聊斋志异》的研究工作的情况，我所知道的，对此书的研究工作，目前还只在开始，在第三段文学史尤其明清以来几部伟大的小说作品中，《聊斋志异》要算是最为不幸的。因为《红楼梦》《水浒传》《儒林外史》及宋元明清短篇小说，在五四启蒙运动中，已开始受到了重视。从封建文化的长期压迫统治之下，初步地翻了身，出了土，被承认为好的文学作品。虽然那重视，也还是表面的，一些严重的错误观点，资产阶级唯心主义观点曲解它们，导致了极端荒谬的研究途径。但它们之被人尊重，还是事实。即不知其好在何处，但承认其好；不知其价值究竟何在，但知道其有价值。对《聊斋志异》却不然，首先，就不承认其好、有价值。此所遭命运，与五四前，有相反的情形。即《聊斋志异》，在封建时代，倒是为一般文化界、读书人所重视、所喜爱的。因为那些读书人，和一般人民群众不同，他们首先爱重其文字之典雅古奥，即文章做得好。俞樾《春在堂随笔》六，在内容上贬《聊斋志异》，而推崇纪昀的《阅微草堂笔记》，但肯定《聊斋志异》的文章。俞樾引其父俞鸿渐《印雪轩随笔》中的话，说《聊斋志异》一书，才子之笔，非著书者之笔，纪文达《阅微草堂笔记》，专为劝惩起见也。不屑于描头画角，非留仙所及，自述其著《右台仙馆笔记》，以《阅微草堂笔记》为法，而不袭《聊斋志异》笔意，秉先君子之训也。然《聊斋志异》藻绩不失为古艳，后之继《聊斋志异》而作者，则俗艳而已。此话，可代表封建时代一般读书人对《聊斋志异》的看法。这是一种封建主义艺术观点的评价。可是到了五四时代，却正好对其文章或文笔做了否定。同时，对其内容，也还是予以排斥。于是《聊斋志异》就被打入了冷宫，遭到比封建时代还要坏的命运。这是资产阶级形式主义的文学观所造成的恶果。以胡适为首的买办资产阶级和资产阶级研究者们就是用形式主义观点来看《聊斋志异》，他们对《聊斋志异》这一部杰出的伟大的短篇小说集，作了极端荒谬的评价。胡适的《白话文学史》，因为《聊斋志异》是文言写的，因而就根本否定了《聊斋志异》，□□、俚曲、《醒世姻缘传》，至可笑。胡适有意贬低、抹杀祖国的伟大的文学遗产，以为帝国主义文化张目，完全是出于别有用心。我们在此不必多费时间来驳斥。另外，当时一些较为人承认的文学史，虽未因其为文言写的，就否定《聊斋志异》的价值，但他们仍为故事形式所涽惑，说此书搜神谈鬼，在过去两世纪的中国社会，对于助长神鬼迷信，起了很大的坏作用、恶影响。说《聊斋志异》是一部充满毒素的书。这显然也是单从表面的故事形式看问题，而撇开了故事形式中的思想内容，这仍然是不折不扣的资产阶级形式主义的艺术观。（略□□）这种极端错误的论点，是不能容忍的，而且不是个别的。而且至今日，也没有完全成为过去。因此，在解放以前，在教学改革以前，《聊斋志异》这部伟大的作品，从未登过大学的讲堂。《聊斋志异》之开始被我们重视起来，你们能在第三段文学史中，能得到机会，听几节讲此书的课，以及学者们开始研究此书，我们今日能以此书为专题课，都和党对学术文化的领导分不开，和马克思主义的文学观的指导与影响分不开。这并不是一般地说，而是具体的事实。因为党中央对（此）书提倡研究，毛主席的著作中常提此书中故事，毛选注中肯定其为古代的神话传说的故事。古代的神话传说,都是□有人民性的。在肃反运动中,党中央抽印《聊斋志异》中几篇断狱的故事,发给干部们学习,使肃反运动在不放过一个反革命分子的同时,又不冤枉一个好人。(党对肃反工作是极端严肃慎重的,但右派分子却一致的企图否定肃反的成绩,这没有别的,就是站在反人民的立场,反对人民民主专政的立场,为反革命分子说话。)中宣部对此书也加以提倡,《人民日报》曾多次组织人写关于此书的介绍文章。没有党的领导,国家出版社也不会出选集,出了一版,立刻购空。运动中,读者一提意见,又出了第二版,现在容易买到。1948年在东北西丰村土改检查中,在一贫农家得到半部,还有作者的手稿本的发现和影印出版,也是一件令人欢喜的事。这不是我们的幸福么?其次,苏联汉学家对此书的尊重,也给我很大的影响和推动,苏科学院院士阿历克塞耶夫,选译过两册。1954年,译出一书,名为《非常的人们的故事》,共收《长亭》等61篇;1955年又出《狐狸精与奇异的故事》,共收48篇(《婴宁》等)。阿于前年故去。今年来中国的艾德林,译白居易、陶渊明的,就是阿之学生。此书在苏极受欢迎。苏联友人的努力,应该给我们很大的鼓舞。向外发行的外文出版社所出的《中国文学》(英文),也已经介绍过此书,曾已选译了几篇,以后还要陆续选译,介绍给世界各国,使我国美丽的神话传说故事,能成为全世(界)人民的爱好的读物,成为全世界进步人类的宝库中的财富。这也是和党的领导不可分的。凡此,同学们亦应受到感召,来好好学习此书。当全国人民都世世代代喜爱它,当苏联及社会主义各国人民都熟悉它,当全世界人民都热爱它、接受它,而我们作为中国文学的专家的,却还对它不很了解,视为陌生,这讲得过去吗?相反,我们是应该来努力的学习它,认识它,这是我们的光荣的任务。解放后短短的几年里,对《聊斋志异》的研究工作,已初步开始。任访秋写有一篇《〈聊斋志异〉的思想和艺术》

的论文,王文琛、陶君起有短论文,杨仁凯和路大荒有考证文字,皆见《文学遗产》。关于蒲氏生平的研究,路大荒有一个年谱,收在《聊斋全集》中(以后讲生平时再讲)。

我对学习和研究古典文学的方针与方法,有几点意(见),也想提出来,在此谈一谈。我要谈的是一个研究工作的根本方向问题,我的意见,当然不一定对,只是提出来,希望大家参考。我们反对学术至上,为学术而学术,学术研究脱离政治、脱离实际的资产阶级学术思想。所谓脱离实际,即是脱离政治,脱离政治实际。我们解放后,在党的领导下,是在爱国主义的口号下从事古典文学的研究与学习,现在进入社会主义,我们为爱国主义,为从事研究与学习,还是不错的。但已嫌不够。我们应当明确地,要为社会主义文化建设的事业的总目标而努力,而服务。社会主义文化建设,就是我们研究与学习古典文学,要联系社会主义建设的这个实际,这个政治。忘了这个,不能很好地结合这个,而与这个大目标脱节,甚至与之背道而驰,那我们的研究工作,学习工作,就迷失了方向,成了学究式的研究,甚至走向反动的方向。我们在学习和研究工作,在此方面,是做得不好,不够的。先说学习方面。

在我国封建时代的古典文学中,其丰富多彩的文学形式、文学流派和文学风格中,所表现的思想内容,具有伟大的民主性传统,即人民性传统。即作品表达了人民的理想与愿望,反映了人民在封建压迫下的苦痛与呼号;作家们关心现实生活,关心人民的疾苦,支持人民的要求与同情人民的愿望,与人民的心打成一片,与人民呼吸相通,脉搏同跳。文学史的事实是让我们作家脱离了人民生活,脱离了现实社会,其作品即苍白贫血,即空无内容。作家与人民的心结合得愈紧,对人民爱得愈深切,则其对现实生活的感受愈深,其作品则愈有力量,愈能震撼人心,愈为伟大与不朽。全部文学史告诉我们的这规律,我们应该可以体会到毛主席所号召的文艺方针的正确性。但是我们也必须知道,封建时代进步作品、杰出作品所反映的,只是受封建压迫的人民的憎和爱,反抗封建压迫,要求自由与解放。封建时代,人民所要求的,是反抗封建主义,而要求民主主义。这是当时人民的要求,亦即历史的要求。在第三段文学史中,一些伟大作家,如曹雪芹、吴敬梓、蒲松龄,其最进步的思想要求,无非是民主主义的要求和理由,充其量也只是属于资产阶级。

关于收回所发讲义事:

张相儒同志所作校勘,附印于每篇之后,前面加了几点说明。这所加的,和讲义的本身,都有很大的错误。①所印的,并非《聊斋志异选》,只是为了补充张友鹤所选之本,以为我们此课教学上之用,因张选少,作为本课之用,嫌少,不足为讲课时作重要举例及具体分析之用,张选都是取其认为思想艺术较好的作品,我们要全面地讲此书,其不好的,也应读一些,以见其一般特征,作为堂上讲读之用。故张选中已有的,我们即避开,而且也只是举例性质的,认为有些特征的。因此它本身不能独立,只是附于张选来用的——只是补充教材。②再说所做的校勘,张做校勘,表现了他的努力好学和要求把事做好的精神。他的干劲,是很动人的。每天花时间在善本书室,用三种本子校对,并且将文先抄录一遍。他和我说过,我最初以为他自己做此,以练习校勘,且只是选几篇有意义的校一校,不是一一都校。不知他要印发,若印发为讲义,则不合适。a. 所印的,只是补充教材,花很多篇幅印校勘,本课并不讲校勘,亦不讲版本问题,此意上次已提过。b. 校勘是门学问,从前中文系课中有校勘学,校勘在古典文学研究中是有重要意义的。但既是一门学问,即是一门科学,没有学过,或未留心搞过的,就不会搞得好。一门科学,都自有术语,一定的用语,张未学过,故用的不对,不对,人即看不懂,并发生不好影响。以错传错,因此是教材,传教给同学们的,如基本"不变","手本",如说基本作某字,看上下文,较好,较妥。茶,茶叶,此种判断,不可轻易下,须有相当的古文及训诂知识修养,这是一门无底的学问,故一般校勘者,皆不做主观臆断。至于显然错误者,即直接改正即可,如脸、脸,如遂、坠。但亦须小心。问问人,因往往你以为是显错者,实并未错。张所作,倒是对的。还有一类,如云、曰;劈、破;语、言;再、后,此无关宏旨,可不必管。作者自己也不能知。他的手稿,自己亦改,朋友改一二字,他亦接受。张未学过,未留意过校勘,故错,不对,是不足怪的。问题是印发了出来,他不知道印发出来的作用与意义,未跟我商量,此点他有不对。印出来的,还有两点:①简笔字。②误、漏与校勘同在,即成十分突出的不合道理。手抄一过再校勘付印,亦不妥。

一 绪 言

像同学们所已知道的,在我国文学史上的所谓"小说",本有不同的概念和不同的系统。我们习用现代或近代意义的"小说"这一名词。熟知《今古奇观》《三国演义》《水浒传》《儒林外史》《红楼梦》这些作品。对《聊斋志异》这部作品,说它小说,是有必要加以说明的。《聊斋志异》这样的作品,不仅仅因其为文言,而且连带着作为小说,它是属于另一种概念,属于另一系统发展而来。和唐代尤其宋元以来由变文、说话发展而来的语体的话本和演义小说,是具有不同的来历和发展途径的。《聊斋志异》这样的小说,比宋元以来兴盛起来的语体小说,其来源要早得多,古得多。在我国古代,有神话传说(像其他世界各民族一样),这种神话传说,在古代人民口头上流传,把它记录成书面文字,在我国古代的文献中所在多有,最古的现在我们还有一部《山海经》。我们都知道神话传说怎样发生的。因为对于许多自然现象,不能科学地认识了解,他们凭自己的幻想,来想象神的生活,来说明种种自然现象;而且他们也以自己的幼稚的把一切神秘化的理解来看人,看社会;又当然地,以人们自己的经验和愿望来想象神的生活和性格。因此,慢慢地,神,具有人性;而有些人,为英雄圣贤,则具有神性。我们说,说神的,是神话;说人的,就是传说,这区别是应该的,但二者亦总不好分割。神话和传说,总是纠结在一起的。当科学不发达的时代,人对自然现象和社会现象或历史现象,都不能很好地、科学地加以了解。于是看一切,都不免神化。所以在当时,何者为神话、传说,何者为事实、为历史,观念上是完全混淆的。我国古代的历史记载,即史书,包括有不少的神话传说的成分,同样,我们今日认为是神话传说的东西,在古代人民,最初无论是在流传者,和记录者,笔之书者,都当成是科学的记载。所以古代神话传说的记载者,最初是史家,所谓稗官,□是史家。所记的神话传说,最初总是当作史实或事实记载来看待,而非当作文学作品来看待的。《汉书》《隋书》等等文献中,也总是把我们今日看来显然是神话传说的记载,□在史部,《山海经》,列为地理书;《穆天子传》,列为史部起居注。这种书,至汉魏两晋南北朝而大盛,是因佛道思想之盛而生,今所称汉代的这种小说书,都是六朝人的伪托。晋代的干宝著《搜神记》,是六朝小说中之最著名者,为志怪小说之代表,蒲松龄谓"才非干宝,雅爱搜神"。今存二十卷,亦非原书,干宝就任晋朝的史官,以著作郎领国史,王导请他做司徒右长史,著《晋纪》二十卷,称为良史,《晋书》本传说他性好阴阳术数,尝感于父婢死而再生,兄气绝续苏,自言见天神事,乃撰《搜神记》。可见亦是当作事实来记载的。到了宋明,直到清代,此种书是不断有的。这是"志怪"的一个系统,所志之怪,是记载新闻,记载史实,记载客观事实,而非记其主观幻想与愿望。事实上,其中所记,亦有不少的事实,是科学的记载;《山海经》中是有事实根据的,惟多已神话化;《汉武故事》,都有些史实的影子,与西王母会面,就与《山海经》《穆天子传》的故事联起来,这是一类。另一种可当作古代的生物学看或自然科学之书看的,所记往往有可信者,张华《博物志》,今存之书多记异境奇物,实则原书已佚,今存者乃后人采其遗文,又杂取他书附益之,证以裴松之《三国志》注,今本已非原书——或合或不合,我们不谈它。举《玄中记》来看,郭氏《玄中记》:"伏羲龙身,女娲蛇躯。""刑天与帝争神,帝断其首,葬之常羊山,乃以乳为目,以脐为口。"记炎火山等,然亦有:"荆州有树名乌臼,实名胡麻子,其汁如脂,其味亦如猪脂味也。""越燕,斑胸,声小;胡燕,红襟,声大。""枫脂沦入地中,千秋为虎珀。"

我国《本草》,是一部博物书,也杂有许多的神话传说。直到明代李时珍的《本草纲目》,仍是含有许多,如说虫草等。这一类,我们今日称为小说来源之神话传说,古代并不视为小说,而只视为史实记载。我国古代还有称为小说的,则多记述琐事、杂事,如《青史子》。《汉书·艺文志》小说十五家,梁时仅存《青史子》,至隋亦佚。遗文《古小说钩沉》中辑出三篇,这才是《艺文志》上所说的"小说家者流,盖出于稗官。街谈巷语,道听途说者之所造也。孔子曰,虽小道,必有可观者,是以君子弗为也,然亦弗灭也"。稗官,实亦即一种史官。稗,是小米,即是小道。小道对大道而言。故小说,主要指小事情。对大事情,大道理说的。有关治国平天下的是大事大道。这在后来的《笑林》及《世说新语》,亦应该属此系统,此皆记人的事。《世说新语》记人的言谈行事及风度人格,其实亦是记史事。《世说新语》所记,皆是历史人物,历史名人的言行的。此亦代有发展,有著述。清王晫《今世说》,又有近人所作易宗夔《新世说》。话说得聪明,事做得漂亮,有意思。

以上鲁迅分为志怪与志人(《中国小说的历史的变迁》),当然,志怪中多有志人,志人中亦杂有志怪。但六朝时,还分得很清楚的。但不管志人志怪,古代都把它看作史实记载,和史家的工作不可分:因此文学质朴,不铺张,老老实实记事,断句很短,桓温谓之短书。

我国的古代小说,和史有血缘关系。严肃的有素养的小说作者,总是据史家精神,取史家的态度,学史家的方法与笔法。我国的文学与史学,在小说方面,实同流。后来发展,才区分开来的。但尽管已经分开来了,但作小说者,仍然以史家自居。《儒林外史》,叫外史,以别于正史也;《聊斋志异》,曰志,篇后又学史记那样,"太史公曰",作几句评语,他作"异史氏曰"。《儒林外史》《聊斋志异》的创作精神亦是史家的,甚至《红楼梦》,亦说蹑迹追踪,未敢稍有穿凿。我国古代文学家,总是以史的标准来评衡小说,以史家精神要求于小说作者,得有事实根据,即卑视之。明胡应麟是大学问家,即持此见,说唐某些传奇幻设,可付一笑。宋人所记,乃多有近实者,而文采无足观。这要求小说作者不向壁虚构,要有生活现实为其创作的基础,这是对的,好的,即现实主义精神。但偏差在于看成实有之事。故后世治小说者,直到蔡元培,当努力索隐,不惜穿凿附会。但有其传统的原因,传统有好的,有坏的,有对的,有错的。同学都知,史实,是个别存在过的人和事;小说则是艺术,是经过集中概括过的,具有典型意义的形象为主要内容。艺术真实与历史真实,二者不可混同(今日看来),若混同之,则在文艺理论上,有严重错误,在指导创作上,会导致自然主义。但在古代,作家的艺术观,并不如此。艺术观是世界观的一部分,他们的世界观不可能正确,不可能科学化;我们亦不能要求他们的艺术观正确。我们今日正确的艺术观,亦是由古代的世世代代的作者的摸索中总结而来,由他们摸索而来。此事到今日,仍在不断的斗争中。

但古代作者并不知此,亦不能要求他们。《儒林外史》的作者,在创作实践上,实有其艺术目的,他根据生活,作了艺术加工,按其目的(即主观思想),作了很大的集中与概括,实际是作的艺术创作,在其进步世界观指导之下所作的艺术创作,但他仍严格地本诸古代史家精神,亦即现实主义的精神,贯彻于作品中。人物皆有其实有之人之事为根据,笔法,亦接受古代史家传统的。吴在创作实践中,是接受了我国史家的优秀传统,即严肃的现实主义精神,而抛弃了他的不好的一方面,当然主要是由古史而来的。有些青年学者不了解此点,不承认此点,这是不然的。

《聊斋志异》亦秉承史的精神,主要在形制,在取材方面,这我们在下面再说。

中国的文言小说,到唐代有新的发展,就是唐代的传奇。上述志怪与志人的古小说,都是主观上记载事实,不是存心要创作,到唐代,就有人有意识的来作为艺术创作来从事写作。这样,史实记载和文艺创作,就开始区别开来,这是社会文化的一大进步与发展。这种区别,在六朝即已表现出来。梁昭明太子萧统的《文选序》,即云"事出于沉思,义归乎翰藻"。但他所指,是就诗文而言。在小说写作的实践中,到唐传奇,才具体证明出来。(第二段文学史中想已讲过,当时考试前有行卷之制度或风气,书生显示才华,先以诗游于士大夫之门,以博重视与注意,有了名,就易得功名,后以传奇。)传奇的写作,是显示才华与文采的。这种风气之下,许多文士都作传奇。作者一意驰骋其想象,一意铺张扬厉,显示才思,表现文采。与古之作为史实记载,那样简短质朴者,便有显著的不同。在其写作时,是否有事实作根据,是不管的。这是有心要搞文艺创作了。谈到唐传奇,主要是男女恋爱故事,悲欢离合、委婉曲折的爱情故事为其特色,所写都是上层人物的才子佳人。如《莺莺传》《李娃传》《霍小玉传》等。但是我上面说过,古代人的神鬼思想总是不可免地有的，因为科学低，因此神怪故事，如《古镜记》《补江总白猿传》《离魂记》《枕中记》《任氏传》《柳毅传》《古岳渎经》《三梦记》《周秦行纪》等，也占很大的数量。但作者所持态度，已与古小说不同的一方面，即他们并不完全看成实有之事，亦不为有事实根据，而是借奇异故事来攻击其政敌或仇者：如《白猿传》，牛僧儒的《周秦行纪》；其次，他们之写它，趣味并非因其是事实，而是觉得有趣，故有心写他出来，以资娱乐。如《东阳夜怪录》，称成自虚。《玄怪录》称元无有。当然，说对所写，完全不信其为真事，也不可能。他们相信有此事的可能。但他们写它，主要并不在因其为实有之事。此点我们今日认为无问题，但在当时，却受轻视，所谓传奇，即有轻视之意。一谓其无根据，不是史实；一谓其不是古代正统文学，与当时大家之古文有别。鲁迅《中国小说史略》第八篇《唐之传奇文》上，开篇即说明唐小说的此一重要发展："小说亦如诗，至唐代而一变，虽尚不离于搜奇记逸，然叙述宛转，文辞华艳，与六朝之粗梗概者较，演进之迹甚明，而尤显者乃在是时则始有意为小说。"鲁迅并不以为此是他的见解，他引明胡应麟《少室山房笔丛》三十六的话："变异之谈，盛于六朝，然多是传录舛讹，未必尽幻设语。至唐人乃作意好奇，假小说以寄笔端。"鲁迅说，云"作意"，"幻设"，即意识之创造矣。这种传奇文，较之六朝小说，亦已长了。

总之，由远古神话传说，发展至六朝，而一度大盛。在六朝，无论志怪、志人，都是出于传闻实有之事，加以如实的记录，文字朴实，形制简短。至唐，则发展表现才思和文采的传奇文，始有有意为艺术创作的小说。《聊斋志异》所接受的文学传统，主要是此一体系的东西，所采用的文学形式，主要是此一系统的形式，其精神，主要是此一系统的精神。它在文学发展史上，所以了不起，所以可贵，却不仅因其接受了此一传统，而在乎它有所独创。这须分两方面来说。

（一）传统的接受与表现方面的独创。六朝隋唐而后，志怪与传奇，都代有著作。但都一味模拟，不能推陈出新，缺乏新鲜独创的东西。宋元明都不断地有传奇与志怪的作品出现，自形式体制至内容，都没有什么独特的新创的贡献。在文化上，在精神生活上，没有添□什么新东西。《聊斋志异》则不然，《聊斋志异》在接受传统的基础上，有巨大的创造。第一，他把传奇与志怪志人，把唐以前的古代小说，和唐以来的传奇文，两者结合起来，汇同起来，一方面志怪，同时又传奇。《聊斋志异》中的狐鬼，又可怕，又可爱，引起人的好奇恐怖之心，又以震撼人心的爱情描写，来感染人，吸引人。其中有许多长篇的，其故事曲折，文词之铺陈，有唐传奇的特点，但其情节之怪异，故事之诡诞，则是志怪的特色。一般唐传奇，无此奇特可喜；而其间描写对话，塑造人物，则又有志人的手法，对话总很聪明，漂亮，警辟，有意思，有味不尽，有《世说新语》的味道与方法。唐传奇中对话，无此漂亮与警策。第二，其篇幅短的，虽是古志怪的样子，但却有意味，不那么简朴无华，或客观记录，除了事之本身外，看不出什么意思或味道。而《聊斋志异》的短篇记事，却总有其主旨或思想。或写一事，以讽刺现实，攻击社会。或有所寄托，其中富有意义，给人教训，表托出一种道理，如寓言，或则非常警策有趣，真是匪夷所思。试取一则几句几行的一篇《聊斋志异》，与一篇六朝短书来比较一下，即见出其间的显著区别。孰为艺术作品，孰为简单的记载，可以看得清楚。

《聊斋志异》在表现方法或形式体制方面的独创性，当然，不只因其融汇了传奇与志怪，还在他广泛地吸收了、采取了我国古代文学中的好传统。比如在描写人物有许多口语，神情口气。写情节，叙述故事，谋篇布局方面，以看出古史的笔法与方法，写对话，写景物，可以看出和宋元白话小说的关系；在立意、议论、表达主题方面,可见其先秦诸子和唐宋古文家说理文、叙事文的精髓。至其所引诗词、曲文,短简亦表现他有广泛深刻的文艺修养,有些是南朝民歌(《子夜歌》),有些是五代及宋词,有些是元明俚曲(《挂枝儿》《白雪遗音》),有些是魏晋短简。这些,现在只是一提,总之,他具有深厚的古文学修养,把它们都融汇在创作实践中,都是唐传奇及六朝小说所没有的成分。

鲁迅在《中国小说的历史的变迁》稿中,说《聊斋志异》所叙,多是神仙、狐鬼、精魅等故事,和当时所出同类的书差不多,但其优点在:①描写详细而委曲,用笔变幻而熟达。②说妖鬼多是人情、通世故,使人觉得可亲,并不觉得可怕。《小说史略》介绍《聊斋志异》云:"亦如当时同类之书,不外记神仙狐鬼精魅故事,然描写委曲,叙次井然,用传奇法,而以志怪,变幻之状,如在目前;又或易调改弦,别叙畸人异行,出于幻域,顿入人间;偶述琐闻,亦多简洁,故读者耳目为之一新。"鲁所说,是其总的印象,分析起来,何以达到此效果,实不外上述各点。

但纪昀作《阅微草堂笔记》,攻击《聊斋志异》二缺点:①体例太杂,有些像唐传奇,有些像六朝志怪。②描写太详,指写人写事,过细过曲尽,非本人不能知,而本人又不肯说,作者从何知之?(郁达夫亦有此论,而提倡日记文学,书简文学。)纪昀攻击之以为缺点的,一是表面看,纯从形式看,以模仿为能,以独创为下。二是他所说缺短,乃我们所认为优长,正是他的特创之处。我国古代保守主义的评论家、文学家,总是看不见人的独创之点,看到了,又加以否定,看不惯。

在《聊斋志异》以前,明初有钱塘瞿佑所作的《剪灯新话》,又有续作《剪灯余话》(庐陵李祯,字昌祺),万历间又有邵景瞻模仿瞿作而作的《觅灯因话》。这类作品,在《聊斋志异》之前,且是写恋爱和鬼怪的,可谓汇合唐及六朝,为《聊斋志异》开了路。当然

《聊斋志异》亦不能不受其影响。但其吸引人的力量,远不能与《聊斋志异》相提并论。鲁迅说瞿作"文笔殊冗弱不相副,然以粉饰闺情,拈掇艳语,故特为时流所喜,仿效纷起"。所谓文笔差,当然是瞿作差的因素,即是瞿之文学修养不行,表现得不好。但这绝不能说明其主要原因。因为接受传统,是必要的,却不是作品价值之决定因素。于此就要说到《聊斋志异》的独创性之主要的原因。

(二)《聊斋志异》的现实因素。《聊斋志异》主要的独创性何在呢?即对其作品之价值,起决定作用的因素,何在呢?是在它的内容上的现实性。

由上面所说,《聊斋志异》取志怪与传奇这一古代小说系统的文学形式,无疑得到最高的发展和成就,就是说,文言小说发展至《聊斋志异》,获得前所未有的高度成就,为过去志怪与传奇远不能及。这种艺术上的成就,绝不是文学形式及传统技法所决定的,而是当时社会现实和作者自己的思想感情所决定的。即是说,《聊斋志异》的艺术成就,所以远远超过过去这一系统的作品,主要在于它紧密地联系了当时的社会现实,反映了当时的生活面貌,表达了当时使人引起共鸣的进步思想感情,提出了人民所共有的内心要求。因此,要估评《聊斋志异》的价值与成就,就不能仅从文学形式的传统来作说明,所可解决问题的。而仍然必须从他的现实内容来作说明,始可求得了解。在这里,文学形式的传统,就成为次要的东西(不是不重要)。即说,我们研究《聊斋志异》,仍然要从它的思想内容着眼,而不可仅纠缠在它的艺术形式、文学传统方面。关于这个问题,我们下面在介绍作者生平思想和在对作品的具体分析方面,再细说。此处只提出来:即《聊斋志异》的价值,在于当他凭其有高度文学修养的艺术才能来写具有悠久历史的古代传统故事时,又:

①对当时现实社会真实深刻的暴露;

②对当时人民共有的难以言说的内心痛苦和生活理想,有动人心弦的反映;

③在故事的构成和人物的描写上,表现了作者对当时人民生活的关怀和由此而取得的丰富的生活知识,糅和了作者自己对现实生活的深刻体验与观察,作者自己的具有进步的与广大人民相通的思想感情和高明的见解与情愫。

简单说,《聊斋志异》在文学形式上,取用了自古以来的奇异的故事,但在内容实质上,却体现了很高的现实主义方法。这种很高的现实主义方法,是《聊斋志异》以前的同样传统的作品所缺乏的。瞿佑的《剪灯新话》之类,人物与故事不能给人真实感,因此也不能动人;唐传奇有许多好的,如李娃、霍小玉、莺莺,但人物只有轮廓,故事只有大概,其血肉是不足的。六朝志怪,只有简朴的奇怪故事,谈不上形象和生活内容。《聊斋志异》不是如此,鲁说《聊斋志异》中狐鬼有人情,知世故,使人觉得亲切,即在于此(现实主义的精神)。他把现实中人的性格思想,附会到超现实的事物和故事中去,由具有现实性的形象中,体现了他自己对现实的看法和批评。

取传统的故事,而加以新创;与骷髅,而予以血肉与灵魂,本是中外古文学的一个途径。歌德的《浮士德》,Shelly(雪莱)①的关于 Prometheus(普罗米修斯)的诗篇,拜伦的许多叙事诗如 Cain(《该隐》),Don juan(《唐璜》),莱蒙托夫和普希金的许多作品,Flubert(福楼拜)的 Salambo(《莎朗波》),都是脍炙人口的名篇。但其故事,都是古老的。中国的《西厢记》《琵琶记》《长生殿》以至《三国演义》,故事也非新创。

---

① 本段中的外文人名、篇名的中文注释系整理者所加,并得到宋旭红教授的帮助,谨致谢忱。

这并非说故事不重要,题材不重要,或形式不重要。故事及题材,有其重要的意义。故事、题材,给予作者的表达思想感情和反映生活内容,以一定的条件与限制。并不是胡风所说,题材毫无作用。取才子佳人的故事,就反映不出《水浒传》的内容。这是明显的。同样,写学校生活,当然也能反映现实,但却反映不出工农兵生活题材的斗争内容。另一方面,作者取用题材或故事,也是作者的思想感情所指导,所决定的。蒲不取帝王将相飞黄腾达的故事,不写仕宦富贵的豪华得意的题材,而取用民间的神话传说,亦说明了他的世界观的好的倾向。

故事或题材,以及文学形式,既予其现实内容的反映以一定的限制,因此,我们评论《聊斋志异》这样的作品,也不可撇开其艺术形式不顾,而作架空的不□的要求。有人说,《聊斋志异》不能说是伟大的作品,因其中未创造出现代小说意义的典型形象,这是不附实际、一棒子打死的说法。它是取用奇异故事、神话传说,是狐是鬼,是精怪,如何可与现代意义的短篇相比?它是文言写的,如何可与白话相比?但中国古代文言文写的志怪传奇系统的小说中,它却是最高的,其文言,亦是把表达能力,发挥到最高度的。

谈到这里,这段的意思已可结束,但我想顺便补充说明一点。我说《聊斋志异》在中国小说发展中,是属于文言小说的系统,古代志怪和唐传奇文的古小说系统,和宋元明以来盛行发展起来的白话小说,即由讲唱发展而来的长短篇小说,属于不同的系统。因此说,我们研究《聊斋志异》,当首先估价其艺术内容(即反映了现实),而不应为其艺术形式所惑乱;同时,也不能无视其艺术形式,它的内容系通过其艺术形式表现出来,故不可撇开不顾。这样讲,我以为是实事求是的科学的方法。

但绝对不要以为在我们中国文学史上,文言小说和白话小说,是两个截然划开、毫不相涉的东西:文言小说是出于文人之手,出于当时知识分子、读书人之手；而白话小说，则来自下层社会，来自民间，它们彼此不相干。若是我说的，给同学们这样一种误解，那就是大错。我提此话，不是无中生有。事实上，正有人如此来看中国小说的历史的。冯雪峰在其一篇影响甚大的论文中，正是如此看。他把来自民间的文学作品，和成于文人之手的作品，对立起来，看成两相矛盾对立的东西。这样把问题绝对化，完全是一种资产阶级文艺观的翻版，是主观唯心论的方法，和我上次所批判的那些形式主义的谬论实质上是相同的，这是完全不符合我国小说的历史的发展的实际的。

我们且不谈理论，只谈些小说史的事实。

同学们都熟悉《天仙配》，七仙女下凡和董永做夫妻的故事。这个故事，最初见于干宝的《搜神记》，题目叫《董永妻》。干宝是个晋代的文人，是史官；《搜神记》是文言小说，我们已经说过，这是《聊斋志异》的老师之一。出于晋代文人之手的故事，到了唐代就见于民间的讲唱变文，新出版的《敦煌变文集》卷一，就有《董永变文》。到宋元时代，变文发展成为说话（说话之名，唐代即有，至宋而大盛）。今日留存的《清平山堂话本》（日本转来），是宋元时代的话本小说集，其中就有《董永遇仙传》。这都是白话的。后来还有戏曲形成的。《搜神记》中的《韩凭夫妇》，至变文为《韩朋赋》。

唐代的传奇文中，有一篇著名的《李娃传》，白行简作。这是出于文人之手的文言作品。白居易的诗，《白氏长庆集》中有一首一百韵长诗："尝于新昌宅说一枝花话，自寅至巳，犹未毕词。"（《酬翰林白学士一百韵》）李娃是唐代名妓，名叫一枝花。这一枝花，就是李娃。说一枝花话，就是关于一枝花李娃的说话。说话，而今日之说书。由寅至巳，子、丑、寅、卯、辰、巳，讲七八个钟头没有讲完，可见演为说书，情节很复杂，描写很细微了。可见出于文人之手的《李娃传》，在当时，又以民间文艺的形式在社会上流行了。后来还演为戏曲。

再说裴航与仙女云英的故事，原来也是文言小说。《清平山堂话本》中有《蓝桥记》，正是这故事。而且文字也多保持原来的面貌。《清平山堂话本》中，多是白话的，但也有一些文言的，除《蓝桥记》，还有《风月相思》。皆因作为说话的本稿，来不及改头换面，就收了进去。

这种例子多不胜举。同学们若做一篇论文，全面研究一下，今日话本，或拟话本小说中的故事，有多少是取材于古代志怪小说及传奇文的。其间关系为何，发展为何，从其中说些道理出来，也是很有意思的。

就拿《聊斋志异》来说，不久前，天津就有出名的来讲《聊斋志异》故事的艺人，现在他的讲《聊斋志异》故事的话本也已整理印出一些来了。《聊斋志异》故事在京戏和地方戏中也有。去年和今年上半年，川戏中就整理出大量的聊斋戏，如《菱角配》《拉郎配》等等。

由此可见，文人作品和民间作品，文言小说和白话小说，是完全相通的。应该说，文人的作品，总是取自民间，加工之后往往又还给民间。《诗经》、乐府都是民间的，经文人写定，就发展而为文人的诗歌。文人、诗人，必须和人民联系，做人民的学生，就是这个道理。一种文学形式，一经脱离了人民，它即贫乏、枯萎。没有例外，上次已讲过了。

但两者相通，却又不能混淆。它们还是两种不同的、有区别的艺术形式。内容上相通，形式上不可混同。既经由一种形式表现出来，即受此形式之帮助，同时又受此形式之限制。《李娃传》，由传奇文的艺术形式写下来，就无法念七八个小时也念不完；《聊斋志异》原文如《青凤传》，经天津艺人一讲，就讲得长了十倍还不止。若把艺术形式的区别也不予承认,那也是不对的。

凡事都不可绝对化。上说,传奇与志怪也是如此。我们说传奇以恋爱故事为其特色。志怪,只记录奇异之事。但六朝小说中,也有恋爱故事。如《搜神记》中有《吴王小女》,《幽明录》中有卖胡粉女子,都有恋爱情节。传奇文中也不少专写奇异之事,而无男女恋爱故事的。但两者的区别还是有的。凡事不可绝对化地看。动物和植物,一个区别是,动物以有机物为养料,植物以无机物为养料。但此亦不可绝对化,捕虫草是以有机物为养料,它还是植物,不能算动物。动植之另一区别,一有感觉运动,一无感觉运动,但此区别,也不可绝对化,含羞草有感觉运动,还只能算植物,不可谓动物。也不能因此,就说动植物混同,没有区别。动植物还是有明确不含糊的区别的。比如我,就是动物,不是植物;窗外那梅,谁也没有以为它是动物。

文言小说和白话小说,它们属于不同系统,是两种不同来源不同的艺术形式的小说,但又彼此相通,可以相互转化。我们研究《聊斋志异》,要着重其现实内容,同时也要研究其传统的艺术形式和表现手法技巧。

这就是我在《绪言》中所要说的。

二 《聊斋志异》故事(题材)的来源

我们在前面已经讲过,《聊斋志异》这部作品在艺术形式上所接受的传统的渊源:它明显地、直接地继承了汉魏六朝的志怪小说和唐代兴盛起来的传奇文这一系统的小说的传统形式,而使此一系统的小说的艺术有长足的发展,获得了最高的成就。我们从文学史的角度来看《聊斋志异》,应该给予足够的重视和评价。我们在前面《绪言》中所讲,无非就是要提供这种有关的史的知识,让我们可以从史的发展上来认识《聊斋志异》的特点和成就。不致因为昧于史的知识，而孤立地、脱离史的发展的实际来看它。当然，我们要认识《聊斋志异》的艺术特点和成就，只就其艺术形式的传统性来看，是远远不够的，更重要的还有内容的现实性。这后一点，我们前面也已指出，我们留待分析介绍作者的时代和生平，以及具体接触到作品本身的内容时，再作评论，这是本课的主要内容。

我们在《绪言》中，已经讲过《聊斋志异》的艺术形式或作品的体制、文体所继承的传统。我们说艺术形式，那不只是指作品的艺术体制，而且也包括故事的形式在内；故事，也是一种艺术形式，相同的或相似的故事，可以有不同的内容。故事的类别或故事的梗概相同，但不同的作者有不同的态度去处理它，用不同的方法去具体描写它，因此就可以注入不同的思想感情，可以反映不同的生活，可以给人不同的艺术感受，可以收到不同的艺术效果，为不同的目的而服务。就故事的类别说，《水浒传》和《荡寇志》，其故事是属于同一类的；就故事的梗概说，比如宋乐史的《杨太真外传》、陈鸿的《长恨歌传》和白居易的《长恨歌》、洪昇的《长生殿》都是相同的故事，但其艺术内容迥不相同。《水浒传》，同情与赞扬宋江等江湖英雄的反抗黑暗政治吏治；《荡寇志》，则完全站在相反的立场看。甚至写同一个故事的陈鸿和白居易，陈、白乃是好友，陈作为白诗之序，若是细心的人仔细研究，就知道两篇东西的内容有大不相同之处：陈是极力贬杨，其作品的主旨在于"惩尤物，窒乱阶，垂戒将来"，他为封建统治者的统治政权着想，认为一切乱子都当归罪于杨贵妃这个尤物和祸水，这完全是封建统治者的宣传；白诗，则热情地歌颂明皇与杨妃的爱情，同情杨妃的惨死，为他们虽为最高统治者，也和一般人民百姓不能享有其爱情而致深深的哀悼与惋惜。所以陈鸿的序，不但不能说明白诗的意思，恰好跟白站在相反的立场,说了两相对立的意思。对同一事,不同的人有不同的甚至相反的看法和意见,同为土改,地主仇视之,农民欢呼之;同一肃反运动,人民说好极了,右派分子说糟透了;同一新中国的社会现实,我们认为光华灿烂,反动派认为漆黑一团。

因此,故事无疑地是一种艺术形式,可以反映不同的生活内容和思想感情。我们本段的目的是:①具体说明《聊斋志异》不只在文体上接受古代传统,尤其重要,《聊斋志异》故事有其悠久的历史传统。②《聊斋志异》故事固然也从书面文学上受志怪及传奇影响,但更为主要的,是接受了古代小说的精神——即采取作者当时在民间流行的神话传说,而不是从书面文学来模拟古代小说的故事,来作为它艺术创作的题材。③所谓"用传奇法以志怪",是将两者的基本精神结合起来,即就生活中取材(史),而予以艺术的加工与创作(传奇),以具体明白《聊斋志异》的基本精神,因要说得具体□□。现在就讲《聊斋志异》的故事来源。先谈其故事来源,而后再谈其有关内容的问题。鲁迅说,《聊斋志异》"用传奇法,而以志怪",这是概括其全书说的,这说得很中肯。传奇文乃由六朝志怪发展而来,但与志怪已有不同的面目(此在绪言中已说过),《聊斋志异》的作品既直接承此系统,作者下笔持其精神,受其启发,其所受影响,有明显的痕迹可寻。

刘宋临川王刘义庆著《幽明录》(刘即《世说新语》的作者),其书已佚,约266条,其中有"焦湖庙祝"一条,说庙祝有一柏枕,枕后有小裂孔。县民汤林做买卖的,到庙里祈福。庙祝令汤到裂孔里,里面朱门宫室,见到赵太尉,给他娶了亲,育子六人,直做到黄门郎。汤在枕中不思归,后来犯了错误,庙祝就叫他出了枕:在枕内过了多少年,实只俄忽之间。这故事不过三四行,一百二十字左右,写得极其简短。意思也很朴陋,甚至连梦也未提及,是庙祝硬叫汤进枕出枕。而且只是如实的记录其故事,并无明显的寄托或言外之意。到了唐代,传奇文中有两篇极其警策、发人深省的写梦之文,一是沈既济的《枕中记》,一是李公佐的《南柯太守传》。这是两篇极有名的文章。《枕中记》完全采用焦湖庙祝的故事梗概,但时代背景和人物都换了唐代的现实的。庙祝成为道士,贾客成为落拓不得志的卢生青年,去下田,满腹牢骚,和道士谈天,说士之生世当建功树名,出将入相,过富贵荣华的日子。言讫思睡,主人方蒸黍,探囊中枕受之:当令子荣适如志。枕是青瓷,窍其两端,青年做了一场繁华梦,直到老死,乃欠伸而悟,主人蒸黍未熟,生惨然良久,谢曰:"宠辱之道,穷达之运,得丧之理,死生之情,尽知之矣。此先生之所以窒吾欲也,敢不受教。"《南柯太守传》则写做梦到蚂蚁国做驸马,享受富贵荣华的故事。在《聊斋志异》中,卷五有一篇《续黄粱》,乃显然取《枕中记》的故事,卷八有《莲花公主》,乃显是受《南柯太守传》的启发,惟所写乃蜂子国。当然又有其新的、现实的内容与社会意义。

另有关于奇梦的故事。六朝小说中,有许多托梦的情节故事。这等故事,到唐代而大有发展,唐传奇文中,有许多关于奇梦的故事,如沈亚之的《异梦录》《秦梦记》等。其中最突出的是白行简的《三梦记》,记了三个梦。一是梦有所往而此遇之者:一朝丞邑刘幽求夜归,路过佛堂院,窥寺垣内男女杂坐,共食。妻亦在其中语笑,刘欲入,门闭之,掷瓦击之,遂走散忽不见。入内,殿庑无人,益骇,驰归,妻方寝。见刘,笑曰:梦中与十数人游寺,皆不相识,会食于庭,有人投来瓦砾,固遂觉。二是此有所为彼梦之者。三是两相通梦者。行简所记,似皆实有所闻见,写的是有姓有名。末言:《春秋》及子史言梦者多,然未有载此三梦者,世人之梦亦众矣,亦未有此三梦。岂偶然也,备记其事,以存录焉。关于梦的记载,《太平广记》中有自汉至五代的,收有七卷,可知其丰富。《聊斋志异》故事中,写梦的情节多不胜举。如《狐梦》《王桂庵》《彭海秋》

等。但与《三梦记》中第一梦最相像的是卷二《凤阳士人》。

关于离魂的故事,《聊斋志异》中有多篇,如《阿宝》《寄生》《促织》等篇。这也是有来历的。唐宋传奇中有一篇陈玄祐的《离魂记》,写书生王宙与其表妹张倩娘恋爱,倩娘被父另配,郁郁成疾。其魂遂至王宙船上,逃到四川,五年,生两子。女思父母,同回来(到衡州),宙先到女家,首谢其事。父说女病在闺中,你何故诡说!宙说在船上,父大惊,促使者去船,果见女在船上,问大人安否。家人疾走归报,室中女喜而起,饰妆更衣,笑而不言,出相迎,翕然合为一体。陈玄祐所写此故事,刘义庆《幽明录》中也有一则:庞阿的故事,也是女子离魂。庞阿美容仪,同郡石氏女见而心悦之。未几,阿见女来就,阿妻子极妒,使婢缚之,化为烟气而灭。婢乃直诣石家说此事,女父大惊:我女都不出门,岂可毁谤如此。一夜值女在阿斋中,阿父拘执以诣石氏,石父曰:我女与母共作,何得在此?即令婢于内唤女出,向所缚者奄然灭焉。母诘之,女谓,向窃见阿,自此仿佛即梦诣阿。及入户,即为所缚。石曰:"天下遂有如此奇事!"女誓不嫁,阿妻死,乃娶石女为妻。陈玄祐所写,较《幽明录》,无多申发。陈未必是直取《幽明录》故事,而是直取自己的传闻之事。陈文最后说:玄祐少闻此事,而多异同,或谓其虚。大历末,遇莱芜县令张仲规,因备述其本末。女父张镒是张仲规之叔(祖),说极备悉,故记之。

鬼魂的活动,幽婚和再生复活的故事及情节,六朝小说中有大量的记载,荀氏《灵鬼志》,晋人所撰,《勾沉》辑24则。述嵇康出游,宿华阳亭,夜操琴,有鬼称善,嵇呼与相见,谈音律,鬼授以《广陵散》。(今查阜西、管平湖奏此曲。)《搜神记》有卢充出猎,逐獐,见府舍,有人出迎,谓尊君为君索小女婚,充父早亡,见手迹,甚歆歈。即与女婚,生子。三日出,始知女及其父(崔少府)皆是鬼,所赠碗,亦棺中殉葬物。东晋戴祚《甄异传》:刘沙门病亡,妻贫儿幼,遭暴风雨,垣墙(破坏),妻泣拥儿(曰):"汝爷若在,岂至于此!"夜沙将数十人,料理宅舍,明日完矣。《甄异传》:沛郡人秦树,自京归,天昏黑失道,遥见火光,往投宿,乃一女子秉烛,宿外屋,见女子独处,虑其夫至,女曰:保无虑,不相误。为设食,树求婚,女曰:"自顾鄙薄,岂足伉俪。"向晨,女泣别:"与君一睹,后面莫期。"赠以指环,树出,回顾,乃是冢墓。《列异传》(魏文帝撰,恐是后人所托,原书早亡,各书所引,有出魏文帝以后的)记谈生年四十无妇,夜读,有女子十五六来就生为夫妇,说:"慎勿以火照我,三年之后,方可照。"为夫妻,生一儿,已两岁,不能忍。夜伺其寝,盗照之,腰以上已生肉如人,腰下但有枯骨。妇觉曰:"君负我,我垂生矣,何不能忍一岁?"生谢,涕泣不可止。女令随去,入草堂,赠以珠袍。乃睢阳王女,疑其发冢。陆云之侄,陆机之子《陆氏异林》:钟繇曾数月不朝会,意性异常,问其故,云:常有好妇来,美丽非常。问者曰:"必是鬼物,可杀之。"妇人后往,不即前,止户外。繇问何以。曰,公有相杀意。曰无此。勤勤呼之,乃入。繇意恨恨,有不忍之心,然犹斫之伤髀。妇人出,以新绵拭血竟路。明日使人寻迹之,至一大冢,中有好妇人,形体如生,着白练衫,丹绣两当,伤左髀。叔父清河太守说如此。此已甚动人。最著名的,为《吴王小如》及《卖胡粉女子》的故事。《吴王小女》出《搜神记》,吴王夫差小女玉与童子何重恋爱,私许为妻。王怒,不许。玉气结而死,重往吊于墓,玉鬼魂出,流涕。左顾宛颈而歌曰:"南山有乌,北山张罗……意欲从君,谗言恐多……羽族之长,名为凤凰。虽有众鸟,不为匹双……身远心近,何尝暂忘!"邀重还冢,留三日夜,临出,赠以径寸明珠。重出,诣王说其事,王怒,谓其造讹言玷秽亡灵,发冢取物。重逃至玉墓诉之,玉乃见王,备说其事。夫人出而抱持,玉如烟然。这类故事,唐传奇文中有《庐江冯妇传》《李章武传》等。此种情节是《聊斋志异》故事基本结构和组成成分的，如《公孙九娘》《湘裙》《伍秋月》《薛慰娘》《宦娘》《莲香》《连琐》《聂小倩》《林四娘》《鲁公女》，不胜枚举。

　　人死鬼魂回家，与家人骨肉相聚如生时，和死而复活，历述阴间和阎罗地狱受罪，以示劝善惩恶之意的佛教思想的，在汉已有，至六朝而大盛，这一系统的故事情节，也是《聊斋志异》故事的基本组成成分。《甄异传》谯郡夏侯文规居京，亡后一年，见形还家，乘车，宾从数十人，云是北海太守，或一月或五十日辄来，似憎蒜而畏桃。《幽明录》有石和尚死后四日复苏，及康阿得死三日后苏等。《录异传》：会稽山阴贺瑀死三日，心尚温，后苏。乌程丘友，死经一日半复得生，说在阴间经历及见闻行为。刘义庆《宣验记》和王琰《冥祥记》，则专为宣扬佛法，反对道教。故事皆晋宋人物，死而后生，历述在阴世见闻及阴阳交通，诸地狱罪报，劝奉佛，戒杀生。颜之推（北齐）《冤魂志》全是佛家报应的故事，如徐铁臼为后母虐待致死，其鬼乃祟其异母弟铁杵，以报其后母。弘氏述商人弘氏被官府冤诬处死，诸宦悉皆得惨报。具见佛教轮回之说已经深入民族文化，成为人民自己的神话传统，臻于成熟。在《太平广记》五百卷中，此类鬼魂、再生、悟前生、报应、□□的有关佛教的故事，占八十余卷。《聊斋志异》故事，以此为其基本的构成部分，如《珠儿》《窦氏》《牛成章》《叶生》《席方平》《王六郎》《水莽草》《李伯言》《阎王》等。

　　《聊斋志异》故事以狐鬼故事著名，说到狐狸成精，大禹治水，有涂山氏相助之传统，在汉魏六朝志怪中，有不少记载。《列异传》述汝南督邮刘伯夷夜宿惧武亭，人告此亭不可宿。刘以巾结两足，冠以帻，拔剑以待。忽有物来覆其身，屈起以袂掩之，以带系之，照之乃一老狸。明日发视楼屋，所杀人发数百枚。这种传统是很古的，旧说"狸髡千人，得为神"。《玄中记》说：狐五十岁，能变化为妇人，百岁为美女，能知千里外事，善蛊魅，使人迷惑失智，千岁即通天,为天狐。《幽明录》:有狸化为人,冒充某人,去迷美妇的故事。述吴兴戴眇家僮客姓王,其妇色美,眇之中弟恒往就之,客怒,白眇。眇问其弟大怪,此必妖怪,客俟其来,欲缚,变成大狸,由窗中出。狐变为美女的故事,六朝小说中不多见,六朝小说中化美女迷人的,都是大龟、水獭等。但有吴县费升一则:吴县费升为九里亭吏,暮见一女从郭中来,素衣哭一新冢,日暮不得入门,寄亭宿,至夜,升弹琵琶令歌,女云:"有丧,勿笑人。"歌音甚媚,歌上曲、中曲及下曲,皆五言绝句。下曲云:"伫我风云会,正俟今夕游。神交虽未久,中心已绸缪。"向明,升去,女惊怖。猎人至,狗入屋,于床咬死,为大狸。(此狐无恶意,不可怕,脱原始传记形态。)(《幽明录》)唐张鷟(文成,即《游仙窟》的作者)所著《朝野佥载》(记唐代佚事,司马光《资治通鉴》引用之),有一段谈到狐的传说的事:唐初以来,百姓多信狐神,房中祭祀以乞恩,食饮与人同之,事者非一主。时有谚曰:"无狐魅,不成村。"骆宾王讨武后檄曰:"掩袖工谗,狐媚偏能惑主。""狐魅"一语,已成口禅,这是和关于狐的传说是分不开的。唐传奇文中王度《古镜记》和《任氏传》(沈既济)都写到狐化美妇与人恋爱的故事。《太平广记》关于狐的故事,有九卷之多。

各种禽兽鱼鸟以及百物用具的变化,汉六朝志怪中各类皆有。虎、牛、鼠、龟、鸡、鸭、獭、蛇、笤帚、履、枕皆为魅。有时往往人亦化为虎(《述异记》,汉宣城太守化虎)。既有各种妖魅,就须驱邪。这类传说,本与方士的宣传不可分。驱魅降邪,是方士、术士的本行。六朝志怪之书,许多是方士的伪托,像《列异传》所记鲁少千驱蛇为魅的故事,是典型的。古之方士、巫士、术士,即后世之道教,他们懂天书、符水、法术、幻术,又能炼丹、服食,为神仙。这是汉六朝的普遍极其兴盛的风气。中国的神话传说,与佛与道二者不可分。佛之轮回,道之长生,皆合乎人的基本愿望与理想:所谓好生恶死，人之恒情，老是从个体着想，从个人的私情——骨肉朋友、所亲所爱着想。死是可怕与可悲的，但个体消灭总不可见，自然规律不可抗。故佛家轮回，实即虽死犹生；道家长生，即永远不死。这是古人一般人所最容易接受，符合自己的愿望与幻想者。人从而能得到精神上的支持，心理上得到安慰，能够好好的有兴致、积极地活下去，没有了这种传说与神话的支持，如资本主义社会的人，如封建时代的一些人，如凤姐之流，就会玩世不恭，为非作歹，而精神内心深处，总是悲观主义者，因其个人主义，只为一己，而一己生命不能永葆，必然悲观主义的人生观。要解决这个问题，只有变个人主义世界观，为集体主义世界观。集体总是永远存在，永远前进，永远发展，永远繁荣的。以往有人想到地球的毁灭、无可逃生而为人类悲哀发愁，现在苏联科学家制造人造卫星成功，人类开始进到宇宙活动的时代，这对人的精神内心的鼓舞，是不可估计的。这就具体见出社会主义的优越，与资本主义的衰朽与落后。右派分子坚持其个人主义，不要集体主义的领导，不要使大家幸福地生活的社会主义，从人类文化思想的发展看，实在是愚蠢可悲的。我此所说，只说平日只谈到宗教——佛道思想的消极作用，迷信的毒害；但在今日我们的新时代，回顾过去的旧时代，我们也应该看到从而产生神话传说的好的一面。宗教迷信与神话传说，是完全不同的。

为了避免繁琐，不一一举例。此类故事在唐传奇文中，有王度《古镜记》中所述，有《东阳夜怪录》，叙王洙述其所闻于成自虚，夜中遇到精魅，以隐语相酬答，天明始知所遇为骆驼、瘸驴、老鸡、大猫、刺猬、老牛及犬等成精。牛僧孺《玄怪录》（《广记》369）述元无有投宿，遇精魅，吟咏，及明，乃知是水桶、灯台、故杵、破铛成魅。（《列异传》有张奋故事，遇金、银及杵为魅化人。）《聊斋志异》中除狐鬼而外，各种精魅的故事，占了极大的比例；但是这些精怪并不都是可怕的,当然也有许多可怕可嫌的,如《王通》(马)、《申氏》(龟)、《衢州三怪》《海公子》(蛇),但更多的是极有人情(如《黎氏》《二班》《鸽异》等)和非常美丽可爱的(竹青—鸦,阿纤—鼠,三仙—蟹、蛇、蛤蟆,花姑子—麋,西湖主—猪婆龙,阿英—鹦哥,绿衣女—细腰蜂,素秋—蠹鱼,白秋练—鱼,黄英—菊,葛巾、香玉—牡丹)。化虎的则有《向杲》《苗生》等。总之,他们都人性化了。至于法术与成仙,在《聊斋志异》中也有此一类。幻术如《彭海秋》《寒月芙蕖》《道士》《丐仙》《单道士》等。成仙的多少故事的结尾皆如此。《太平广记》中道仙、方士、异人十六卷,妖怪、精怪十五卷,禽兽、水族、昆虫等四十四卷。

唐以前小说中,写神仙仙女,有意境极美的。陶潜《搜神后记》有《袁相根硕》,写袁、根二猎者入山,遇二仙女,成夫妇,二人回家,耕于田,忽觋化而去。《幽明录》述黄原为犬导入山穴,与仙女妙音成婚。《搜神记·天上玉女》,述魏弦超夜独宿,有神女来,从八婢。自言七十,视之十五六,为夫妇七八年,赠诗别去。五年后,超奉使出行,于山道遇女,又复旧好,张茂先(张华)为作《神女赋》。出名的还是《幽明录》上的刘晨、阮肇于天台山遇仙的故事。此类神人仙女的故事,在《聊斋志异》中有《云萝公主》《神女》《锦瑟》《翩翩》《嫦娥》等。《聊斋志异》中有一类专写海外仙女福地的,《仙人岛》《粉蝶》《安期岛》,如唐传奇文中的《王谢传》;写龙宫水□的《织成》《西湖主》《罗刹海市》,略如唐传奇文中的《柳毅传》;写穷苦人民得美人仙女的,如《蕙芳》《房文淑》《褚遂良》《绩女》等。此在六朝小说中已有很多,如《董永妻》。上述《刘晨阮肇》《黄原》《二猎者》等遇仙女,亦皆穷苦的劳动者。《搜神后记》中有《白水素女》,农民谢端,乃一孤儿,勤于耕作。偶取一螺归,置瓮中。每日从田中来,见户中有饭饮汤火,意谓邻人所为,往谢,邻人说我未做,何见谢?谢端心疑,鸡鸣去,潜归。见少女从瓮中出,至灶下燃火,端入门,问新妇从何来,为我炊?女大惶惑,答曰:"我天汉中白水素女,天帝哀汝少孤,恭慎自守,故使我来守舍炊烹,十年中使君居富得妇。但今吾形已现,不能复留。"端请留,不肯。风雨中忽然而去。这就是后世的螺蛳精故事,至今尚流传民间,可是其来源已有两千年了。《刘海砍樵》及《张羽煮海》《天仙配》,皆是一类故事,这是人民性最强的、美丽可爱的神仙故事。神仙故事起源最早,也最为丰富,《太平广记》中仅神仙类就有五十五卷之多。女仙十五卷。

关于人事的,《聊斋志异》写妒妇、悍妇甚突出。如《马介甫》《江城》《段氏》等。此在六朝小说中,专有一书,曰《妒记》(宋虞通之著,兵部校尉,传是奉宋明帝为诫宋世诸公主而作,虞另有《后妃传》),专门写妒妇、悍妇的故事。有许多已成为笑话一类。谢安妻刘夫人妒,人谓《关雎》《螽斯》有不忌之德,夫人知以讽己,问谁撰此诗,答云周公。夫人曰:"周公是男子,若周姥撰,当无此语。"有士人妇妒忌,对夫打骂,有以专绳系大脚。唤便牵绳。夫乃与巫婆谋,言如厕,易羊,己乃逸去。妻牵绳见夫化为羊,大惊。召巫婆,巫言夫人积恶,故郎君化为羊,以示责怪。妇悲号,抱羊而哭,咎悔自誓。夫徐徐还,妇喜。而多日仆羊,岂不辛苦。后复妒悍,夫伏地作羊鸣,妇惊怖,誓不复犯。此类故事,到了后来的《笑林广记》中,成为大量的。有些流为恶趣,皆反映男性心中的偏见成见,反映对妇女的歧视轻视。当然也有好的。问题是对此事实——内在矛盾,如何看法,如上所举谢妻、刘夫人一则即佳。

以上等就故事的大类列说,举其荦荦大端,已经觉得枯燥与繁琐。当然讲得不完全,挂一漏万。另有一些并非整套的故事系统,而只是一些琐碎的情节,如《聊斋志异》中多有凶宅的故事,全书有两则,《宅妖》《青凤》《狐嫁女》《小谢》等皆旧宅第闹鬼怪,人不敢住。六朝小说中,《列异传·张奋》一则,即写凶宅。这种故事,代代有之。因为富贵人家盛衰有时,荣极必衰,大房子空着,就自然生出恐怖的幻想。解放前,北京有出名的四大凶宅。若现在,房子住满人,又唱歌,又开居民会,小孩又热闹,一片繁荣景象,那会有此?

关于看风水讲堪舆,《聊斋志异》中有许多写此,如《姊妹易嫁》《堪舆》,杂鬼神志怪(亦见孔氏志怪):陶侃微时,遭大丧,家贫亲自营博。以牛运载,忽失去。逢老公云:岗上见一眠牛,其处好作墓,坟极贵。言讫不见。太尉之墓如其言。后世犹称眠牛穴,讲风水是自晋代盛行起来的。世传堪舆,皆尊郭璞。

《聊斋志异》中有许多小情节,也是由来已久的,比如《王兰》一则,鬼卒捉错了人,送他还阳,欲以报谢。途遇寺庙,见有狐炼丹,对着天空吞吐,鬼卒即劫其丸,送给王兰吞下。此即修炼成仙的一个门道。又有以人入古井或墓中,□年不死,龙飞相公之类。此在六朝小说之中,有之。如《异闻记》述郡人张广定,遇乱,有女四岁不能步涉,又不可担负,乃以器縋女下古冢中,予以数月饮食,舍去。三年乱平,赴冢中收女尸,埋。见女尚活,问何得不死。女言粮初尽,甚饥。见冢角有物伸头吞吐,试效之,不复饥。父索女所言物,乃一大龟。《伍秋月》,有碑云:女秋月,葬无冢,三十年,嫁王鼎。王鼎来住旅中,女即相就为夫妇。此于碑上作预言。此在六朝小说亦有之。《神怪录》:将军王果为益州太守,路经三峡,船中望见江岸石壁千丈,有物悬在半崖,令人就视,乃一棺。中有骸骨。有石志之:"三百年后水漂我,欲及长江垂欲堕;欲堕不堕遇王果。"果云:"数百年前知我名,何可舍去?"即为营墓,设祭而去。

《聊斋志异》中有《好快刀》,刀砍头落,犹言好快刀。《录异传》亦有一条:汉武帝时贾雍为豫章太守,出界讨贼,为贼所杀,失头。雍犹上马还营。雍胸中语云:"有头佳,无头佳?"众泣曰:"有头佳。"雍曰:"不然,无头亦佳。"言毕而倒。

《搜神记》中载,吴时有徐光者,尝行术于市里,从人乞瓜,主勿予,便从索瓣,杖地种之。俄而瓜生蔓延,生花成实。乃取食之,因赐观者。鬻者返视所卖,皆亡耗矣。《聊斋志异》种桃(梨),即本此,乃知小说家多依仿古事而为之也。(俞樾《春在堂随笔》)

俞樾这段话的意思,可以代表旧时代一般对于小说文艺的旧观点,即崇古鄙今。以模拟仿效古人为尚,持此成见,往往知其一不知其二,便不能了解事物的真相。我们上面也是举出了《聊斋志异》故事的古代来源,犹如俞樾举与种梨一事相类的《搜神记》种瓜故事一样,但我们举此以上的例子,只为说明《聊斋志异》故事多有很古的来源,不是由任何一个人或作者自己临时向壁虚构出来的。任何个人,不管其才气多大,本领多高,也无法虚构与独创许多吸引人的故事;纵然虚构出来(根据古代的丰富故事,从书面上在书□上,加以模仿与变化),也是不会吸引人,使人喜见乐闻的。这样的作品并非没有,《聊斋志异》以后,无数仿《聊斋志异》的狐鬼小说,如《萤窗异草》《夜雨秋灯录》《夜谈随录》《二十年见闻录》等,犹多是如此。这些向壁虚构的奇异故事,比起《聊斋志异》来,就明显的使人区别出一是纸做的花朵,一是含香带露的鲜花。此中之故,除了《聊斋志异》故事中糅合注入了作者自己的思想感情及现实生活体验而外,也在于故事本身的活生生鲜嫩嫩,它不是独自坐在屋里无中生有地用纸和颜料一手自制成功的,而是刚从园圃里山野里摘取而来的。这是说,我们不要因为以上的说明,便错误地像俞樾一样以为《聊斋志异》故事都是从书面上模仿抄袭汉魏六朝志怪小说和唐宋的传奇文的故事而来,若是我们这样的理解,那就错误了。事实是,《聊斋志异》故事,有其很古的来源,这些古老的故事,世世代代在民间传播、创造、变化着,它们和历代的人民的生活有着血肉联系,世世代代人民的思想感情与之密切结合着,它们本是从封建时代人民的生活、从人民的思想感情的现实土壤中产生的,它们的种子又还是落在人民的生活和思想感情的现实土壤里面,继续从人民的生活和思想情感里吸收养料,不断地得到发展、繁殖和变异,世代相传,一直没有停息。因此,那些故事的本身,原是人民现实生活的血肉所构成,而经过几千年的流传,与世世代代的生活境遇和生活理想相联系,从而经过取舍、增删、变化,得以不断地发展,其种子愈老,其根愈深,枝叶愈茂,开的花愈香,结的果愈甜,人民愈是喜见乐闻。其间当然也有因为生活变迁,思想感情有别,或其他原因,故而中途衰谢、窳掉,未得到继续发展成长的机会:这样脱离了人民的现实的沃土,而被人民渐渐遗忘的神话传说,现存的古籍中,还是有所保存的。但是更多的,却是结合了世世代代人民的现实生活,世代人民,又以新的东西,像园艺里移花接木一样,使之繁殖为新的品种,或使色香形态更为丰富美丽起来。这所谓人民,当然主要是指广大的处于被压迫地位的劳动人民而言,但其中也包括知识分子,即读书人。因为他们本身并不是一个阶级,在旧时代,他们主要当然是为封建统治者服务,但有不少的人,也有与人民的生活、人民的思想感情相接近的一面。他们的记录与加工,采集与创造,对这些神话传说的发展也起着很大的作用,这也是不可抹杀的。

这意思很明白,即一方面,《聊斋志异》故事虽有其历史悠久的来源,并且见于古代的书籍,但我们不可理释于它们都直接从书面上抄袭模仿而来,不是如此,它们主要还是从当代的民间——现实生活中采集而来。因为生活文化总是一脉相承,古代的神话传说,有的固然被先代人采集记录了下来,有的被文人接受,或蒙其影响,而加工创造为文艺作品,但那些神话传说的本身,还是继续不断地在民间传播,并结合了新的东西,而踵事增华,繁衍发展。后代接近人民的知识分子,又可以直接予以采集与加工。这方面是主要的,但同时,我们不能否认《聊斋志异》也接受了前面所介绍六朝小说及唐宋传奇文的书面影响与启发(绝对不是抄袭与仅止是模仿),因为那些古代的那些记录与创作,对民间传说的发展与繁衍是会起一定作用的,而《聊斋志异》一经成为书面文学,较民间的原来面目有所提高,它反过来,也同样的会辗转回到民间,去起其作用。

《聊斋志异》故事,从书面上受了其先代——即六朝与唐宋的书面作品的影响与启发,是很明显的。蒲的序文说:"才非干宝,雅爱搜神。"他的搜集民间神话传说,是受了干宝编著《搜神记》的影响,这说的就是写作《聊斋志异》故事,干宝《搜神记》是给了他以影响与启发的。文中一上来说及屈原、李贺,说了干宝之后,又说了苏东坡。屈原(三闾氏)、李贺(长爪郎)和苏东坡(黄州)这些著名的先代文学家,都是非常喜爱民间的神话传说的。在第三卷《织成》一篇里(选本无),写柳生落第归,过洞庭湖,忽遇洞庭君借舟,躲在船上,窃戏侍儿织成,被缚行诛,柳生对龙君说:闻洞庭君为柳氏,臣亦柳氏,昔洞庭落第,今臣亦落第,洞庭得遇龙女而仙,今臣醉戏一姬而死,何幸不幸之悬殊也。王者闻之,唤回,问汝秀才下第者乎?这显然是依据唐传奇文李朝威《柳毅传》的(当然,此故事也在民间不断流传,又生发衍化为《张羽煮海》之类)。《香玉》一篇中,与牡丹花变的女子恋爱的黄生,题诗树上:"无限相思苦,含情对短窗。恐归沙吒利,何处觅无双?"后来香玉又说,"佳人已属沙吒利,义士今无古押衙,可为妾咏。"这里所说沙吒利,见唐传奇文许尧佐撰《柳氏传》,无双和古押衙见薛调《无双传》(张友鹤注中于"古押衙"一词未注及)。这种例子,书中时有透露("何事求浆者,蓝桥叩晓关?有心寻玉杵,端只在人间。"——出《蓝桥记》)。这是不用多说的,因为这些只能说明蒲的文学修养,作者当然读过这些书和文章。

《聊斋志异》故事,主要绝不是仅从先代书面作品中采取摭拾而来,而是从当时现实生活中,即民间的口口相传、正在流传的故事中搜得而来。在他的诗文集中,有两句诗可以概括他写作《聊斋志异》故事的来源与写作的动机和精神。《得家书感赋》云:"漫向风尘试壮游,天涯浪迹一孤舟。新闻总入狐鬼史,斗酒难消垒块愁。"又一首,《答王阮亭先生见赠》云:"《聊斋志异》书成共笑之,布袍萧索鬓如丝。十年颇得黄州意,冷雨寒灯夜话时。"王阮亭(渔洋山人)原诗乃题《聊斋志异》的,卷首题词中有之,流传甚广:"姑妄言之姑听之,豆棚瓜架雨如丝。料应厌作人间语,爱听秋坟鬼唱诗。"这意思,在他《自序》中也明白地说了:"才非干宝,雅爱搜神;情类黄州,喜人谈鬼。闻则命笔,遂以成编。久之,四方同人又以邮筒相寄,因而物以好聚,所积益夥。"都说明他的故事如何搜集而来。我们根据确切的材料,《聊斋志异》的故事,多半像古代的志传一样,乃是搜集当时的神话传说——即在日常生活中所传闻的真人真事。作者一秉汉魏六朝志怪作者的传统精神,拿他们当真人真事来写,以取信于人。这是当时主导的文学理论所指导的,作者自亦不免受此理论之支配。但前已言之,这只是一方面(史的精神),另一方面,作者又决不为此传统理论所局限,他又接受了唐传奇的影响,不止将搜集来的故事,止于如实的简朴的记录,而是加以艺术的创作。这一些,就与当时的正统文学观念有了区别。我们上次已引述过胡应麟的轻视鄙视"幻设"的故事,要求文学作品一如史实的记载,而反对虚构与创造。我们现在还可以补说胡应麟的一条意见。胡在其《少室山房笔丛》三十六中对唐人小说十分鄙视与厌恶,他说:"唐人小说如柳毅传书洞庭事,极鄙诞不根,文士亟当唾去,而诗人往往好用之。夫诗中用事,本不论虚实,然此事特斑而不情,造言者至此,亦横议可诛者也。何仲默每戒人用唐宋事,而有'旧井潮深柳毅祠'之句,亦大卤莽。今特拈出,为学诗之鉴。"贵古贱今,以文学为史实,这种正统观念是强有力的,但蒲松龄则在《聊斋志异》写作中,摆脱了此观点。这是有勇气的事;同时他又保持了那传统观念的一面,使之收到好的效果,起好的作用,这又是可敬佩的一面。

我将《聊斋志异》四百三十多篇作品,粗略地核查了一下,其中有大半数可以证明是写得当时的真人真事,这些奇异故事梗概本身的现实性是不容忽视的。这种作为史实搜集的传统精神,他是坚持了的。其结果,使其所取本身,即如上言,乃如方由山野或园圃中摘取而来的含香带露的新鲜花果,色泽鲜艳,芬芳扑鼻。他的故事之所从来,一种是乡里的传闻,一种是写明了出于他的亲戚故旧的,一种写明了出于当时的知名之士的。这三种,占了全书的大半数,其余没有写明的想必是属于四方之人,以邮筒相寄的。

我将这些证明是当时流传,当时发生的故事分做下述几类来加以简单的介绍与说明。

①是由篇中的人物,证明是当时确有其人或有其事的:

《金和尚》(四)①——后有乾隆丙戌六月二十七日,天都鲍廷博的跋语,鲍廷博即鲍以文,《聊斋志异》一书的编辑出版,鲍是怂恿出版、出资参与的。赵起杲《弁言》:"此书之成,出赀勷事者,鲍子以文。"书首有他的题诗。鲍此篇跋中说:"予闻之荷村先生:和尚绍兴某县人,少时与侄某流寓青州,久之,复与侄相失,祝发为僧。后其侄显达。荷村先生言其名字爵里及其他琐事甚悉。尝以柳泉此传未尽得实,付梓后,欲别为小记以正之,刻甫竣,而先生遽捐馆舍。予述焉不详,姑撮其大凡如此。"荷村先生,待查。又《花朝生笔记》引《分甘余话》云:"国初一僧,金姓,自京师来青之诸城。"事大致相同。天都鲍廷博以文题卷首云:"百年何人为表彰?

---

① 篇名后的数字,可能是该篇所属卷次。

玉函金匮名山藏。荷邨先生事蒐讨，腾喜天留有遗稿。"又有余集蓉裳题云："丙戌之冬，志异刻成，距荷邨殁又五匝月矣。……余去年在郡斋时，与先生审订是书。"

《武孝廉》（十五）——"武孝廉石某，囊赀赴都，将求铨叙。至德州，暴病，唾血不起。""异史氏曰：石孝廉，翩翩若书生。或言其折节能下士，语人如恐伤。壮年殂谢，士林悼之。至闻其负狐妇一事，则与李十郎何以少异？"足见石孝廉实有其人。

《喷水》（十三）——"莱阳宋玉叔先生为部曹时"。王渔洋云："玉叔襁褓失恃，此事恐属传闻之讹。"注：玉叔名琬，号荔裳，顺治丁亥进士，宦四川按察使。

《狐梦》（卷八）——"余友毕怡庵……尝以故至叔刺史公之别业，休憩楼上。……毕每读《青凤传》，心辄向往。""康熙二十一年腊月十九日，毕子与余抵足绰然堂，细述其异。"《花神》（《绛妃》）亦说在毕家绰然堂，园中花木极盛，倦游回屋，做此梦。毕家，蒲多年坐馆。

《花神》（《绛妃》）（卷十六）——康熙二十二年（1682），时42岁。"癸亥岁，余馆于毕刺史公之绰然堂，公家花木最盛，暇辄从公杖履，得恣游赏。一日……"

《刘姓》（卷十四）——记李翠石解纷劝善，刘姓夺农人苗某桃树事。见《淄川县志·义厚传》。《聊斋诗文集》卷上，有一篇《龙泉桥记》，有云："李君翠石，其为人，敦笃乐善，一乡称长者……（说山路溪谷的峻险难行，需架桥梁，而苦于无法筹费）忽发慈悲，锐任之。捐其产，泻其囊，数年始竣，费金几盈千，而将伯之助予，盖十而三之……于是一道康庄矣。壬戌，工既九仞，唐太史为作记，未遑寿山，而翠石先朝露，迟迟又久，其令嗣欲成父志，索其文迷其藏所，而太史亦脱屣矣……"

《考城隍》（卷一）——予姊丈之祖宋公，讳焘，邑廪生。一日卧病。

《上仙》（卷十五）——癸亥三月，与高季文赴稷下，同居逆旅。季文忽病，会高振美亦从念东先生至郡。

《偷桃》（卷十三）——童时赴郡试……余从友人戏瞩……以其术奇，至今犹记之。

《跳神》。

《梦别》（十四）——"王春李先生之祖，与先叔祖玉田公交最善。"（李先生名宪，字王春，崇祯举人，顺治进士。玉田名生汝，万历举人。）

《狐嫁女》——"历城殷天官，少贫，有胆略。"注：殷名士儋，字棠川，明嘉靖庚子举人丁未进士，官吏部尚书，谥文庄。

《泥鬼》（卷十四），《雹神》（卷十六）——皆及唐太史济武事，前面述及文集中有《龙泉桥记》，也提到唐写桥记。《聊斋志异》卷首有唐之序："谚有之云：见橐驼谓马肿背。此言虽小，可以喻大矣。"末署"豹岩樵史唐梦赉拜题"。《泥鬼》一则，异史氏曰："观其上书北阙，拂袖南山"，唐太史名梦赉，淄川人。

《董公子》（卷十四）——"青州董尚书可畏"（写关公显灵事）董尚书名可威，益都人。万历进士，仕至工部尚书。

《莲香》（卷二）——桑生名晓，字子明，沂州人，少孤，馆于红花埠……（末云）"余庚戌南游至沂，阻雨，休于旅舍。有刘生子敬，其中表亲，出同社王子章所撰《桑生传》，约万余言，得卒读。此其崖略耳。"

《阳武侯》（卷十四）——阳武侯薛公禄，薛家岛人……（注：公胶州人，建文时有靖难师之功，初行时六军中呼曰薛六，既赏更名禄，永和初，营建北京，董其事。）

《一员官》（卷十六）——济南同知吴公，刚正不徇。

《新郑狱》——长山石进士宗玉。

《钱流》(卷九)——"沂水刘宗玉云:其仆杜和,偶在园中,见钱流如水。"(《罗祖》——末言"沂水刘宗玉向予言甚详,予笑曰……"注:刘宗玉名琮。)

《太原狱》——时吾邑孙进士柳下令临晋。(孙进士名宗元,号长卿,淄川人。顺治乙未进士。)

《折狱》二则(十六)——邑之西崖庄,有贾某被人杀于途……时浙江费公祎祉令淄,亲诣验之。(费字支峤,鄞县人,顺治十五年宰淄川,以讹误去。)异史氏曰:即此事,亦以见仁人之心,方宰淄,松才弱冠,蒙器许,我夫子不哲之一事,朽实贻之也。

《诗谳》(十六)——无何周元亮先生分守是道,虑囚,至吴……(周元亮,名亮工,号栎园,河南祥符籍,江西金溪人,宦户部侍郎。有《书影》,狱中作,是主要的参考书籍。)

《于中丞》(十六)——于中丞成龙按部至高邮。(于永宁人,任黄州知府,为圣祖皇帝所深知,辛酉入见,赉予甚厚,上亲制诗赐之,擢兵部尚书,总督直隶,江南,江西。)

《元少先生》——韩元少先生为诸生时。(韩名菼,号慕庐,长洲人,康熙癸丑状元。)

《老龙船户》——朱公徽荫总制东粤时。(朱名宏祚,高唐人,徙济南,顺治举人,文中述致檄于城隍之神,朱集中有《祭城隍文》。)

《李八缸》——"太学李月生,升宇翁之次子也。翁最富,以缸贮金,里人称之八缸。"异史氏曰:月生,余杵臼交……余兄弟与交……卷十三有《王十》(盐贩)、《王大》(博徒),皆及张石年。(张名嵋,康熙二十五年宰淄,历事精明,三年□□得举,与作者交甚笃,诗文中有诗甚多,有悲喜诗十三首,悲□□□。二十五年到任,廿八年离任。)

《焦螟》——董侍读默庵家为狐所扰……(董名讷,字默庵,平原人,康熙丁未探花,官兵部尚书。)假诈庭孙司马第……(孙名光祀,平阴人,顺治乙未进士,官兵部侍郎。)

《张贡士》——安丘张贡士寝疾,心头有小人出……"高西园晤杞园先生,曾细询之,犹述其曲文,惜不能全忆。"(高西园名凤翰,号南阜山人,以诸生荐举,官歙县丞,《随园诗话》中介绍其诗,"吾素仰山左高凤翰之名"。张杞园名贞,字起园,安丘人,康熙壬午举人,授翰林院待诏。高张二人,蒲文集中有诗往还。)

《杨大洪》——"大洪杨先生涟,微时为楚名儒。"(杨字文儒,湖北应山人,明万历进士,常熟知县,应廉吏第一,天启时官御史,参逆珰魏忠贤二十四罪。)异史氏曰:"公生为河岳,没为日星……余谓天上多一仙人,不如世上多一圣贤。"

《郭安》——孙五粒,有僮仆……郭父鸣于官。时陈其善为邑宰。王渔洋云:新城令陈端庵,凝性仁柔无断。(陈端庵,浙江德清人,顺治己丑进士,官新城令。)

《李司鉴》——"李司鉴,永年举人也。于康熙四年九月二十八日,打死其妻"……时总督朱云门……"已奉谕旨,而司鉴已伏冥诛矣。"见邸抄。(朱云门名昌祚,山东高唐人。)

《胡四相公》——"莱芜张虚一者,学使张道一之仲兄也。"(张芹沚,名四教,顺治进士,官翰林兵备道视学川右。)

《杜小雷》(十四)——杜小雷,益都之西山人……末云谭薇臣曾亲见之。

《白于玉》(五)——吴青庵筠,少知名。葛太史见其文,每嘉叹之。

《紫花和尚》——诸城丁某,野鹤公之孙也。野鹤名耀亢,字西生,官容城教谕,有诗集传世。

《捉狐》(十五)——"孙翁者,余姻家清服之伯父也。素有胆。"

《古瓶》(十四)——邑北村井涸……瓶一入袁孝廉宣四家。注:袁名藩号松□,淄川人,康熙癸卯进士。

还有许多条,不必一一详说,但可提一提篇名,以便查对,我读时注意及之。《安期岛》(卷十二)和《三朝元老》皆提及刘中堂鸿洲。卷十四《大人》——长山李孝廉质君诣青州,途中遇六七人,语音类燕。两颊俱有瘢,大如钱,问何病之同……卷十五《何仙》——长山王公子瑞亭,能以乩卜……李太史质君师事之……辛未朱文宗案临济南……孙太史子未。《武技》——李超……淄之西鄙人。(王渔洋云:雨窗无事,读李超始末,因识于后。)卷十四《库官》——邹平张华东公。《齙石》——新城王钦文太翁家。《秦桧》——青州冯中堂家杀一豕。《冯木匠》——抚军周有德。(辽东人)《乩仙》——章丘米步云,善以乩卜。《四十千》——新城王大司马。名象乾,总督川湘,点军务。《雹神》——王公筠苍,莅任楚中。(《雹神》有两篇,卷十四有一篇。)《堪舆》——沂州宋司郎君楚家,素尚堪舆。《汤公》——汤公名聘,辛丑进士。《宅妖》——长山李翁,大司寇之侄也。《柳氏子》——"胶州柳西川,法内史之主计仆也。"《念秧》中道及王子巽,有族先生,先生朋友,文集中有诗文。《蛰龙》——於陵曲银台公。卷六《犬灯》——韩光禄大千之仆,夜宿厦间。《狐朕》——焦生,章丘石虹先生之叔弟也。

②同一故事,见于当时他书记载者:(这在六朝小说中也有不少,如孙皓得金佛像,置于厕处,令执屏筹,又对之溺——文字不同,故事无异——而大病一条。见于《旌异记》四五九、《灵验记》三六六。)

《邵士梅》(十五)——《虞初新志》中收有陆鸣珂次山《邵士梅》一篇(亦附于《聊斋志异》中),《池北偶谈》有《邵士梅》一则。邵,济宁人,以进士授登州教授。

《大力将军》（五）——记吴六奇将军事，吴是清初征苗者，查伊璜浙海宁人，名继佐。后查以修史一案，株连被收，卒得免，皆将军力。附《觚賸》《雪遘》一则，乃钮琇玉樵玉作。

《姊妹易嫁》——篇末有住城孙扩图识之："按文简封翁讳敏，以孝廉任杭州府学教授。生五子，文简最少。封翁年八十余……受封而卒。其茔地自赵宋时沿葬，历有达者。至文简卒，始卜西山新阡。乾隆壬戌，予与文简裔人共修《掖县志》，曾亲至毛氏新旧两茔，览其碑表，征事实焉。"王文简夫人一则，毕氏《蝉雪集》有记，与此小异。夫人姓官氏。姊陋文简有文无貌，悔婚。妹代姊归文简。姊自恨，出家为女道士。妹馈遗之，不受。登上寿。文简林下廿年，颇与过从谈道，相敬重云。俞樾《茶香室三钞》引宋钱易《南部新书》：吉顼之父喆，与顼取崔敬女，女坚卧不起。小女自登车去。顼后入相。"按近人小说中，有姊妹易嫁事。……乃知此等事，古固有之。"

《林四娘》（三）——青州道陈宝钥，闽人。王渔洋《池北偶谈》亦载此事，诗作七律，德州卢雅雨采入《山左诗抄》。林西仲云铭有《林四娘记》，写陈所遇乃一青面獠牙鬼，赤身挺立，头及屋檐，陈以枪刺之，震骇失枪而扑，迟明，调兵二千名，鬼从墙角出，仅三尺，头大如轮，口张如箕，发炮，炮不燃，又失矢。友自谓君自患，鬼出谢，变为美女。

《放蝶》——长山王进士岋生为令时，每听讼，罚令纳蝶自赎。王进士字子凉，崇祯庚辰进士，江南如皋知县，性简静，退食之暇，饲鹿调鹤，□□□之外无所耽□，积书数万卷，坐卧其下。乞休归里，杜门著书，有《怪石集》。见《济南府志》。《茶香室三钞》引龚炜《巢林笔谈》云：明季如皋王岋，每饮客，纵之为乐。

《豢蛇》（十二）、《蛇人》（十三）——一说庙中佛院供养蛇，□条□蛇佛寺，以蛇为美。一说蛇人养二蛇，曰大小青。《茶香室丛钞》引周春《辽诗话》载《染庄社记》,出《永平府志》,云契丹时,辽兴军凤尧者,路收一卵,置囊中,系脐下。月余,出蛇,饲以肉,渐长盈丈,围尺许,乃纵之野。命名为雅,雅知人意。数岁益大,食禽兽,噬人。有司募捕者。尧知为雅,乃往,呼其名而至,数其罪,俯首伏诛,血染村、石悉红,庄以名。庄老记尧及蛇。又宋长白《柳亭诗话》载:西山潭柘寺,有巨蛇二,呼大青小青,闻磬即出。

《陆判》(一)——《花朝生笔记》引王丹麓晫《今世说》载,周立五弱冠时,貌寝,面有槁色。三十二岁赴试,梦雄冠绛衣人,左头右刀,易头去,周大惊,举手摩之,头如故,而异。又有老人为易腹,自是文学日进,历试皆售。官侍讲学士。周名启隽,宜兴人。

《采薇翁》——"于陵刘芝生,聚众数万,将南渡。"王渔洋《带经堂文集》载,刘节之事相同。刘,长山人,长山即古于陵。

《蒋太史》(十六)——附《池北偶谈》一则。

《武技》(十四)——李超……淄川西鄙人。王渔洋云雨窗无事,读李超始末,因识于后。

《香玉》(三)——上清宫之北,有烟霞洞,为刘仙姑修真处。洞前一白牡丹,巨逾罔抱,数百年物也。相传前明即墨兰侍郎者游其地,见花而悦之,拟移植园中,而未言。夜道人梦一白衣女子来别,曰今当暂别,至某年月日再来。及明,兰遣人来取此花。道人异之,志梦中年月于壁。至期,道人又梦女子来曰,今归矣。趋视,则旧植花处,果含苞怒发。亟奔告兰。趋园中视之,则所移植者果槁死。云洞前花今移存。此则止于齐东野语矣。然《聊斋志异》《香玉》一则,即本此而作。

③传者实有其人,有资料可考者:

《香莲》(二)——见前勾出一则。

《鸲鹆》(十四)——"王汾滨言:其乡有养八哥者"……毕载

积先生记。

《黑兽》(十四)——闻李太公敬一。

《蛙曲》(二)——王子巽言在都时。(《念秧》亦及王子巽、有族先生,亦见其诗文集。)

《木雕美人》(九)——商人白有功言,在泺口河上,见一人荷竹簏。

《义鼠》(十三)——杨天一言见二鼠出,其一为蛇所吞……友人张历友为作《义鼠行》。

《山魈》(十三)——孙太白尝言,其曾祖肄业南山柳沟寺。

《三生》(十三)——刘孝廉,能记前身事。与先文贲兄为同年,尝历历言之。

《龙肉》(十四)——姜太史玉璇言。(姜即墨人。)

《衢州三怪》(十四)——张握中从戎衢州云:衢州夜静时。

《侯静山》(十五)——高少宰念东先生云:崇祯间,有猴仙,号静山。高念东见《上仙》。

《咬鬼》(十五)——沈麟生云:其友某翁者,夏月昼寝。

《刘亮采》(十六)——"闻济南怀利仁言:刘公亮采,狐之后身也。"(刘,历城人。)刘字公溪,万历举人、进士,历有政声,归,筑室灵岩,以终老,工诗,善画,通音律。又俳儒,滑稽,调笑怒骂皆成文章,诚如《聊斋志异》所云。《历城志》《济南府志》皆有传。

《李生》(十六)——"商河李生好道,村外里余有兰若"……此王梅屋言之:李其友人。

《江城》(七)——余于浙绍得晤王子雅言之竟夜,甚详。(康熙十一年作者卅二岁,孙蕙任江南同考官,从之。王洪漠《柳泉居士行略》述其游踪及南游诗。)

《新郎》(八)——江南梅孝廉耦长,言其乡孙公为德州牧,鞫一奇案。(注:梅孝廉名庚,宣城人,康熙举人。)

《诸城某甲》(三)——学师孙景夏先生言,其邑中某甲者。(孙名琬,举人,曾任泾县知县。)

《祝翁》——济阳祝村有祝翁者……康熙二十一年,翁弟妇佣于毕刺史家,言之甚悉。

《彭二挣》(十一)——禹城韩公甫自言邑人彭二挣。

《狂生》(十二)——刘子师言济宁有狂生某。

《阎罗薨》(十五)——松江张禹定言之。

《萧七》(十)——"徐继长,临淄人,居城东之磨房庄。业儒未成,去而为吏。"末云董玉玹谈。

④背景一本史事,信而可征者:蒲生于明清之际,所述多反映明末清初的动乱社会及时事。

《公孙九娘》(六)——"于七一案,连坐被诛者,栖霞、莱阳两县最多。一日,俘数百人,尽戮于演武场中。碧血满地,白骨撑天。上官慈悲,捐给棺木,济城工肆,材木一空。以故伏刑东鬼,多葬南郊。甲寅间,有莱阳生至稷下,有亲友二三人亦在诛数,因市楮帛,酹奠榛墟"……急呼灯至,则同邑朱生,亦死于于七之难者……莱阳生之甥女,其父亦被刑……初,九娘母子原解赴都。至郡,母不堪困苦死,九娘亦自刭,其追述往事二绝有云:"忽启镂金箱里看,血腥犹染旧罗裙。"

《天放阁笔记》云:《聊斋志异·公孙九娘》篇,谓其父罹于七之难。于七一案,死者且万余人,乃冤狱也。盖于七登州福山县农家子,饶于财,好博,多聚无赖,以为豪举。博徒利七资,遂依之。时清初方办随粮捐,正供之外,复别出余粮,以供地官之橐。盖巧立名目,以取于民。当时金圣叹之死,正坐抗此故。于七既多田,复为众所推服,使出抗议,众随之不肯纳粮。令无如何,禀之府。时登州守某,满人也。阅福山令详文,大骇,以七一农人耳,乃聚众抗粮,不治且为乱,檄县严捕无许脱。县令帅兵往。适七生日,众醵钱祝之，集者千余人。兵来，七先得耗走避。而七弟某及诸客不知也，见兵无故至，乃鸣金聚乡人出问故。县令以为七果叛矣。围村掩捕，千人无一免。令获七生日送礼簿，按名逐捕。而七弟不胜刑，亦诬服，遂并千余人诛之。所捕者又万余，亦杀焉。大吏乃赏登州守及大令。七卒未获云。此事予闻之于公宗潼，予在蜀时居停也。注：顺治十八年秋，栖霞于七倡乱，据岠嵎山，发劲旅剿除之，乃平。

《仇大娘》（五）——仇仲，晋人，忘其郡邑。值大乱，为寇俘去。二子福禄俱幼；继室邵氏，抚双孤，遗业能温饱……有巨盗事发远窜（乃引旗下逃人）诬禄寄赀，（国初立法最严）禄依令徙口外……居无何，将军获巨盗数十，中有一人，即向时魏所诬禄之盗魁也，既具状，父子咸感于将军。（此处与手稿本大有不同。）

《野狗》（十五）——于七之乱，杀人如麻。乡民李化龙，自山中窜归。值大兵宵进，恐罹炎昆之祸，急无所匿，僵卧于死人之丛，诈作尸。过既尽，未敢遽出。忽见阙头断臂之尸，起立如林，一尸断首犹连肩上，口中作语曰：野狗如来，奈何。群尸参差应曰：奈何。俄顷，忽然而倒。遂寂无声。李亦惊颤，欲起，有一物来，兽首人身，伏啮人首，遍吸其脑。李惧，匿首尸下。物来拨李肩，欲得李首。李力伏，俾不可得。物乃推覆尸而移之，首见。李大惧，手索腰下，得巨石如碗，握之。物俯身欲龁。李骤起，大呼，击其首，中嘴。物嗥如鸱，掩口负痛而奔，吐血道上。就视之，于血中得二齿，中曲而端锐。及怀归以示人，不知其何物也。

《宅夭》①（十三）（另一则在卷十五末）——谢迁之变，宦第皆为贼窟。王学使七襄之宅，盗聚尤众。城破兵入，扫荡群丑，尸填墀，血至充门而流。公入城，扛尸涤血而居。往往白昼见鬼……异

---

① 应为《鬼哭》。

史氏曰:当陷城之时,王公势正烜赫,闻皆股栗,而鬼且揶揄之,想鬼物逆知其不令终也。

蒲氏文集中有关于谢迁的资料。谢迁,高苑人,顺治甲戌三年叛,丁亥窥淄,攻城邑,蒲氏村当孔道,松龄父及伯叔□□守村,□□之,败去,谢怒,遣其将兵正堂来攻,其叔祝战死。(亦见蒲松龄识世系表)松龄时八九岁,其父辈皆居于地主豪绅,与县令合作,对起义农民兵镇压。谢迁终败灭。

王七襄名昌廞,淄川人,崇祯进士,顺治甲申起户部主事,山西提督,北直学政。

《小二》(六)——滕邑赵旺夫妇奉佛……未几,赵惑于白莲教;徐鸿儒既反,一家俱陷为贼……西鄙翁媪,绿林之雄也……居无何,鸿儒就擒,赵夫妇妻子俱被夷诛……适蝗害稼……群首于官,以为鸿儒余党,官瞰其富,肉视之……值大旱……会山左大饥,人相食。

《通鉴记事》:天启二年巨野妖贼徐鸿儒以白莲教惑众,党数千人,初深州人王森,以救一妖狐,狐断尾令藏之,谓人闻香,多归附之,号闻香教。事败,毙于狱,其子好贤与徐鸿儒、于宏志辈约于中秋起义,谋泄,鸿先反,用红巾为识,陷郓城,及邹滕,□众至数万,后山东巡抚赵彦等次第剿灭之。《元史》:韩林儿,栾城人,以白莲教烧香惑众,官兵追捕,林儿逃入武安山中,聚众十余万,据亳州,国号宋,改元龙凤,白莲教之名已久,不始于王森、徐鸿儒。

《白莲教》(卷五)——白莲教某者,山西人,忘其姓名,大约徐鸿儒之徒。

《邢子仪》(十一)——滕有杨某从白莲教党,得左道之术,徐鸿儒诛后……

《采薇翁》(十六)——明鼎革,干戈烽起。于陵刘芝生,聚众数万,将南渡。

《刘芝生事未详,有刘孔和字节之者,长山人,明末聚众数万人,越江南,依刘泽清,福王诏授总兵,未达而回,节之已忤泽清见杀。

《崔猛》(十二)——……会闯贼犯顺,其事遂寝。无何明鼎革。

《庚娘》(六)——以流寇之乱,家人离逷。(王十八劫人掠财于舟中)……且江湖水寇,半伊同党……无何流寇犯顺,袁有大勋。

《李伯言》(五)——胡讶曰:兵燹之后,妻孥瓦全,向与室人作此心愿。

《盗户》(十二)——顺治间,滕、峄之区,十人而七盗。

《三朝元老》——

《库将军》(十一)——

《张诚》(一)——豫人张氏者,其先齐人。靖难兵起,齐大乱。

《保住》——吴藩未叛时,尝谕将士。

《离乱》三则——见手稿本。

反映明清之际动乱状况状者甚多,不具举。如《潍水狐》(十三)、《灵官》(十五):未几而有甲申之编。《九山王》(十三)。

《天宫》(九)——末云:有巫出入贵家,言其楼阁形状,绝似严东楼家。郭闻之大惧,携家亡去。未几,严伏诛,始归。(东楼名世蕃,严嵩次子。)

又有提及《魏珰》一则,待查。

《人妖》(十三)——生(马万宝)诘之,云是谷城人王二喜,以兄大喜为桑冲门人,因得传其术,居无何,桑冲伏诛,同恶者七人并弃市,二喜漏网。

桑冲,《明史》:成化间石州民桑冲,得师大同谷才之法。饰头面耳足,又巧习女红,自称女师,密采大家好女,即住其旁贫小家,夤缘得入,顿成奸合,或女贞不从,则以厌昧法以致女迷,奸遂,女畏败名,终不敢言。以是十年,遍游河南北、直隶、山东西,污大家女一百八十二人,又传徒任承等七人,分途行奸,至二十年七月,冲在晋州高秀才家,为其婿赵某反欲行奸,始识是男子,捉送晋州,谳出前情具奏,犯人凌迟,急捕任承等七人,罪皆如之,谷才已死,行奸十有八年矣,其罪案甚繁。

《林四娘》(三)——妾,衡府宫人也,遭难而死十七年矣。

《王成》(一)——红日三竿,王始起,见草际金钗一股,拾视之,镌有细字云:仪宾府造。王祖为衡府仪宾,家中故物,多此款式。衡府,太祖第七子槫,封齐王,建府青州西门内。后罪废国除。弘治中宪宗子佑榰后封此,建国曰衡,佑榰乃宪宗第六子,成化十三年封,弘治十三年之藩青州。

《颜氏》——明年成进士,授桐城令,有吏治。《春在堂随笔》引定远潘颐《梦园丛说》:桐城令杨尔铭年弱冠,貌如处子,每出巡城,著小靴。扶仆从肩,缓行,人多疑为女子。(□张献女侠一则不足据,出《花朝生笔记》。)

《促织》(七)——宣德间,宫中当促织之戏。

《辛十四娘》——使婢至大同为娼,正德幸之。(梅龙镇故事。)

《刘夫人》——选宫女。

⑤乡里中见闻,及亲身、亲友的故事:

篇中作者自己的亲身经历见闻者(以第一人称出面叙说者):

《跳神》(十一)——济俗,民间有病者,闺中以神卜。

《上仙》(十五)——癸亥三月,与高季文赴稷下,同居逆旅。

《偷桃》(十三)——童时赴郡。

《花神》(十六)

《水灾》（三）——康熙二十一年苦旱,自春徂夏赤地无青草。

《地震》（十四）——康熙七年六月十七日戌刻地大震,余适客稷下。

《夏雪》（十五）——丁亥年七月初六日苏州大雪。

自称其亲友故事及见闻者:

《考城隍》（一）——予姊夫之祖宋公讳焘,邑廪生。

《狐梦》——余友毕怡庵,倜傥不群,豪纵自喜,貌丰肥,多髭。士林知名。

《梦别》（十四）——王春李先生之祖与先叔祖玉田公交最善。（《黑兽》:闻李太公敬一言。《梦别》中亦及敬一。）

《赌符》（六）——韩道士,居邑中之天齐庙,多幻术,共名之仙。……一日与先叔赴邑,拟访韩,适遇诸途。韩付钥曰:请先往,启门少待,我即至。诣庙发扃,则韩已坐室中。……先是,有弊族人嗜赌博,因先子亦识韩。值天佛寺求一僧专事樗蒲,赌甚豪。族人往赌大亏。……便道诣韩,具以实告。韩笑,常赌无不输之理。倘能戒赌,我为汝复之。

《李八缸》——太学生李月生,升宇翁次公子也。翁最富,以缸贮金,里人称之八缸。异史氏曰:月生杵臼交……余兄弟与交。

《捉狐》（十五）——孙翁者,余姻家清服之伯兄也,素有胆。

其他不备列。王子巽——《蛙曲》《鼠戏》《念秧》。唐济武、李翠石、朱子青（绱）、李质君、毕家均见前,周元亮《诗谳》。

写本村本邑故事者:

《口技》（十三）——村中来一女子年,二十有四五。《农人》《狼三则》《牧竖》《毛狐》（农子马天荣,年二十余,丧偶,贫不能娶,偶芸田间。）

《戏缢》（三）——邑人某佻达无赖。

《劳山道士》（一）——邑有王生,行七。

《王六郎》(十三)——许姓,家淄之北郭,业渔。每夜携酒河上,饮且渔。

《王大》(十三)——李信,邑之博徒也。昼卧假寐,忽见昔年博友王大、冯九来。

《泥书生》(十三)——罗村有陈代者,少蠢陋,娶妻某氏颇丽。

《骂鸭》(十三)——邑西白家庄居民某。

《古瓶》(十三)——邑北村中井涸,村人某甲乙缒入淘之。

《泥鬼》(十三)——余乡唐太史济武。

《单道士》(十四)——韩公子,邑世家。有单道士,工作剧,公子爱其术。《梦别》(十四)——王春李先生之祖与先叔祖玉田公交最善。

《孙生》(十四)——余乡孙生者,娶故家女辛氏,初入门为穷袴。

《牛飞》(十四)——邑人某,购一牛,颇健。夜梦牛生两翼飞去。

《刘姓》(十四)——邑刘姓,虎而冠者也,后去淄居沂。

《鹰虎神》——郡城东岳庙在南郭,大门左右神高丈余。

《郭生》(十五)——郭生,邑之东山人,少嗜读。

《农妇》(十五)——邑西磁窑坞有农人妇,勇健如男子。

《郭安》(十五)——孙五粒有僮仆……时陈其善为邑宰。(陈顺治四年宰淄。)

《耳中人》——谭晋玄,邑诸生也,笃信导引之术。

《斫蟒》(十五)——胡田村胡姓者,兄弟采樵,深入幽谷。

《野狗》(十五)——于七之乱,杀人如麻。乡民李化龙自山中归来。

《狐入瓶》(十五)——万村石氏之妇祟于狐。

《于江》(十五)——乡民于江父宿田间,为狼所食,江时年十六。

《灵官》（十五）——朝天观道士某喜吐纳之术。

《山市》（十四）——奂山山市，邑八景之一也。孙公子禹年与同人饮楼上。

《邑人》（十六）——邑中乡人素行无赖。

《折狱》（十六）——邑之西有崖庄者……时浙江费公祎祉令淄。又邑人胡成与冯安同里，世有郤。

《某乙》——邑西某乙，故梁上君子也，其妻深以为惧。（附二条，写乡里见闻。）

全书431篇，写山东本省故事者224篇。224篇中写淄川附近各县者，青州（益都）、临淄（稷下）、长山（于陵）、沂水、历下（济南）、章丘（小相公庄）、莱芜、滕、泰山，占最多数（多是短的），以次延展。写河南、河北省故事者次之。写南方各地者，以作者曾到之地为多，如镇江、绍兴。而比数占最大者，为本邑事，约三十余篇。以作者自己、自家为中心，扩展到全国，成扇面形，远至湖南、四川，亦往往有事实根据的描写。如《水莽草》，楚中桃花江，确有水莽草。《酆都御史》，四川酆都确有酆都阴天子庙，此乃全国闻名者（人死，云到酆都去了，或到四川去了）。《葛巾》，常大用癖好牡丹，闻曹州牡丹甲齐鲁。曹州即菏泽，今仍盛产牡丹。《云翠仙》——"梁有才，故晋人，流寓于济作小负贩，无妻子田产。从村人登岱。岱四月交，香侣杂沓。"蒲公孙蒲立德《聊斋志异跋》云："而于耳目所睹记，里巷所流传，同人之籍录，又随笔撰次，而为此书。"证之自序所云："闻则命笔，遂以成编。久之，四方同人又以邮筒相寄，因而物以好聚，所积益夥。"皆是说的符合于书中的内容与客观事实。

以上引证甚多，费了很多时间，只为说明这样论点：《聊斋志异》故事情节有其悠久历史，这些具有悠久历史的故事及情节，不断发展，不断变化，繁衍不绝。作者写作故事，固然也受书面记载的文学的影响，即由书面接受过去的传统，但更主要的并非从书面模仿其故事，而是秉其精神，采集当代民间流传的神话传说，来作为他艺术加工的题材。这是当时文学创作的指导思想。虽然作者将志怪与传奇两者结合起来，即在以史家的精神采集故事，而以传奇文的精神来从事艺术创作，即已突破了单纯史实记载的六朝小说的原始方法，而实际在从事于艺术创作。但作者仍以史家或古代稗官的精神要求自己，要把文章做得有事实根据，写得信而有征。这宛如今日写真人真事一样（波列伏伊以为写真人真事不可虚构），这方法，是会取得很好的艺术效果的。

　　前面已说过，《聊斋志异》中作品，可分两大类。一是短的，完全六朝志怪体；一是较长的，唐代传奇文体。那些短的，无不是从当时真人真事的传闻取材的。长的，传奇文体的，上已举出不少，也有根据真人真事的，但多数则不能证明。《婴宁》："王子服，莒之罗店人。"是否莒县罗店有王子服其人，不可知。《青梅》："白下程生性磊落，不为畛畦，一日自外归，缓其束带……"白下（南京）是否真有此一位程生？更不可考。若去考，也是傻子，书呆子。但其故事，当是根据当时传闻，则可推想，而更重要的，是其文体乃传统的史传体。（唐传奇文亦复如此。）说得有名有姓有真实地点，与现代小说之认定艺术真实有别于历史真实，因此认定避免写真实人名、地名者迥不同。它还是假设自己在作史实记载，并非在作文艺创作。所谓志异的名目，异史氏曰的名称，都是从这种传统精神、这种文艺思想来的。我们应该大大肯定这种精神，不要因为它没有在文艺形式上突破古代原始观念——历史与文学混为一谈，而认为是此书的缺点。因为评价一个作品，主要应看其内容。从内容上看，作者确乎在从事文艺创作，并非简单地记载史事；作者确乎把自己的丰富深刻的生活体验写了进去，确乎把自己厚挚热烈的思想感情寄托了进去，而并非停止于客观主义地记录事实。这就是说，从内容上看，《聊斋志异》的作品，并没有将历史与文学混为一谈，事实上已远远脱去六朝小说的原始方法了。此其一。而过去传统的史家精神的道路，却使作者去从现实的生活中，去采集故事；向民间正流传的新鲜活跳的传说中去取材。这样的故事与题材，本身即富有可贵的现实性，比起关在房里，从书本，凭一己的一点聪明才智去幻想虚构（这一定是枯死的，是贫乏的，不能吸引人的），究竟哪一种好呢？哪一种道路是正确的呢？我在这里就无须回答了。所以我以为写作小说，接受了我国过去史家精神的传统，不但是我国文学史上的事实，而且也是好的，对的。我国古典小说的现实主义优良传统，正是这样步步发展而达于高峰的。

讲到这里，关于《聊斋志异》一书的文艺形式的问题，已经说明得差不多了。我们势必要进一步说到内容上来了。关于《聊斋志异》超脱现实或反现实的奇异故事的问题，讲得差不多了。我们势必讲其现实性的方面了。要讲内容的现实性，实即作者的生活体验，作者的思想感情。而要讲明这个，则先要明白作者的生平及思想。

下面就讲这第三个题目：作者的生平及思想。我们准备花90分钟讲此题。

三 蒲松龄的生平及思想

蒲松龄，字留仙，一字剑臣，生于山东淄川县距城东大约七里的一个村庄。这个庄子的东面有个井，深丈许，水常满，溢出来，流成溪，所以井叫满井，村子叫满井庄。溪边有几百棵古老高大的柳树,沿着溪水的两岸□合笼盖,文集中有一篇《修柳泉龙王庙记》①,描写这道溪泉说:"水清以冽,味甘以芳,酿增酒旨,沦增芳香。"所以这个村,除叫满井外,又名叫柳泉庄。蒲很爱清泉溪柳,并且热爱他自己的故乡,所以他自号柳泉居士,人们也称他柳泉先生。

他生于明崇祯十三年庚辰四月十六日夜,卒于清康熙五十四年正月二十二日酉时。即自 1640—1715,年七十六岁。关于生卒年,过去的研究者有错误,鲁迅《中国小说史略》和其他各家的《中国文学史》(凡叙及蒲氏者),还有《中国文学家列传》等著,都误以为 1630—1715,活了八十六岁。这样,生年提早了十年,卒年不变。于是有些无聊文人就乘虚而入,假造了许多诗(二百多首),托名为《聊斋诗集》,印行欺世,其中有不少首就是伪造其在七十六岁以后的作品。若有玩忽的研究者,就可以用这些伪造的诗来反证其确乎活了八十多岁。现在我们根据张元的《柳泉蒲先生墓表》(这是最早的资料)和蒲氏自己的诗《降辰哭母》和《悼内》(这是最直接的资料),确定上述的生卒年。张元的《墓表》正文说:"以康熙五十四年正月二十二日卒,享年七十有六。"张元是其好友张笃庆历友之侄,建墓碑、作墓表在雍正三年,距蒲死已经十一年,张元自称"余于先生为同邑后进,且知先生之深也。"但碑阴所写生年却是:"父生于崇祯十五年四月十六日。"若是生于崇祯十五年,则只活了七十四岁,与"享年七十有六"之说不符。《降辰哭母》诗云:"因言庚辰年,岁事似饥荒。尔年于此日,诞汝于北房。洗儿抱榻上,月斜过南厢。逡巡复尔许,晓鸡始鸣窗。念儿曾几时,儿女已成行。言竟顾我笑,耿耿犹未忘。"庚辰,是崇祯十三年,不是十五年,由庚辰下推至康熙五十四年,则为七十六岁。所

---

① 应为《募建龙王庙序》。

谓岁事饥荒,亦与《淄川县志》及《济南府志》记载相符。《县志》说,崇祯十三年,"大饥人相食"。《府志》:"五月大旱,饥,树皮皆尽,发瘗肉以相食。"所写生时,洗好上床,月斜过南厢,再过一会,鸡就叫了,亦与十六日夜相合。另外《悼内》诗六首,其一云:"五十六年琴瑟好,不图此夕顿离分。"蒲十八岁顺治十四年丁酉(1657年)与刘氏结婚。1657+56+2=1715,刘死于康熙五十二年,五十四年蒲死,如此,也是符合的。可知,碑阴所刻生年也有误。我们在此为生年讲了许多,是①因过去一般研究者,因所凭资料不足,以致错误,这个错误,仍有应响。我见吴小如先生上学期讲稿,为持慎起见,将生年二说并存。但我们今日所有资料,已可解决这个问题。故有必要一说。②也提出我们一种治学的方法与态度。我们在工作中,将兼听,不要偏听。讲具体分析,实事求是。我们持一科学方法,根据具体的资料,作分析、辨别,就可以作判断,把问题弄清楚,不能以为儿子立的碑,所记生年就可靠。作者的生卒年,并不是不重要的。当然不是像那些资料主义者的考据家那样,把生卒年的考订看得是全部学问。我们非为考据而考据,而是了解作者的生平而弄清问题。作者是活了八十六岁抑七十六岁,对其生平,不是无关重要的。是生于崇祯十三年抑十五年,亦应弄清,否则就成了一笔糊涂账。

据说,淄川蒲氏,是元代般阳路总督蒲鲁浑的后裔。蒲鲁浑的墓在淄川县城西北五里,华表翁仲,今日尚在。相传元朝颠覆,朱明建朝的鼎革之际,蒲鲁浑的遗孤改姓换名,养于外婆杨姓家,到了明朝洪武年中,才恢复了本姓。自明初到明末,蒲姓的子孙日益繁衍,满井庄或柳泉庄,多是蒲姓,所以就叫蒲家庄,沿用至今。在万历年间,蒲家庄已是大姓,此后,也有不少读书人,考上功名的,县中称为望族。所以,蒲松龄也许是蒙古族的后裔,当然已经与汉族通婚,且已经汉化,这本来是很可能的事。

蒲松龄的祖上,世代都是地主,高祖、曾祖都是读书的,功名不大,多是廪生、庠生之类。他的祖父生汭,是个庸庸碌碌的人。生汭有个弟弟生汶,曾任玉田知县,死得很早,哭母咯血而死,是个孝子,见《邑志·孝友传》。生汭生了四个儿子,老三叫蒲槃,字敏吾,就是松龄的父亲。蒲槃从小读书很用功,但到二十多岁,连秀才也没有考上,就中途改行,去做生意。买田做生意,本是地主的行当,在山东鲁东鲁西,此本是很普遍的。小地主做小生意,做小官;大地主做大生意,做大官。我们读《红楼梦》已经接触过这一问题。在中国过去旧时代,所谓资本主义萌芽和封建主义不可分割,矛盾着,又依存着,问题难解决,社会不能大踏步前进,是有其根源的。蒲槃,松龄之父,功名虽不得意,但生意做得不坏,几年工夫,就赚了钱,在乡里称为富家。但是蒲槃究是读书的底子,一面做买卖,一面还不忘读书。这怕是因为做商人是社会所轻视的,他迫于家计,又逢明末乱世,所以放弃了,去经商,但心里不甘,还是要读书。因此,他就和一般买卖人不同,他颇有文化,懂得经史,有些学问。但是有了钱,就自然有了田,他的社会地位提高了,地主的立场也就更为坚定不移了。这时正是明末清初之际,尖锐激烈的阶级矛盾,没有安顿下来,又加上如火如荼的民族矛盾,农民起义此仆彼起,反抗清朝刚建立的政权,而地主阶级却从其自身利益出发,甘愿做满清统治者的顺民,对农民起义加以血腥的镇压。所谓民族矛盾,实质上也是阶级矛盾。对于农民的反抗,地主阶级和外族统治者,其阶级利益是一致的。蒲家此时正是上升的地主,对农民的造反,更为仇视,更为敏感。决不因为民族之间的矛盾,而放弃与农民敌对的立场。何况朱明已经崩溃瓦解,李自成、张献忠已经死去,满清的统治已经建立起来。此时蒲松龄大约七八岁,即在顺治四年(1647年)六月间,高苑谢迁攻淄川县,清兵不能抵御(全国未定,兵戈方急),谢迁农民军取道蒲家庄攻城。蒲父槃,叔柷立刻组织地主武装,与淄川县令联系,拦击谢迁军。其叔柷,平日崇敬关圣帝君,绘像礼拜。当谢迁部将岳正堂来攻时,他夜梦关公召他去做官,早晨出去打岳正堂,就被打死(此事见《蒲氏谱系》松龄所识)。谢迁占据了县城,经两个月的苦斗,才被打垮。

在这样的乱世,蒲槃虽有些财富,但不能不受损失,很快也就萧条下来。蒲槃到四十岁还没有生儿子,就过继了弟柷的儿子为儿子。他的原配姓董,后又娶了孙氏及李氏。不久蒲槃自己连生四个儿子。松龄是第三,和其兄柏龄都是嫡母董氏所生。蒲槃亲自教子侄读书。自己不能得功名,一心想子侄飞黄腾达,增光耀祖。这是像这等小地主必然会有的思想。蒲松龄受其父亲的直接教育(时蒲槃已渐拮据,无力延师,古人易子而教),直到十二岁,顺治八年(1651年),蒲槃死了为止。蒲槃对于松龄的思想影响,是必须充分估计,不可忽视的。

蒲松龄从小聪明,会读书,在父亲的钟爱和悉心教导之下,进步很快。蒲箬作的《柳泉先生行略》说:"先父天性慧,经史过目能了,处士公最钟爱之。"顺治十五年(1658年),他十九岁,考科举,以县、府、道三个第一,补博士弟子员。这时的山东学道施闰章很赏识称赞他,一时名气很大。这是蒲松龄一生最得意的时候。从此以后,他每科必考,但考了五十多年,还只是个老秀才。《儒林外史》中所描写的周进、范进的遭遇,在封建时代,并不是个别的例子。直到他七十一岁,才循例得贡生(即秀才拔贡)。从十九岁到七十多岁,这五十多年,他一直处于像周进、范进发达以前那样的悲苦的困境之中。他是富有才学的,却一辈子考不上去。

蒲松龄对于科举功名非常热衷,这有家庭传统的原因,有当时社会制度、风气的原因,也有他自己的具体境遇的原因。他的家庭及先代,世世都是小地主,都读书,但功名都不发达,看来都只中秀才为止,没有中个举人的。中国的封建社会,是以家族主义为中心的,一个人的社会地位,主要决定于他的家族的声望和地位。崇祖先如神明,为儿孙作牛马。上赖祖德,下庇儿孙。就是家族主义的具体表现。所谓增光耀祖,亦属此意。一个家族,经济上已为地主,但政治上、功名上老是爬不上去,这在封建社会里,是件很苦痛、无法忍受、无法罢休的事。因为这不只是面子、体面的问题,而是实际利益、社会势力的取得的问题,是受人欺侮、压迫,还是欺侮人、压迫人的问题,是被别人骑着,还是骑在别人头上的问题。蒲氏的家族,世世代代有此一要求,又通过他祖父和父亲直接、具体地教育给他,感染给他。他聪明,有才学,具备了足够的条件,家族都对他寄予了希望,他自己亦有自信,跃跃欲试。蒲松龄热衷功名科举,可以说是先天地深入骨髓的。这一点,与一个普通百姓不同,普通百姓在功名富贵圈外,根本不存此想的;也和一个旧家或真正望族家庭子弟不同,他们已享有过功名富贵的福泽,败落了下来,成为过来人,就不都积极去争,而变得消极,就是看不起功名富贵了。如吴敬梓、曹雪芹即是。当然,吴敬梓也考过科举,也曾想得功名;曹有未考过,我们不知,假定也考过的罢。但此与蒲根本不同。因为考科举、取功名,是当时读书人的唯一一条出路,舍此,无路可走。不管它如何无聊、可笑,还是难于撇开,总要走一下的。个人的主观,总是难于抗拒客观社会制度和社会风气的势力的。在封建时代,考过,还是没有考过,这并不能评量一个人的思想,当看取何态度去对待:是不得不然地去考一下,还是热衷地、积极地?在这里,吴和蒲就有了区别。有文章论及吴亦考过,即要贬低他,那是不对的。蒲则迫于客观处境,又自信具备主观条件,他是一心要往上爬,一生没有淡却猎取功名之念。他大概每科必考,每考必以全力;虽然屡考屡败,但同时又屡败屡考,从没放弃热衷功名的念头。

康熙三年甲辰(1664年),当时二十五岁,与外甥赵晋石读书于朋友李希梅家,作《醒轩日课序》:"李子希梅,与余有范、张之雅。甲辰春,邀我共笔砚,余携书而就之。朝分明霞,夜分灯火,期相与以有成。忽忽数载,人事去其半,寒暑去其半,祸患疾疫杂处者又去其半。""时有甥晋石在,假馆同居,谓余曰:'请订一籍,日诵一文焉书之,阅一经焉书之,作一艺、仿一帖焉书之,每晨兴而为之标日焉,庶使一日无功,则愧,则警,则汗涔涔下也。'"这不是一般的发奋读书,而是以最高热情,辛苦努力地准备八股考试。

这样富有才学的人,这样努力地应考,但一直考一次,落第一次。而别人不如他才学,不如他努力的,已经步步高升,富贵荣华了,这是很难堪、很心酸悲苦的。康熙二十六年(1687年),他四十八岁了,秋天到济南(历下)去考,照样惨败,作《责白髭文》:"年来白髭岁添一茎,钳去复出。丁卯秋自稷门铩羽归,揽镜苍然,弥增感愤,因为文以责之。"内容自嘲自讽,亦庄亦谐,亦可笑亦心酸。我用白话译在下面:"唉唉,你这白胡髭,多么的不通!纠缠在腮巴上,像蚕丝一样;白白的贴在嘴巴上,像鱼刺一样。你能把漂亮的变成丑的,能把年少的化成老头子。使妇女们憎恶,使青年们取笑。官有了你,就使上司讨厌;士有了你,就使宗师轻视。……唉呀,你这白胡子怎么这样不留情!你应该去依附宰相,依附公卿。他们已经立了功名,有你也不在乎。但我正在抱苦业、对寒灯、忘北阙、志南溟,你却今年长一根,明年长一片,滚滚地来,营营地生,像恶客,走了又来,像荒草,划尽还生。你怎么这样脸厚,害羞都不害羞呀?我骂完了,就无精打采伏在几上睡了。仿佛有个穿白衣的汉子慢慢走进梦里,说:我是胡子神呀,听了你的谩骂和牢骚,我想对你说几句话:邓禹乘时,终军弃儒,年纪很轻,就爬得很高。我还没有来得及找他,他已经出人头地。当我找了他,他已经是个阔人。白头发的宰相,世上是常听说的,他们几曾抱怨过我呢?可是你把好时候错过了,到四十多,还默默无闻。别人脱了布衣,穿上补褂,你却还是穿着一破旧的秀才衣。你自己不害羞,反来埋怨我。而且我作别人的胡子,或者得到天子的赞美,或者得到贵官的抚拂。扇一扇,万丝飘动;动一动,满座都答应。黑的时候,固然显得好看,白的时候,也显得壮观。人像玉似的美,我就像兰一样的可贵。可是作了你的胡子,却不是这样,早上沾的稀粥,晚上抹的烟煤,你呻吟到半夜天亮,我被你揸断了还要不住手地撮。冬天在破旧的布被上磨着得多难过,夏天被臭汗浸着多难受。作了你的胡子,还不倒霉呀怎么的?我不抱怨你,你怎么反倒抱怨起我来?我听这番话,像个木头似的呆了,一句话也说不出来。把这些胡髭全都诛灭了吧,那会剃得像和尚,自己看看,会成个什么样子?把它们都染乌了,勉强使它们变样吗,可是胡子根上会像虮虱附着,那会更显得丑态毕露。我低头想了半天,却想出一个主意。于是忿然板起面孔来,大声地说:呸,你这胡髭,我为什么怕你?是因为我还存着非分之想罢了。我现在决定就扔了笔杆,烧了考篮,砸了砚台,敲了床桌,既没有上官巴结,也没有少妇讨喜,我还有什么求你的呢?那汉子慢慢地就要走开,瞪着眼好像在生我气,对我拱手说:随你吧,随你吧!先生豁然醒了,摸着胡髭看看,几根胡子挺着,还在含着怒意。"这虽取自嘲的滑稽文形式,但是游戏笔墨中却含有严肃的内容,反映了此时他在功名问题上尖锐激烈的思想斗争和内心不可排除的苦痛。最后这段意思是,我所以有这些苦痛,无非不忘功名利禄罢了,下决心丢开这个念头,我还有什么苦痛和牢骚呢?但是他是否真的大彻大悟、放弃功名念头了呢?回答是:没有。他自我斗争了一番,结果还是热衷功名的心占着上风。

次年(康熙二十七年,1688年),他四十九岁,《蒲氏族谱》修成,他作的序上说:"吾族子姓日蕃,所居满井庄,由此而易其名。万历间,阖邑诸生,食饩者八人,族中得六人焉,嗣后科甲相继,虽贵显不及崔、卢,而称望族者,往往指屈之。"可见其以功名科甲夸耀的穷酸书生的庸俗思想并未改变。并且随着年龄的老大,他的这一热衷科举功名的思想,除了自己还不断地应考而外,又有他种的表现:一是对与自己同一遭遇的年已老大而一心要取功名的人抱着深切同情,想法子帮助他们学□,帮助他们准备应考。他在五十八岁(康熙三十六年丁丑,1697年)时,编了一本《小学节要》,有跋云:"小学之书,教人以事亲敬长之节,威仪进退之文,良足发人德性,真不啻取天下之童蒙而胎教之也。然其书废置已久,不惟目不及见,并有耳所不及闻者。迩年童子之科,取数綦隘,往往年逾不惑,犹操童子之业,忽增五六万言,俾同总角者呫哔其中,亦良苦矣!余节其要,存三分之一,以便老蒙士之记诵,不许龆龀者窃取之也。"年纪老大的,还想考个秀才,但记忆力已衰,比不上小孩子聪明,故编此书,帮助他们。因为这种人,比他自己还要可怜。另一点,即自己考不上,即热切地把希望寄托在儿子们身上,儿子考取,也一样可以增光门第,抬高自己的家庭。当他六十六岁(康熙四十四年乙酉,1705年),次男笏、季男筠入泮(进学),他喜而赋诗,说两个儿子都三十岁上下了,"年年文战垂翅归","蓬茅坐对空邑邑","今岁校士遭奇荒,犹守旧辙恋鸡肋,妇子减餐供糇粮,资斧尤费周张力。眼中但见一芹青,抱卷亦犹盛颜色,两儿乃复破天荒,并邀天幸被掇拾。非遇关西彻底清,几何不作向隅泣!小惭小好且勿欢,无底愁囊今始入。"写欢喜而实心酸。直到六十八岁,对自己爬不上去的穷愁之境,仍然不作消极之想,康熙四十六年丁亥(1707年),发辫为鬃工削去半尺,赋五绝,有云:"今复除烦恼,从今顺境开。"大约七十一岁或七十二岁(记载不同),例应预考,贡于乡,同年与同邑知友张历友、李希梅同为乡饮介宾,礼毕作诗:"忆昔狂歌共夕晨,相期矫首跃云津。谁知一事无成就,共作白头会上人。"以自嘲口吻说得很坦诚而甚悲酸。七十二岁(康熙五十年辛卯，1711年），长孙立德以第一补博士弟子员，喜赋一诗："昔余采芹时，可曾冠童试。今汝应童科，亦能弁诸士。微名何足道，梯云乃有自。天命虽难违，人事贵自勤。无似乃祖空白头，一经终老良实羞。"七十四岁（康熙五十二年癸巳，1713年），即他死前二年，他的夫人刘氏死了，他作原配刘孺人行实①，文中以严肃的得意口气，认真地记述着大儿子得何功名，二、三儿子得何功名，孙子又得何功名。而后说到自己，他坦率地说："五十岁犹不忘进取，孺人止之曰：'君勿须复尔，倘命应通显，今已台阁矣。山林自有乐地，何必以肉鼓吹为快哉？'松龄善其言。顾儿孙入闱，偏心不能无望，往往情见乎词，而孺人漠置之。或媚以先兆，亦若罔闻。松龄笑曰：'穆如者不欲作夫人耶？'答曰：'我无他长，但知止足。今三子一孙能继书香，衣食不至冻饿，天赐不为不厚，自顾有何功德，而尚存觖望耶？'"看此，足见他直到死，都没有放弃在功名上向上爬的念头，对功名一直是热衷的。

　　蒲松龄自少年时代即有文名，他所接触的士大夫不少，人家飞黄腾达，富贵荣华，并没有什么比他高明的地方，有些达官贵人和学道宗师的不学无术，愚昧无知，更是他所熟知，而认为可笑的。但不管自己如何条件优越，不管自己如火如荼发奋努力，却一直没有考上去。这除了使他更深入、更坚定地信持宿命论而外，也使他在丰富的累次的实际体验中，认识到科举的罪恶，对科举产生深切的憎恨和反感。这在作品中有很多的反映，我在此举他六十九岁时（康熙四十七年戊子，1708年）在济南所赋《历下吟》，痛心疾首地揭露了当时科场的黑暗与考生的可怜相和当时科举制度的腐败与罪恶。诗歌共四首，前面有短序："薄游稷门，适值试士。少见多怪，因志所感，索和同人。"四首诗的大意：第一首描写入场的情

---

　　①　指《述刘氏行实》。

形。到了试期,点名入场,差役像墙围似的站着,手里拿着鞭子,乱打人的背。轻者被打掉了帽子,重者身体也被打伤。人们不得不退后,但是迟应了点名(要高声答应),就像羊子似的被驱逐出去。这些差役一边鞭打,一边谩骂,骂的那些下着话,轻侮的话,比什么都肮脏。把读书人看得比草芥不如,根本不当人看。但考生一个个俯首帖耳地忍受着,因为他们只有循此道来争取荣华富贵。这样来考出伊尹、周公那样的人才,该是多么可怜可叹。第二首描写考生贫困的旅居生活,说羁留了两个月,什么都没有把握,看看荷包里,一文钱也没有了,只剩下一个空袋子,带来的一点粮食,只有全部拿出去卖了。这样连皮骨也都剥削光了。东海有位名士,等得不耐烦,无法过下去,只有回家。可是拘捕的文书追来了,拿了他回去,跟他立约三章,"五日一随场,命题试两作。"日子久了,钱光了,只有在济南城里漂泊流浪。鞋子露着脚后跟,衣服破得不能补,带子断得不能续,到郊外去讨饭过活。有朋友可怜他,自己减食救济、帮助他一些。名士说,我家在千里外,写信回家路太远,讨饭怎么可以维持长久呢?看来就只好葬身沟壑之中了。第三首嘲骂考官:考官真了不得,是近世没有可比的好手。据说他像月亮一样的大公无私,有本事的就会取上。榜还没有贴出来,喜报就已经送了出去,事都听任下面的人办,谁也不去过问。可是到了这里,却疑神疑鬼,听了一句什么话,就大发其怒。说有人通了关节,考取了的都一笔勾销,不算数。那些□受特殊赏识的文章,反过脸来就看成仇人一样。再把那些原来的落卷,随便抽他一些出来,再发一次榜。这事实在太奇怪了,读书人有什么罪过,陷在这样黑暗的幽谷里?秀才虽然是小功名,也是国家的名器,怎么可以被拿着像掷骰子似的乱掷?一翻一覆,只凭个人的喜怒,或弃或收,随着你个人的呼吸来决定,这是古来少见的,闻者都不能不惊骇,不能不忧虑。第四首描写考后的情形:本来考取了的,却又名落孙山了。

他们怎会没有牢骚?就把他们拘留起来,差役们任意去敲诈,这未免太残酷、太暴虐了。这些人必定终身怨恨,怎么也不会忘记的。可是考官自称又清廉又公平,连路上□人都觉可笑。禁止考生回家,这是古来从没有的。数百人应考,录取了十几名。羁留在客地,吃的用的都难。办文书的出了通知,盛气凌人,晚上发了通知,早上就要到场,到迟一步,就要褫革。这种骄浮刻薄的做法,简直是暗无天日。落第的千万人,一路哭哭啼啼。回家去,没有脸面,稍有志气的,都只有一死。黄河的河伯若不发怒,流到大海也不会是浑黄的水。

像这种腐败到顶的考试现象,描写得淋漓尽致,作者的愤怒也达于极点。但作者仍只是看作是个别的现象,他之攻击个人——主考者的做法不对,办事的人岂有此理。他是为把科举制度弄糟了而感愤激,他不但没有对科举制度怀疑,反倒是站在维护和办好科举制度的立场上来作指责、发义愤的。蒲在作品中反复攻击科举,但所挖苦和嘲笑的,也只是主考官个人,认为他们没有眼睛,不识好文,不识真才,主观上只是发牢骚,也并没有攻击科举制度本身(但客观实际上是攻击了制度)。有人认为他一方面反对科举,一方面又以考中功名来报答所认为的好人,说这亦是他作品中思想矛盾,其实仔细研究,他的这种思想是统一的,并不矛盾。这和他自己的热衷功名的思想分不开,他之不得功名,认为是考官不好,是办理不□之故,他反对此,为此而愤激,但并不反对考试制度,若反对了考试制度,那他的热衷功名的思想也就无所托了,他一日热衷功名,此心不改,即不会从根本上反对科举制度。

蒲松龄家里并不是有钱的大地主,他家的经济情况是很拮据的。上面叙述他父亲蒲槃已经讲过。在封建时代,一个考不上去的秀才,没有官可做,家里又难坐食,那就只有两条路可走。一是替官作幕宾,跟着混碗饭吃,打秋风。一是作塾师,教蒙童。蒲松龄做过幕宾。他的小同乡孙蕙,比他大九岁,在顺治十八年(1611年)中进士,康熙八年(1669年,蒲三十岁)任江南宝应县知县,不久又调高邮,后几年,又充江南同考官,他就随着在孙蕙任上。他三十一岁到江南任上的孙蕙处去的,为时不长,不过一两年的工夫。作幕宾,做些什么事呢?做文章。文集中有代孙蕙的《放生池碑记》。写奏折,为孙蕙父母请封诰,集中还有许多上皇帝的谢表。此外,主考时,帮着看卷(县学考童生,县、府、道三次秀才考试),此外就是陪着游玩、歌舞、筵席之类。他在南游时期,游过江南不少地方,主要是江浙地区的一些名山大川,作有江南诗一卷。作幕宾,只是做客人的性质,《红楼梦》上所谓清客相公者是,当然没有薪水,只是随便赠些钱,给点好处,是打抽丰的性质(此在《儒林外史》中有很多具体描写)。但一个小县会有多少油水?此时他还年轻,抱负很大,当然还是要回省应考,争取正途功名。其间当然也有过不惯江南异乡的客居生活,产生思乡之情。大约到他三十二三岁时,他即回到淄川本籍,开始在淄川西铺毕际有家坐馆教蒙童。淄川毕家是个大地主官僚的所谓旧家。毕际有的父亲毕自严是明代的尚书。毕际有字载积(《聊斋志异》中有多篇道及),号存吾,顺治乙酉拔贡,曾任江南通州知州,家里很阔,有不少园林台榭:石隐园、绰然堂、效樊堂诸胜,收藏颇富,四方名流宿儒,乐与之游,喜吟咏、校雠、精于鉴赏,著有有关考古、稗史及诗文之书。蒲在毕家教馆多少年,不甚可考,但我们根据材料知道他直到七十岁,才撤帐回家退休。自三十二三岁至七十岁,近四十年的长时期内,他一直是以教馆为生的。王洪谋《柳泉居士行略》有一句说:"自是以后(即从江南归),屡设帐缙绅先生家。"可知纵不是一直在毕家,也是在本县一些阔人家教馆,而且从诗文看来,从其与毕家的密切关系看来,和毕家的往来始终未间断。

在外乡作幕宾及在本县作塾师,前者时间短,后者时间长,这是蒲一生主要的生活和工作,对其创作有密切关系,起着重大的作用。在此生活中,他一面应考功名科举,一面酝酿着与从事着创作。唯其屡试屡败的感触愈深刻,对生活的体验愈丰富,而他要求寄托情怀、抒发苦闷的心也愈切挚。《聊斋志异》中的作品,都是他在这种时期酝酿和写作的。我们现在具体说一说蒲氏南游作幕宾和在像毕家这样缙绅家教馆,这种生活和工作对他的精神思想上的影响。总的说,无论作幕宾,或坐馆,他的东家都是达官富贵之家,其势位炙手可热,生活豪华阔绰,而自己却在贫贱之中,这是一面;他的东家都是奴仆婢妾成群,家人骨肉团聚,而自己却是寒斋独坐,心灵之寂寞孤凄,益觉无聊,这又是一方面。在这历历比照的苦闷生活中,一则他的热衷功名之心更切,一则其怀才不遇、悲愤感慨之怀更深。于是精神上的出路在日常生活中有这样几条:一是寄情自然,对山川风物,楼亭台榭,花鸟虫鱼,有深厚的兴致和细致的体会与观察;一是体会人情世态,所往还者上皆达官名流,下至奴仆、乡间农夫贩卒,生活环境中的人和事,传闻与故事,他亦从自己的心情境遇,得到深切的体验;一是耽于幻想,生活于梦境之中,以自取安慰,这是以书与生活为材料的。

我们下面说几件生活情事,让我们对蒲的生平与创作得些具体的了解。

前已言之,他的同乡孙蕙历任江苏宝应及高邮县官,他在三十一岁时到江南孙蕙任上作幕宾。孙在高邮署中做寿(四十寿辰,孙比蒲大九岁),招梨园演剧,大开寿筵,蒲有一首诗,写东家声色歌舞、灯红酒绿的官家生活:"帘幕深开灯辉煌,氍毹暝铺昼锦堂。氤氲兰雾吹浓香,热云迷蒙凝天光。旱雷聒耳杂鸣珰,佩环一簇捧红妆。藕丝摇曳锦绣裳,黄娥跌舞带柔长。长笛短笛割寒苍,紫楼玉凤声飞扬。芙蓉十骑踏花行,鬟多娇容立象床。参差银盘腻烛黄,琅玕酒色春茫茫。轻裾小袖引霞觞,愿君遐龄齐山冈。"这本是当时士大夫日常普通的生活之一面,我们看当时的历史记载及文集、诗集可以充分地知道,并非什么特殊之事。

又有七绝三首写贵公子生活:"斜阳归去醉模糊,酣坐金鞍踏绿芜。落却金丸无觅处,玉鞭马上打苍奴。""夜半梧桐隐玉钩,朱门挽辔系骅骝。两行红烛迎人入,一派笙歌绕画楼。""罗绮争拥骕骦裘,醉舞春风不解愁。一曲凉州公子醉,樽前十万锦缠头。"

这样的诗篇,当然不必看作对生活的写实,而只是对一种生活方式的印象的总的概括与作者自己对富家青年此一面生活的感受。江南地区,在明清之际,是当时资本主义萌芽的主要地区,以扬州为中心的一带,封建阶级过着当时最"现代化"的生活享用。山东某些地区亦属此类,但程度上、性质上与江南有些差别。

在这样的生活环境中,他自己的客居生活及情绪如何呢?他的诗集中亦有反映。总之,是孤寂、无聊、悲慨、思乡。《寒食阴雨,有怀刘孔集》:"寒江风物晓珑璁,佳节萧条恨不同。旅邸愁生春色里,天涯人坐雨声中。离亭怨别垂杨绿,霁影当窗返照红。好梦忽惊魂欲断,高斋一榻落花风。"《客斋》云:"烟波万里一身遥,湖上春残燕子娇。乡思多因闻雁发,离魂只为看花消。云迷芳草愁中路,月满春城柳外桥。搔首天涯仍涕泪,五更风雨自潇潇。"《客署作》,有句云:"冷雨寒窗他日泪,凄凉极浦暮云深。"《寄家》云:"桂树丛丛飘晚香,夜行竹影落绳床。窗窥明月人千里,魂断西风雁一行。须发难留真面目,芰荷无改旧衣裳。江城何处吹杨柳?望断关山客梦长。"《夜坐悲歌》云:"短烛含愁惨不照,顾影酸寒山鬼笑。""但闻空冥吞悲声,暗锁愁云咽秋雨。"《途中》云:"途中寂寞姑谈鬼,舟上招摇意欲仙。"这已经很具体很明白地为我们介绍了《聊斋志异》所由产生之客观、主观生活背景,《聊斋志异》自序中亦描写了这样的生活情绪。

这种内心孤寂的客居生活,对于一个自负才学、热衷功名的青年人(三十出头)当然是难于忍受的。在此期间,他的怀乡客愁的诗最多,不举。所谓"江山信美兮非吾土",不久他就回到山东故乡来。这一次到江南,又由江南回去,是他一生中最长最远的行旅。从山东去江苏北部,并非像今日,只是个短途旅行,在当时的交通条件下,在当时的社会现状下,是很艰苦的,感触也是多的,印象也是深的。这种长途艰苦的旅行,在他一生中是少有的。

从山东淄川往江淮地区,必经之道是一条高山峻岭的山路,由长山谷道到莱芜县境,最高的地方是青石关,集中有诗《青石关》云:"身在瓮盎中,仰看飞鸟渡。南山北山云,千株万株树。但见山中人,不见山中路。樵者指以柯,扪萝自兹去。勾曲上层霄,马蹄无稳步。忽然闻犬吠,烟火数家聚。挽辔眺来处,茫茫积翠雾。"青石关距淄川约六十华里,再过去约百里,则为岩庄。《雨后次岩庄》云:"雨余青嶂列烟鬟,岭下农人荷笠还。系马斜阳一回首,故园已隔万重山。"由此以南,悉属山区,他回山东,仍经此道,到青石关,日已暮,旅店冷落,不留客宿,正值山雨欲来,摸黑十多里路下关,经瓮口道到土门庄投宿,时天昏夜黑,风紧雨骤,雷电交加,这对他是一次惊险的旅行。《瓮口道夜行遇雨》描写这段不平常的路程:"日暮驰投青石关,山尘横卷去漫天。望门投鞭纵马入,庭户冷落绝炊烟。"又云:"下关暝黑闻风雷,倒峡翻盆山雨来。潦水崩腾没马膝,激石擂炮鸣相催。水猛石乱马蹄破,动骨骇心欲倾堕。人马不惜同时饥,颠蹶还愁丧身祸。"又云:"来时当道僵尸横,我行至此马腾惊。云是虎噬远行客,髑髅啮绝断股肱。念此毛寒肌粟起,心急行难步不怩。电青乍见水磷磷,径昏惟觉石齿齿。三漏始入土门庄,挝门下骥登人堂。渭城已唱灯火张,唤起老妪炊青粱。簦席破败黄茅卷,如醉醺醪卧香软。"大乱后景象,虽山僻之中亦能见之。诗集中并无专写满目疮痍、民不聊生的情景,因为这是犯忌讳的,但流露出的已可想见。像"平原芳草年年绿,碧血青磷恨不休"(《得家书》),"青草白沙最可怜,始知南北各风烟"(《途中》),"萤流宿草江云黑,雾暗秋郊鬼火青"(《早行》)。我们可以看看《儒林外史》中第三十五回庄征君辞爵还家旅中情况,更可以想一想嘉定三屠、扬州十日的记事,此时死的人太多,十室九空,士大夫享乐生活虽已勉强依旧,但人民的生活和内心仍是惨切的,惊魂未定的。江南如此,山东亦然;城市中如此,旅途中尤甚。这样的旅途和客居生活,这样荒凉的高山,野兽出入的地区,这样惨切与残败之余的社会生活感受,我们读到《聊斋志异》故事,即知其所描写的环境气氛绝不是偶然的胡思乱想。

蒲氏的塾师家馆生活,也是身在富贵家庭的环境中,而内心精神有难于说明的孤凄和寂寞。毕家是个世代做官的旧家,毕际有是个刺史,比孙给谏要阔得多。他家同时请了两位塾师教子弟,《绰然堂会食赋》说:"两师六弟,共以几餐。弟之长者方能御,少者仅数龄。每餐情状可哂,戏而赋之。"描写同小孩子吃饭、你争我夺、狼吞虎咽的情状,文章是非常生动而滑稽可笑的,但可以看得出来,作者的笑是苦笑。

集中有一篇《戒应酬文》:"旬前或以吉启属余,而意懒苦于思索,掇笔复置者屡矣。望前之五日,计需期已迫,不得已挑灯构之,思又不属。弯月已西,严冬侵烛,霜气入帏,瘦肌起粟,枵腹鸣饥。回顾酸影在墙,须吻张翕,耸肩缩项,如世钟馗。因呀然而自笑,哂措大之呆痴。""无端而代人歌哭,胡然而自为笑啼?无谓矣哉!""且也人皆鼎烹,尔独藜藿,人且重裘,尔独絮衣,彷徨永夜,亦孔之凄!""若夫幽房炽炭,茗酒浮卮,奚童旁而剥枣,慢撚髯而吟思。于斯时也,神闲意适,逸兴遄飞,亦文人之雅致,当乐此而忘疲;尔乃坐枯寂,耐寒威,凭冰案,握毛锥,口蒸云而露湿,灯凝寒而光微,笔欲搁而管冷,身未动而风吹,吟似寒蝉,缩如冻龟,典春衣而购笔札,曾不足供数日之挥。""前无钓饵,后无鞭箠,利既不属,名亦罔归,连连作苦声于终夜,诚可笑而可嗤!"也写得自嘲自怜,亦悲愤,亦诙谐,生动真切地描写了他的为文生活状况和内心的感受。此文未必是在毕家做的,但作塾师,必定要代笔作应酬文的,则塾师生活的一面亦可以推想。

在幕宾和家馆生活中,他因文名及环境,和许多大官、旧家宦裔以及当时的名流订交。除了上述毕际有外,有唐太史济武(进士,翰林院庶吉士)等,像他的挚友张笃庆兄弟和李希梅都是旧家宦裔,张之祖上为明代相国。在江南同游的,如成康保(进士)、王式丹(会状)兄弟、陈冰壑(太常)都是功名高、官位显的。当时许多大官和学问家如施闰章、俞成龙,年龄地位都高,也都先后赏识他。他和王渔洋的关系也是密切的,诗文集中,往来信札、唱和最多,王有书多赠给他;他的书及文也多寄给王,《聊斋志异》一篇篇给王看了,编成后又给他看,《聊斋志异》多篇后有王的评语,原手稿中,除异史氏曰外,亦附王评语。凡此不及细讲。总之,王是非常敬重他,而蒲亦以王为其前辈中之知人,敬之爱之的(笔记中买其作品被拒的话并不可信,王渔洋亦非如此一类之人)。这样一些大官名流,和蒲发生密切友谊,对蒲有些怎样的影响?(他们都是有其可肯定一面的士大夫阶层人物,他们也都是正派的,不可一笔抹杀地否定掉。)总的说,是对自己的才学自负益高,因而怀才不遇之感益明,而牢骚益多。在由江南回鲁,至五十前,任家馆期间所作诗文,时时流露出来。想贵想富,"多君老健凌苍鹘,期在青云志不摇"(《怀李希梅》),"名士由来能痛饮,世人原不解怜才"(《九月望日,怀张子历友》),"与君共洒穷途泪,世上何人解怜才"(《中秋微雨,宿希梅斋中》),"生涯岁岁拥寒钉,落拓无成鬓欲庞""壮心端不受贫降"(《遣怀》),"何日得钱十万贯,烟波深处买芳邻"(《拨闷》),"但求怜此身犹贱,放我十年勿反添"(《初见白髭》)。此外他们也常有一些诗酒风流的生活活动,文集中有很多的诗启,如《徼毕信涉逸老园诗启》《为沈燕及邀客小启》,诗集中有不少酬赠的作品(《我曰园唱和诗跋》)。

蒲在坐馆时,对自然风物遣兴寄情,亦见于诗章。诗集中有《斋中有柑橘、菖蒲、迎春、海棠、月季、盆草、盆石、夹竹桃,又有榴树二,花大而实肥,因效徐文长作石醋醋骂座》,将各种花木人格化,予以嘲弄,如云:"酸寒蕙草,冷瘦菖蒲,短发潇潇,无栉可梳","丁香依稀四旬余,犹学雏娃妆明珠。海棠荡冶淫且污,自谓风流绝世无"等等,可见其心情意绪之寂寞无聊,亦见其喜爱生活,□观深微之情趣。有一首诗题是:《辛未九月至济南,游东流水,即为毕刺史物色菊种》,其小引云:"扉临隘巷,每多长者之车;槛袅垂杨,时系达官之马。只因爱菊陶令,羡绿野之风流;遂使看竹子猷,通黄花之声气。犗奴沦茗,便以久远为要;佳种携来,许以有无相易。"对于花木的爱好与知识,可以见之。《聊斋志异》中多篇花木精魅的作品,推及虫鱼鸟兽,亦莫不然。

诗文集中还有不少描写妇女情绪及关于男女爱情的诗词作品,这多数是他青年(四十岁前)时代写的,我们下面要说到,蒲与刘氏夫妇关系极好,对其夫人极为满意,两人白头偕老。若由我们今日看,蒲对爱情应无何不满足之点。其实不当如此看。因为封建婚姻中的夫妇关系,一般是无所谓爱情之可言的,爱情不存在于正式夫妇关系中,封建婚姻中。在旧时代上层社会中,要获得爱情,总须在夫妇关系之外求之。此是事实,应予注意,其理亦不难理解。蒲生活于达官缙绅的社会环境中,所能有的只是封建婚姻关系的夫妇之情。他之对于自由活泼的异性之美,对于志趣相同、彼此相知的爱情之乐,他亦是有此要求的。对于以才情自负而身处贫贱寂寞中的蒲氏来说,在他青年时代,此点恐怕在他的精神生活中占据了重要的地位而不能满足的。作品中对于爱情的体会,对多情青年男女的形象之描摹刻画,无不委婉动人,深切入微,正可证明此种情怀。很有趣的事,是作品中许多诗词韵语,亦见于其诗词集中。举几首,以见一斑。

《子夜歌》:"今日上西秦,明日往东鲁。不如不归来,还省别离苦。""问谁往江南,烦寄物一裹。不为我念郎,但恐郎念我。""荡子不顾家,空房泪沾臆。骂语积满胸,郎来都不记。"

《闺情》:"深坐珠帘颦翠娥,玉人何处醉弦歌?泪中为写相思字,写到相思泪转多。""蕉分日影上晴纱,斜傍东窗理鬓鸦。妆罢玉台频对镜,侍儿和露折兰花。"

《思帝乡》:"闲院桃花取次开,昨日踏青小约未应乖,嘱咐东邻女伴,少待莫相催,着得凤头鞋子即当来。"(见卷七《阿英》)

《同沈燕及题思妇图》:"慵鬟高髻绿婆娑,早向兰窗绣碧荷。刺到鸳鸯魂欲断,暗停针线蹙双蛾。"(见卷六《连城》)诗集中,此题七绝四首。具见其以己作为作品中人物之作,即以自己真切深挚的情感意绪以为书中人物的描写。即在人物创作与描绘中,把自己的思想感情化了进去。其作品艺术之力,于此可以得其端绪。亦可推知作品中的许多韵语,多是他自己的作品。如《彭海秋》中的薄幸郎曲,《丏仙》中的"蝶化美人舞且影",《褚生》中的《浣溪沙》,《凤阳士人》中女子所唱俚曲,《宦娘》中《惜余春词》,《绩女》中费生所题《南乡子》,《香玉》和《凤仙》中的多首绝句,《连琐》中的联句,皆真切动人,□动活泼。当然也有不是作者的,如《林四娘》中的诗。

现在说一说蒲松龄的婚姻及夫妇家庭问题,这是他生活的另一重要之一面,与其思想密切有关者。蒲氏自作原配《刘孺人行实》①一文,为我们提供了许多可贵的资料。蒲是其父的老来子,蒲出生时,家已中落,到十一岁,才替他说亲,定的是同邑儒生刘国

---

① 应为《述刘氏行实》。

升家的二姑娘。顺治乙未年间,讹传朝廷将选良家女子充掖庭,人情汹动,刘公初不信,而意不敢坚,亦从众送女到亲家。这时蒲十六,夫人年十三,到婆家,与婆婆董氏同寝处,谣言既息,又回娘家。过了两年,即蒲年十八,女年十五,才正式结婚。夫人性情温和谨慎,朴实寡言,在妯娌们中,她是最老实的。因为其他妯娌,伯和婶都很厉害,很强悍、自私,常与婆婆争吵,其嫂尤然,所以婆婆特别爱她,说她有赤子之心,对人称道。大嫂更为恼恨,联合了其他妯娌,与婆婆及刘作对,说婆婆不公平,其间唇舌传播,家庭中经常吵闹。看来,蒲松龄对其嫂和弟媳,都非常不满,尤其把其大嫂说成一个像其作品中的泼悍型的妇女。父亲看了这情形,觉得难以长期处下去,就将弟兄们分了家,授田二十亩,大约每家分田四五亩。蒲说,分家的这年是荒年,收了荞五斗,小麦三斗。妯娌们在分家时,对家庭用具都挑好的,弃朽败的。而刘则像呆子似的一口不开。兄弟们都分到了夏屋,松龄独分到正屋外的三间老屋去住。老屋在农场旷野里,连围墙都没有,四处是小树和蓬蒿野草。此时松龄经常在外游学,不常在家。刘夫人亲自披荆斩棘,找人筑一短墙,在大伯子家假一小小的白木板做门,聊分内外。"出逢入者,则避扉后,俟入乃出。"这时已经生了大儿子箬,带着儿子孤孤单单住在有黄鼠狼的荒僻地方,听到有人的脚步走过,心里都觉得喜欢。庭院中,落雨则潇潇瑟瑟,刮风则到处响动,打雷则满屋都震得打颤。夜里狼闯进来,鸡在埘中惊叫,猪在圈里骇窜。小儿不知愁苦,早就睡熟了。她对着一盏豆油灯纺绩,直到天亮才罢手。所以经常减餐,留些饼饵请乡邻老婆婆来吃,请她在自己床上睡,请她做伴。像这样固贫寂守,却不肯让儿子荒废了学业。口怜着儿子小,总是天不亮就起床,握着头发送儿子出门,目送他进了学塾的门才回来。后来又生了一女三男,十多年,他们渐长大。这时又为婚嫁的事所迫,千辛万苦地努力起房屋,一子授一室,一亩大的院子,就再无隙地,从前长满野草的地方,此时都变为茅茨了。但是家口多,每会食,非一榻可容,因此就分了锅灶,叫他们自己各自起伙食。刘夫人对于功名是很淡漠的,对于生活是很知足的。年轻时纺绩过劳,到老来苦臂腕痛,但仍不停纺绩操作。穿衣喜欢洗濯,洗破了,就打上补丁。若不是有事请客,厨房里从来没见过肉。我不在家的日子,得到好吃的,自己从来不吃,包了扎了收藏起来,总是腐败了。几个兄弟都赤贫,来借借贷贷是常事,夫人也不指望他们还。说:我总是受乞,而不乞于人,这就是我的造化了。到晚年,多病,一年要病几次。她自小有腹块的病,六十岁以后,块病与年俱长。康熙五十二年(1713年)中秋,和女伴媳妇们喝酒谈家常,谈到夜深,次日即病。

蒲松龄对于原配刘夫人的夫妇感情是非常深切厚挚的。他如何感激同情她,如何尊敬她的善良品德和勇于担当、坚强忍耐的性格,都可以从此文的描叙中看出来。这不是普通的诔墓的文章,而是有血有肉真情流露的描叙,说的是日常生活中的琐事,不但见出刘夫人的为人,也见出蒲在夫妇关系及家庭生活一方面的态度与人品,所以能够使我们感动,使我们觉得亲切,不因为那是二百多年前的人和事,对我们的思想感情就觉得隔膜,不起共鸣了。夫人的死,对于蒲的晚年是一大打击,他写给老朋友的信说:"弟日益惫,又兼有悼亡之感,穷而无告矣。"(《与李淡庵》)他所作的悼亡诗八首,也在平淡语中见出深沉的哀痛,与元稹的悼亡诗是一类的。这年夫人生辰(冥寿),孙立德回来扫灵,祖孙又恸哭了一场,并且作了诗。次年(康熙五十三年),上老伴的墓,又哭了一场,赋诗二首。"欲唤墓中人,班荆诉烦冤。百叩不一应,泪下如流泉。""性最畏荒漠,今独眠荆榛!勉哉汝勿惧,公姑为比邻。匪久襆被来,及尔省晨昏。"(《过墓作》)他并常在梦中见到老伴:"午睡初就枕,忽荆人入,见余睡,笑,急张目,则梦也。又赋七绝纪其事。"

所谓贫贱夫妇,老而弥笃,一般富贵家庭的夫妇,绝不会有这样金子似的感情。这一面,对蒲的写作,也有重要作用。《聊斋志异》中对忘恩负义、冷酷薄幸、喜新厌旧的丈夫深恶痛绝,如《阿霞》《武孝廉》《云翠仙》,并且一贯以极大热情描写那些笃于夫妇之爱的人物,如林氏,皆非出于偶然。

蒲松龄对于他的嫂子弟妇们很□不满,尤其对于他的大嫂,所谓"冢妇益恚,率娣姒若为党"(《行实》)。上引文中把她们写得非常偏狭、狡猾、凶恶、自私、好吵闹骂人、多嘴多舌。从这种对比中,来表扬刘氏之美德。这样的意见,形之于笔墨,暴露了他们封建家庭的争吵与不□的严重矛盾。这本是封建大家庭很普通的现象。别人不肯说,蒲却不掩饰地把它揭开出来。但是蒲对其同胞兄弟们却并无恶感,他还是恪守友于之道的。他在寄旅外乡时,占比例最大的是思家怀乡的诗。所谓家乡,主要当然是人,是他的夫人和儿子,但也包括骨肉在内。《客斋》云:"频年忧患凭天地,中夜悲歌忆弟兄。"并有《赠惠公弟》:"可怜芳草年年绿,同向天涯寄此生。"《八月新归,觉斯、螽斯两侄邀饮感赋,得深字》云:"莺花岁逐行尘老,骨肉情因患难深。"五十岁时,他大哥死了,他十分感伤,作了祭文,又有两首哭兄的诗,一首题"夜作祭兄文悲不成寐"。又有一首《怜妹》,大约他妹妹自小嫁了一个赌博游荡、没有家业的丈夫,多年与娘家兄弟没有往来,兄弟也难照顾,后来受了牵累,弄到吃官司。结句云:"兄妹皆沦落,相对一潸然。"可见其手足之情是深厚的。对朋友亦然,诗文集中多数是与朋友赠答,朋友悼亡,他多有诗相慰;朋友死了,他有诗挽哭。在封建的伦理的情谊方面,他是非常严肃的。

他对于朋友的诚笃,还表现在耿直方面。他是一个诤友,不怕得罪人。文集中有《上孙给谏书》,(孙给谏)即从之作幕友的孙蕙,说:"年年落魄,有负故人,自觉面目酸涩",所以久疏往来,"所自信者，朋友之情，老而弥笃，可无愧于良友耳。""然而为乡绅者居官而有赫赫名，甚可喜；居乡而有赫赫名，甚可惧！"你为争臣，必能容争友，"窃以为居乡所当知者"，请言其略。他提了五条意见：①择事而行，"盖居高位者，为善有力，为不善亦有力。我一动齿颊，阶下人将百倍行之矣。"②择人而友，"德行之人吾所师，学问之士吾所友；至胁肩吾前者，止足供棋酒笑具耳，其言固无足听也。乃初闻之而觉其佞，久而安焉，又久之而我之腑膈肺肠，渐与鲍鱼俱化矣。""门外之吞声者甚多，但我不及闻也，可畏也！"③择言而听，"名不可以威成，财不可以怒取，凡以此等事诱我者，皆欲坏我之德，以自便其私者也。"④择仆而役，"每见蠧役贯盈，惧人覆算，遂如山中之狼，借我蠧以自庇，不惟众怒难任，且恐豺狼之性，未能忘情于人肉也。且负人债者，冀投我而人不敢讨；犯王法者，冀投我而官不敢追。又他家旧仆坏事而逃，借我以抗其主。""又其甚者，乡中狡狯，思假我之声灵，以济其暴横，乃夤缘而入，甫得挂名卯簿，即公然肆行于市井，构讼于公门。""因而受害者遂控诉无门矣。抑闻长山邑大夫南公尝语人曰：'为令者他气犹好受，惟宦家大腹奴之气难受。'此真经历之语，其中愤、其言戚也。"⑤收敛族人，"凡一人之望重，则举族之人，多窃其声灵，以作威福。力之大者，则把持官府；力之小者，则武断乡曲。甚者族人之奴仆亲戚，亦张我之旗帜，以欺山中之良懦。""但祈先生微行里井而私访焉，倘有一人闻孙宅之名而不咋舌咬指者，弟则任狂妄之罪而不敢辞。先生存心何等菩提，乃使乡梓愚民，闻声而股慄，诚不知其可矣。曩者刘孔集自武康归，先生尝谓之曰：'姜桂之药，亦宜相人而施。'某之言真辣于姜桂矣！"这批评是非常尖锐，但益见待朋友之诚笃及其为人之直爽。这种品德在封建社会的知识分子中是不多见的。

从上面的例子中，可以看出蒲有许多意见，是站在老百姓这边看问题的。因为他虽然一贯的要向上爬,并且基本上站在地主阶级(封建统治阶级)立场上,但同时另一事实,却始终未爬上去,实际是处于贫贱之中,老百姓所遭受的痛苦和压迫,他不但看得见,体会得到,而且有些方面他自己亦同样遭受着,如上所言大官的仆役之狐假虎威、鱼肉乡里之类。文集中有一篇《救荒急策上布政司》,他向政府大胆提了五条意见,可以说是为民请命,更可见蒲的思想与老百姓站在一起,与老百姓同命运的一面(老百姓可以受此苦,未必能看得清、说得明,蒲则以其地位、经历及文化,看得较明白,说得很畅快)。策中说:"现今除缙绅而外,惟有坐以待毙之士子及三五良民,日与成群之盗,杂相间处,昼无饱餐,夜无安枕,势将使饥者以不能作贼而死,饱者以不能御贼而死,合县之民,不尽不休,真可惧也!"所陈五则意见,一是钱法,说钱之挑选苛刻,起于康熙四十二年。州、县有告示民间:杂钱之行,姑从民便,三年后都中新钱下,则市中之钱皆不许复行。有钱者大惧,贸易者则严于挑选,恐其一旦遂成废物,久之官钱不下,被弃不用者各有名目:以铁铅作模,樀而成钱者曰樀钱;两面磨光者曰磨钱;熙字左撇弯长者曰五腿;新出炉者为黄疿黑炭不净者曰黑疿;大而薄者曰薄疿;模糊轻小者曰死疿。总之,皆私铸之别名。且都中大钱,尚未行下,而私铸者已依样铸出,遂有怀中抱钱而饿死者。今之禁钱,弊与盗案等。盖法太严,官不敢报,因而私铸甚多,自长山、邹平以及武定诸处,铸炉不下千支。京都之局,不足供千炉之毁,于是私钱遍地,而官钱之存者几希矣。二是无禁籴,今日言之,不惟不可禁,并亦不能禁。一禁则籴者不敢入市,而求诸籴者之门,官乌能知之?更有贿托豪强买结市侩,为之代籴装载以护送出境者,官又乌得而察之哉。是禁籴之法,止以起无赖之抢夺,资棍徒之骗诈而已。且一禁止则籴者钻求愈急,枭者勒索益甚,而市价之腾涌益速。三是官谷可借,仓中积谷,初纳时名为乐输,将以备本地凶荒,非待他人取用,前年他邑灾,至六七运,劳民伤财以送之。今本地连年大饥,饿殍遍野,流离载道,而仓中谷反不得一粒入口,积谷之本意谓何?四是治盗,年荒则盗聚,天下之大乱多起于荒年,淄去年歉收,初穴墙肢箧者一二人,后渐三五成群,架软梯为进院之具,过岁以来,皆四五十人为一伙,刀枪火炬攻打村庄矣。或劫财不得,则燎人至死,入村不得,则纵火烧村,至有一村尽为丘墟者。被害之家皆忍痛含冤,莫敢声报,间有认盗指名报官者,非为捕役所买放,即薄惩松系而不尽其法。官以姑息为仁,而贼民日多,而良民日少。此辈皆博赌无行,游手不务本业之人,即在丰年亦非善类,流亡饿死之民乃足惜,此辈不足惜也。良民日营升斗,夜辄有人入,以刀压颈,劫夺而去。此民间之苦情,呼天无路。五是粥厂,认为不如关粟之便,四乡设厂,十五里外道渐远,一人独往,则家中饿其老弱,携家而往,则终日苦于奔波,不如五日一次,按口而授粟。此所提意见,不可谓不尖锐,不可谓不是在一种范围内为民请命,为百姓实际的眼前的利益设想。

  上述是对达官的不良作风和当时政府的窳败提出了大胆的批评,表示了极大的气愤,要求纠正与改进。但他最痛恨的还是坏县官和衙门中公差和捕役。文集中有一篇《公门修行录赘言》:"西南巨山中有狨焉,善食猱。猱望见之,群升树。狨至,戛然一鸣,诸猱闻声,如果熟遭劲风,坠满地上,悚息膝立,无敢逸者。狨乃相其硕大,置瓦颠顶而志之;志已,复以爪揣择肥者攫食焉。黠者乘间弃其瓦,揣则遗之。偶一谈及,罔不诧异。余曰:'此何足异?人类中固不乏也。君不见城邑廨舍中,一狨在上,而群狨随之乎?每一徭出、一讼兴,即有无数眈眈者,涎垂嗥叫,则志其顶,则揣其骨,则故嚼其肉。其懦耶,恐喝之。强耶,械挫之。慷慨耶,甘诱之。悭吝耶,逼苦之。且大罪可使漏网,而小祸可使弥天;重刑可以无伤,而薄惩可以毙命。茕茕者氓,遂不敢不卖儿贴妇,以充无当之卮,冤矣!其吏皂之具衣冠者,尚阴刻而阳慈;而最难堪者其副,以牛鬼奉蛇神命,乞丐相鸥鹑鸣,当之者求死不得矣!夫人生至为副役,已入饿鬼道中,而尚可漏脯救饥乎?在恶人良不足惜,而小鬼之伎俩,又偏中于善良。何以故?朴纳者固不敢取颠瓦而掷之也。"这是暴露官府衙役鱼肉百姓,十分痛快淋漓。其所憎所爱,都出于对现实政治吏治的实际感受和总的概括,全面而深刻,充满火一样的热情。《聊斋志异》中对于政治吏治的问题,他亦表现相同的爱憎立场。

但尽管如此,他并不从根本上否定封建统治的政治制度,所以上文仍对公门官役提出劝告和建议,即借公门而修行。希望他们做做好事,修修自己的来生福泽。因此,他所仰望的是好官,是爱民的官。他相与的许多士大夫,如毕刺史、唐太史、孙给谏等,他都认为是好官,他十分敬佩他们。对孙提出批评,也是在爱护他的前提下提的。他想往上爬,得功名,也不过为了做官,当然他向往做一个好官。康熙二十五年(1686年),张嵋字石年来任淄川知县,做了三年,于二十八年调任离去。看来张是一个好官,精明干练,能为民兴利除弊。蒲极推崇他,敬佩他,说叔度来三年,每日噢咻人,春和中人骨。闻拔擢去,如婴离母抱。适驾南巡,谋要遮之而请,肩所摩满衢,踵所止满邑,涕所堕皆满眶。骑者、步者,肩负腰缠,如蚁迁其国,数十里尘无断际。然万趾南图,而龙飞西去远矣。既得耗,无老幼皆懊,无灵蠢皆怆,无男妇皆涕,共言侯去,悲六喜七。诗集中有《悲喜十三谣》赠张者,悲六:农人悲(粮轻减),儒童悲(卷费廉),乡人悲(豪校差役敛迹),翁媪悲(荡子蒙教化),肆贾悲(估肆得安),名士悲(怜惜才华)。衙役喜,博徒喜,豪强喜,讼师喜,端工喜,娼户喜,权奸喜。又有《送别张明府》,小引曰:"一片阳春,吹嘘寒谷;三年霖雨,沾溉穷乡。得为编户之氓,无异太平之犬。未入武城之室,细听弦歌;时于冀北之群,一承顾盼。

肌肤骨髓,受兰气之长薰;鸡犬桑麻,被河流之普润。""留鞭挽辔,千尺潭水之情;把酒临风,三叠阳关之曲。"云云,具见其对其所谓好官的崇敬爱戴之情,与上述对于坏官的鞭笞,正是一物的两面。

他自己虽未做官,但在乡里,也努力要求自己做一个好乡绅或士子。他对地方公益之事,是十分热心的,淄川是个山区,道路险阻,行旅艰难。修桥铺路,就成为乡绅们的一件善举,蒲对此甚努力,募修鸳鸯谷桥,五村修路,修建龙泉桥等,他都以很高的热情来做文章,来说服人家解囊,来歌颂其善行。龙泉桥的筑成,李翠石捐产泻囊,费金逾千,而蒲则自己出了其中的三分之一,即三百两。这对于一个贫士的蒲,是不容易的,这是他的一件义举,确为慷慨好义。说明他能竭尽绵薄为地方做些有益的事。

具体的事情应作具体分析,修桥铺路,人们出钱可以有不同的动机,为修福子孙和来世,为沽名钓誉,为爱护乡梓,为地方争体面,也有为人民百姓的。大□的人,有钱,出些不在乎。有的人出的少,集腋成裘,也有迫于绅士的威势,迫于社会舆论。蒲出如此之多,这就不同。若是单举此事,也不能断定他是出于爱人民百姓,看其对农民生活的关怀,就可以联系起来看,得此结论。

那时农民百姓的最大苦痛,除人祸而外,就是天灾,水旱虫荒,是封建时代非常频见的,而淄博山区,此患尤重。文集中有《纪灾前编》①和《纪灾后编》②两篇长文,记康熙四十三年(1703年)的灾情,其观察之细致,关注之迫切,体会之深刻,感受之切挚,描写之详尽与生动,具见其对人民的生活之用心,无微不至,欲罢不能,实在使人感动流泪。其中尤以《纪灾后编》描写农民于荒旱之后又逢虫灾,虫蚄萌生成长的状态,群起捕打虫及禾稼受害的状况,

---

① 应为《康熙四十三年记灾前篇》。
② 应为《秋灾记略后篇》。

尤其令人惊心骇目,使人气喘胸闷。(《前编》写荒旱之年,人饿死,流离道途,盗贼纷起,吃糠秕、树皮、草根,卖妻鬻子,甚至吃人肉,卖人肉油,令人毛骨悚然。)又云:"其类又易孳,尝见巨蚄伏叶表,两肋坠物,微茫如露珠,瞥长为蛆,蠕蠕动矣,倾之堆累数十,锐首扰乱,似各有作,俄已成茧自蔽,如蚕然。""时高粱已穗,叶大耐蚀,梗高耐登,虫自下空其半体,视不见、闻无声者。然岁叠荒,盗多几与虫等,昼防昼偷,夜防夜偷,架木巢其旁,眠少熟,粒青青已果贼腹矣。蚄故不贼豆,或邻亩谷尽,猎食无所,池鱼之殃,豆则深受之。甚至垅无片叶,蓬蓬如乱麻。已角受灾者,角半秕犹粒;灾其方华,则其歧立,不复角。谷未秀,虫空其叶,青青矗矗然,大段如木贼,无人采焉者,以其穗犹胎含,留待复秀;久之生一二叶,类瘦茅,盈盈寸许,仰不复垂,霜寒犹绿。待田耕者,中道夭之,犹不如蜀秫之晚生者,豆出始出,豆熟亦熟焉。乃豆未遭蚄害者,又自生螟,蜿蜒二三寸,圆粗于拇。倡言者谓其肥可煎油,竞捉之,囊筐充牣,断头反革,置鼎,水腾沸沸,油浮出,金黄色,革亦焦脆,饿者甘之,捉益众,因不为灾。时某邑诸生告灾于令,呈蚄,令咄之,谓是么么物,何足称灾。又呈豆螟,始骇,始诘名。一生答曰:'此即所谓糊涂虫也。'闻者皆匿笑。八月初四雨,夜大寒,蚄悉入土为蛹。或又言蛹绝美,富者以升麦易升蛹,于是男女若妇,操铁锐具,石足山根,搜抉殆遍。蚄方没,蝗又至,食其牙齿余惠,谡谡断粒蒂,零落田间,驱之跃于禾下,又扑之入于丛中,止而家焉,不复飞矣。苦战而存者,蝗又尽之,劫数矣哉!"最后说他写前后二篇记灾的用意:"情状可哀,涕可陨,志其略,告临民者,勤民事欲猛,捍患难得法,细述之告力田者。"诗集中有不少的关心农民疾苦和遭遇的作品,《齐民叹》:"愿竭我膏脂,共资尔巧宦。谷尽难取盈,涕泣零如霰!"《饿人》:"何处能求辟谷方?沿门乞食尽逃亡。可怜翁媪无生计,又卖小男易斗糠!"尚有一首《击魃行》,说明他并不迷信鬼怪。

蒲松龄自四十四岁,以很大的力量,很高的热情,编了许多通俗使用的书和俗曲。这完全着眼于人民百姓的生活需要而编写的。康熙三十三年(1683,四十四岁)编了《婚嫁全书》,自序云:"唐宋以来,选择百余家,造凶煞之恶名,骇人观听,古人不甚遵,颇亦不甚验。最不可解者为周堂,不论节候交否,但以为逢若吉,逢若凶,此何理也?……举世奉为金科,而我独自行胸臆,既有违众之嫌;且子女婚嫁,既无所疑忌,而姻家公母,必龈龈以为不可,遂不得不设酒封金,转求术士。故不如广集诸书,汇其大成,使人无指摘之病,即明知其妄,而用以除疑。"(周堂,阴阳家语,俗称婚嫁吉日曰周堂。)康熙四十三年(1704,六十五岁),编《日用俗字》成,序云:"每需一物,苦不能书其名。旧有《庄农杂字》,村童多诵之。无论其脱漏甚多,而即其所有者,考其点画,率皆杜撰。故立意详查字汇,编为此书。土音之讹,如'羖'读为'脚','种秬'读'种使'之类,悉从《正字通》。其难识者,并用音切于大字之侧;若偏旁原系谐声,例应读从半字,概无音切;或俗语有南北之不同者,偶一借用,要皆字汇所有,使人可以意会。虽俗字不能尽志,而家常应用,亦可以不穷矣。"康熙四十四年(1705,六十七岁),编《农桑经书》成,序云:"居家要务,外惟农而内惟蚕。昔韩氏有《农训》,其言井井,可使纨绔子弟、抱卷书生,人人皆知稼穑。余读而善之。中或言不尽道,或行于彼,不能行于此,因妄为增删;又博采古今之论蚕者,集为一书,附诸其后。虽不能化天下,庶可以贻子孙云尔。"康熙四十五年(1706,六十七岁),编《药祟书》,序云:"疾病,人之所时有也。山村之中,不惟无处可以问医,并无钱可以市药。思集偏方,以备乡邻之急,志之不已,又取《本草纲目》缮写之。不取长方,不录贵药……偶有所苦,则开卷觅之。"康熙四十八年(1709,七十岁),手录《齐民要术》,自志云:"己丑初夏,偶阅《齐民要术》,见其树畜之法,甚有条理,乃手录成册,以补家政之缺。"康熙五十三年(1714,七十五岁),死前一年,悼亡之次年,选录《观象玩占》三卷,自志云:"先得《会天意》一册,以其有量晴课雨之益,故依样录之。后见《观象玩占》,无论其卷册浩烦,不能繕写,且天文星宿,多所不解;仅取其人人共知,如日月北斗,风云雷雨之属,录为三卷,聊以备旱涝之秋,为瞻云望岁之助云尔。"此外,尚有《省身语录》《怀刑录》《历字文》《家政内篇》及《外篇》《小学节要》)。

俗文学方面,戏曲三种:《考词九转货郎儿》《钟妹庆寿》《闹馆》。俗曲十四种:《墙头记》、《姑妇曲》(演珊瑚故事)、《慈悲曲》(张诚故事)、《翻魇殃》(仇大娘故事)、《寒森曲》(商三官)、《琴瑟乐》、《蓬莱宴》、《俊夜叉》(赌鬼回头故事)、《穷汉词》、《丑俊巴》、《快曲》、《禳妒咒》(江城)、《富贵神仙复变磨难曲》(张鸿渐故事)、《增补幸云曲》(正德嫖院故事,《辛十四娘》有此段情节),《问天词》《东郭外传》《逃学传》《学究自嘲》等。

我们应该知道,这样一些生活实用的杂书和通俗文学作品的写作,完全是出于他的自愿,在于他的兴趣,其间不但无名利之可言,亦且没有责任,他是从日常和乡民共同生活中体察与了解到生活的需要,觉得自己可以做,应该做的,就编了出来,为了对乡民有益,对乡民生活有助,解决他们的困难,满足他们的需要。我们从他这种编写过程中,知道他时时把乡民百姓的生活要求牢记在心,像个保姆似的无微不至地关心他们,欲罢不能地要为他们做些有益的事。这里,不只是他的勤于编写的精神可佩,更重要的,是他了解与熟悉百姓的生活需要,关心他们的生活需要与困苦,以及热心地、无条件地为百姓服务的精神,我们不能不十分感动。这就使我们看到蒲的高贵的品质与内心、伟大的人格和灵魂。这与他醉心科举、热衷功名的庸俗的一面,显然成为鲜明的对比,两相矛盾的。

也许有人会说，这些著作，也是一些庸俗的东西，并没有什么了不得之处。当然，就著作本身说，确乎是卑之无甚高论，有身份的士大夫和士子，是不屑为、不肯为的。但是，正因为如此，我们更见其精神之崇高：他不顾儒林的笑骂，只一心要为乡民百姓做些有益的工作。而且我们从这些著作的序言中，也明白看到他是如何的体贴百姓的心愿，为百姓的好处设想，考虑到百姓可能接受的一面而把自己的主观之见撇开或放弃不顾，因此，他这些著作内容，都是从实际出发，能够切实为百姓服务，能够为百姓乐于接受的。《药祟书序》云："疾病，人之所时有也。山村之中，不惟无处可以问医，并无钱可以市药。思集偏方，以备乡邻之急……"《农桑经序》云（见前），《婚嫁全书序》云（见前）。

综上以看蒲松龄的生平，由于他的出身环境和生活环境，他一生热衷功名，但一生功名不得意；一生想往上爬，但一生处于贫贱，用他自己的话来说："于热场中作冷淡生活。"（《答陈翰林书》）由于他的热衷功名，想往上爬，他的思想有极其庸俗的一面；由于他始终功名困顿，始终身处贫贱，一生过着冷淡生活，因此他的思想同时又有颇为光辉的一面。这光辉的一面，就是他的内心与人民百姓紧密连接在一起而产生的。并且，因为他的一生生活处于贫贱，始终未爬上去，所以这光辉的一面，就成为他思想的主要的一面。这给予他穷愁的生活以巨大的积极的力量。他虽一辈子倒霉，牢骚满腹，但他对生活、对人生、对世事，一贯抱着积极的态度，抱着希望，追求理想，并且尽他思想水平所能达到的，所能认识到的，竭尽力量，要为人民百姓做些有益的事情。当时一个士子，若只知有己，不关心人民百姓，不把心倾向于人民百姓，处于长期的穷愁之境，而又生活在漆黑一团的时代社会里，而又不悲观，不绝望，不自暴自弃，那是没有的，不可能的。蒲的对现实的很好的健康的态度,显然是因人民百姓的力量给予他以支持与热□的。他的《与韩刺史樾依书,寄定州》说:"某素不达时务,惟思世无知己,则顿足欲骂,感于民情,则怆恻欲涕,利与害非可计及也。"

《聊斋志异》的写作,也清楚地表现了这一点,"独是子夜荧荧,灯昏欲蕊;萧斋瑟瑟,案冷疑冰。集腋为裘,妄续幽冥之录;浮白载笔,仅成孤愤之书。寄托如此,亦足悲矣!嗟乎!惊霜寒雀,抱树无温;吊月秋虫,偎栏自热。知我者,其在青林黑塞间乎!"这里说了他个人牢骚,作品中亦同样贯穿了他个人的牢骚和不满,个人的思想感情。但是我们知道寒雀抱树、秋虫吊月的生活处境,是他个人的身世之描画,同时也是当时清初广大人民百姓的现实处境之概括。他所刻意地以巨大热情与毅力来从事搜集写作的青林黑塞的故事,亦正是当时身处漆黑一团的时代社会中的人民百姓所赖以寄托幻想的创造,为他们所喜闻乐见的故事。在此,他个人的牢骚与愤懑就成为他连接人民百姓的桥梁(若无个人不满,他会骑在人民头上,与人民对立,不会将心与人民相系了),他个人穷愁的处境,就与人民百姓的生活现实同一坏现实土壤。因此,在他的作品中,在主要问题上,能够站在当时人民百姓的一边,以他所认识与坚持的,来鼓励人们努力向好处看,把他所认识的来教导人们分清是非善恶,如严冬中送炭,如黑暗中送灯。炭与灯都是从人民百姓那里来的,温暖了自己,又反过来去照亮人民,去温暖人民,这一点是不可忽略的。

在此,我们应该简略地插说几句关于当时时代背景的话。我们应该把蒲松龄的生平、思想放在当时的历史实际中来看,始可得到较适当的评量。我们知道,明末的社会与政治,已是封建主义制度腐朽达于极点的时代,当时在极端窳败腐朽的社会现实中,已经萌生了许多新的因素。腐烂中已有显明的新生的力量,无论在经济方面及文化思想方面皆然,在农民起义风起云涌,蔚成排山倒海的巨大革命浪潮时,应该说,在森严的黑暗中,已经见到曙光。广大被压迫奴役,生活上、思想上没有出路的人民,此时则已有个指望,并以最高的勇气与热力与信心,参加到革命斗争中去。但是正在这样的死中得生的关头上,却忽然产生清军入关的悲剧。阶级斗争功败垂成,民族斗争亦被血腥地镇压下去。当时人民百姓在生活上、在精神上所受的打击与挫败,是难于说明的。我们知道,在长期旧封建主义统治的社会里,当旧的统治腐败透顶、民不聊生的时候,产生一次革命,换得的虽然只是改朝换代,但取旧的统治政权而代之的新的朝代,总多少有些新的气象。因为鉴于旧统治政权的得失,总有一番除旧布新的措施。这就可以使阶级矛盾得到一些解决,社会政治有一些推进,人民可以舒一口气,能够暂时安心地、有希望地生活下去。元明之际就是如此。但清朝建国,却不是如此。从政治上说,它把明朝的一套窳败的制度,全部接受沿袭了下来,并没有什么除旧布新的措施。更严重的是吏治,不但体制照旧,连人也是明代旧有的。不只封疆大吏多是"三朝元老",即小吏亦是明代的遗物。所以清朝建国之初,在血腥、残破的社会中,没有什么开国的新气象给人民感到受到。朽败到极点的封建主义如此延续了生命,一点新的萌生的东西(尤其在文化思想上)都归息灭。所以蒲松龄和当时人民百姓的时代,是一个漆黑一团的时代,主要是在生活上、在精神思想上找不到现实的出路。

在现实中找不到出路,只有到幻想的、迷信的世界中去找。所以一个黑暗的时代,总就是宗教特别发达的时代。拉丁颓废期,基督教为欧洲人所广泛接受。在中国佛道之盛亦然。狐鬼的幻想,是和佛道分不开的。汉末魏晋时代是中国历史上大乱之时,神鬼故事特别发达,魏晋志怪小说之兴是有其社会根源的。《聊斋志异》所收集的怪异故事,以及其所反映的佛道思想(不居主要),正是当时的漆黑一团的现实土壤中所产生的。当然这也不能看成绝对化,其他时代亦有佛道思想及狐鬼故事,封建社会中总会产生这类思想和故事的。但其特别兴盛与发达,却不为无因。

蒲松龄在政治吏治问题上对农民起义、对科举所表现的思想,在一般社会问题上所表现的思想,其庸俗与不高明的一面,还都当从其时代去看,始可了解。他究比吴、曹早几十年,我们在《聊斋志异》中看到与感到那漆黑一团,非常阴惨,非常痛苦的令人窒息的社会生活与人民内心精神的情状与气氛,但同时,却通过以佛道思想为基础的宿命论思想,表达了积极乐观、要求向上、要求向前的生活态度与生活理想。这种客观现实与主观态度的对比,是令人感到蒲松龄的伟大的。他的这种健康的态度,绝不是一个倒霉的书生个人所可持有的,他的这种健康的态度,正是从人民百姓那里取得的。宗教迷信和神话传说如何区分:一则引导人倾向于对现实之消极,一则引导人倾向于积极。因为它表达了人民百姓在无可奈何的苦痛中的美好的理想与向上的愿望。

四　选读示例(《张鸿渐》)[①]

先讲几句关于本课进行的一些问题,好与同学取得一致意见,便利于我们的讲授和学习。

我在本学期本课开始时即讲过,本课进行,有些什么困难,如何才可以做得较好,没有经验。其中最大的困难,一是语言的隔阂,一是篇数多。如何全面地而又深入具体地来学习此作品集的内容和形式,是有问题的。此课开的匆促,准备不够充分,都是事实。正因为如此,我在开课之时及进行中,一边上,一边很想了些主意。这些主意,都已经大部分化为现实或事实。(要求同学随

[①] 本节原题"《张鸿渐》",现题系整理者根据作者的教学计划所拟。

时提意见,但提来的太少。)我现在把这些和主意和事实略加说明。

严格说,这是个专题课,而非专门化课。对四年级同学来说,我考虑到这样问题:是像拿到桌上的菜,让大家尝味道,满足口福呢?还是要大家到厨房里看看怎么做菜呢?是让大家不动脑来欣赏呢?还是让大家自己在动脑筋,在自行研究中来学习呢?是像旧时代抚养孩子把东西嚼碎了让孩子吞呢?还是让孩子自己咀嚼呢?我取后者,而不取前者。若是绣罢鸳鸯任教看,不把金针度与人,同学也是不会同意的。

因此,我选定原宣布过的几个题目。一是把此书置于文学史的系统来学,不要把它孤立的来讲。我了解在基础课中,六朝小说及唐宋传奇讲得不多,为加深同学的印象,使与古代此系统小说联系起来讲,了解此书的传统及其在发展上的来源及成就,所以《绪言》中讲了有关的问题,又特定故事来源一段。至于四百多篇作品,需了解其总的精神及思想,最好把作者生平及思想搞清楚。因为作品总是受作者的世界观指导的,而《聊斋志异》尤其明显。研究作品,总须与作者一并来研究,作者生平、思想的研究,本身就是文学史一项重要的题目。我们搞清蒲松龄的生平、思想,对《聊斋志异》的作品之创作,及其精神思想,都可以有一总的枢纽的认识。事实上,外面研究《聊斋志异》的论文,尚未有这样的,□不比《红楼梦》,曹雪芹的生平材料少,有的,不出《红楼梦》新版的《前言》中所介绍的。为了针对这些实际问题,所以特定作者生平、思想一题目,并且着重地讲了一下。

我认为以上二题目,是本课最重要的,所以特意摆在前面讲,使有保证。留下的,再讲作品,反正此不能一篇篇讲到。有以上全面的认识,具体的作品之一篇篇的研究,就有了基础。当然我们还是要在课堂上□讲一些,以为举例,以为通过具体,来印证全部的论点。不在乎一篇篇讲到,而在举一反三;不在我一篇篇来分析,而留下很大的余地来让同学自己现在或将来动动脑筋。我认为此课的具体条件及要求,是适宜于如此做的。恐怕是我的主观想法,未必都合实际,故觉此课进行到现在,只余五周,作品讲得会很少,是一个缺点。此缺点,一不可弥补,纵有十周、十二周,仍有此缺点。此缺点,我倒认为是一优点,因为让同学也可自己动手来阅读分析作品。自己咀嚼,不吃保姆嚼碎了来喂的。那样只肥了保姆。

同学对分析作品很感兴趣,这当然是好的。但分析作品不可悬空,不可离地。那样会成为游谈无根,无根之谈,那样做学问,进行文化建设,会成为空疏不实。同学要通过一课,学到研究方法,这也是应该的。就是要学到绣鸳鸯,不满足于看鸳鸯。但研究方法或途径,不能只是分析作品。一,有关作品的问题,须先搞清楚,否则成为空论。二,要向我学分析作品,同学已听过我讲《红楼梦》,问题很多,尚待深入去搞。分析《聊斋志异》作品,不会另有一套。倒是在面对《聊斋志异》时,有了新的问题,如故事来源问题,作者生平、思想问题。这是研究的途径。当然,两题皆未讲好,但作为研究途径及方法看,总算提出了一套我的看法,可以提供同学们作为讨论及纠正、补充的参考。若写论文,就未必一一都写出来。比如做豆腐,只拿豆浆出来,豆子、豆渣都收起。我以为在此课中,把豆子、豆渣也都拿出来,对同学是有益的,甚至是必要的。

至于词句的讲解,即语言问题,我在此后讲作品时,也要挑重要的讲些。但主要,还靠同学自己来动手。我们有句俗话,眼过千遍不如手过一遍。你学外文单词,与其不费力气地问人,人说了,我记牢了,不久即忘;自己翻字典,写一遍,即易记牢。你们学外文,总先有一部字典,而要做一个中国语文专家,却不翻辞典,不查有关的辞书,那是不对的。在学习中,自己花的劳动愈大,则学得愈多愈深愈踏实。我们的经验是如此,学习是劳动,艰辛的劳动,此是真理。故我在教研室发表意见,以为基础课教材当有注释,专门化和专题课教材,除特殊者外,一般不须附注释,让同学自己去摸去问。同学们不当为语言的困难所吓倒。中国文学史,全部都有语言问题。不要只喜白话的,见到文言即头痛。若如此,学不成中国文学。此须作自我斗争。

此课第一次开,不成熟。若再讲,我摸到一些经验与教训,希望同学在进行中,不断提出意见,给我帮助。

以下讲所选《张鸿渐》一篇。

在我的心目中,我以为《张鸿渐》不是《聊斋志异》中最好的,却是代表性最强的一篇。因为全书一些重要的主题,这篇中都触及了,或者都包括了,或者都关联到了。《聊斋志异》中主要的题材,所提的重要的社会问题及政治问题,作者的基本处理态度,所反映的时代社会现实的问题,及其所表现的作者自己的思想感情、生活体验,及表现上的、结构上以及描写上的一些特色,此篇都可作一典型。从这篇引申开去,连及他篇,是一个比较适宜的讲法。

这篇的内容,总的说,就是拿一个政治斗争作为背景,来写夫妇关系和男女爱情的问题。或说,通过一个政治斗争来写男女关系问题。篇中从侧面写一个政治斗争,而从正面写封建社会中夫妇关系问题。这是概念地讲。这样的主题,在我们后代的作品中,即所谓革命与恋爱的作品,以革命为经,以爱情故事为纬的小说。我们对这类作品,已经读得太多了,也太熟悉了。我们读了蒲松龄此篇即知,这样的作品,并非现代和近代才有的新主题,在二三百年前即有了。当然,在古代,也非自蒲始。

政治与爱情的问题,是从古及今的大问题。不要以为《聊斋志异》取了怪异故事的形式,就不能反映现实社会的问题,相反,它以狐鬼怪异故事的形式,正反映了现实问题。前二讲中已讲到过了,但是我们读此篇,还进一步知道,它不只反映现实社会问题,还写了现实社会的一些大主题,提出了当时现实社会的大问题。而且那内容,也是采用了狐鬼故事的形式,而其方法,却是现实主义的;作者是以现实主义的方法来提出这些问题,并且进行描写的。

作为故事背景的一个政治斗争,即篇中侧面所写的政治斗争,即当时中国十七世纪下半期(假定为1680)漆黑一团的时代,一个封建社会的书生与政治和社会恶势力的斗争。所谓恶势力,主要是贪暴的官府,也有地痞无赖。土劣地痞无赖与坏官府的存在是分不开的。没有坏官府,坏政治,也就没有土劣地痞无赖。而坏官府之得存在,作恶多端,残民以逞,却不是个别的官府问题,而是整个的政治吏治的问题。《聊斋志异》中对贪暴官府、对地方恶霸、对地痞流氓、对衙役公差的暴露与攻击,是许多作品共有的,是四百余篇作品的一个重要主题。上次已经提及几篇重要的篇名。当然不只此数,约计长短有百来篇,都写到或涉及这些作品,客观实际上是暴露了当时的政治之黑暗与窳败。提的是当时重大的主题,即具有重大的时代社会意义的矛盾。

与代表黑暗的政治统治势力的贪暴官府处于对立地位的,当然是全国人民。在此篇中,则是一个年青的书生张鸿渐。张是全篇中的主人。全篇为我们塑造了三个人物形象:张鸿渐、张妻方氏和狐施舜华。作品侧面写那斗争,正面所写的,就是张、方、施三个人物之间的关系问题。作者把那些矛盾的对方,县令赵、无赖甲及差役,作为反面人物,置于侧面;而将此三人,作为正面人物,着重、正面地写他们。但张、方、施三个主要人物,张又居于中心,是篇中的主人公。因为全篇是把他居于主体,笔头是跟着他走,他到哪里,就写到哪里;他不在哪里,就不写哪里。方与之在一起时,而写方,写方与他的关系形态;施与之在一起时,即写施,写施与他的关系形态。笔不跟着方、施走。一个短篇(中篇长篇亦往往如此),

抓住一个主人翁，跟住他不放，而不要花开两朵，各表一枝，就可以主次清楚，脉络分明，给人集中而完整的印象。否则头绪纷出，手忙脚乱，很不经济，效果很坏。《聊斋志异》中作品，很懂这个道理。鲁迅说："叙次井然了"，亦当包括此点。这不是《聊斋志异》独创，而是中国的史传体的方法。《史记》，写《项羽本纪》《高祖本纪》《陈涉世家》，皆基本如此。

本篇一开篇，亦用史传体的方法。先简单地介绍篇中主人公。用了四句话："张，永平人。年十八，为郡名士。"《聊斋志异》中长篇，多数如此开篇，即史传体的写法。但也有许多不如此呆板，如《水莽草》《晚霞》等。永平是明代直隶的一个府，治卢龙。所以下句所提的那贪暴官府，即卢龙令赵某。永平府，或卢龙县，在今河北东部，冀东。前讲故事来源时，说取材本省者居多数，其次靠近山东的：河北、河南。此即河北东部，与山东靠近（抚宁县东，滦河东岸）。明白了这个地方，以后的描写才可明白。第一次逃亡到凤翔，是陕西的凤翔府、关中道；第二次被舜华带着推坠下马，是到太原，山西太原。在太原，改名换姓，居十年，"访知捕亡寝（即浸，渐也）息，乃复逡巡东向"。逡巡，是往回走的意思，从太原往回向东走，是到河北东部的。他写这些地方，不是乱写的。今日小说，即不要求如此。但前已言之，当时是要以史的标准来要求的。否则，将被指为可笑的大错。

开篇用四句将主人做了一个简单的介绍后，随即提出问题，即书生与县令的矛盾斗争。将矛盾两方的性质要点加以说明。卢龙令赵某，贪暴；矛盾的对方呢，"人民共苦之"，是被压迫被鱼肉的人民，"有范生被杖毙"，被杖毙的范生，是人民的代表人物，"同学忿其冤，将鸣部院，求张为刀笔之词，约其共事。张许之。"这些青年书生，是和被杖毙的范生站在一伙，约了张鸿渐参加这一斗争。张鸿渐答允了。这里八九句，县令、范生、人民、同学、张鸿渐，许多人及其关系,主要是为写张鸿渐。写张鸿渐的故事所牵涉的斗争,或从这斗争中来写张鸿渐的故事。并且突出了张。为何这事诸同学要约张参加共事呢?因为他是郡名士,名士之所以为名士,德行文章。德行,影响大,作用大;文章,可以做好状词。所以上句开篇写了姓名、籍贯、年龄,要有一句"为郡名士"。这句是必要的,由此句,发展了一下提的斗争,张所以被邀参加此事之故,就突出了张,张与此斗争的内在关系。若不是如此,那此句是多余的。

蒲作有许多俚曲,前已言之。所作戏曲中,有一篇叫《磨难曲》(本名《富贵神仙》),此是戏曲。较此篇细致。文学形式对内容是有限制的。此篇俚曲写地方大旱,闹荒,县令不准百姓告荒(即不准免粮赋),范生挺身而出,被县令打死。一上来写一农民独白,诉说受县令压迫敲榨之苦,写荒年之苦。这里说人民共苦之,范生被杖毙,说得笼统,用此曲来作注解,就可明白是怎么回事。

青年书生联合结党,以与坏官府斗争,在中国历史上有悠久的传统。汉朝就有太学生的政治斗争。明朝有东林党,以顾宪成、高攀龙为首的无锡东林书院,因讲学而讽议朝政,干预政治,士大夫群起响附,称为东林党。他们与宦官魏忠贤展开尖锐的斗争。大兴党狱,诛戮顾李,直到崇祯初年,蒲生前十年,忠贤伏诛,东林后盛,仍与宦官余孽斗争,直到明亡。这一斗争,实已有新的内容。到清朝初年,地方上此风气未息,但在清统治者残酷统治下,已日益衰歇,与人民的阶级斗争、民族斗争,同样的被血腥地镇压下去,且无法抬头。明代的东林党之斗争,实反映了民主主义思想萌芽与封建主义统治的矛盾斗争。此所写,所为一个地方的余波,虽已在清朝,整个革命斗争已经落潮,但矛盾斗争的性质仍是与明末相同的。

写了张的才能与名望,写了他是个有正义感、见义勇为的有血性的书生,都是简单几句地概括地叙述出来的。因为这不是他要写的主要之点,仅为张、方、施的故事提出背景与条件,详略,即表明重轻主次。以下跟着介绍方氏,写她对丈夫的影响。先概括地说她美而贤,随即通过对话,即对政府所进谏言,具体地、深入地描写了她的美而贤的性格。先是有见识的一番拖后腿的大道理,而后说:"今势力世界,曲直难以理定,君又孤,脱有翻覆,急难者谁也。"像这一样的对话是写得好的,在文言小说中,《史记》有之。但古史所写是远古的政治活动家,此则是普通人,距我们较近。对话中有口吻,有语气,是文言的口语,口语化的文言,从那声口语气中,表现出人物性格和神情态度,内心精神状态,使我们具体感受到方氏有识见、有脑筋,想得周到,是个家庭妇女,却不是普通的家庭妇女。她性格温柔,说话宛转,而且充满了关心丈夫,爱护丈夫,非常着急,无限忧虑,忠实于丈夫的深厚缠绵的柔情与热情。她一心只为丈夫着想,一点不为自己着想,并不说:"你在外面闹,闹出事来,倒霉的是我。"若如此,就不能给人"美而贤"的印象。《聊斋志异》中写人物,最大的成功之一,就是对话传神,从对话中深入内心,透出神情状态以写出性格与个性。唯其方氏如此美而贤,话又说得如此有情有理,这就足以成为张的牵制力量,使张转变了自己的主意,而跟着方氏的思想走。所以跟着说:"张服其言,悔之。"这一叙句就有了具体的内容,不是架空之谈。在以后的情节的发展中,在全部故事中,都一贯写了方氏的美而贤的形象。

再补说几句关于方氏所说的一番道理。这是老于阅历的世故之谈。其所以然之故,即在于书生普通共有的个人主义、名利思想。他们虽有很高的正义感,但到要紧关头,就见利忘义。义,就是大家的利益,整体的利益。利,就是个人利益。古代的书生,一直讲究义利之辨,把两者看成对立的范畴。在长期封建社会中,是个没有解决的,也不可能彻底解决的思想问题。但这是说书生,至于劳动人民,却可以做到此点。他们从生活和斗争经验中,具体认识到公众利益与个人利益的关系。《三国演义》上所鼓吹的义,《水浒传》上所宣传的义,农民起义能有力量、成就,主要持此,但书生不能。五四性质不同,共产思想指导,党的领导。方氏这话,洞察书生此一缺点,不能不说其思想之深刻。

这话是由方氏口里说出来的,把它作为全篇故事发展和人物形象塑造的内在的核心思想,主导思想。所以这一主导全篇的思想,在此处故事开始前即由方氏之口提出来,使贯彻到全篇的人物和情节的脉络中去,笼括了全篇。这样写,是深刻意义的。所以写作技巧,总受思想的指导,为思想主题而服务。这在下面还要从人物处理上来说。

从上面说的,可知那一段道理,是方氏说的,实是作者要说的。作者支持与宣扬方氏的此理。此理,贯彻了全篇的情节描写,及故事的发展。在张、方夫妇间,就此一道理说,是否张而是方的。全篇即通过人物、情节表现这样一个主旨:反对书生参加反贪暴的政治斗争,而宣扬家庭夫妇的伦理关系。这样,作者完全从世俗之见来看书生的此一缺点,故其深刻的见地,只成为"世故",所谓明哲保身者是。当然,生在那清初,阶级斗争惨败,民族斗争又趋瓦解,封建统治回光返照,人民力量入于消解的低潮,这样的黑暗时代,这种明哲保身的思想,对政治斗争冷淡与反对的情绪,是必然会有的,且是时代的特征思想,因此,我不能说这是反动的思想(因并无前进的思潮及□□的革命运动),但不能否认其为庸俗思想。但这种庸俗思想是一直主导着旧时代知识分子的,直到五四时代,有了工人阶级的产生,有了共产党的领导,问题才有改变。

作者在书生与坏官府的斗争中,显然以最大的同情对书生与人民一边,而以最大的仇恨对贪暴官府的。篇中虽未正面写此,但从那一笔两笔的勾勒,已可见其倾向性:"赵以巨金纳大僚,诸生坐结党被收。"这就攻击到县令赵以上的官府。到第二次离家,即张以与地痞无赖的恶势力斗争,杀了甲,而后自首时,"赵以钦案中人,姑薄惩之。寻由郡解都,械禁颇苦。"明了非钦案,而坐以钦案,且真的由郡解都。这就攻击到最高统治权力的附庸。凡此等侧面几笔,攻击得很中要害。而且在全篇中主要是写张的受迫害被磨难,张是个诚笃正直的书生,方是个贤淑能担当的妇女,这样好夫妇,弄到家破人亡,受尽折磨,这全部形象与故事所表露的,当然使我们痛恨那矛盾的对方:县令、大僚及最高统治政权。作者是以巨大的同情来处理张、方的遭遇的。作者是在同情的前提下来反对张的参与政治斗争的。同情书生,仇恶官府,而同时又批判书生(皆瘐死)的斗争行为。但官府如此贪暴,人民何以聊生?作者又同情仗义执言的义举。这怎么办?这就是作者的思想矛盾,是作者的苦闷,当然也反映了时代的思想矛盾与精神苦闷。解决此矛盾,平服此苦闷,就作者的思想与作品看,有两途:一是像本篇结尾所表现的:儿子得了功名,自己爬上统治集团中去;有了此条件,就可以把书生和官府的矛盾转为内部的问题,于是可以调解:许姓,京堂林下者(儿子同年的老伯,有此私人关系),"以金帛函字,致告宪台,父子乃同归"。被杀的无赖甲父那边如何呢?"甲父见其子贵,祸心不敢复萌。"这是以势压,当然不能满意,故又说:"张益厚遇之,又历述当年情状,甲父感愧,遂相交好。"于是一团和气,什么矛盾也没有了。但这只能概念地写,因为以此来解决矛盾,显是幻想;以此来平服苦闷,显亦不能。所以另一条出路,出路唯何?曰:寄幻想于佛道世界。篇中写了施舜华,来去无碍,法力无边,还有什么现实的矛盾和苦闷呢?由这样的佛道超世思想,以否定现实世界,这样就得到了最彻底的解决。

《聊斋志异》中作品提出了种种社会问题和政治性的问题,作者却不肯止于提出矛盾,且要一一解决矛盾,以得结局。其解决之法,就不外上述两途。执着于现世,即由前一法,他所同情的受难者、悲苦者、良善者、正义者,自己也大富大贵;另一途即以否定现实的出世思想,或凭藉佛道超现实之力量,来平冤苦,救解祸难。因此作品的结局多是美满的。

前一条是阶级的烙印,后一条是时代的限制。

在《张鸿渐》一篇中,正面地具体地着重描绘的是关于张鸿渐在蒙受政治迫害的逃亡生活□的夫妇关系和爱情问题,作者为我们塑造了三个正面人物形象。《聊斋志异》的成功之处,或者吸引人之处,即在塑造了几百个有很强的现实性、很高的艺术性的活跳新鲜的男女人物形象。这些人物形象都是属于三百年前特定的黑暗时代的,通过这些正反面人物形象所组成的丰富的彩绘的画廊,我们可以看到当时的社会时代面貌和人们的生活理想。作者的世界观虽有很庸俗的一面,并且有受当时历史的限制,但是若把这些思想问题弄清楚了,不把坏的看成好的,也未把难能可贵的看成卑不足道的,那作者的爱与所憎的,通过其思想感情所创造的艺术形象,应予很高的评价,因有□□□□,在广泛读者□□□的影响,今日仍然有值得我们尊重与学习之处。

我们拿《张鸿渐》这篇中的三个人物形象来说。先说张鸿渐,作者寄予他以很高的爱护和同情。他不只在当时黑暗封建时代,是一个具有好思想、好德行的书生,即在今日我们的心目中,他也应该属于良好的品质的青年。他的思想——即反映了作者的思想□□,自然又当别论。在当时黑暗政治与贪暴官府的压迫下,当其他同学仗义执言,发起斗争,约他创词共事,他见义勇为地□慨参加。听了其妻方氏的一番道理(在当时具体环境中,这道理是很说服人的),在当时人民力量蒙受残酷压榨的低潮时期,□□□□□性命,不作无谓牺牲□□□□,他虽受□□□□,但仍为创词而去。到了更大的恐怖与迫害临头,他即刻逃亡外省,不行贿赂以自免。他是个有正义感,有热血、良心的人。作者对他的同情和爱护,即从这里出发的。他弃去美满的家庭,只身逃亡到遥远的异地,陕西凤翔,并到资斧断绝,"踟蹰旷野,无所归宿。"在民间神话传说中,有个共同的规例,即在好人、可同情的人、不幸者、落难者,即当时黑暗时代与社会的受害者走投无路,没有了指望时,即有超现实的力量出于意外地来给以搭救。这是神话传说的重要的情节,反映了走入绝路的受害者的幻想,也同时反映了广大受害的人民的善良的愿望。张鸿渐正是如此。在绝望中忽见小村,老婆婆正出来关门。张向媪求宿,媪说不便留客,张说但容寄宿门内,以避虎狼。媪方答允了,说是私容止宿,未明宜早去,恐主人闻知,将便怪罪。张入门,倚壁假寐,忽见女郎出。张如何表现呢?"急避暗处,微窥之。"作者在描写中,在故事的发展中,抓住了张的为人:虽只简单的几句,却突出了张的性格。他十分体贴答允寄宿的老妪,怕她受连累怪罪之责;他努力收敛自己,正合其可同情的身份与具体处境;表现了他的诚笃,不因其"家无男子","一门细弱",而稍有放肆越轨的行为。这在当时社会是不可免的,故媪始说"不便留客",女再说:"何得容纳匪人。"当时上层社会的男子就对女性而言,不是匪人是少有的。女问"其人焉往?"被逼于形势,故"张惧"(应该无所惧,惟是他的好品质的表现),并且"出伏阶下",因为他犯了这人家的规矩,连累了别人。等到受到女子另眼看待,引客入舍,摆出精洁的酒浆,设了锦裀,"张甚德之"。但还不放肆,也未得意忘形,只"私询其姓氏"。即将看舜华之面,偷偷地问老媪。媪既去,看到几上有一部《南华经注》,就"取就枕上,伏榻翻阅"。这也是简单的一笔细节描写,但其中具有丰富的内容。张的逃亡的痛苦和前途茫茫的繁重情绪都可以包括在内。宝玉在烦恼,亦读《南华经》。忽然女主人推门进来,这完全出于意外,"张释卷,搜觅冠履。"见出其慌慌张张、无可措手足的窘态。他此时的心情是多么严肃,他的为人多么本分讲礼,多么尊重女主人。从这里,也可知下面就伏榻读《南华经》的细节描写,为后文此处"搜觅冠履"的情节发展留了余地;并且这些细节,也同时描写了舜华。因为《南华经》(不是《太上感应篇》,不是孔孟之书,不是《女儿经》)是主人的,舜华见其搜觅冠履,"即榻按坐",说"无须,无须",且"近榻坐"。这些人物描写,在当时一般文言小说中是没有的。到舜华提出"以门户相托"的话,张在流离之境,无路可走之时,见到这样一门细弱的人家,见到这样美貌多情的女子,却绝未想到这上面来,他的心非常严肃,也绝无半点苟且的念头。完全出乎意外,思想中竟毫无准备,所以"皇然不知所对"。大约愣了许久,但说:"不敢相诳,小生家中,固有妻耳。"在此具体考验中,张的诚笃不欺的好品质,有力地打动了读者,也正是这样正直诚笃的人,正在受着政治迫害,直到弃妻别家,走投无路。但张在此逃亡苦痛之境,流离失所,内心孤凄,对此孤女所提的要求,自不能不受感动,亦不能无情(若断然拒绝,那张就成为道貌岸然的卫道者。在张的此时具体处境中,并不能如此,所以情节的发展,是合乎情理的。至于作者的男性中心的思想,在此点上也有的,但是不重要的)。所以当舜华言毕欲去,张即"探身挽之"。是在榻上未离,故云"探身"。

从此,张的内心在施与方之间,入于矛盾之境,这种内心的矛盾,也充分表现了张的品质与性格:他若是"得新忘故",这在当时世俗的男子,是普遍的,也就此间乐,不思蜀,心里不会再怀念妻子,也就没有矛盾;他若是那种封建正统人物,无视女子的人格,何况舜华"终非同类",即无所谓恩义难忘,也就没有矛盾。但张在此矛盾中,并非没有倾向,妻的力量,对他还是更为巨大的。他不是没有想到家中案情未结,迫害和祸难并未解除,但他不计自己的安全,情不能禁地难在舜华这个温柔之乡、安乐之家安住下去,一心只想到患难中的家里的妻子。这种心情一直存在着,但难于向舜华开口。到心情难安之时,他也绝不瞒着舜华私逃,那是有负恩义的,所以他只好向舜华开口。他说得很老实,很诚朴,没有花招,也不绕弯子,只以乞求的口吻说:"卿即仙人,当千里一息耳。小生离家三年,念妻孥不去心,能携我一归乎?"舜华听了不高兴,话说得非常尖锐,压力很大。但对此张并不含糊其词,也不软弱;他义正词严,并带着指责而又十分委婉多情的口吻说:"君何出此言?谚云:'一日夫妻,百日恩义。'后日归念卿时,亦犹今日之念彼也,设得新忘故,卿何取焉?"多妻现象,与舜华理迥背。

下文写了张一次假回家夫妇相见,两次写了真的久别重见。具体描写中,都见出张之儿女情长,英雄气短:即对夫妇恩义,看得比政治斗争更为重要,更为悬心。先叙儿女之情,非常缠绵悱恻;对政治斗争,对被难的战友,也不是不关心悬念,但显然置于夫妇关系之次。只在叙了家庭的温情之后,才"问及讼狱","问讼案所结"。这正是作者思想的反映。这可以不谈。可注意的是张并非怯懦之人。他的接受妻的劝告,他的逃亡在外,都不完全是为了自己。到了同村的恶少某甲狎逼其妻,他即忿火中烧,不可制止,"把刀直出,剁甲中颅",又连剁之。此与慨允共事的热血性格是统一的。旧案未了,又出命案。此时方氏叫他速逃,请自任其辜。张决不同意。别事听妻的话,此则十分决绝:"丈夫死则死耳,焉肯辱妻累子以求活耶?卿无顾虑,但令此子勿断书香,目即瞑矣。"天明赴县自首。他的这些行为:杀甲、自首,是为保全妻子,都是未经仔细考虑和思想斗争的性格内心的自然流露,见出他绝不是那等软弱犹疑的人,绝不是那等胆小怕死的没出息的人。杀甲、自首,这是和他答允参加对官府的斗争之行为,性格是统一的,同时表现了他是个有热血有正义感的人。只是思想上有问题罢了:在夫妇恩义上,他是个有很高品质,有热血的刚正勇敢的书生。

他一直怀念着舜华的恩义,在舜华前显得软弱,不知道怎么才好;但更感激妻子的恩义,第二次由太原逃亡中回家,见妻担当了一切家庭撑持门户的事,并且抚儿成立,赴都大比,即对妻感激得涕下,说:"卿心血殆尽矣。"他虽仍念着舜华,但对妻的感激与敬爱,则始终坚定,从未动摇过。此皆有作者自己的思想感情在,唯其如此,故能动人(可联系前述生平来看)。

在封建社会中,这样对女子的态度,这样对妻子的态度,这样严肃不苟、诚笃无欺的青年书生,不只是个具有很高尚的品德的人,而且也是个思想进步的人。因为不尊重女子的人格,奴役与玩弄女子,本是封建制度的特点与本质。作者以很高热情塑造这样一个人物,单就对妇女及夫妇关系这方面说,是当时进步的思想感情。如《三国演义》中着重写政治斗争,但刘备云"妻子如衣服,兄弟如手足",这种偏差总是存在的。尤可注意的是从这一方面的立意看,张之在政治斗争方面,并非主要的参加者,婉谢其共事之约,仅为刱词而去,正要说明其被迫害流亡之无辜,正所以更深一层的暴露政治吏治之贪暴与罪恶。(若行贿一下,即可免,但张不为。)这在他的主题上,如此选择,是甚为有力的。若就表现政治主题而言,那他不选择主要的参加者,就成为错误的了。

在夫妇关系上,作者把思想领导权赋予了张妻方氏。文中写方氏美而贤:所谓美,在具体描写中,也还是贤,即性格的美,因为文中并无一笔写其容貌姿态。文中写方氏之性格用笔很少,比起来,也都是用侧笔写的。但着笔无多,却暗示得很丰富,给人印象很深刻,见出作者塑造人物的本领。她的美而贤,主要是以深挚的心热爱丈夫,为丈夫分担忧患,不止有主见,而且在患难中她能站得稳,担得起,真所谓相夫教子,撑持门户,竭尽了自己的力量。当张第一次真的回家叩门时,"方氏惊起,不信夫妇",要"诘证确实"。她是时刻在警惕戒备之中,绝不麻痹大意,在家过太平日子。这写得有精神。(与舜华所幻化的假方氏相见一段,当与此比较看:那次假的,是"内问阿谁,张具道所来。内即秉烛启关,真方氏也"。这是假方氏,外面说了什么,她立刻相信,并不是盘问确实。那次假方氏,见了面,即"两相惊喜,握手入帷","夫妇依倚,恍如梦寐"。)此次真方氏,在诘证确实后,则"始挑灯呜咽而出。既相见,涕不可抑"。她是坚强的,但并不是没有眼泪;她在开篇对丈夫规谏,但绝不是只有大道理,而且也有缠绵悱恻的爱情。等到张见儿卧床头,自然认为是舜华的幻弄,故笑曰:"竹夫人又携耶?"方氏不解。而且见丈夫此时不悲喜交集,不伤心,反笑,说笑话,情绪如此轻松,自然生气。因为自己独自在家如何咬齿忍受一切,担当一切,都是为谁?你岂不了解。故变色,说了几句委婉的深情的责备的话。这正写出方氏具体境遇及有血有肉的悱恻性情。而幻化的假方氏,却"纵体入怀",又说了那样吃醋的话(如此,方氏即无严肃情绪,与方氏具体处境及性格均不合)。一假一真,连接着写,不只情节的发展引人入胜,而且互相比照反衬,使人物性格显得鲜明,且更为深入。甲被砍死后,方无一句别话,只叫丈夫速逃,她来担这杀人的罪。在此严重关头,她是坚定的、强毅的,她不但不害怕,而且方寸不乱。更为重要的是日长月远中,她如何撑持门户,教育儿子。作者在张由太原第二次回家的机会,侧面的写了两笔,就把方氏的为人和品质进一步地揭示给我们,用笔非常简单,但暗示得却非常丰富。这是很可注意的。张这次在太原改名换姓,赁屋授徒,已有十年之久。上次被舜华幻化回到家,"果见家门,踰垝垣入,见室中灯火犹荧,近以两指弹扉。"跟着真的回到家,"踰垣叩户,宛若前状。"此次一别十年,于深夜入村,"及门,则墙垣高固,不复可越,只得以鞭挝门。久之,妻始出问。"(情形也与上次见面不同,"张低语之,喜极,纳入,作呵叱声曰:'都中少用度,即当早归,何得遣汝半夜来?'"上次三年,此次十年,此时已惯于别离,锻炼已久,历练已深,年事亦大,且已抚子成人。)这显然修筑好的垣墙,并且变成深宅大院了。(凡此情节又为后文误会而□。由两指叩扉,变成以鞭挝门,久之,妻始出问。)并且娶了媳妇,"子妇已温酒炊饭,罗列满几",此亦写方氏的。儿子也赴都大比去了。十年间,如此尽职撑持门户,所以张满心感激,喜慰过望。

篇中的方氏形象,不只在封建社会中令人肃然起敬,即在今日,其品质很是可贵的。作者塑此形象,笔墨如此之简,而透入如此之深,其中当然有他自身的生活体验和切身的热烈感情寄寓于其中,这是很明显的。

篇中写舜华,是比较用力的。除了那些法术,她实在宛如一个现世的人。一个狐仙,就好像站在我们面前,我们完全熟悉她的思想信念,完全了解她的精神内心一样。篇中一开始,是写老妪出来开门,张要求借宿。老妪当然是个陪衬人物,写老妪,只为写舜华,为舜华的出面先做准备与介绍。她所说的,都表现舜华的身份与为人:"饮食床榻,此都细事。"家里并不缺少这些物质的东西,也不计较这些。为何不留客呢?一则曰"家无男子",无男子,即有女子;再则直率地说出:"恐吾家小娘子闻知,将便怪罪。"这个有身份的人家,没有大人,是小娘子当家管事;这小娘子很讲规矩,不是个懦弱无主意、无才干的人,她治家甚严,仆人肃然尊之,不可轻视。这都通过老妪的出面,初步介绍了舜华这个人物,并且人未出面,其性格已跃然纸上。读者心中便已有所期待。不久,果然"忽有笼灯晃耀,见妪导一女郎出。"一个令人爱慕与崇敬的狐仙,在这样的□□中出面,(《聊斋志异》中无数超现实的美女出场,都写得有气氛,有情致,与人丰富的感觉与难忘的印象,而用笔极省,极简。同学读时不可忽略。)但我们并不能知道她是狐仙,她是作为现实女子出场的。张在暗处微窥之,原来是个二十岁左右的美丽女子,她十分精明,一眼看到草荐,就盘问,老妪只好老实告诉出来,不敢隐瞒。这个年轻美貌女子立刻发脾气,与老妪刚才所料想顾虑的完全符合。发了脾气之后,见到了张(一个郡名士,被迫害到如此可怜境地),她却如此敬重风雅士,于是又责备老妪慢待了客人。立刻以酒浆和锦裯来招待这个落难的书生。张此时私问老妪,才补叙出来,原来太翁夫人俱早谢世,止遗三女,这是大姑娘。怪不得这初次出面,确是当家做主的大姊的气派。跟着即推扉而入,即榻上抚慰慌张失措的客人,说"无须,无须"(客慌张急乱,主抚慰亦急促,口吻毕肖),并近榻坐,提出以门户相托的话。虽有点腼腆,但多么大方、爽朗,开门见山,不似世俗女子的忸怩作态。张张皇地回说家中已有妻,她即笑着夸赞他的诚笃,十分自信,亦十分自负,不容对方再啰嗦,即干脆地说:"既不嫌憎,明日当烦媒妁。"这完全是个思想意识获得彻底解放的女子,在三百年前,完全是个未来的崭新的女性形象。

舜华对张,在同居生活中,虽要掩藏自己的原形,但一旦被窥破,就坦白告诉张,我是狐仙,"如必见怪,请即别"。听张说想念家中的妻子,即不高兴,说夫妇之情,"自分于君为笃,君守此念彼,是相对绸缪者,皆妄也"。她要求的是真心专一的爱情,张的一番自以为言之成理的解释,实际是肯定封建社会多妻与重婚的婚姻制度是合理的,不成问题。而舜华笑着说的"妾有偏心:于妾,愿君之不忘;于人,愿君之忘之",实即反映了她的思想要求——即真心专一的爱情——是与封建婚姻制度(一夫多妻)不相容的。从这样的内心要求出发,她经过幻化试探,证实了张的心之所属,即不能容忍。但其内心并不是没有斗争,其始还曲为解说以自慰,以为"犹幸未忘恩义,差足自赎"。但对其恩义的感激,究不是她所要求的专一真心的爱情。所以过了二三日,便觉"终无意味",才决心送张回家去,成全他们。这有两点可说:①先还对张依恋,为之曲解以自慰,过二三日才下决心,见她有丰富的真实的人性和人情味。要不然,说丢手就丢手,而没有内心斗争,则此新的女性形象即成为缺乏血肉与真实感,也难动人,也即鲁迅所说"诞而不情"了。《聊斋志异》中许多新型的属于未来的女性形象,都有此种特点。鲁迅所说"花妖狐魅,多具人情;和易可亲,忘其异类"者即此。②若是证实了张心之所属,与自己所要求的不合,而还马马虎虎,在自慰自解中勉强维持下去,那就成苟且与无聊,也就降低了舜华的形象,不成其为新型的女性,故事也会大大减色。因之之故,舜华一经下定决心,用竹夫人送张回去,就显得非常决绝,决不拖泥带水;落地之后,女曰:"从此别矣!"张还要找她叮嘱几句,但"女去已渺"。她的这种爽朗不羁的性格,前面与张初见求婚,与自告是狐仙,即已表现得很明确,此不过是同一性格的发展,或在不同情境中同一性格的表现。这种性格的统一,贯穿全篇对舜华的描写中。到张再次被冤为钦案的罪囚,由郡解都时,她又出来搭救他。她是一贯要搭救他的。当初决心送他回家,也是成全其心愿,为他的幸福,绝非是翻脸成仇。此时相见,所行所说,有情绪,而又爱憎分明,仍然极富人情,令人觉得她是个有真实感情、有血有肉的女性,并不是邈远不可理解概念的仙人。到其跨马,驶如飞,少时,促下,即说:"君止此。"张问后会何时,女不答,再问,推坠马下而去。凡此,我们对舜华就如对一个多年朋友似的熟悉,我们完全了解她定如此行事;或如此行事,正是我们所默识的舜华。作者塑造人物,总是抓住特征的要害,简单几笔,无论故事情节之发展如何曲折与巧妙,而其性格总是前后一致,具有统一的特征的。此以后,张即否极泰来,而舜华□去如黄鹤。

　　狐所幻化的女子施舜华,主要是个独立自主,完全无视封建社会的礼法束缚,丝毫不受世俗观念的拘检,大胆地主动地择配,坚定不移地要求着专一爱情的女性形象。这在当时是一个完全的新型的女性形象。其中寄托了作者的爱慕与崇敬,糅和了现实和理想。《聊斋志异》中,有无数这样的新的形象,都是根据现实中萌芽的新的人物,而加以大大的提高,加以理想化而创造出来的艺术形象。他们或她们都以超现实的面目出现,而又具有丰富的现实感和真实感。他们是人,是理想化了的现实的人,使人觉得亲切,有血有肉,而不是概念的化身。其艺术魅力之强大如此。

张、方、施,自以张为中心。开始时(前面)已经就手法加以说明。其实手法还是受主题的指导,为主题服务。因为方是张之贤妻,她的性格——或形象的实质内容之所从表现,是在张——这样一个正直诚笃、有正义、有血性的书生,在受着官府迫害的患难之中,她为爱护他,支持他,而努力担当,撑持门户,使张家不致垮台,不致灭绝,使官府的迫害落空。而施则为对这样一个诚笃的不容于现实的书生,在流落异地、走投无路的严重关头,她出来搭救他,钟情于他,并且以手段与法术与官府的爪牙斗争,使张在苦难中得到温暖与爱情,使张能绝处逢生,重得现世的幸福。她与方,有爱情问题上的矛盾,但在对官府,与方一致。张、方与张、施之间的男女关系,都与政治不可分,他们三人思想品质,也完全一致。此与故事的背景,即三人的矛盾对立方面——贪暴的官府,黑暗社会成为鲜明的对比与黑白分明的映照。而作品的倾向性之强烈,在通过篇中三个人物的塑造所流露出来的看,也是毫不含糊的,令人肃然起敬的。就这方面看(撇开那庸俗的外壳,尤其结局,都是很概念的),作者在此篇中,不只艺术性高,即思想水平在当时也是很高的。

赘说关于本课讲授的话:
①就此篇将内容的分析,自思想至艺术,至描写手法及表现上的特点糅和在一起讲。

②以后则概括起来讲。

③一篇篇具体地讲,则所讲的太少,不足以概全;若是概括起来总地讲,则文体上、语言行文表述上、艺术上,及具体思想上许多特点,都不能接触到。有此两难,故决定先就一二篇很具体地分析,以示例。(不一定对,可供参考。)而后分别层次,做全面概括的分析与讲述,故讲此篇,请耐心、勿躁。细微与繁琐,本不易区别。

④四百多篇,不可能一一讲得全面而深入。讲了全面,又讲范例。尤重要的是就文学史的要求,来看此著,故故事书原极重要,意要予同学比较深印象,引起注意。作品的思想主要即作者思想之反映,作品一篇篇思想显得复杂,弄不清,故着重讲生平思想,使同学读作品,可有一总的钥匙。

⑤反对嚼饭哺儿,主要自己读。此是专题讲授之课,而非专门化课。考查,即请同学自读自分析一篇。我的课堂讲授提供了必要的参考资料及见解。

五 《聊斋志异》的思想性与艺术描写①

和《张鸿渐》一篇主题有近似之处的,有《小二》一篇,在原书第六卷中,写赵姓女小二自幼与丁生紫陌同学,后赵夫妇同依白莲教,教主徐鸿儒起义,一家俱从。小二师事徐,尽得其术,父母及女皆大得委任。丁以女故,潜亡投徐麾下,女主军务,丁每与宵见,丁谓小生此来,卿知区区之意乎?我非妄意攀龙,实为卿耳。左道无济,止取灭亡。卿慧人,不念此乎?能从我亡,则寸心诚不负矣。女以谏父母,不同,乃与丁背父母及徐私跨纸鸢,比翼飞至莱芜界,

---

① 本节原无标题,现题系整理者根据作者的教学计划与本节内容所拟。

托为避乱者,僦屋而居,过起小家庭的幸福生活。表现了反对农民起义及政治斗争的思想的,还有《九山王》及《采薇翁》等篇,不过是侧面的流露,其对白莲教亦有同情之意。《聊斋志异》中从无着意描写反对农民起义之主题。而在农民起义或人民力量在与官府相对立矛盾时,则总是流露反对官府、嘲笑官府之意味,如《白莲教》。因此暴露与抨击官府,成为《聊斋志异》中一个重要的主题,如《席方平》《梦狼》《促织》《续黄粱》《罗刹海市》《考敝司》《石清虚》《局诈》《潞令》《王者》《天宫》《公孙夏》等篇,以罪恶贪暴的官府构成一个线索与情节者,则所在多有:《红玉》《神女》《辛十四娘》《小翠》《伍秋月》《梅女》等,皆是描写爱情主题者。

其攻击科举制度者,我们选了《贾奉雉》一篇。这篇的主旨,在写贾这一有信念、有才学、狷介不苟、具有良好品质的书生如何经历种种矛盾斗争,而走上否定功名科举、否定现实社会、终于弃世以登仙籍的过程。此篇可注意的,不是作者所表露的,用以否定现实的道家思想,而在他提出了许多在当时具有重大意义的关于社会与人生的问题。①取得功名和良好品质的矛盾(攻击了科举,但主观上非其制度,而只是帘官无眼识)。②要否定现实,但现实情缘或人伦关系则难以舍弃,作者持佛道思想都是表面的,无可奈何的一种苦闷之征象。其实质,他是热爱人生,热爱现实世界的。但现实世界又有其不堪,不可容忍之点,作者说不出,实是社会制度之腐败的本质。③人要保持其好品质,则无法获得功名富贵。然现实的人,在贫贱之中,其人伦骨肉关系亦殊不美妙,要合乎生活要求,仍只有取得功名富贵。④然而功名富贵又与人的好品格德行相悖,一不能容于权要,二不能容于世俗(累于子孙戚属依势作恶)。如此,只好无可奈何地于神仙中求解脱。作者这种思想上的苦闷是有代表意义的,它特征地反映了一个当时的具有敏锐感觉,而又思想进步的知识分子的精神内心。他深刻地感到和看到现实社会的病灶,感到那深刻的无可解决的矛盾,并且有力地把一些具有重大意义的问题提了出来。关于攻击科举制艺者,尚有《司文郎》《仙人岛》《三生》《于去恶》《冷生》《郭生》《何仙》《杨大洪》《王子安》等。

现世中,他所全心爱护,而不倦地赞美表扬之者,是当时的一些人的好的精神和品质:①是属于民主主义范畴的新生的思想因素,此其中寄托了他的理想,表露了他的进步的站在时代尖端所认识感觉到的处于萌芽状态的反封建的特征。②是封建社会的一些好的人伦关系:兄弟之爱、朋友之义、父母之亲、夫妇之情等等。忠,他从不宣扬;孝,只有流露,亦少以宣扬孝道为主题者;所着重描写的是兄弟朋友之义和男女爱情的两性关系。而后者,更为突出地表露了作者的属于民主主义反封建范畴的思想和新的伦理观与美学观。从思想上说,《儒林外史》及《红楼梦》皆在此书之后约四十年,《儒林外史》和《红楼梦》皆较《聊斋志异》反封建思想更为发展了一步,但《儒林外史》写人伦关系问题未及两性爱情问题,而《红楼梦》则未及人伦关系问题,《聊斋志异》则两者兼包有之:它着重地写了两性爱情问题,又着重地写了人伦关系问题。

无论人伦关系,或两性爱情问题的主题,当然不是指其作品的思想概念而言,而是看其所塑造之人物形象之内容及特征。我们在对《张鸿渐》一篇的人物形象之分析上,已经可以了解《聊斋志异》的思想之基调。我们所选用此篇做具体分析者以此。

作者塑造了许多男性人物形象。他所宣扬赞美的男性人物,都是具有反世俗的、良好品质的人物。他们都聪明正直、勤劳朴实、诚笃耿介、孤□不苟、风流洒脱、慷慨好义、纯厚深挚。

《水莽草》一篇塑造了一个反对世俗损人利己、坚持仁爱、勇于斗争的祝生的性格。开篇介绍水莽这种毒草,误食水莽草的鬼,俗传不得轮回,必得找了替代,始可超生。祝生往访其同年某(此同年与当时一般的含义有别,故解释说明之:"同岁生为同年",习俗如此,不是同榜录取者),先写老媪施茶,未受其惑,于是女子出,"年约十四五,姿容艳绝,指环臂钏,晶莹鉴影。生受盏神驰,嗅其茶,芳烈无伦,吸尽复索。觑媪出,戏捉纤腕,脱指环一枚。女赪颊微笑,生益惑。略诘门户,女云:'郎暮来,妾犹在此也。'生求茶叶一撮,并藏指环而去。至同年家,觉心头作恶,疑茶为患,以情告某。某骇曰:'殆矣!此水莽鬼也!先君死于是。是不可救,且为奈何?'生大惧,出茶叶验之,真水莽草也。又出指环,兼述女子情状。某悬想曰:'此必寇三娘也!'生以其名确符,问:'何故知?'曰:'南村富室寇氏女,夙有艳名,数年前误食水莽而死,必此为魅。'或言受魅者若知鬼之姓氏,求其故裆,煮服可痊。某急诣寇所,实告以情,长跪哀恳。寇以其将代女死故,靳不与。某忿而返。以告生,生亦切齿恨之。"恨什么?恨体现了损人利己之习俗观念的富室之见死不救、冷酷自私、铁石心肠。作者于此,体验得极深,写得极有力量。(艺术的力量,总由感情的强烈深厚而生。)"曰:'我死,必不令彼女脱生!'某昇之归,将至家门而卒。母号啼葬之。遗一子,甫周岁。妻不能守柏舟节,半年改醮去。"(祝生见寇三娘美色而惑之,致得惨死,作者并不着力批判,但所描述的情节发展中,自透露此点,对于男子之对女子之轻薄行为,并无深挚之爱,只是见色起意,存心玩弄,作者是反对的,而加抨击与批判者,另有许多篇,但此篇主题不在此。祝生性格,亦非完全儇薄,他确爱三娘,所以这里于其已有妻子,前面并不特意提出,只于此处写其死后惨状时顺手表出之。)"母留孤自哺,劬瘁不堪,朝夕悲啼。一日,方抱儿哭室中,生悄然忽入。"(鬼是在这样情境与气氛中出现的,亲生骨肉,热辣辣忽死去,何以为情,情何以堪?此种幻想,是出于普遍共有之心,在古代社会中有悠久历史,这种神话传说、鬼故事所以动人,所以富有人民性,亦以此。)这种损人利己的冷酷自私观念所给人家的后果如何？那是极悲惨的，篇中虽只轻描淡写，但真切动人，有千钧之力，这段描写□□有力批判了富室的自私与利己。

篇中极力写祝生对于损人利己的富家之仇恨及寇氏父母之冷酷自私，娇爱己女，无微不至，而决不稍稍顾念别人家的儿子。上面已经说祝生未死时切齿恨之，此鬼又说："寇氏坐听儿死，儿甚恨之。死后欲寻三娘，而不知其处。近遇庚伯，始相指示。儿往，则三娘已投生任侍郎家。儿驰去，强捉之来。今为儿妇，亦相得，颇无苦。"具见祝生所恨之切，所爱之深，一个情节，深刻描写出祝生的性格特征。下面从具体叙述与描写中，写母、三娘、寇氏父母及祝生，写其错综的关系及言语形态，都互相衬托映照，使各方面的人物的性格特征非常鲜明，毫不模糊地显示出来。这些叙述式的描写，都随时随手抓住发展中的一点情节，而作各方面的叙写，无不头头是道，内容丰富。"女请母告诸家。生意勿告，而母承女意，卒告之。寇家媪翁，闻而大骇，命车疾至。"都抓得紧，写得熨帖深入。祝生对寇父母之恨，直到寇三娘劝说，始勉强投拜，但只是顺从三娘之意，其恨未消。虽然寇家"代生起夏屋，营备臻至。然生终未尝至翁家。"以下再展开另一情节，以突出祝生反世俗的思想品德，"一日村中有中水莽草毒者，死而复苏，竟传为异。生曰：'是我活之也。彼为李九所害，我为之驱其鬼而去之。'母曰：'汝何不取人以自代？'曰：'儿深恨此等辈，方将尽驱除之，何屑此为？且儿事母最乐，不愿生也。'"作者极力宣扬了祝生的思想品德，以反对与批判世俗社会。祝生自然得到好报。

篇中自然也描写了寇三娘的性格，寇三娘惑死了祝生，又是富家娇爱之女，却为有好公德的祝生所钟情，作者的处理，见其分析问题之明，观点之清。毒死祝生，茶媪是主凶，而女是从者，受唆使者，她所以从之，不过循行了世俗之见，实际上是个善良婉顺之女子。其次，她虽是富家之娇女，且亦孝敬其父母，怀念其父母，但于婆家和丈夫则忠心实意，决不似其父母之嫌贫爱富。她在婆家秉顺婆、夫之意，努力操作，虽不习惯，然勉力为之，毫无怨言。她见父母有嫌贫爱富之意，即劝道："人已鬼，又何厌贫？祝郎母子，情意拳拳，儿固已安之矣。"又劝丈夫拜父母，便入厨下代母执炊，供翁媪。亦常归宁省父母，但"居数日，辄曰：'家中无人，宜早送儿还。'或故稽之，则飘然自归。"直到仙去之时，三娘还去拜别父母，"母泣挽留，女曰：'祝郎先去矣。'出门遂不复见。"她是一贯对父母尽礼，而一心倾向于贫苦的婆家和品德高尚的丈夫的。篇中一贯批判了寇父母。对祝母，写得亦是世俗中人，但未强调。其听从三娘之意，告寇氏，有势利眼之意，后特写寇之送两婢、金百斤、布帛数十匹、酒肉，则讽刺意味地说"小阜祝母矣"。

《水莽草》是《聊斋志异》中一篇著名的作品，短短的不过一千二百字，写出了具有鲜明性格的许多人物，尤其主人公祝生的强烈的反世俗品德，具有很强的感染力量，全篇处理人物的态度、描写的技法和结构之严整、组织之缜密，都是产生良好艺术效果的因素。

和《水莽草》主题思想相类的，有一篇《王六郎》。王六郎是个水鬼，与渔人许姓者建立了真挚、深刻友谊，王与许一人一鬼之间的那种友谊关系是很感人的，也是具有很好的针砭世俗的现实意义的。水鬼转生也要替代，到了知道期限已满，替代即来之前一日，他很凄楚地告诉渔人许姓——他的情逾骨肉的好朋友，说明自己是鬼，相聚只有今夕，心里很难过。到次日，渔人见妇人抱婴儿过河，掉到水里，抱的儿子抛在岸上，扬手掷足而啼，那妇女浮沉了一回，出乎意外，却没有淹死，满身湿淋淋地爬上了岸，抱婴儿走了。一会儿，水鬼又来了。问是何故，"曰：'女子已相代矣，仆怜其抱中儿，代弟一人，遂残二命，故舍之。更代不知何期。或吾两人之缘未尽耶？'许感叹曰：'此仁人之心，可以通上帝矣。'"不久这水鬼因此善念感动天帝，放他去一个县的小镇上做土地。于是渔人还应了邀约，去那镇上受到一番殷勤的招待。作者发议论说："置身青云，无忘贫贱，此其所以神也。今日车中贵介，宁复识戴笠？"

这种传说，是民间盛行、为人所熟知的，作者采用之，创造这样两个义重如山的人物形象，在当时人欲横流、只讲势利、不讲情义的黑暗时代、窳败社会里，用这样一些活生生、富有感染力的正面艺术形象来批判世俗社会，作者的热情和用心，都是叫我们肃然起敬的。

《雷曹》一篇写乐云鹤才学甚高，而功名潦倒，就淡了念头，去而为贾。乐为人慷慨好义，对其友夏平子以义，与雷曹相邂逅，救其急难。所有义举皆推己及人，出于至诚与自然流露，他并不贪图什么好名与报答。这样颂扬一个慷慨好义、去读为贾的人，写其性格非常生动与真实。写雷曹一如一个现实社会中人，令读者似曾相识："见一人颀然而长，筋骨隆起，彷徨坐侧，色黯淡，有戚容。乐问：'欲得食耶？'其人亦不语。乐推食食之，则以手掬啗，顷刻已尽。乐又益以兼人之馔，食复尽。遂命主人割豚肩，堆以蒸饼。又尽数人之餐，始果腹而谢曰：'三年以来，未尝如此饫饱。'"并无感激涕零、花言巧语的道谢语，而其感激之情吐露甚有力，而其人之木讷淳朴则跃然纸上。后来雷曹救乐于难，救了人，救了货，竭尽了全力，却没有一句话。乐十分高兴，而且感动地说："'此一厄也，止失一金簪耳。'其人欲复寻之。乐方劝止，已投水中而没。"一日"昼晦欲雨，闻雷声。乐曰：'云间不知何状？雷又是何物？安得至天上视之，此疑乃可解。'其人笑曰：'君欲作云中游耶？'"于是他就带乐到天上看打雷落雨。所写天上亦平淡如现实，并无什么神秘感，宛如我们今日乘飞机所经历者："开目则在云气中，周身如絮。惊而起,晕如舟上,踏之软无地。仰视星斗,在眉目间。遂疑是梦。细视星嵌天上,如莲实之在蓬也……摘其一藏袖中。拨云下视,则银河苍茫,见城郭如豆。"又写二龙驾车,数十人以器掬水,遍洒云间。此篇写了两个人物,虽包着神话传说的外衣,但这雷曹的性格,真像我们每天见面的朋友一样,亲切极了,也可爱极了。

《聊斋志异》还以很高的热情、很高的赞美来描写痴情男子。痴,就是对于一个人或一种东西的极其强烈专一的、深挚的爱,这种爱的狂热,是不计利害、刻骨铭心、忘去自我、不顾性命的。这当然是过分的、偏激的感情,但在只有个人利害关系,只有互相利用的虚伪的关系中,尤其一些男子都是利欲熏心的庸俗腐败的社会里,这种偏激感情,无疑是可爱的,应该推崇的。具有这种感情、这种感情的产生和对于这种感情的提倡和宣扬,都有反对世俗的意义。

像《石清虚》中的邢云飞,爱石成痴,遭受种种官府迫害,甚至欲以身殉石。《书痴》中的郎玉柱,爱书成痴,家苦贫,无物不鬻,惟藏书爱不忍置,"非为干禄,实信书中真有金粟。""年二十,不求婚配,冀卷中丽人自至。见宾亲不知温凉,三数语后,则诵声大作。"作者一面虽有讽嘲之意,但其爱护、欣赏之情是显然的。又如《黄英》中的马子才的爱菊成痴,《葛巾》中常大用之痴好牡丹,都是写人之痴。作者跋《葛巾》之后曰:"怀之专一,鬼神可通。"写得最多的是对于爱情之痴——深挚与专一。像《阿宝》中的孙子楚,生有枝指,性迂讷,人诳之辄信为真。见了女子则遥望却走。诱之来,使妓狎逼之,则赪颜彻颈,汗珠下滴,因名之孙痴。但对于他钟情的女子,则忘了自己,忘了自己的性命。富家女阿宝择婿,有戏之者,劝其通媒,生殊不自揣,遣媒媪去。"女戏曰:'渠去其枝指,余当归之。'"生即"以斧自断其指,大痛彻心,血益倾注,濒死。"及见到阿宝一面,女去人散,犹痴立故所,呼之不应,问之亦不答,推挽以归,"直上床卧,终日不起,冥如醉,唤之不醒。家人疑其失魂……强拍问之,则朦胧应云:'我在阿宝家。'"看那细致的对于痴于情的描写,略如《红楼梦》中"情辞试莽玉"的宝玉。唯其写得真实,所以十分动人。《聊斋志异》中这类痴情与多情的男性,是不胜枚举的。

与多情痴情相反的,是那种利欲熏心的世俗男子。他们多是轻薄寡情、玩弄与作践女性,甚至忘恩负义、冷酷自私。这是封建社会中体现了制度的本质特征的男子。作者塑造了无数这样的反面形象,予以严厉的批判和嘲笑。这种人物,总是出身于上层社会——富家或世家。《窦氏》中的南三复,是晋阳世家子,一时高兴,爱上了途所遇小村农家女窦氏,骗说"倘蒙怜眷,定不他娶",女要誓,南指矢天日,可是转念农家岂堪匹偶。后媒来谈大家女,闻貌美财丰,就决计不再理窦。写这种婚姻关系、南之冷酷残忍的性格特征及其内心变化,都非常真实,令人切齿。《武孝廉》中的石某,是忘恩负义的男子,贫困绝望时,十分可怜,一到做了官,有了地位,就成了最凶残、最无耻的人。还有韦公子的荒淫。《阿霞》中的景星,为喜新厌旧,竟将原妻逐走。凡此所写,其性格皆有发展,在某种情境下,其本质特性即暴露出来,并不是没有条件地就干坏事。其现实主义艺术在此,动人亦在此。

可注意的是有一种情形:一个男子,他不简单地是个好人,或坏人。他的性格不单纯,很复杂。这在封建社会,这种人是极多的,而且不能说他是坏人,有些好处,或在某一方面有好处,即应肯定其主要的一面。作者在处理和创造这种人物典型时,显出了他的认识能力与爱憎感情,是一个很高的现实主义艺术家。我们在此举一篇《王桂庵》来读一读,在这篇里,对于主人公大名世家子王桂庵这个人物,自始至终抓住了其性格中的两个方面:一方面是世家子弟的纨绔、轻薄的习性；一方面是他的多情的性格。因为他是世家子弟，轻薄是他的阶级属性，他生长的那家庭里，习染于那社会里，他是会有这种阶级烙印的；另一面，毕竟他是个青年，又多情、深于情，对于所钟爱的女子，能够严肃地、深挚地去爱她。作者对此有敏锐感觉，有很高的认识能力，因此他处理得极为恰当而深刻。全篇通过种种生动逼真、引人入胜的情节描写，抓紧不放松地表露了王性格的这两面，而带着温婉的同情，批判其恶劣的一面，肯定其多情的一面。开篇即介绍其姓氏及身份，"大名世家子"，"适南游，泊舟江岸。"来说明何地，大名府在北方，只说南游，后文始说明至镇江，是作者曾游之地。邻舟有榜人女，在船上绣鞋子，风度甚美。实非榜人女，王以世家子弟、富贵子弟的自我意识甚强，看见女在舟中，即主观主义地认为是船家女。作者完全从王桂庵这边角度写，也就姑以王心目中所以为者言之。北方富贵子弟来到江南这种地方，满腔都是浪漫主义的热情，看到一个江南贫家女，即觉得非常可爱。可是看了很久，那女子好像不在意。于是就吟了一句唐诗，有意叫女子听见。吟王维的这句诗，表露了他的风雅与多情，所以得到女子的好感，"女似解其为己者"，抬头看了他一眼，仍低头绣鞋子。这时王得意之下，就显出富贵子弟对于贫家女的惯用手段：拿出一枚金锭远远扔给她，这是很恶劣的，使此女子大起反感："女拾弃之，若不知为金也者。"王拾回了金锭，回头又以金钏首饰扔给他，金钏当然与金锭不同，金锭只是赤裸裸的钱，把人不当人，以富自炫，以金买欢，芸娘自尊自重，当然不接受。但金钏则女子用的东西，亦为定情之物，其中寄托有爱情，而且于掷还金锭、碰了钉子之后，还不罢手，又改了较好的东西投来，现其对自己相爱之心，所以女感激其对己之多情相爱，匆促中不予峻拒。等到榜人自他归，王恐怕看出来查问，心里甚急，而女子却从容用脚遮住。从这些无言的动作中，表白了两方——尤其女子内心许多要说的意思:她感激他的钟情于己,拒绝他的纨绔子弟的以金自炫的恶劣习性。在短时间内,在一句话没有的中间,王这个青年公子,从女子处受到了很好的教育,尤其为这个江南水乡女子的美丽性格(自尊,大胆地接受其爱情)所鼓舞,而堕入情网中,大大发展了他的浪漫主义的热情。以下写他船开走后,痴情相思和追求,废寝忘食,行思坐想,不能少置。于是自然而然发展而形之于梦寐。此篇并无神鬼妖魔,所有的人物皆是现实的人,只有这个梦是个春梦,由梦而得结合,可入《聊斋志异》。所写梦中的江村、景物至美,实是江南水乡风光,写得很细致,很典型。由村外一步步写到村里和屋里。这种自然景物和地方色彩中,都寄托了那女子的美丽的性格。一个北方青年,到了江南,见江南自然风物,见到江南女子,他便可能敏感地觉得人和自然有其共同的特征。因思念那女子,就梦见这样的村庄和景物,在心理意识活动中,是完全可能的,因此也是真实深刻的。作者若未到过江南,如镇江一带,他不能写得如此切动人。王梦中见景物,"夜合一株,红丝满树。隐念:诗中'门前一树马缨花',此其是矣。"此句是江南民歌《盘塘神》诗:"盘塘江上是侬家,郎若闲时来吃茶。黄土为墙茅盖屋,门前一树马缨花。"王心理意识中充满了对江南风土人物无限美好的意象,看到了景物,即想到这样民歌中的女子。所以这种梦的描写,不只写气氛甚浓厚,写精神内心亦至深微,写心情意绪非常丰富。写了王,亦写了王之印象中、意念中的女子的性格特征。直到那奇异情节,过了一年多,由梦境而至真境,与女子见了面,作者ableを以笔歌墨舞的描写,在赞美王之多情和女子性格之美。女子见到王找到自己的家门来,她的戒备与警惕是很高的,待之是很严峻的:因为这个曾经投金掷钏的公子,竟到自己门上来,他把我看成什么下贱的女子呢?这多麻烦,多可恶!怎么得了!因此,"遥见王,惊起,以扉自幛,叱问:'何处男子?'"话未完,不知如何是好,心里非常慌乱与着急。"女见步趋甚近,閛然扃户",王说,"不忆掷钏者耶?备述相思之苦,且言梦征。"这样一说,女子便改变了态度:"女隔窗审其家世(态度虽有改变,但警戒未除),王具道之。女曰:'既属宦裔,中馈必有佳人,焉用妾?'"贫家女对于富家男子的警戒与不信任,自是必然的。王说:"非以卿故,婚娶固已久矣。"女子此时才感动地说:"果如所云,足知君心。妾此情难告父母,然亦方命而绝数家。金钏犹在,料钟情者必有耗闻耳。"这完全说出了自己的肺腑之言,可为初见面的场面作注解。跟着进一步说明:"父母偶适外戚,行且至。君姑退,倩冰委禽,计无不遂;若望以非礼成耦,则用心左矣。"女最提防这个公子不把自己当人,只是一时的游戏与玩弄,提防他走上门来,是要胡闹,要以非礼成偶,这提防得极有道理。不止当时的社会风气和规则是如此,而且这个公子初见时的行为,就有这种恶劣的倾向和因素。所以直接把心里话说出来:必须正式请媒人,下聘礼,正式求婚。要想非礼是不成的!王听了这番话,心里明白了对方的要求和内心症结问题,并且受到了教育,所以匆匆的就要走,赶快照对方的意思去办事。女见王如此文雅顺从,他确是个好人,并无起心不良之处,自己刚才的提防警戒,都是多心,委屈了好人,甚觉歉然,而爱之感激之的情意益深,所以远远的喊他回来,并且呼"王郎",告诉了他,自己的名字、姓氏和父亲的名字。话甚简短,并且语气未完。她实在激动得很,心绪乱得很,那场合也匆促得很。写得神情逼真,场面极洽,气氛极浓。王到其世交徐太仆处吃酒,自然不可把此事告诉他。他只身一人,自亦无人可托,无媒可请,故只有自己去找芸娘的父亲。而且他经过和芸娘见面,了解了芸娘的心意,却并不了解老人。在芸娘处□□□□受到了教育,但在家人处,他并未领教。他实在年青,没有历练,心里又急于求成,于是那本性又和盘托出来:"自道家阀(以此自负),即致来意,兼纳百金为聘。"

(一般父亲,都是爱钱,要聘金的,何况他是贫家?)于是又碰了大钉子。看翁、王两人的一番对话,翁是很生气,很反感,王是很着急,没有阅历经验,说话办事非常的嫩直,非常的主观。王于是经过一番思想斗争,若告诉徐太仆,则恐娶榜人女,为先生笑。这是一个富贵公子必有的思想意识,生在那个现实社会环境中,他不可能没有这种阶级门第的观念与意识。但可喜的是,这种意识对于浪漫情绪达到白热程度的多情的青年,究敌不过他对这个芸娘的爱。因此,斗争了一番,第二天,还是去求太仆,不顾忌面子的事。哪知并没有什么丢面子失体统的问题,原来此翁是祖母嫡孙,是徐太仆的远亲,问何不早言,昨天吃酒时为何不说?王是个老实青年公子,把自己的顾忌说了出来。这里才点破一直以来王所以为的他是船家的错误,也就揭明了作者以前所照着王心目中主观以为地写的底。孟家并非操船的,都是王这个青年公子没有阅历,自高自大,主观地以为而生的误会。这种手法透露人物心理意识极深微,使故事情节的发展显得非常真实而有趣。(若无此误会,则人物心理意识难于透得出来,其投金锭,致聘礼,以及对女,尤其对孟父的言谈态度,都不会那样,许多误会也不会产生。总之,对女对父,自始至此,都是把女家看成下等社会的人,门第很低的人。这是贵家公子的思想性格的要紧处,是不容易如此深厚地、真实地描写出来的。就故事言,则如此写法,则情节愈见曲折,传奇性愈强,益增兴味,更引人入胜。)徐太仆即遣大郎去找孟问明情由。孟父说:"仆虽空匮,非卖婚者。曩公子以金自媒,谅仆必为利动,故不敢附为婚姻。既承先生命,必无错谬。但顽女颇恃娇爱,好门户辄便拗却,不得不与商榷,免他日怨婚也。"这几句不止应照了前面芸娘所告王者(亦方命而绝数家),亦不止深一步地写出了孟父的开明与达人情、讲道理、有见识,而且写出了他们家的父女关系,写出了有其父必有其女:女之自尊,乃由父之有骨气,爱女儿,作风开明。这里孟家的家风,而且是个江南贫家的正派家庭,若父不是如此娇爱女儿,如此作风,如此尊重女儿意志,则女儿未必有那样的性格,更未必能够"方命而绝数家",女子的性格——自尊自爱及行为,都落了空,没有了现实根据。没有这样的家庭,就没有这样性格的女儿。那以后情节的发展,也会成为形式的,缺乏内在性格的内容的。所以简单的描写,简单的对话,实在写得深极了,妙极了。这是中国文言文语言及文体的传统妙处,但《聊斋志异》实发扬到最高度。孟父进去问了芸娘,"少入而返,拱手一如尊命",了当之至。自此一帆风顺,亲迎成礼,没有问题。接着辞岳北归,一番对话,写得非常出色。两人都高兴极了,美满极了,但公子得意忘形,又开玩笑,他实在还不了解此玩笑的严重性,这地方正是王贵家子弟另一种表现的轻薄(即不严肃)的根性。于是正如但明伦的批语所云:"平江恬静之际,复起惊涛;远山迤逦而来,突成绝壁。积数载之相思,成三日之好合,一句戏言犹未了,满江星点共含悲。"把读者的感情从极高的高处,忽然下堕入深渊,使我们情绪大起而大落。这种艺术手法,似乎玩魔术,从何而来?是性格,是作品的内容,而不是文章的形式和技巧。这一戏言的情节,不只深微而又真实,也极有社会意义地透出了王的性格特征,而且也更为深入一层至于底里地透出了贫家女子受父母娇爱,出身正派家庭,自尊自爱,强坚执拗,不甘受到屈辱的芸娘的性格特征。而更为重要的是作者的思想感情,作者的爱憎之强烈,处理态度之正确:以千钧力量,满腔热情,重重地鞭打了富家公子的轻薄儿戏之不严肃的习性,颂扬了小家小户贫家女子的高洁可贵的品质。

但作者也是老百姓,究竟对王和芸娘抱着善意与同情,王之错误及恶劣,亦罪不至此,这又是传奇体的故事,因此又有团圆的结局。读者受到了惊骇,也获得不可多得的艺术欣赏和思想教育。

但明伦批此篇,就笔法上发了一段议论,那番议论是很高明的,却是唯心论形式主义文艺观的。但也不是没有接触到问题,因为他实有所见,不是向壁虚构,空发议论。他说的是此篇笔法,是一个蓄字讲一缩一伸,这是就形式看问题,所指此形式上的要点,实有其内在的东西,即是两方性格之矛盾与统一:统一,唯其两人皆多情;矛盾,一贫一富,一门第低,一门第高。这是矛盾的一面,斗争着,发展着。在文章的形式上,就成为所谓一伸一缩,一缩一伸。直至克服了矛盾:王在与芸娘的接触、相爱、追求中几次三番地受到教育,克服了自身恶劣根性,才能完全统一,以至于团圆。他在事变中,自食其果,见到一个贫家女子对于富家公子强烈的、执着的、决不苟且的严肃要求,他在此中受到了痛苦的、深刻的教育。若不然,他们还是要以悲剧告终的,不能白头偕老的。这就无比深刻真实地揭出了那个社会制度的本质之处。

《聊斋志异》中的作品,一贯采取这样的观点:即在官府与百姓之间,一贯同情百姓,而抨击官府;在富豪与贫苦的人之间,则一贯暴露富豪的暴行和恶德,而同情贫苦无告的人的痛苦处境。在对这种人物和事件的处理态度上,作者的爱憎之情是很强烈的,这一点极可注意。而且所有暴露与同情,抨击与表扬,绝不是出于空洞的、主观的、没有事实根据的好恶之情,绝不是如此,而是具体对其暴行与恶德、善行与美德进行刻画描写,通过具体的刻画描写,很有分寸地表露其褒贬与爱憎:这种实事求是,根据客观事物的性质及程度有分析地来拿定处理态度,这正是使自己的褒贬爱憎,符合于客观真实的性质。这是说,处理的态度,乃由对客观事物的认识而来,这正是现实主义的要义。当然,此所谓爱憎之感情与褒贬之态度,与其所识别之是非相一致,其识别能力是有其限度的。人和人的认识能力,都受世界观之指导,或说认识实即世界观之具体表现。作者在三百年前封建社会的黑暗时代,其世界观还是封建主义体系的,但在许多问题方面,他已经突破封建主义体系,而显出很新的民主主义的范畴。此在对男女关系的问题上，尤为显著。

曾特别介绍，请注意阅读的有《褚遂良》《蕙芳》《房文淑》《薛慰娘》《锦瑟》等篇。这些都是对境况惨苦的不幸者表示强烈同情的作品。正如张鸿渐在受迫害的绝路上遇到舜华，这些不幸者也是如此。上次讲《张鸿渐》时，我们曾发挥说，不幸者在绝处逢生，依赖超自然、超现实力量，此即表现了不幸者的幻想，亦即出于苦悲无告的境况中的人民百姓的善良的要求生活幸福的强烈的愿望。像《褚遂良》这篇，是民间传说中最富代表性的一篇。"长山赵某，税屋大姓。病症结以，又孤贫，奄然就毙。"即在这样毫无生望的处境之下，可以说，完全没有可生活下去的一种惨苦之境中，在当时社会中，这样的处境的人，在劳动人民中可以说是普遍的，而不是个别的。"一日，力疾就凉，移卧檐下。及醒，见绝代丽人坐其傍。"女说我特来为汝作妇。赵某对妇，完全表露了一个劳动人民的善良、诚朴的品质，一则说，"无论贫人不敢有妄想；且奄奄一息，有妇何为！"又说，"我病非仓猝可除；纵有良方，其如无资买药何！"等病好了，他首先感激："娘子何人？祈告姓氏，以便尸祝。"女说，她是唐朝褚遂良，此来是报恩。而赵仍然"自惭形秽，又虑茅屋灶煤，玷染华裳"，"土茔无席，灶冷无烟"。赵说："无论光景如此，不堪相辱；即卿能甘之，请视瓮底空空，又何以养妻子？"这所写的是一个劳动人民在不幸的处境中，在绝处逢生，并且解脱苦难，获得幸福中所表现的内心精神。他的苦难，他在距离一个普通人应有的幸福生活中的苦难与障碍，是一重一重的：先是病，次是贫，贫到那个样子。在一重一重接触苦难的过程中，赵总是为对方设想，没有一句话、一个念头是想到自己的。这正是一个劳动人民的高贵之处。到后来造请者宴饮，值端阳，一白兔跃入。女起曰，"春药翁来见召矣！"女命赵取梯，倚树上，女先登，赵随之。女回首曰："亲宾有愿从者，当即移步。"众相视不敢登。惟主人一僮,踊跃从其后。《蕙芳》一篇中,写青州东门内一个以货面为业的马二混,"家贫无妇,与母共作苦"。马除家贫苦作,为人亦朴讷诚笃。这样的男子,自然想有一个好媳妇;这样的老母,亦自然想有一个好儿媳,但在当时社会中,这是非常难达到愿望的。董蕙芳终于自动地来了,而且一而再、再而三的黏着,一再被拒后,□不惜假托西巷中吕媪以自媒。但这也不能是现实中的女子,而是一个和天上之女和西王母女侍董双成为同伴的女仙。篇中着重写的是马母,她再三拒绝蕙芳自请作妇所表露的思想意识和顾虑,也是很朴实、很本分的,完全是下层贫苦人家的本色。但已与《褚遂良》中的赵某心性不同。《房文淑》一篇中,则是一个穷愁潦倒的游学先生,弄到住在异乡败寺中,被雇佣为造齿籍的缮写员,独□庙中。这样一个为贫穷所驱迫,离乡别井,久别妻子,孤身一人,又未找着职业,穷愁不堪的读书人,(更重要的是,家虽有妻,但不育乏嗣。)赖房文淑之力,有了学馆,赖此为阶梯,而与东家之子去做生意,同时孤苦无告的流离生活中,有了温暖幸福的配偶,而家中的妻子又赖以有了儿子,又赖其救济,而使家庭生活可以维持温饱。但像邓德成这样的穷书生,要达到此幸福自足之境,在当时现实中,亦是不可能的,看房文淑还是一个来无踪去无影的仙人。可注意的是书生邓德成所表露的思想性格,房文淑的具体性格,都有其特点,和上述二篇中之赵某、马母及二混不同;而房文淑与狐仙、蕙芳心性亦自有异。比如书生邓德成在破庙中见女一人来烧香,就要和她搭腔:"来何早也?"女说,天明则人杂,太早又恐扰君清睡。刚看见你的灯光,知道已起,故来了。邓就戏曰:"寺中无人,寄宿可免奔波。"女子笑道:"寺中无人,君是鬼耶?"后来一步步得寸进尺,都表露的是一个书生的心性。这样的书生的面目,虽然亦处于穷困绝望之中,但与劳苦贫病的赵某和货面为业的马二混母子的面目,是完全不同的。当然,马二混母子,又与赵某不同。这种不同,不只是各人个性的不同,同时亦包含了有职业地位或社会存在的本质的不同。几篇都写得很简单,但几笔勾勒,其人物性格的特征与内含,是非常丰富,非常有社会内容的。研究这种不同的性格描写,对《聊斋志异》的现实主义的艺术成就,可以得到深一层的了解。我们还可以举出《绩女》《锦瑟》《翩翩》等篇及《竹青》《冯木匠》《金陵女子》等篇,作一点比较研究。这些都与我们现在地方戏流行的神话传说如《天仙配》《刘海砍樵》《刘海戏金蟾》《张生煮海》及《螺蛳精》故事,属于同一类的。

但在《聊斋志异》中,亦不是一味同情那些身居下层的贫贱者和不幸者。《云翠仙》中的梁有才,是作小贩的,原是晋人,流寓于济,无妻子田产。这样一个人,娶得云翠仙为妻,有了温饱自足的日子,而且有了丫头□□。可是他的思想性格却十分恶劣。作者处理这个人物时,用了最为严峻的贬斥与惩罚。篇中一开始,就提出梁有才的心性的卑劣与不老实:跪香,则"诈为香客,近女郎跪;又伪为膝困无力状,故以手据女郎足"。女恼怒了,"膝行而远之。才又膝行近之,少间,又据之"。女起,"不跪,出门去。才亦起,亦出,履其迹"。从这细节的描写中,梁有才卑鄙无耻的根性已和盘托出。像这样的人,卑鄙无耻,大胆妄为。跟着看他在听母女的对话时,乘虚而入,甜言蜜语,十分乖巧;后来又假赌咒,以明自己的朴诚,后来又对老婆婆献殷勤:"手于囊,觅山兜二,舁媪及女。已步从,若为仆。过隘,辄呵兜夫不得颠摇动,良殷。"写得真是深入了梁有才这种人的内心灵魂。他内心中轻视此母女,存心□用□□□的手腕来欺骗她们。这个小贩的流氓市侩气,是写得十分突出、十分真实具体的,而其性质亦是十分严重与恶劣的。因此,后面对他的谴责与惩罚,亦是大快人心的。在当时社会中,一个流落城市的小贩,生活中接近市侩与流氓,他的性格特征,正表露了他所在的社会的特征。通过对这样思想性质的抨击与批判,亦正批判了当时这样腐败堕落的社会。梁有才这样的人,不会是在农村的,而是在济南这样的商业城市里。这篇的描写,尤其对话,都写得极好;而情节的发展,故事的布局与结构,亦都达到了很高的艺术成就。

《聊斋志异》中为我们创作了丰富多彩的女性形象,这些数以百计的女子,一般都是正面的,她们一般都有情有义,可敬可爱,作者以高度的热情和思想来处理她们,塑造她们。那一个一个各不相同的性格,不只生动突出,也不只五彩缤纷,色□鲜明,而且往往光辉耀人眼目,震人心胸,富有社会内容和现实意义。使我们读过之后,可以把故事忘了,把情节忘了,但那印象总是深入脑中,久久地感染着我们,吸引着我们,使我们深思,使我们得到情绪起落,从而与那个所在的人物环境和社会背景联系起来,就会获得很好的启发与教育,获得很多的感想和知识。其中的许多女性形象,其内容特征还不能越出封建主义上层建筑的范围,只能说是封建社会秩序内的正面人物,如《珊瑚》中的珊瑚,《邵女》中的邵女,《湘裙》中的湘裙,《仇大娘》中的仇大娘,《青梅》中的青梅等等,都是安于社会秩序所给予自己的安排或命运,在这安分守命,在封建礼教所允许的范围内,作最大的努力,尽其所能有的智慧,来作出最好的榜样,表现最好的性格来。但尽管如此,那种坚定的、忍耐的努力,有所作为的精神与品质,总是使我们感动。虽然那思想的性质,我们并不首肯,有时会觉得难过,挺遗憾,因为其中流露着作者庸俗的思想。

《聊斋志异》中塑造了许多巾帼英雄式的女性,像《张鸿渐》中的张妻方氏也可属此类,但各不相同。像仇大娘、庚娘、小翠、辛十四娘、侠女、商三官、颜氏等,或者见义勇为,表现了坚毅不拔的精神;或者聪敏多能,在危急关头凛然不屈;或者具有卓识高才,勇于担当;或者深谋远虑,出奇制胜;或者报仇雪恨,又勇敢,又坚忍,又机智,又壮烈;或者才学过于男子,虽在封建秩序的桎梏之下,也不能淹没她的才能。这都是令人肃然起敬的封建社会中顶天立地的女性人物。小翠和辛十四娘都是狐的女儿,他们性格有属人的形象,但同时也都具有狐的特点。小翠为秉母亲的意旨,向王家报恩。王家的儿子王元丰绝痴,乡党无与为婚者。小翠美丽、善谑,她在王家做媳妇,日常做种种顽皮,开种种玩笑,一片活泼天真,但就在这些天真的玩笑中,隐藏了她的种种机智与谋划,与势豪家的谋害相斗争,以保全夫家。作者对王家与势豪家的矛盾,是当作上层统治阶级间的内部矛盾来处理的,作者并不是以为王家就是正义的,因为王家也是势豪,他们斗争,不过是势豪与势豪的互相倾轧。王家公婆的封建嘴脸、庸俗势利、心胸眼光,作者不但描写了,而且也着意批判之。这是尖锐地揭出了官僚阶级的利欲熏心的内心,有力地对上层统治阶级社会作了批判。但小翠也并不把丈夫元丰和公婆混为一团。因为丈夫元丰,原是个痴子,后来被她医治好的,元丰并不是像父母那样的庸俗,他对小翠十分钟爱。所以终于和小翠邂逅重圆,但小翠不肯回王家,公婆虽然对小翠认了错,要求回家住,小翠峻辞不可。小翠为王家考虑得无微不至:为王家宗嗣着想,为翁姑须有媳妇伺候着想,尤其为公子爱自己,使自己走后,公子可免痛苦着想,她预先有了谋划,使自己所化的形貌,即与要娶的钟太史之女相同,娶了钟家小姐过来,言貌举止与小翠无毫发之异。小翠从此一去不返,而公子对新人如觌故好,就没有痛苦。文后异史氏曰:"一狐也,以无心之德,而犹思所报;而身受再造之福者,顾失声于破甑,何其鄙哉!月缺重圆,从容而去,始知仙人之情,亦更深于流俗也!"作者采用了一个奇异故事创造小翠这一女性形象,来批判上层世俗社会的卑鄙与庸俗,其用意是非常明确的。《辛十四娘》一篇与《小翠》一篇的主题有相类之处。这篇也暴露了上层统治阶级社会势豪间的相互倾轧的真相,那是通过楚银台之公子的阴险凶狠的内心来揭露的,但冯生也并不是好东西,他非常狂妄、轻佻,辛十四娘鄙视并不喜欢他,她是迫于郡君之命而与之成婚的。十四娘指出银台之公子是豺狼,同时亦责丈夫冯生是乡曲儇薄轻佻之人。但十四娘很感激冯生对他的钟情与相爱。她要离开她厌恶的这个上层统治阶级的社会,说:"今视尘俗益厌苦。我已为君蓄良偶,可从此别。"生闻,泣伏不起,女乃止。十四娘于是使自己容光顿减,渐次衰老,黯黑如村妪,而冯生敬之不变,于是她由暴疾以至巫医无灵,淹然死去的办法脱了身。她的离去,是坚决的,但对冯生的情分,则为之设想得无微不至。到冯家的仆人在太华山遇见十四娘,十四娘还是惦念着冯生。这两篇值得作深入细致的研究,因为作者所处理的主题是有社会意义的。商三官为父报仇的壮烈性格,作者给予了极高的赞美。这篇所揭露和批判的是多方面的:两兄的碌碌无能,政治吏治的腐朽,地方势豪的暴恣与荒淫,以婿家与母家为代表的世俗社会的冥顽无心肝。短短不到一千字的篇幅,其内容之丰富与所提问题之警策与尖锐,实是令人吃惊。商三官突出的光辉形象,正是通过对当时现实社会的揭露与批判而创造出来的,其所歌颂的与所暴露与抨击的在描写上是紧密地结合在一起的。

要强好胜的女性,还有凤仙一种典型。在旧时代世俗观念中,爱富嫌贫、势利眼、目光短浅、趋炎附势是上层社会的风气。富贵者捧得高高在上,受世俗社会的尊重与逢迎,贫贱者则受冷遇,受轻视,被世俗社会踩在脚下。所谓世态炎凉者,正是上层社会的这种观念所形成的腐朽败坏的人情与风气。不肯屈服于此种风气与观念,而图予以反抗,就表现为好胜要强,要求出人头地、扬眉吐气的性格与思想。只有在此种封建时代世俗观念与风气统治的历史环境或背景之下,这种个人的好胜要强,要出人头地的性格与思想,才有其一定的积极意义,才值得我们肯定。尤其此种思想表现在处于被压迫、被轻视的、不被认为具有独立人格的女子身上,那进步意义就更为明显。凤仙是个狐女,在姊妹中为老三,她聪明、美丽、心眼多、自尊、自重、倔强、好胜。她被大姊强迫(一手包办)与书生刘赤水成配。刘赤水父母早亡,以游荡自废,不求上进。但是大姊八仙的丈夫胡郎为岳家的经纪,更要紧的是二姊水仙适富川丁官人,是富川大贾之子。三个女婿同到岳家,丈人老翁也是势利眼,把自真腊来的田婆罗这种珍贵果子"掬数枚送丁前",而不给自己的丈夫刘赤水,凤仙在此场合的相形之下,本不高兴,此时觉得自己的丈夫受了冷淡,觉得父亲爱富嫌贫,立刻不能忍受,她发脾气,一肚子不快,勉强唱了一折《破窑》,声泪俱下,唱完,拂袖迳去。她觉得丈夫不争气,她受不了这种冷遇,这种世俗的趋炎附势。刘赤水追了出来,凤仙坐在路旁生气,于是赠他一面镜子,嘱咐他努力读书求上进,不然相见无期矣。终以镜影出笑来督促、鞭策刘郎用功,考上了功名,又重到岳家,出了一口气。篇中三姊妹各有鲜明的性格,写凤仙的性格尤为突出,她虽是狐,有狐女的一些特色,但其富有个性的性格极富现实意义与典型意义。与此相类的有一篇《胡四娘》,这是一篇完全现实的故事,其中并无狐鬼妖魅,而且更着力于世俗社会的刻画。原来在娘家受了种种轻视与侮辱,到丈夫贵了,四娘到娘家,则"申贺者,捉坐者,寒暄者,喧杂满屋。耳有听,听四娘;目有视,视四娘;口有道,道四娘也。"这篇以白描刻画见长,以生动细致的笔,写出当时上层社会普遍存在、到处可见的极其庸俗恶劣的人情世态。作者对这种世情作了非常辛辣、非常猛烈的讽刺与攻击,其中显然含有他自己的许多深切的体会与感受,在他的诗集中,有一首题为"贫女"的诗,五古,系晚年之作。叙二姊妹,长者适贫儒,少者适富商。姊妹回娘家,如何冷热待遇不同,姊姊如何生气,拂袖而去。这是民间故事中常见的。民间故事的采用与创作,必须有作者自己的思想感情与之融合,否则格格不入,是不能动人的。

比这种更有意义的,是那些自由活泼的女性。在黑暗的封建时代,这种女性性格的出现,会使读者如在三九严冬中看见了新鲜美丽的花朵,如在一片死寂荒凉的沙漠中见到淙淙鸣唱着跳跃着的泉水,心胸会为之大快,精神会为之一爽。《聊斋志异》故事中,许多狐鬼尤其是狐所化的女子,具有这种自由活泼、不受拘检的性格。作者非常喜欢描写这样的女性形象和这种女性所构成的活泼有风趣的场面。《狐谐》中与书生万福同居的狐女,对来访者出口成章,诙谐百出,妙趣横生,本来那些书生存心来戏弄她的,结果被她大大嘲弄了一番。《小谢》中的两个鬼魂乔秋容和阮小谢与性格倜傥不羁、不拘形迹,但实则正派、对男女关系毫不苟且的鳏居的贫苦书生陶望三的自由纯洁的关系和生活活动,作者描写得很有趣味,为当时现实生活中所不可能有的。二女对之做种种顽皮与捣乱。二女总是长者秋容带头捣乱,以足蹴生腹,以手捋髭,轻批颐颊,作小响,少者小谢掩口笑。后来以细物穿其鼻,奇痒大嚏;暗处隐隐作笑声;又穿其耳,终夜不堪其扰。后来长者曲肱几上,观生读,既而掩生卷;少者潜于脑后,交两手掩生目,瞥而去,远立以哂。后来看到陶不怕,也无邪念,便代为劈柴淘米,为生煮饭,粥熟了,争着为之摆碗和筷子、瓢。陶生也完全信赖她们,慢慢地相熟起来,感情也好起来了,二女跟陶生学读书写字,如此一步步发展,二女全力救陶生出狱,又一一还魂。其中也夹有政治吏治的问题,也表露了作者一些很庸俗的思想,但所写二女的(二女完全有不同性格)天真活泼的性格和跟陶生的自由纯洁的关系,特别予人以深刻的、很好的印象。这些狐鬼因为不是生活在现实社会中,因之也不受现实社会礼教的束缚,她们的性格是非常天真自由、活泼可喜的。这样自由纯洁的男女关系,在当时社会中不可能有,却是为人们所向往的,大约一些穷苦的在寂寞枯燥生活中的书生,最喜欢作此种的幻想。就此种幻想的本身说,和当时生活在严酷的封建礼教统治下的人民的心,自然也是相通的。

值得特别注意的是《婴宁》一篇。婴宁是个狐的女儿,而在鬼的坟墓中抚养长大。她就没有受过封建社会中一般女子所受的礼教的生活教育,根本不懂得当时现实社会中的人情与规矩。对这样的人物性格的形成,见出作者是以非常可惊的现实主义精神来理解的,以非常可惊的现实主义方法来处理的。作者把这个一片天真无瑕的女子的生长居住之地,特意安排在一个离现实村镇三十余里之遥的南山中。这个超现实的南山,即女子的生长居住之地,被描写得出色的幽雅与美丽,只有这样的地方或生活环境,才有可能产生与形成婴宁那样的女子的性格。婴宁的自由天真的形象在篇中一出场,作者就以两点具体的特征的东西介绍给读者:一是花,一是笑。在开篇,上元节游玩的途中,青年王子服初次遇见她,她就"撚梅一枝","笑容可掬","遗花地上","笑语自去"。是这样以花与笑为特征的那女子的美丽可爱的形象,给王生以突然的强烈的印象。因为这样的女子,在现实社会中他从来没有见过,在他生活经验中的女子,都是礼教中教育与生活起来的,而现在这个女子,则完全属于另一种范畴,这一下就深深吸引住了他。王子服第二次看见她,是在生了一次严重的相思病后,他独自去访南山中那世外桃源,坐在门口滑洁的巨石上休息,正在没有主意,忽闻墙内有女子长呼小荣,其声娇细。出了面,还是花和笑,但情致完全不同。以后那姨母的鬼所化的聋婆婆,邀了王生到屋里去。作者以细微动人的笔,描写女子所住的庭院房舍,用细微的环境描写来表现人物。这样的自然风物的描写,不只艺术性高,思想性也是高而强的。作者用各种不同的场合,不同的情致,不同的姿容和神态来写她的笑,写她的爱花。篇中一再指明:"但少教训,喜不知愁。"女后笑"不可仰视。媪谓生曰:'我言少教诲,此可见矣。'"所谓教训与教诲,当然就是封建主义对于女子的教育,女未受此,所以能够成为如此性格。她的以爱笑与爱花为特征现象的性格,是和她的生活环境血肉相连,分割不开的。她已经十六岁,但还是像一块白绸似的洁白,像一个小鸟似的无知。王向她表示自己对她的爱情,出袖中花以示之,"女曰:'枯矣,何留之?'曰:'此上元妹子所遗,故存之。'问:'存之何意?'曰:'以示相爱不忘也。'"因诉相思成疾之苦。"女曰:'此大细事,至戚何所靳惜?待兄行时,园中花,当唤老奴来,折一巨捆负送之。'……生曰:'我非爱花,爱拈花之人耳。'女曰:'葭莩之情,爱何待言。'生曰:'我所谓爱,非瓜葛之爱,乃夫妻之爱。'女曰:'有以异乎?'曰:'夜共枕席耳。'女俯首思良久,曰:'我不惯与生人睡。'"回头老婆婆问他们在园中谈些什么,不回来吃饭?"女曰:'大哥欲我共寝。'言未已,生大窘,急目瞪之……女曰:'适此语不应说耶?'生曰:'此背人语。'女曰:'背他人,岂得背老母。且寝处亦常事,何讳之?'生恨其痴,无术可悟之。"这样天真纯洁的女性性格,和封建社会的秩序是相互对立、相互排斥、不能相容的。作者的道德标准与美学原则,显然于此突破了封建主义范畴。这篇很值得我们仔细研究。

其实,作者的思想水平和艺术水平,远不止达到《婴宁》等篇所达到的(高度)。我在此举出《霍女》《乔女》和《细侯》三篇,请大家注意研究。《霍女》中写一富而吝的朱大兴,平日一毛不拔,吝啬无比,但性喜渔色,色所在,冗费不惜。霍女来找他,和他同居了二年,□求无厌,要吃最珍贵的东西,要穿要用最贵重的东西,还常常嫌日子无味,要请戏子来唱戏。如此数年,朱供应不支,渐趋破产。此时霍女便不辞而别。她跑到邻村一个世胄何氏家,何是个大少爷,爱其美,十分宠爱她。朱知道了,与何氏打官司。最后霍女又到贫士黄生家,黄贫苦无偶,女救之,黄最初拒绝。霍女为之苦做苦干,操作家务,帮助他成家立业,以最大的真诚与心力贡献给他,与之过共苦共难的夫妇生活。她告诉黄说:'妾平生于吝者则破之,与邪者则诳之。'霍女是一种侠义式的人物,她完全突破了封建社会以男性为中心的片面的贞操观念,完全出于自己的主动选择,最初像个荡妇,实际却如此地疾恶富贵,而倾心钟情于一个贫贱的书生。作者不因三易其夫而使其光彩动人的性格丝毫减色,这在当时社会中可谓大胆与难能可贵的创作。《乔女》写一个面貌很丑陋的乔姓女子(壑一鼻,跛一足),一嫁穆生续弦,穆死遗一子,生计为难,有孟生丧偶,有一子,急求配,见女大悦,要娶她,女说"残丑不如人,所可自信者,德耳;又事二夫,官人何取焉!"怎么设法,也不肯。不久孟死,女往哭尽哀。孟生的田业家产携取一空,女大不平,挺身而出,为之奔走告诉,并抚其孤,严教之使成立。这不但塑造与赞美了这样一个见义勇为的女性形象,更重要的是歌颂了这样的朋友知己的两性关系,这在封建社会中是无此一伦,亦不能承认与表扬这样的女子与男女关系的。相类的还有《娇娜》。《细侯》写昌化满生在浙江余姚教学馆,"经临街阁下,忽有荔壳坠肩头。仰视,一雏姬凭阁上,妖姿要妙,不觉注目发狂。姬俯晒而入。"以这个很好的情节展开了全篇的故事。满生假了钱去与细侯见面,赋诗,细侯提出婚姻,对生活有算计、有理想:"闭户相对,君读妾织,暇则诗酒可遣,千户侯何足贵。"这种夫妇同居的生活理想在当时是反世俗的,也是清洁高尚的。但是满生拿不出赎金(只半数,百金),到湖南去找做县令的朋友,至则友已免官,满落魄难返,就邑中受徒,三年莫能归。偶答弟子,又犯了刑事官司。细侯则杜门不交一客。有富贾坚决要娶她,一面以金赂当事吏,使久锢满生;一面对细侯造谣,说满生已瘐死,并"假作满生绝命书寄细侯",细侯朝夕哀哭。但处境与遭遇如此,不得已,遂嫁贾,过着非常富太的生活,并又生了个儿子。后来满生出狱,知道是富贾对自己下了毒手,但不知何故。回到余杭,"闻细侯已嫁,心甚激楚,因以所苦,托市媪卖浆者达细侯。"细侯知道了全部情由,"乘贾他出,杀抱中儿,携所有亡归满。"作者叹曰:"呜呼!寿亭侯之归汉,亦复何殊?顾杀子而行,亦天下之忍人也。"所写细侯的爱情是少有地强烈的,而其爱情所以强烈,乃因植根于生活理想。她不爱富有的没有精神的生活,而执着地要那样的生活理想之上的爱情。作者对此,给予了不平常的赞美。凡此,都见出作者世界观中最先进的一面。

《聊斋志异》中还塑造了许多温柔善良而受着残酷的迫害与压迫的女子。作者把这样类型的女子拿来与黑暗罪恶的环境现实对比着,置于矛盾的两面,在当时是有最广泛、最尖锐的现实意义的。林四娘和公孙九娘,作者以浓厚的诗的笔墨描写了她们内心的哀怨、处境的阴惨和悲伤的身世遭遇,在那诗意的抒情笔调中,含着对矛盾的对方的极大的愤怒和忿懑。其中有无民族意识的流露,是值得研究的。连琐、阿端和梅女、任秋月都是鬼魂,她们有的遭受到贪暴官吏的谋害而致□□,有的被冷酷残忍的社会的迫害而致死,有的在阴间只身孤影,孤凄飘零,心怀幽怨,而仍遭受欺凌与侮辱。但是她们都是非常的美丽与贤惠,非常的善良与纯洁,她们身处极端悲惨的境遇中,还是不屈不挠地挣扎着,努力争取着幸福的生活。绿衣女和阿英是动物的化形,她们都是柔弱的,却是聪慧可爱的。作者描写这样的女性形象,也总是用了全心灌注的同情与爱惜,因此那形象本身出现在我们心目中,就有强烈的诗的感染力打动我们的心坎。

《聊斋志异》中除写狐鬼而外,还描写了许多由各种动物及植物所化的女子。黄英、葛巾、香玉都是花,花姑子是麇,白秋练是鱼,竹青是鸦,阿纤是鼠,素秋是蠹鱼。可注意的是她们都富有人情,那性格究是一个现实的人,并且各有其个性。不但可爱,而且可敬。而同时在其个性中,又仍含有其本性的特点,而且那本性的特点写得非常鲜明、丰富。花姑子满身有异香,并且吃的菜饭,用以医治性命的药草,都是麋。白秋练则必须得到洞庭湖的水来饮,否则致病。阿纤则拥有□□□,而且工作勤快。这种艺术上的出色之处,是民间故事的特点。人民的生活知识和观察体验都是深刻的、丰富的。而作者能够抓住这些,突出这些,必须有足够的生活知识才能有此成就。花姑子的仁爱多情,阿纤的倔强与独立的性格,也与其本性相吻合,而化成人,有了人的性格,就显得□□□□,十分动人。

《聊斋志异》中除了传奇文体而外,还有二种:一是□□特写,一是寓言杂文。前一种是六朝小说和唐宋传奇所无,可以说是作者自己根据古文而创出的一种文体,略如今日的散文特写。这一类中,如《跳神》,写一个场面,绘声绘影,有香有味,极短的篇章,写得读者如身临其境。《金和尚》讽刺暴露得极深,攻击面极广,也是绘声绘影,使人如目睹耳闻。这都是非常杰出的特写。如《偷桃》《口技》,也是描写一个场面,写的是实事。今日看来,也是非常值得□□□□的散文。又如《局诈》《种梨》《劳山道士》《瞳人语》《王者》《姬生》等,都有深刻的批判现实、针砭世俗的意义,读后发人深思,而□□□□。我所说的寓言杂文一类,实际即六朝记事体或志怪体的正宗,但到了《聊斋志异》,保留了文体的形式,而实质精神则已经起了变化。因为六朝志怪,只记下那事实,事实而外,并无意义。但《聊斋志异》中许多的志怪,是有言外之意,亦是或□针砭世俗,如《沂水秀才》《骂鸭》《张贡士》等,或者攻击官府,如《放蝶》《三朝元老》《库将军》《一员官》等,或者说出一个□理,非常警策、精彩,如《狂生》《农妇》《狼》《钱流》等。关于折狱的,有约十篇,都精彩,有深意。这类因为多是□□□□□□□□□□杂文,□□□□□□,抨击弊政,□中要害,亦无比辛辣,□知当时政治

□□已腐朽至何等不可收拾之程度。则志怪体已显然一变而为现实斗争的短武器,与鲁迅的杂文无异。此种文学史上的现象还未被文学史注意到,大可研究。

1957年9月25日

谈《三国演义》

《三国演义》是作家罗贯中在民间传说的基础上,又依据历史资料进行加工创作的一部长篇小说。这部小说,自始至终贯穿着"拥刘反曹"的思想。这种思想倾向,早在三国故事的民间传说阶段就已经形成了。例如北宋文人苏轼在《志林》中记述当时小孩听书的情形说:"至说三国事,闻刘玄德败,颦蹙有出涕者;闻曹操败,即喜唱快。以是知君子小人之泽,百世不斩。"罗贯中在写作《三国演义》的时候,不仅接受了这种思想,而且更进一步把它突出了,这正是这部作品获得成功的根本原因。文人作家加工整理群众的创作,必须得与群众的思想观点相近,否则他就不能真正接受群众创作的思想内容,而往往会以自己的感情代替群众的感情,以致完全以自己的创作代替群众的创作。明代另有一些以民间传说为基础的小说之所以失败了,其原因就在这儿。

《三国演义》所描述的是汉末三国争雄的动乱局面,反映了魏、蜀、吴三个封建统治集团的矛盾斗争,是一部历史题材的小说。尽管作者把历史人物和历史事件加以典型化、传奇化了,但基本上还是历史事实。

《三国演义》的内容不同于《水浒传》。《水浒传》写的是被压迫者同压迫者之间的阶级斗争;而《三国演义》写的却是封建阶级的内部矛盾斗争,但它同样受到了历代人民群众的欢迎。为什么人民群众对统治阶级的内部斗争也感兴趣呢?其主要原因不外乎两方面:一方面,他们通过对这些斗争的了解,可以从中吸取政治斗争和军事斗争的知识和经验,以便自己更好地展开对统治者的斗争。老百姓有句话:"看《水浒》叫人勇敢,看《三国》叫人聪明。"正说明了这个道理。另一方面,"拥刘反曹"的思想反映了旧时代农民的感情,因为封建统治集团之间的斗争与阶级矛盾彼此影响,互相推动。统治阶级内部稍有动静,就会直接影响到人民群众的生活,所以老百姓不仅关心统治集团之间的斗争,而且在历史局限和思想局限之下,他们还不免把自己的思想感情寄托在某一个统治集团身上。"拥刘反曹"的思想,就是人民群众对三国争雄的态度,就是他们的政治见解和理想愿望的表达。

罗贯中创作《三国演义》主要从两个方面突出了"拥刘反曹"的思想:一是从总的布局上;二是从人物形象的塑造上。

在总的布局上,作者把刘备、曹操作为全书主要矛盾的对立面,把他们的斗争写成"王者"同"霸主"的斗争,写成"善"与"恶"、"是"与"非"、"义"与"不义"的斗争;把曹操写成绝对的反面,把刘备写成被歌颂的正面。而把东吴放在刘备反曹的同盟者的地位,使之成为反曹的一个辅助(虽然刘备和东吴之间也是矛盾对立的,但和刘、曹的关系比较起来,却显得非常次要)。"反曹"以刘备为主,以东吴为次,这样就使刘备成为三国争雄的中心,成为封建政权的正统。按照历史的帝王系统来看,三国的正统不是刘备而是曹操,作者改变了历史,其目的和效果都是突出了"拥刘反曹"的思想。所以说,《三国演义》这部小说是不同于历史的艺术创作,是"七分历史,三分虚构"。其实,还不只是七分、三分的问题,而是根本改变了性质。历来常常有历史家把《三国演义》当成历史,直到现在还有些历史家为曹操翻案,这是历史家的偏见,是不正确的。我们说,正因为《三国演义》是文学作品,所以它才可以改变历史事实,才可以把刘备写成"王者",把曹操写成"霸主"。

再说从人物塑造上加强了"拥刘反曹"思想。所谓"反曹",主要是反对曹操一个人,对他手下的人并没表现出什么反感,比如像典韦、张辽等。而"拥刘"却不只是热爱刘备一个人,同时也热爱他手下的人。作者歌颂刘备的手下人,其用意在于通过刘备和他手下人的关系来歌颂刘备,从而突出"拥刘"的思想。

曹操是个历史人物。在历史上,曹操是个压迫人民的封建统治者也是事实;但更主要的方面是他的雄才大略的政治家的风度。他曾把分散的局面统一在一起,对中国历史的发展,起过很好的作用。他又是一个文学家,"三曹"的诗以老曹的最好,是建安文学的代表。可是到了小说中,却专门写他的坏处,把他塑造成了一个"奸雄"的典型,这就不再是历史了。从唐末到宋代,是三国故事的创作年代。人民群众在这个时代,面对着无数的坏蛋执政,经受了各种各样的压榨和剥削,于是他们就把自己在统治者压迫之下的一切感受都集中在曹操这个艺术形象身上,可以说这个形象是广大人民千百年来受封建压迫一切感受的化身。因此,他不是历史人物,而是个艺术典型。老百姓从这个典型中,可以更深刻地认识到统治阶级的丑恶本质。把曹操写成一个有才略的大坏蛋,这对旧时代的人民认识敌人更有帮助,所以这个典型创作得很成功,有现实根据,又有教育意义。

刘备这一形象比起曹操来,显得苍白无力,显得没有血肉,显得概念化。这是因为在封建时代创作这样一个"王者"的形象没有现实根据。老百姓没有这样的生活体验,只是把他们在历史局限和思想局限之下的希望寄托在这一理想的形象中罢了。旧时代的人民群众的理想就是"王者"行"仁政"。斯大林说:历史上的农民起义反对地主而拥护"好皇帝"正说明了这个道理。因为在沉重的压迫之下,他们希望能出现行"仁政"的"好皇帝",所以就把刘备写得那样仁爱。但另一方面,老百姓也看得出刘备毕竟是封建统治集团的领袖,所以也通过刘备的哭哭啼啼、推推让让透露了他的野心和欲望。比如长坂坡赵云救阿斗一事,老百姓就看出了刘备的"收买人心"。因此,鲁迅先生说:"欲显刘备之长厚而似伪。"(《中国小说史略》)可见,"拥刘"的思想也不是绝对的。

刘备这一形象主要有两个特点:首先,他是一个理想的起义领袖,从他身上反映出了人民群众的希望,即起义领袖在建立政权之后不要像刘邦那样忘恩,大杀功臣,背信弃义;其次,他又是一个理想的"王者",有点像周文王那样礼贤下士。所以刘备是一个起义领袖和帝王的统一体(有人说二者不能统一,我们说可以统一,历史上的朱元璋就是一个很好的例子),但这两方面都很少有现实根据。

另外,作者还通过对刘备手下人的描写强调了"拥刘"的思想。作者为了突出刘备是起义的领袖,因此就特别突出了他的"义";而要突出他的"义",就必须写他与关羽、张飞的兄弟关系。为了突出他是"王者",又必须强调他与关羽、张飞是君臣关系。在《三国演义》以前的《三国志平话》中,关羽、诸葛亮的形象都很简单,《三国演义》则特别突出了他们的形象,作者的目的就是想通过对他们的描写来表现"拥刘"。下面我们来分析一下这两个人物。

先说诸葛亮。诸葛亮的性格特点是:

第一,智慧超人。老百姓把许多美好理想都放在了他的身上。在政治斗争、军事斗争以及对自然的斗争中,他发挥了无穷无尽的智慧,他简直是一个智慧的化身。第二,他具有"鞠躬尽瘁,死而后已",克服困难、艰苦奋斗的可贵精神。诸葛亮这些优秀品质与刘备有着非常密切的关系。他的"鞠躬尽瘁"完全是为了报答刘备的"知遇之恩"。没有刘备的恩,诸葛亮就不可能那样忠,也发挥不出那样高度的智慧。因此,写诸葛亮也正是为了表现刘备的礼贤下士、知人善任。但是从诸葛亮身上，也表现了作者对知识分子的偏爱，他过分夸大了知识分子在历史上的作用。诸葛亮当时年纪还很轻，只有二十多岁，整天在隆中抱膝长吟，不看报；又没有"情报网"，天下大事从哪儿得来？很显然，罗贯中仅凭着自己的主观意志把诸葛亮有意地提高了，使他成了小说的主人公。虽然到三十多回诸葛亮才出场，但在三十回以前，作者写刘备因屡遭失败而访贤实际上就是在写诸葛亮。《三国演义》从来也不离开刘备单写东吴，也不大单写吴、魏之间的斗争，这是以刘备为中心；而刘备这方面的中心又是孔明。凡是大的军事斗争、政治斗争，都必须有孔明参加。这么一个二十多岁的青年人，哪儿来的那么多斗争经验呢？有才干也需要经过锻炼嘛！不经过锻炼，一上来就是个成熟的人物，而且好像三国鼎立的局面完全是由孔明一人创造的，这与现实主义精神不相符合，不能不令人怀疑。与《水浒传》里吴用的形象比较起来，就更明显地看出了这一点。因此《三国演义》不能避免鲁迅说的"状诸葛之多智而近妖"（《中国小说史略》）的缺点。的确在诸葛亮身上带有妖道的形象，比如"借东风"，作者把他写成披头散发，一手拿宝剑，一手拿酒杯，弄得乌烟瘴气，形象非常不美，简直让人不想看。现在有些人写剧本把诸葛亮描写成一个拿着锄头和农民打成一片的知识分子，并且写农民很热爱他，给他送茶送水，甚至为他杀猪宰羊……几乎把诸葛亮写得有毛泽东思想。这样把古人写成现代人，当然也不能起好作用。处理历史题材，不能把古人写成现代人。《三国演义》把曹操这个在历史上起过好作用的人物写成了坏人，这是古代的文艺创作，是既成的事实，无法改变了。但我们今天不能再把历史上的好人随便改写成坏人。古代的艺术与现代的艺术不同，我们对古代的艺术的要求与现代的艺术的要求也是不同的。古代艺术不完整，但是不影响其艺术价值。我们不能说，凡是艺术创作就可以把历史上的正面人物写成反面人物,或者把历史上的反面人物写成正面人物。

关羽这个形象问题更多。他是一个武将,作者把对知识分子的偏爱也加到了他的身上,硬把他写成了一个儒将。他的性格特点是:出奇的自高自大,个人英雄主义简直到了发狂的地步,以致使人有敬而远之的感觉。关羽的动力也与他和刘备的关系分不开,因此罗贯中着力刻画关羽其用意也是在强调"拥刘"。关羽身上的"义"在社会上有极大的影响。《三国演义》一开始就写刘、关、张桃园结义(《平话》也是如此),这正是为了强调"义"。陈寿《三国志·关羽传》有这样的记载:"先主(刘备)与二人(关、张)寝则同床,恩若兄弟。而稠人广座,侍立终日。"虽然这里也表现了他们三人的"义",但却有着明显的上下君臣的关系,而不是兄弟关系。《三国演义》把他们之间的关系写成了兄弟关系,这和人民把《西游记》宗教的主题改写成社会的主题有着近似的道理。"义"有着强烈的阶级性,剥削阶级有他们的"义",被剥削阶级也有自己的"义"。剥削阶级的"义"是以个人主义为中心的。《三国演义》刘、关、张的"义"很显然就是以刘备的利益为中心的这种"义"。例如"古城会"关羽千里走单骑,过五关斩六将,就是为了这种"义";张飞不认关羽,对关羽劈面便刺,好像是大公无私,但细想想,他也是以刘备的个人利益为出发点。他责备关羽投降曹操的不义,实际上就是谴责关羽对刘备不忠,因此,这绝不是广大人民的"义"。罗贯中通过关羽的形象把这种"义"作了极大的渲染。比如:除了"千里走单骑"之外,"华容道义释曹操",作者把关羽的背叛也当成了崇高的"义"来歌颂,这样的"义"太受封建统治者所欢迎了,因为他们可以利用这小恩小惠来买人心,分化和瓦解人民的反抗力量。所以统治者要大修关羽庙,给他加封号,说他"义薄云天",把一些"神道说教"加在他身上。特别是在明清时代阶级斗争十分尖锐的形势下，统治者推崇关羽，其作用更坏。因此，《三国演义》所鼓吹的"义"与《水浒传》所歌颂的"义"是本质不同的。《水浒传》所歌颂的"义"是有政治纲领的人民群众大公无私的义。过去有人争论《水浒传》的作者有没有罗贯中的问题，我看就从这两部书所表彰的"义"来讲，也可以断定：假如《水浒传》的作者有罗贯中，那么《三国演义》的作者就不会是罗贯中了。

当然，从另一方面看，被压迫者向压迫者进行斗争的时候，以"义"为号召，通过它组织力量，作为奋斗的动力，这其中会有民主平等的精神，具有反对封建等级制度的意义；同时，在反对出卖大伙利益而追求个人富贵，"义"也有一定的作用。但像《三国演义》中关、张死后刘备为报私仇不顾联吴抗魏的基本国策而发狂地去打东吴，以致造成失败的局面，却有莫大的局限性。罗贯中对"义"的解释即让一切一切都服从"义"是消极的。刘备的失败，主要原因就是放弃了联吴抗曹的基本国策，是个思想策略问题，而罗贯中却用宿命论的观点来解释，认为这是命运注定，以至诸葛亮一出山就带有悲剧气氛。这也是《三国演义》的消极思想。《三国演义》中还存在着英雄造时势的历史唯心主义色彩，这主要表现在作者对知识分子的过分偏爱上。

此外，《三国演义》在"拥刘反曹"的思想之下，表现了"正统"思想。刘备之所以好，是因为他是"中山靖王之后"，是刘家的宗室；曹操之所以坏，是因为他是篡位者，是汉贼。封建正统思想作为历史观来说，是反动的。但《三国演义》不是历史著作而是对现实进行艺术描绘的文学作品；作者的正统思想不是表现在对历史问题的评价上，而是表现在对一个充满了阶级矛盾的黑暗社会的具体描写中。那么，这种正统思想实际上是一种要求开明政治的民主思想的反映，是爱国思想的流露，因此，它有一个不可忽视的合理内核。我们在文学史上不能一见到正统思想就批判，因为有些正统思想有着一定的进步意义。比如明清时代的正统思想的实在内容就是民主思想。这种思想在当时起了反对假道学的作用。我们对《三国演义》的正统思想也不能不加分析地全面否定。

关于《三国演义》的艺术价值,我想主要谈以下几点:

首先是文笔高明。必须说明,我们现在所看到的《三国演义》是经过清代毛宗岗加工过的。原来罗贯中写的《三国演义》比较粗糙,毛宗岗的加工提高了它的艺术性。《三国演义》把这么复杂的场面,众多的人物,尖锐的斗争,组织得这样好,写得头头是道,丝毫不乱,引人入胜;既写刘、曹之间的斗争,又写刘、吴之间的斗争,它的文笔实在是超过了《水浒传》。

其次是写战争写得好。抓住了战争中的人物性格,把战争写得波澜起伏,曲折复杂,变化多端,对不同的战争,采取了不同的手法来描写。写了无数次战争,没有一次是相同的。而且写战争时不是一味的光写战争,还往往穿插一些别的东西。比如"赤壁之战",在写这场战争的同时,一会儿插入写写隐士,一会儿又插入写写政治斗争,这样就使所写的战争更富有生活气息。写战争不写一刀一枪的"斗武",而是着重写"斗智",写各种各样的计谋("赤壁之战"就着重写了孔明的智)。否则光写斗武,就会把对立面简单化。比如我们要写陈镜开举重,只有着重写他举的东西如何重,才能突出他的力气大。所以"赤壁之战"要写孔明的智,就必须得着重写曹操的力量和智,写出双方是棋逢对手,才更易于表现一方的智。作者写"赤壁之战"没有把曹操简单化,才使诸葛亮的智表现得充分。当然作者也没有忘记随时随地地暴露曹操的弱点,为诸葛亮的胜利创造条件。比如曹军远来的疲劳、供给的不足、北兵不习水战、荆州兵是乌合之众以及曹操本人的自高自大等,这就使得情节的发展更为合理。

第三是人物出场写得好。《三国演义》的主人公是诸葛亮,作者在写他出场之前,首先写了刘备军事的不利,因而遂起访贤之心,接着就是三顾茅庐。这些虽然不是直接写诸葛亮,实际上也是在极力表现诸葛亮。尤其是三顾茅庐,头两顾先对孔明大加了渲染,最后再让他出场,这样就产生了极好的艺术效果。写文学作品,主人公出场的好坏关系着全面:出不好就等于主人公瘫痪了,以后走起路来就没有力量;出得好能为后面的情节发展打下极为坚实的基础。《三国演义》写诸葛亮出场写得十分充分,因此诸葛亮一上场就让人感到坚实,所以后面写他对刘备的"鞠躬尽瘁"的忠就有了根据和基础。

1963 年 9 月

(本文是 1963 年 9 月在郑州大学中文系讲学时的记录稿,由郑州大学中文系古代文学教研室记录整理。收入本书时略有修改。)

谈《水浒》

一

《水浒传》是我国古代,也是世界文学罕有的一部描写农民革命斗争的长篇小说,它的产生,跟我国文学史上许多家喻户晓、为人民喜爱的名著一样,是有进步思想的文人作者采取民间流传的群众创作,加工再创作而成的。

北宋末,本有"宋江三十六人"起义的史事。到了南宋,在民族矛盾和阶级斗争持续剧烈发展的历史背景下,这些起义英雄为人民群众倾心爱慕,广泛流传,以至纷纷起而效尤。

我们知道,北宋腐朽政权面对严重"内忧外患",一贯对外屈降,对内镇压。镇压了内部,才可以偷生苟安混下去。但这个政权"民穷、财匮、兵弱、士大夫无耻",他们哪有力量"安内"?《宋史·侯蒙传》说宋江在京东起事,侯蒙给宋徽宗上书,建议"不若赦江,使讨方腊以自赎"。徽宗对侯蒙的建议大加称赏,就要他照他的献策去办。可是侯蒙受命,在路上就死了,他的建议远没有成为事实。不久,北宋亡国了。南宋统治者是更加无耻的投降主义者,而当时南北广大人民群众对金统治者侵扰是坚决抗战的。他们一批批建立山寨水寨,对金反侵略、反扩张,对宋反投降、反压迫;与南宋统治者相对立,形成大是大非黑白分明的阵线。苟延残喘的南宋统治者处此局势,当年侯蒙的献策自然而然成为他们"安内"最好的政策，想方设法加以提倡和号召。

这其中，插手传闻传说，就是一个方面："正史""野史"及各种私家笔记，所记关于宋江三十六人受招安、征方腊的事，就由原来远未实现的主观愿望，俨然变成"真人真事"了。

利用当时受群众欢迎的所谓"瓦舍技艺"的"说话"，进行反动政策的宣传，是另一个重要的方面。有史书记载，说宋高宗赵构在宫里喜欢听"说话"，有个内侍会说"小说"，搜集了据说在金兵渡江时受骗上当接受了招安的义军邵青的事，编成"小说"。赵构最爱听这种故事，极力赞美邵青手下有些将领的所谓忠义之气。"瓦舍"艺人到宫里表演也是常事，"说话"人很多有"待诏""御前供奉"之类名衔。由此可知最高统治者亲自插手利用"说话"技艺来宣传他们罪恶政策的情况。

利用流行的画像题赞的方式来进行宣传提倡，是又一个方面。据宋末画像龚开《宋江三十六人赞》所说的看来，为宋江三十六人作画赞，在当时统治阶层长时期来已经蔚成风气，他的先辈"高如李嵩辈"多次传写过。这李嵩，是出身贵族的南宋三朝画苑的著名画家。封建统治者的御用画苑，百般给他们所称为的"虎狼""巨盗"塑造美术形象，意欲何为？用心难道还不明显！再看龚开的自述和赞语，他持封建统治者的观点，痛骂误国的奸臣贼子，比照之下，对巨盗宋江之流深表敬慕和赞赏；每人四句赞语，说他们"酒色粗人""志在金宝""酒色财气，更要杀人"，极尽歧视和污蔑，可对宋江却说："不假称王，而呼保义，岂若狂卓，专犯忌讳！"这四句就说到点子上：这是指所捏造的受招安、征方腊说的。

"若要官，杀人放火受招安。"这是南宋时流行的一句民谚。鲁迅说，"这是当时的百姓提取了朝政的精华的结语"。当时统治者正是这样施展其阴谋以瓦解起义军的反抗的。受招安、征方腊、效忠于赵官家的宋江，就是他们精心树立的一个黑样板。这是事实,把它揭露出来,对我们研究《水浒》以至史事是有必要的。

我们知道三十六人,除宋江外,本无姓名,更不必说别号和性格了。龚开的赞里,每人都有了别号和姓名,而且隐约有了性格和故事。与此同时的《大宋宣和遗事》关于水浒故事部分,有花石纲、杨志卖刀、取生辰纲、晁盖落草、宋江杀惜上山以及受招安、征方腊、封节度使等段子,所记草率粗略。但人物故事发展起来了。这两种资料都产生在宋元时期,看来,这些都是从南宋百多年来所谓"街谈巷议",其中主要是"瓦舍技艺"的"说话"等慢慢积累起来,而后被采取过来,填进,或拼凑到上述以宋江这个黑样板为主的最初的胚胎上来的。

宋元时代除"说话"外,还有"杂剧"不断由此取材。由于当时人民的爱国热情和反抗黑暗统治的要求,这种说英雄故事、演英雄戏的风气形成高潮。他们热烈向往那样一些传说中的英雄,水浒原来的人物故事就日益发展丰富起来。例如由三十六人,发展为七十二人,又发展为一百零八人等。但也都是单个的片段故事。

统治阶级的思想就是统治思想。当时随着商品经济和城市规模的发展而兴起的所谓市人或市民(亦即城市居民)以及被迫脱离土地和农村的劳动者、流浪者,实包括广泛的阶级阶层。他们的思想意识是很复杂的。他们的主体当然是处于被压迫、被剥削的地位,跟封建统治者必然存在着对立的一面,但同时,就是这些下层人民对封建统治又存在依赖性的一面。要这些人民群众不受封建统治思想的影响,应该说是不可能的。可是他们绝大多数毕竟还是下层被压迫者。因此,人民口头创作的人物故事,其思想内容和官方的要求往往不但不相符合,相反,绝大部分和官方的观点形成尖锐的对立。比如龚开画赞中的人物多是流氓盗贼的面目,但民间创作的则多是抑强扶弱、劫富济贫的英雄好汉。就拿宋江说,例如有人记一个篙师口述的宋江,说他"为人勇悍狂侠"。这个口述，看来也是一种传说，但这样风貌，跟他"横行齐魏"的行径就很相合。拿来跟统治者塑造的黑样板形象比一比，就成为鲜明的对照了。

如上所述，今存宋元时代的《大宋宣和遗事》，其中关于水浒的故事，才开始把几个零散故事编排在一起。梁山泊故事已成雏形，但远远谈不上有机的艺术整体。元末有个施耐庵，就在上述长期积累的群众创作基础上，用他自己的思想观点、斗争经验和文化涵养，写成这一部在封建时代可称"奇迹"的《水浒传》。

关于施耐庵的生平，我们所知极少。但从作品的内容看，我认为作者若没有相当的斗争实践，一个古代文人，尽管在元代统治下处于受压迫歧视的地位，而能具有作品里所表现的基本观点和爱憎感情，能够把那些英雄好汉写得有血有肉，激动人心，都是难于设想的。

二

施耐庵的加工再创作，不只是把单个的英雄故事连贯起来，使短篇发展成为长篇；更可重视的是他提高、加强了人物故事的思想内容和艺术力量。这可以从以下三方面略加说明：

一、着重揭露了封建统治的罪恶和社会的黑暗。为了突出"乱由上作""官逼民反"，书中首先描写了"道君皇帝"所宠用的以高俅为代表的六贼。这是最高统治集团，贯穿全书。"六贼"之下，有许多无恶不作的地方官，如大名府梁中书、冀州殷天锡、江州蔡九知府等；以下还有一处处基层的贪官污吏、土豪恶霸，如张都监、蒋门神、西门庆等；另外各级官府都有无数的爪牙，如陆谦、富安、董超、薛霸等。这样，从中央到地方以至基层，构成一个压在良民百姓头上使之求生无路的极端凶残黑暗的统治势力。在《水浒传》之前,包括宋元"话本"和"杂剧",往往把封建时代的社会、政治问题,理解为个别人的好坏问题。写坏人,只写他个人坏,好像是偶然的事例,因而强调命运注定。施耐庵站得高一些,把这样一些个人和个人行为,当作整个的社会、政治问题来处理(虽然后来也写了一些好官),因此揭露得很深刻。例如高俅的义子高衙内调戏林冲的妻子,若将此看作个人恶行,意义不大。作者却把此事同统治集团的代表人物联系起来。高太尉使用权力,帮同儿子干坏事,不惜下毒手百般陷害林冲。在发展中再联上许多人物和社会面,形成了广阔的如火如荼的社会阶级斗争。这就赋予它以强烈的政治社会意义。作品写了一系列这样的人与事,旨在揭露封建统治者及其社会的罪恶的实质,无不贯注着作者的义愤,其深广程度是以往的作品从来没有达到过的。

二、更为可贵的是作品塑造了许多起义英雄的正面形象。作者以高度热情、清醒头脑,把那些在旧时代被称为"寇盗"、被当作洪水猛兽的革命反抗者放在主要地位,歌颂他们的品德和反抗精神,描写他们通过不同道路在火炽的残酷的斗争中发展成长,以及造反上梁山的过程,把他们写得非常可敬可爱、真切动人。其中,鲁智深和李逵是突出的。尽管像李逵也还有一些不良作风。鲁智深性格的特点是路见不平就挺身而出,他不能容忍任何欺压人的事。他不存私心,"杀人须见血,救人要救彻",干完了就丢开忘掉。作者写他这些性格的特点,同时也写明了形成他性格的社会根源。就是说,这和他的出身、经历和现实处境不可分:他是个一无所有、身居卑贱的江湖好汉。李逵的性格和鲁智深有些相近,但具体表现迥不相同。他听到谣言说他素所爱戴的宋江强娶民女,他就抡起板斧要杀宋江;等到确知枉屈了人,又立刻负荆请罪。他的单纯与勇于反抗,以及疾恶如仇,都显现出一个贫苦农民子弟的优美品性。武松是属于另一种性格,他最初受城市小私有者的思想影响,个人意识强,私人恩仇观念重。武松出场时,作者一面尽情赞扬他英雄了得,说是"说开星月无光彩,道破江山水倒流";一面却用连续的情节场面,毫不声张地描写他性格中的缺陷和丑行。例如为哥哥武大雪冤报仇,事前告状,事后自首(李逵、鲁智深绝不肯这么干)。充军到孟州后,又被土豪施恩利用,大打另一地霸蒋门神。直到横遭他看作靠山和恩主的张都监的陷害,这才幻想破灭,大闹飞云浦,血溅鸳鸯楼,转变思想,上了梁山。林冲和杨志属于较上层的人物,一个是"禁军教头",一个是"三代将门"之后。他们转变立场,走上革命道路,更是艰难曲折,作者又各有不同的处理。作者对这些英雄人物怀着热爱,同时又以严峻的态度,对他们作了分析。在大大肯定他们的前提之下,写他们的缺点或弱点,着力描写他们如何在火炽的阶级斗争中克服了存在的缺点和弱点,提高了思想认识,从而成为英勇坚强的革命者。作者塑造的许多主要英雄,一面显得很高大,不平凡,了不起,一面又像我们的老朋友一样,令人感到熟悉和亲切。他们都是古代现实生活中的具体的人,同时其内心精神又显然有了适度的提高。在这方面,作者在深厚的民间创作基础上所取得的作品内容和艺术方法上的成就,在当时是具有划时代意义的创新。它的要点在于他能以当时被压迫人民的观点与要求来评价人物,并且还能以朴素唯物论和辩证法观察现实,分析问题。就前一点说,封建时代作品能以被压迫人民的观点来处理、评价人物,不止在《水浒传》以前是罕见的,即在《水浒传》以后也是少有的。所谓把颠倒的历史颠倒了过来,就是因为作者掌握了这种令人惊奇的高明观点。上面说,《水浒传》的产生是个"奇迹",主要也指这点说的。再就后一点说,在古代小说发展史上,《水浒传》使我国中世纪源于民间的英雄传奇式的作品,在现实主义艺术方法上异军突起,造诣很深,成就惊人!什么叫作现实主义创作方法?我的一孔之见,就是作者在观察现实、塑造人物时,能够符合唯物论辩证法。生活里,本有朴素唯物辩证法,作者在生活实践中,如能逐步掌握,他的观察现实就能符合客观实际,塑造人物就能栩栩如生,真实动人。除此之外,当然还需要相当的文化知识,从前人的经验中获得借鉴与启发。明清时代的评论者总从文笔方面赞赏《水浒传》,说他从《左传》《史记》学到了高明的笔法。这种评论是形式主义的。但说《水浒传》借鉴了古代史传文学的经验,在艺术概括方面,接受了古代史传文学的传统,看来确是事实。我国古代史传文学跟我国的小说属于不同的体系,不能混为一谈。但它们是以写人物为主,跟此后以记事为主的史书不同。它们在写人物方面的成就给予后世小说作品以巨大影响,应该说就是从《水浒传》开始的。明清出现的文人作者创作的许多现实主义名著,在人物处理和艺术概括方面,接受了这一传统,也是不能抹杀的。毛主席在《矛盾论》里指出:"《水浒传》上有很多唯物辩证法的事例",并说"三打祝家庄,算是最好的一个"。毛主席的教导,我们读《水浒传》应该加深学习。

三、《水浒传》不止写了一个个英雄的发展成长,每个英雄都是梁山泊队伍的一员。他们的成长、转变的过程,也就是革命队伍的形成与发展的过程。作品着眼要写的就是这个革命队伍的发展壮大以至最后惨遭败灭的全部过程。这是《水浒传》全书的主要之所在。梁山成员有许多是从统治阵营分化出来的。他们被逼上梁山,成为义军的骨干。还有不少的人是被生拉硬扯过来的。这有两种:一种是社会地位高,名望大,拉过来可以扩大义军的政治影响;一种是有高强的武艺和特殊技能,可以壮大义军的战斗实力。此外凡有一技之长者,都被视为义军所必需。作者让所有这些人都团结在宋江的周围,统一在一个纲领之下,发挥各自的才能。梁山义军的纲领,是所谓"替天行道",劫富济贫,其理想是一种空想的平等社会。作品的重要部分是描写反抗黑暗封建统治的革命斗争。作者对义军队伍的描写,比起他作为再创作基础的前人的创作来,无论在政治素质或精神面貌各方面,都做了明显的很大的提高。例如元人杂剧中的鲁智深、燕青等人多为一些奸情事件大卖气力,李逵总是满口"桃花流水""黄莺杜鹃",看一看元杂剧《诗酒丽春院》的名目,就知道李逵是个什么样的人物。元杂剧的英雄人物,多写得非常萎缩狼狈,往往忍冻挨饿,躲躲藏藏,跳墙头搞偷窃,都是常事。这其中也包括鲁智深。《水浒传》上的英雄就明显地高大起来了。再举一例:石秀和时迁两人投奔梁山;英雄来投,向例会受热烈欢迎隆重接待的。可是晁盖听说时迁在祝家庄偷了人家的鸡,勃然大怒,说他们败坏了梁山的荣誉,要杀时迁祭旗。

作者尽可能把理想与愿望赋予了这支队伍,同时对队伍里众多人物,又区分了内外亲疏,予以不同的对待。对那些骨干人物,着重写他们思想政治品德,给人印象很深;对另外许多拉过来的人物,只突出他们擅长的武艺和技能,给人印象浅。这些拉过来的人多是上层分子,看来作者不止认定必须分化敌方以壮大义军,同时也深思熟虑到义军团结问题和走什么道路的问题。因此,作者一贯十分强调宋江的核心团结作用和方向领导作用。可是,问题恰就出在宋江这个领袖身上。宋江问题和他领导的义军受招安问题,是作品不容忽视的两个大问题,也是必须从中对作者的思想政治观点作具体研讨的问题。

三

宋江是作品的主要中心人物。作者有心要写这样一个人物作义军领袖,放在显著地位,着力描写了他。宋江出身地主家庭,身居县吏的职位(书中特意叙明宋代县吏受压迫与损害的情况)。

他的性格具有革命性和妥协、动摇性的两面。对宋江这种两面性，作品里描写得很清楚。他冒着性命干系给晁盖报信，为维护和梁山关系而杀阎婆惜，这算是他革命性的表现。他有极其广阔的社会关系，上至官僚地主，下至江湖好汉和劳动人民，识与不识，多同他有深厚的情谊；绝大多数英雄好汉直接或间接是因为他的关系而参加义军。他们也深受他的感召，一心拥护他，紧密团结在他周围。他没有个人权位欲望，谦虚谨慎，能平等待人等。凡此描写，都表明作者把可能有的最好的理想与愿望赋予了他，极力抬他作义军领袖，并且认作最好的领袖。另一方面是他的动摇、妥协性。在《宣和遗事》和元人杂剧里，宋江杀惜之后即上梁山。作者把这点作了改动：宋江杀惜之后不肯上山，而是逃到了官僚花荣、大地主柴进和孔太公庄上。这些描写是符合宋江性格的。可是大闹清风寨之后，大批人马跟着他上梁山，中途接到宋太公病危的假信，就丢下大家，坚决回家去。回家之后，竟又报官自首，甘愿流配江州；发配途中，故意绕过梁山，唯恐被劫上山去。这已经够使人起反感了，作者却不以为意，认为宋江这些作为有道理。到江州以后，不知哪里来的满腹牢骚，忽在江楼题反诗，而后在官府迫害下被梁山弟兄劫上山去。以上所说在杀惜之后，安排宋江一北一南转了两个大圈子，把大批英雄好汉串连上了梁山，作者用心，一方面是为把一人一事组织为长篇的即结构上的考虑，同时也借以显示宋江作为义军领袖的威望和作用。可是这里面就存在一个严重问题：作者写宋江上山，并无思想转变，完全出于被动；这个作为"众望所归"的领袖人物的思想立场问题远远没有解决。我们知道，上述作者所赋予宋江的种种美德，就一个领袖人物说，当然十分重要，因为义军的团结统一确乎是重大问题，从而也表明作者政治思想——尤其在封建时代确有崭新的高见。但说到底，这毕竟都属思想作风；而一个革命者——尤其领袖人物的思想立场问题，才是根本问题。作者一味偏重前者,显然本末倒置。作为艺术形象,宋江的性格本来显得现实血肉太少,概念化的成分太多;再加上这个根本缺陷,就愈益使人觉得此人只是作者的一个观念的傀儡。凡此,都反映了作者思想观点的严重局限;连到上述第二点所论,显示了作者世界观的尖锐矛盾。

  这就关联到义军受招安的问题。作者有心安排这样一个立场不对头的人物作义军领袖,应该说,其主导思想就是认为受朝廷招安是义军唯一正确的道路;宋江念念不忘招安的思想,实即作者自己的思想。写义军走这样一条投降道路,作者在严重的思想局限下,内心确实存在着不能解决的矛盾。例如,作品里特意安排了几个坚定的骨干人物:李逵、鲁智深、武松,还有林冲,出面反对,对宋江的决策表示强烈的反感,连桌子也踢翻了。更有重要意义的是,走这条投降道路,导致了义军事业的彻底失败,落了个极其悲惨的结局。征方腊以及跟着而来的惨局据说都是《水浒传》最早本子里原有的,出于原作者的手笔。那么,作者是否通过这些安排与描写对宋江所抉择的道路加以批判和否定呢?仔细看,却又不能这么说。实际是,宋江走的这条死路,正是作者费尽心思筹划决定的。在《水浒传》以前,关于宋江义军的结局,正史、野史和民间传说有几种不同的记载:一种是义军被官军消灭了;二是说官军追困义军到海滨,而后击溃了;三是义军受招安,征方腊后,宋江作了节度使。作者对三种结局全都抛弃不用。他热爱梁山义军,还是写义军受招安,但作了迥不相同的处理:排了座次,宋江决策后,首先写大闹东京,如入无人之境,以显示他们若要夺取赵家政权,实易如反掌;接着又大写三败高俅,二败童贯,大长义军威风,如此通过走各种门路和严重艰巨的斗争,然后"光荣体面"地接受招安。由此可见,作品里所写受招安及其惨痛的悲剧结局,正是作者自以为给义军找到的"最好的理想道路"。

作者显然热爱义军,却安排这样一个宋江作领袖,从而又给义军寻求这样一条投降的死路。究竟为什么？真叫人难解。

四

到这里,只有就作品内容再具体谈一谈作者的世界观问题。

先从"忠"的思想说。作品标榜与宣传"忠"：梁山"聚义厅",宋江当上领袖,就改为"忠义堂"；后来的《水浒传》加上了"忠义"的头衔,也不是没有依据的。宋江口口声声说"今皇上至圣至明,只被奸臣闭塞,暂时昏昧"；阮氏兄弟大唱"忠心报答赵官家",甚至鲁智深也说奸臣"蒙蔽圣聪"。作品里大写特写义军百般"争取"朝廷招安,明显的是出于这个"忠"的思想。一到征方腊,读者不禁为之疾首痛心,作品却写得振振有词,意思是,方腊起义,自立朝廷,违犯了"忠"的大伦。这以后,一面写义军的惨局,颇有揭出血的教训,垂戒后世之意,但一面仍然在对宋江的描写里流露肯定与赞美,意思是宋江效忠赵家政权,始终尽其在我,因而视死如归。作品的主要部分明明写的被压迫人民反抗封建统治的极其激烈残酷的阶级斗争,但到七十回正式提出"招安"的决策后,原来对抗的两方忽然"合二而一",反对的只是统治势力中几个"蒙蔽圣聪"的奸佞；人民与封建统治的斗争,一变而为封建统治内部的"忠"与"奸"之争。于是统治政权里出现了几个"忠"臣,与义军协力同心,完成了招安之策,实现了作者的理想与愿望。这个"忠"的观念,使作者在不无内心矛盾的情况下甘愿牺牲艰难缔造的义军事业,以争取与达成"招安",走上死路。历史唯物主义教导我们,评论任何事物,必须联系当时的历史环境。我们知道水浒故事从口头流传、逐步发展以至由文人加工再创作而成书的整个年代,民族矛盾是居第一位的。北、南宋之交以至整个南宋,坚决抗击侵略、反对投降主义,是上下各阶级阶层普遍的共同的强烈要求。我想这里不须多说。到南宋亡,在元代统治下,所谓"赵官家",就逐步成为"汉家"的象征性称号。所谓"汉""唐",有时也用作这种意义的称号。书中多处提到"保国安民"之类口号,宋江勉励武松要到边庭上一刀一枪,博个封妻荫子、青史留名。鲁智深一出场就是要投奔卫国名将老种经略相公种师道。明代的思想家李卓吾,爱读《水浒传》,他写的一篇著名的《忠义水浒传叙》里把这意思说得很明白,有几句是"施罗二公,身在元,心在宋,虽生元日,实愤宋事"。愤什么宋事?就是愤两宋统治者不肯联合人民的力量坚决反抗侵略,而死心塌地坚持可耻的投降主义,以至惨遭亡国之痛。由此看来,书中着力写的大闹东京以及败高俅、败童贯的斗争,都出于争取与"赵官家"统治政权团结合作,共同抗击侵略的意图。这在我们今日的读者应该容易理解的。提出的所谓"忠",与宋统治者提倡的"忠",作者所采取的宋统治者捏造的宋江受招安、征方腊的黑样板,其实际意义与实质内容是有不同的。作者写义军的惨局同时,又称赞宋江被毒害而视死如归,也都有他的道理。但把话说回来,即在此历史背景下,宋江领导的、作者所宣扬的,这是一条不折不扣的投降主义路线。这是不容置疑的。可是在七百年前一个封建时代文人,要求他还能想出更高明一点的主意,拿我们今日新时代标准,要求于他,那就未免不实事求是。因此,我们不能说他存心宣扬宋江的投降主义路线,而只能说是出于古代作者思想的历史局限。若说"观今宜鉴古",拿水浒义军所走的路线及其惨局,作我们今日和今后的鉴戒,那我想施耐庵是会鼓掌欢呼,心悦诚服的。

其次谈到"义"。作品具体描写的义,在很大程度上有新的内容。它的意思,与谋求个人富贵的私"利"相对立,指一种被压迫者大伙儿的利益。在很多时候,"义"的概念与保国卫民、反抗侵略与压迫意思相通。"义"与"不义",意即是否同情与支持被压迫被剥削者、是否参加与坚持革命反抗。鲁智深打抱不平,行的是"义",李逵误信人言而要杀他素所拥护的宋江,讲的也是"义"。这比《三国演义》刘、关、张所讲的"义",确有大小高下的性质与内容的不同。这里重要的是要看把这个"义"放在什么地位。在具体描写里,这个"义",归根到底,不但放在"忠"之下,要服从于"忠";而且也服从于"孝"。"孝义黑三郎"宋江的所作所为,一到"义"与"孝"发生矛盾,作者笔下就理所当然地重"孝"而轻"义"。前面说到宋江性格的两面性,那实质内容主要就是"义"与"孝"的两面。在那些关于宋江的描写里,作者的褒贬,态度好像不明确,从作者的指导思想看,作品所写宋江许多妥协、动摇性,都不外为了尽"孝"道。在作者看来,那不止天经地义,无可非议,而且是特意提出来加以表扬,认为是他心目中的义军领袖不可缺少的美德。

作品里写了几个女性英雄。但作者的妇女观在当时也还是很落后的。作品中还有许多神道观念、宿命论迷信思想等。

由此可见,作者的世界观没有摆脱封建伦理体系。前面提到作者世界观的严重局限,从而指出他内心思想的尖锐矛盾,就是指此而言。实则不足为奇。在那个时代,一个作者思想里不存在矛盾以至尖锐的矛盾,是不可能的。鲁迅说,一个人无法揪着自己的头发离开地面。对于一个古代有成就的作者存在这样那样一些思想问题,当然应该指出来,但要理解,那是难于避免的。

1978年

(原载《文艺报》1978年第2期)

关于《西游记》

一

《西游记》是中国古典文学宝库里一部伟大的神话小说。它把可惊可喜的瑰丽幻想和深刻丰富的现实内容融合为一体,构成它特殊的艺术魅力。

《西游记》的群众影响之大,在中国古典长篇小说里,只有《三国演义》和《水浒传》可以和它匹敌。《西游记》最后成书虽较两书要迟一百多年,但这三部巨著有相同的产生过程:那就是,它们都或多或少以一些史事作为依据,经过多少年代人民群众的传说流播和民间艺人们的口头创作,而后由杰出的文人作家再行加工创作而成。它们是古典文学里专业作者和群众作者相结合、从群众中来到群众中去的光辉的典范作品。

《西游记》的史实根据是:唐代贞观二年(628),27岁的玄奘和尚历尽艰难险阻,周游西域五十余国,至摩揭陀国(印度),入那烂陀寺,钻研梵籍,历时十七年,取得梵本经六百五十七部,献给朝廷。这个青年和尚的壮游经历,在当时及后世引起人们的惊叹和兴趣,又加佛教徒的宣扬,就在人民群众中发展成为寄托他们自己的幻想和愿望的传说故事。唐宋以来,民间的"说话"艺人们采取它作为题材,再加渲染生发,故事进一步神奇化。现存一册有些残缺的《大唐三藏取经诗话》,是宋代刊印的"话本",写唐僧取经,经过了许多神奇地方；同时又添上一个能文能武、神通广大的"猴行者"，帮助唐僧克服途中重重祸难；另外，还有个"深沙神"，也对唐僧作了神奇的帮助。这个"话本"只一万多字，它使我们看到了今日《西游记》主要部分的原始规模。其中"猴行者"在《西游记》中发展成为主人公"孙悟空"，"深沙神"成为取经四众之一的"沙僧"；而且，《西游记》中有几个重要的故事，这个"话本"里也开始出现了，比如"火类坳"和"女儿国"等。"火类坳"即我们上面选择的"火焰山"故事的原始面目。

在元代（1271—1368），有不少取材于取经故事的戏曲。著名的是吴昌龄的《西游记杂剧》。这时的故事内容和人物性格已较宋代《取经诗话》有了很大的发展。除了"孙行者"和"沙僧"而外，又增添了"猪八戒""红孩儿"和"铁扇公主"等人物故事。与此同时，也已有人采取这些故事写成小说。明初（1403）编纂的大百科全书《永乐大典》里存有一则"魏徵梦斩泾河龙"的故事，标题是《西游记》。这段故事有一千多字，和今存《西游记》的第十回的详情细节已很接近。我们估计，这个《西游记平话》的内容和《西游记杂剧》是大致相同的。

但把《西游记》故事加工创作而成为一部真正的伟大艺术作品的，是明代的杰出作家吴承恩（1500—1582）。吴是长江北岸淮安府一个从士大夫没落下来的小商人家庭的儿子。他自幼家贫，喜欢读书，聪明，有才学，性情活泼，擅长滑稽讽刺，在本地很有名。但在科举上很不得意，曾长时期流寓南京，赖卖文和朋友的接济度日。到六十岁时，一度任长兴县丞，又因耻于奉承逢迎，和上级官员处得不好，不久即弃职而去。回到故乡，八十多岁才死。《西游记》是他晚年家居时的作品。吴承恩因为出身和经历，对当时极端腐朽黑暗的政治与社会现实，怀着愤懑。他一生受压抑的生活境遇，使他能够接近当时迫切要求社会变革的广大人民群众的思想感情。可是在昏暴的封建统治下,他难于表达自己的内心。他酷爱民间的神话传说,非常熟悉这些丰富多彩的故事,并借用它们来抒发自己的情愫和理想,对现实社会进行讽刺和抨击。

吴承恩对《西游记》故事的再创作主要有这样几点:一是在总的主题思想方面,就民间流传的取经故事加以改造和提高,使一个还存有浓厚宗教色彩的民间故事,成为更加明显的具有丰富深刻的现实社会意义的神话小说。在这一点上,原来被颂扬的主人公唐僧相对地受到批判和嘲讽,退居较次要的地位,而反抗统治、扫荡妖魔的孙悟空,则以体现当时人民的理想的英雄,成为书中真正的主人。其次,作者在赋予众多人物——包括神佛和妖魔——以鲜明生动的艺术形象的同时,又概括了一定的社会的历史的特征内容。在情节穿插、场面描写上随处展开针对现实社会的揭露、批判和嘲笑,并且杂以诙谐和滑稽,引人深思,富有风趣。三是就原来故事的骨架,巧妙地集结和组织了许许多多人所熟知的其他民间神话传说的人物和故事进去,环绕着中心,自成完整的体系。其中有佛教的故事,有道教的故事,也有普通民间故事。

书中常常插入一些玄虚的议论,这是当时上层社会流行的所谓儒、佛、道"三教合一"的混乱思想。作者写这些,是出于游戏态度的。

二

《西游记》共一百回。头七回写孙猴子的诞生,求仙得道,学会七十二变化和腾空驾云种种神通广大的法术本领。为求自由,真正掌握自己的命运,他大闹龙宫、大闹地府、大闹天宫,展开了对象征封建统治势力的所谓"三界"的革命斗争,玉帝不得已,封他为齐天大圣。在取得一系列的光辉胜利以后,他终于这样失败了:

关于《西游记》

和如来佛比法,他一个筋斗翻出十万八千里,翻到天的尽头处,回来之后却发觉自己并没有翻出如来佛的手掌心。因此他被压到佛的手变成的"五行山"下,不能动弹。从第八回起,有五回写唐僧赴西天取经的缘由和准备。从第十三回起的八十多回占着全书最主要篇幅的,就是那赴西天途中所经历的所谓"八十一难"的故事。这里面,唐僧路过"五行山",救出压在山下的孙猴子,收作门徒,取名"孙悟空",帮助他扫荡妖魔,克服途中祸难。随后又在孙悟空的战斗下收了一个猪精和一个水怪作门徒,就是"猪八戒"和"沙和尚",成为"师徒四众"的取经团体;另外还收了一条龙,化作"龙马",给唐僧骑着代步。他们途中所遇的种种祸难事件,有大有小。其中有许多错综和穿插;各个事件又尽可能前后彼此勾连起来,显得有完密的组织。这个作为主干的所谓"取经故事",实际写的是以"孙悟空"为主的克服灾祸和困难的火炽的战斗;"取经"一事的本身是被有意忽视了的,及至到西天佛地,取经到手,全书也就结束了。

　　以孙悟空为主的全部《西游记》的神话故事,和任何古代神话一样,当然反映了人民在劳动生产经验中要求战胜自然、征服自然的理想和愿望。这不只像孙悟空的许多神通广大的法术和本领含有这方面的意义,就是诸天神佛和许多妖魔邪道,也同样有以幻想形式表现出来的自然力这方面的意义。而这些丰富瑰丽的幻想,绝不是吴承恩或任何个人可以独自创造出来的,它们实反映了一个有悠久历史的民族的人民群众在自然斗争中的宏富经验和豪迈气魄。但是我们欣赏《西游记》神话的艺术,仅只从这方面去理解,还是不够的。因为这些神话的产生与发展主要是在中国的后期封建社会里,它们所反映的阶级斗争的意义则更为重要。在中国封建社会的历史上,农民起义是不断产生的,而自唐末至宋、元及明代,农民反抗封建统治的斗争愈来愈多、愈剧烈、规模愈大。

这些农民革命运动在推动长期停滞的封建社会的发展上,起了巨大的作用;但每次的农民起义,都是以不同的结局而告失败。缘故何在?主要是这样一种历史限制:即广大被压迫剥削的劳动人民(其中也包括城市人民)在反抗封建统治的斗争中提不出自己的新的政治纲领和社会理想。他们一面进行着英勇的革命斗争,一面还不得不承认封建主义的政治体制和社会秩序,这是当时还不能解决的矛盾。

孙悟空这个神话形象的内容当然是复杂的,我们不可对它作机械的简单化的理解,不可在每一性格特征和情节场面的描写中牵强附会地探索其社会历史的意义。但从总的方面看,抛开了上述社会历史的背景,离开了上述革命现实中无数人民的英雄性格和革命群众的理想与愿望,这个艺术形象是不可能塑造出来的。孙悟空在前七回里是个狂热地追求自由、迫切地要求变革,敢于对任何统治万物、主宰命运的势力进行挑衅与反抗的叛逆者。无论诸天神佛权威有多大、地位有多高,显得多么堂皇尊严,也无论他们掌握着多么神奇的法宝或力量,但在孙悟空的斗争前面都显出他们卑怯无能、张皇狼狈的丑态。在描写中作者对这些神佛作了辛辣的嘲笑,同时对叛逆者的每一挑衅反抗及胜利作了热情洋溢的颂扬,正就在这种爱憎褒贬的态度里,作者驰骋着惊人的艺术想象天才。

孙悟空在某种意义上也像当时革命的人民群众一样,一面对封建统治进行了强有力的英勇斗争,同时却又始终不能突破这种制度的统治,他虽然一个跟斗能翻十万八千里,却无法翻出如来佛的手掌心,仍然逃不掉"五行山"的镇压。这种艺术处理,并非仅只出于作者个人的宿命论思想。

但是失败了以后"取经故事"中的孙悟空不是一个投降者、屈服者。他保唐僧赴西天取经,并非屈服于神佛势力、违背自己意志的行为。毋宁说,他被安排了保唐僧赴西天取经,是因为神佛们在经过他的一系列英勇斗争后认识了他的不可战胜的力量,承认了他的坚毅高贵的品格,被迫着不得不对他表示尊重,不得不让他去进行另一种正义斗争的举措。再就孙悟空方面说,此时保唐僧取经正是出于他自己的志愿。他原来对神佛的斗争,缺乏明确的目标和方向。他在大闹天宫时提的口号不过是"皇帝轮流做,明年到我家"。他反对现有的却提不出新的;于是失败了。但是他决不甘于失败,他还要去追求他认为的真理或理想。他保唐僧取经,正是出于这种迫切的内心要求。孙悟空的热情实际是倾注在取经途中扫荡妖魔邪恶势力上面,对取经的本身他真有多大的兴趣,他自己也不很明白,书里也没有具体告诉我们。

因为孙悟空在保唐僧取经的任务中寄托了自己对理想的追求,所以他能够以最大的热情和决心,很好地发挥他的勇武和智慧、克服万千险阻,表现出他伟大的乐观主义精神和英雄气概。大闹天宫的孙悟空和保唐僧取经的孙悟空,其实质精神是前后一贯的。

我们看取经故事中的孙悟空,有四方面的关系形态可以注意:一、此时他主要的斗争对象是诸多妖魔,这些妖魔都代表种种邪恶势力,和孙悟空所持的愿望理想是正面冲突的。他之扫荡妖魔,是正义的战斗。这些战斗无论多么艰苦,最终总是孙悟空取得胜利。二、孙悟空和妖魔的战斗中经常取得神佛的协助。但我们不能因此就简单地认为取经途中的孙悟空完全站在神佛的一边,成为神佛统治势力的爪牙。书中的描写很清楚:一方面这时的孙悟空与诸天神佛仍然保持着很大距离,他还受着神佛所施的"紧箍咒"的制约,而他在神佛面前完全是一种独立自主、傲慢不敬的态度;另一方面,那些妖魔,有许多和神佛暗中有关系,有许多正是神佛那里放出来的。它们的法宝或力量也多从神佛那里得来的。(这样的神话故事,在封建时代岂无揭露政治、讽刺现实的意义?我们知道当时直接鱼肉人民的地方恶势力无不从皇朝政权那里取得权力,而如明皇朝的锦衣卫和太监总是分布各地成为人民的最大祸害,而土豪地霸则都和中枢暗中勾结。)因此,与妖魔为敌的是孙悟空,并非神佛;主动地除魔的是孙悟空,而神佛实是处于被动、出于不得已。所以孙悟空在神佛统治一切的世间扫魔除妖,实质上是对神佛势力的间接斗争。三、孙悟空虽拜唐僧为师,虽然全心全意保唐僧取经,但他和唐僧之间有严重的矛盾。唐僧这个软善慈悲的"长者"身受妖魔所施的灾难,许多妖魔要吃他的心肝和肉,他却要对妖魔讲慈悲,不许孙悟空斩杀妖魔。孙悟空正相反,他坚决要斩杀妖魔,除恶务尽。于是师徒间常常爆发不可调和的冲突。唐僧曾多次驱逐孙悟空,都因孙悟空伤害了妖魔和其他邪恶的性命,反责其有意作恶、无心向善;但孙悟空一走,唐僧就立刻遭遇灾难。从孙悟空这个坚定的战斗者、正义的坚持者和恶势力的死敌的光辉形象的塑造上,有力地批判了代表统治阶级正统思想的唐僧的性格。四、孙悟空和他的战友猪八戒的关系也是富有意义的。猪八戒有许多小农私有者的性格特征。他在取经途中经常表现无信心、无决心、意志动摇,取经途中,一遇女子相诱,他就要留下不走。他好吃、贪睡、偷懒、爱占小便宜,结果总是吃亏。在剧烈的战斗中,他常自称无能,躲在后面,让孙悟空去打头阵;但看到妖魔战败,又恐孙悟空独得功劳,跑上去打几钉耙。但他也是一个质朴善良的人。在这些不可容忍的劣根性之上,他能够一贯地与妖魔为敌。从不对恶势力屈服,在取经队伍中他担当了像挑担、开荆棘路、开污秽的稀柿衕等最劳苦、最低下的工作,而且他不固执,勇于认错,终还以孙悟空为战友坚持到底,在取经的途中贡献了不可少的一份力量。《西游记》的读者对猪八戒总有深刻的印象,一面觉得他可鄙、可厌、可笑,但同时还是很喜爱他。显然,我们这种印象是和作者在肯定他的前提之下狠狠地批判他的缺点的处理态度分不开的。

三

过火焰山三调芭蕉扇的故事,在一百回书里占着第五十九至六十一回整三回的篇幅,取经队伍正在中途,扫除妖魔、克服阻难的战斗一个紧接一个地展开,正在方兴未艾;在所遇"八十一难"中被置于承前启后的地位,作为许多个重点故事之一来处理,显得很重要很有趣,一向引起读者的注意。无论小孩或大人都喜爱它,戏曲、木偶戏、故事画和装饰画多拿它作题材。

牛魔王及其妻铁扇公主不同于一切其他的妖魔,他们既不是从神佛那里来的,也未蓄意谋害取经者(牛魔王之子红孩儿却用许多神奇法力几次捉去唐僧,要剜他的心、吃他的肉,以图长生不老,并要请父亲牛魔王来同享);他们在诸多妖魔中被描写为最善良的两个妖魔。这和孙悟空与牛魔王的旧关系有关,当孙悟空在花果山水帘洞做猴王时,他们原是盟友,这在全书开始的故事里曾经写到过。由于这种特殊关系,孙悟空最初并不把他们当一般的妖魔看待,借芭蕉扇时对他们一口一声亲热地称呼"嫂嫂""哥哥"(不忘旧情,执礼甚恭。封建时代的中国人民一向把重视朋友之"义",当作优美的品德)。但这毕竟是私情,是小"义";一到和"公理"和"大义"发生矛盾时,就只有"大义灭亲"。这个故事里的孙悟空对他的老朋友,先讲旧情,继因红孩儿之事,引起对方仇恨,不肯借扇解除困难,孙悟空立即不顾私情,以敌人相待,展开火炽的战斗。因此从孙悟空与牛魔王的关系中,作者正从一个特殊的角度来深入一步地描写他的主人公的伟大英雄性格,这是很有意义的。作者在这里非常有分寸地把牛魔王写成中国封建时代现实社会里一个普通封建主的典型,通过对他和妻与妾相互间的关系形态的描写,结合着战斗,穿插许多有趣的情节和场面,随时进行揶揄和嘲笑,都是针对当时世俗社会的讽刺。

"火焰山"一段的艺术成就,我以为有三点可以在这里说一下:一是孙悟空对待所遇险难的大无畏态度、积极乐观的战斗精神,通过许多细致的描写,表现得非常深刻、非常饱满;二是孙悟空对铁扇公主和牛魔王的战法,表现了最好的智慧,而不是单凭武器和法力。尤其对铁扇公主的战术:化作小虫,钻入肚内,头顶脚蹬,使之束手待毙,而后借扇。这样高明的战法,不只是有趣的奇想,也是富有启示意义的。在以前的战斗中,孙悟空还没有这样的战法。三是孙悟空的英雄性格此时还在成长过程中,他在战斗中还暴露许多弱点。他轻信自己的威力,也轻信敌方的心地。一调芭蕉扇,经过挖心战取胜,拿到芭蕉扇就走,一点不疑,结果借到的却是一把假扇,上了一个大当。二次运用智慧,再经苦战,把真扇拿到了手,此时被胜利冲昏头脑,毫不警惕,结果却被牛魔王化做猪八戒,把扇子骗了回去,又上一个大当。这里写他以一个小个子,背着一把放大了而不会收小的巨大的扇子在肩上,那种充满骄傲自满情绪的洋洋得意的神态,是十分令人好笑的。这正是作者对他所热爱的主人公的弱点的出于善意的批评。

孙悟空对牛魔王及其妻的一系列战斗,即"三调芭蕉扇",写得波澜壮阔,火炽异常。鲁迅在其《中国小说史略》里评为"变化施为,皆极奇恣",真是一个非常中肯的评语。

(本文是为英文版《中国文学》月刊刊登《西游记》第 59 至 61 回时所写的评介,原载该刊 1961 年第 1 期)

论贾宝玉典型形象

一

《红楼梦》写了一个恋爱不能自由、婚姻不能自主的悲剧,就是贾宝玉和林黛玉、薛宝钗的恋爱、婚姻的悲剧。这是《红楼梦》悲剧的中心事件。

作者处理这个故事,跟我国过去任何关于恋爱或婚姻问题的作品不同。《红楼梦》的特点是,它写出了这个悲剧发生和发展的复杂细致的现实内容,写出了造成这个悲剧的全面的深刻的社会根源。这就是,一方面,作者不是简单地或表面地了解贾、林、薛的婚姻事件,而是从悲剧主人公的思想性格上来看那内在深处的真相,从日常生活活动中来看那多方面的内心精神的关系的;另一方面,作者不是把问题局限在本身的范围里面,使之和所在的环境绝缘,而是围绕着这个中心事件,同时铺开了一个由无数有关人物所构成的极其广阔的社会生活环境,亦即同时描写了这个步步走向崩溃的贵族统治阶级社会的真实内幕的;总之,作者是努力从人物性格和生活环境的极其复杂深邃的关联和发展上来连根地"和盘托出"这个悲剧的。

古今中外的文学,还少见这样一部作品,它展开这样广阔的一个生活环境,从多方面具有重大意义的矛盾斗争中,从无比地错综着的人与人的关系上,如此充分地来描写人物性格和事件发展的。

《红楼梦》现实主义艺术高度的思想倾向性和它的宏大的结构，首先就是产生于作者这种深和广的对生活的认识能力和爱憎感情上面。

我们知道，现实主义艺术无不以从生活中塑造真实的人物形象为能事，无不以塑造具有丰富深刻的现实内容和巨大艺术感染力量的人物形象为能事。作品中写的场面、情节和无论什么事物与琐细节目，离开了人物形象的塑造，就失去了意义。作品的思想主题，社会和历史的特征内容，也总是从人物形象表现和反映出来。

因此，我们研究《红楼梦》这样一部伟大的古典现实主义作品的内容，正应该从人物形象的研究着手。研究众多人物主次从属的关系，研究众多人物形象的特征，研究众多人物在矛盾斗争中的地位和彼此间的关系，研究人物性格的形成和发展，研究作者在处理上所表现的态度或爱憎感情等等。只有这样的来作研究，才能了解作品的思想内容和它所反映的现实意义。

但是有些《红楼梦》研究者往往抛开人物形象，从书中摘取一些枝节的事项和节目，来论断作品反映了怎样的思想，提出了怎样的问题。还有不少这样的例子，比如列举大观园里一顿酒饭花了多少银子，乌庄头送来多少什么地租，诸如此类，以证明贾家生活的奢侈，如何剥削农民，和说明了什么性质的历史或经济问题，等等。

若是一部《红楼梦》只提供了这样一些干瘪的事实和数字，那它有什么价值？作为死的历史资料看，许多文献尽有更为翔实更为精确的记载，《红楼梦》和一切文学作品都远不能及。《红楼梦》的伟大与不朽之处，是在它以无比丰富的活生生的艺术形象，真实具体地反映了社会和历史的内容；在这一点上，任何历史记载都不能和它比拟。

凡是阉割了艺术的生命,抹杀了文学作品的特点,那方法都是错误的。

如前所述,《红楼梦》以贾宝玉和林黛玉、薛宝钗的恋爱和婚姻问题为中心事件,整个《红楼梦》悲剧都以这三个人物为中心。而贾宝玉在三个中心人物中又居于主要的地位,并且全书所有各类人物都是围绕着他作为一个完整的典型社会生活环境而展开的。因此,在阐论《红楼梦》现实主义艺术的思想倾向性这个总题目里,这里首先试从贾宝玉的典型形象着手。

二

贾宝玉这个艺术典型一如现实中的人一样,他的思想性格,是他的生活环境中多方面复杂的条件和因素,在他的具体遭遇和经历里,给予影响,发生作用,而于不知不觉中形成起来的。《红楼梦》描写贾宝玉性格的特点,同时充分地描写了造成他的性格的生活环境和他的具体境遇的各方面特点。使我们信服地看出来,贾宝玉的独特的性格,完全是一个必然的存在。

关于《红楼梦》的典型社会环境,这里不作全面和具体的分析;这里只能就形成贾宝玉性格的现实条件方面,简括地说明几点。

我们都知道贾宝玉生长在一个腐朽衰败的"侯门公府"的封建贵族大家庭的社会环境里。这个环境,在中国封建社会——尤其末期,作为上层统治阶级社会看,具有丰富的典型特征和意义。

在当时,官僚地主家庭一般都逃不出一个常例,即所谓"五世而斩"。意思是,这种家庭的所谓"荣华富贵",无法长久持续下去;传了几代,就衰败没落,据说不出五代也就往往垮台了。这是封建社会统治阶级的本质所规定,归纳了无数实例而得出来的一种认识。

《红楼梦》所写的贾家也是这样。开头第二回"冷子兴演说荣国府",先就借着冷子兴和贾雨村的谈话,扼要地介绍了贾家荣宁两宅的这种形势,并且指出那萧索衰败的征象:一是"人口日多,事务日繁,主仆上下都是安富尊荣,运筹谋画的竟无一个。那日用排场又不能将就省俭。如今外面的架子虽没很倒,内囊却也尽上来了"。二是"更有一件大事:谁知这样钟鸣鼎食的人家儿,如今养的儿孙竟一代不如一代了"。跟着就叙说贾家的世代,说出富贵家庭趋于衰败的必然发展过程和具体现象。

冷子兴说的第二点,即养的儿孙一代不如一代,被认为一件大事。强调指出这种"势所必至"的现象,是必要的;这是笼罩全书具体描写,有重要意义的一点。因为封建社会是以男性为中心建立它的统治权力的。儿孙的腐朽无能,在这种统治阶级家族是"理有固然"的,也是最严重的现象。比较起来,"内囊尽上来"倒是小事了。我们看贾家两宅的老爷少爷们,实在没有一个不是腐朽无能的。他们虽然各有不同的面目,但共同的特点是不管事,不负责,没脑筋,没识见,荒淫无耻,作恶多端,精神堕落,道德败坏。贾政算是他们之中的一面旗帜。但是他的毫无办法和极端庸陋,从他管教子侄、结交门客和言谈治事等方面可以看出来。

其实不止贾家如此,《红楼梦》写到的整个统治阶级的社会,这一趋势是相同的。

和男性的腐朽无能相应而生的一个特征现象,就是妇女的掌握权柄。就封建社会——尤其统治阶级社会说,妇女当权,是常常不可免的,但同时也是纪纲毁堕的严重现象。他们的格言说,"牝鸡司晨,唯家之索"。所以母鸡打鸣,就要杀它;母鸡跳上了灶,就看作很不吉利的事。这些在我们今日看来觉得极为愚蠢可笑的意识,其实都反映了封建社会统治权力的特点。因为妇女在这个社会制度里是被当做奴隶看待的,她们没有独立的人格,没有自主之权,只应该遵守"三从四德"的教训,服从夫权和父权;祖母也须遵从儿子的权位,体察儿子的意旨,以襄助教育和家庭大事(所谓"女主内",应该是指日常家务和操作,并非指家庭大事的主权而言)。《红楼梦》里的贾家(其实不止贾家),却一反其道,原应居于被统治地位的妇女,却掌握了家庭中的一切大权。大势所趋,这个封建阶级大家庭就陷于他们的制度所忌讳的所谓"牝鸡司晨"的局面。

书中具体描写出来的,贾家治家教子等的大权是握在贾母的手里。这个"老祖宗",被全家上下尊崇为思想领导的最高权威;而凤姐,心目中无视公婆和丈夫,一心向"老祖宗"献好讨喜欢,于是攫取了总理全家事务的实际大权。

第三十三回贾政毒打宝玉,贾母走来,和儿子发生尖锐的冲突。贾母满心震怒,用种种讽刺和挖苦的话斥责了贾政。贾政忙叩头说:"母亲如此说,儿子无立足之地了!"贾母冷笑道:"你分明使我无立足之地,你反说起你来?"这里母子间所争的是关于教育方面的家庭大权。贾政说,"儿子管他为的是光宗耀祖"。按封建社会的"道理"说,讲孝道和遵从父权是并存而不相犯的,即贾政应该对贾母孝敬,以尽"子职",贾母也应该支持和遵从贾政的"父职",不当夺了他管教儿子的权威。但贾母不管这些。争执的结果,儿子只好服从了母亲,并且"直挺挺跪着,叩头谢罪",真心自悔"不该下毒手打到如此地步"。

第二十四回写贾芸谋差事。贾芹、贾蔷求事,直接找了凤姐,很快就成;贾芸不知底细,找了贾琏,就走错了道路。但贾芸机敏乖巧,看到风势不对,立刻纠正,设法买了冰片麝香去求凤姐,当天就得到管园中种花木的事。贾芸说:"求叔叔的事,婶娘别提,我这里正后悔呢。早知这样,我一起头儿就求婶娘,这会子也早完了。谁承望叔叔竟不能的!"又说:"我倒要把叔叔搁开,少不得求婶娘。"凤姐冷笑道:"你要拣远道儿走么!早告诉我一声儿,多大点子事,还值的耽误到这会子!……早说不早完了?"这里凤姐打下自己的丈夫,把家里任何一点权力都揽到手。

封建社会末期,统治阶级对于子弟的教育已经完全破产。封建礼教本是违反人性,先天地不合理的;到此时更显出虚伪和罪恶。为使子弟循规蹈矩,自必只有倒行逆施。古代所提倡的一套"以身作则"和"循循善诱"的教育原则,都谈不上了,野蛮的打和骂,成为他们使子弟"就范"的唯一方法。

第九、第十七、第三十三等各回,多次描写了贾政对宝玉的父子间的关系形态,一方面是辱骂和毒打,一方面像怕老虎。尤其在"大观园试才题对额"一回,作者着力描写了贾政这一封建典范人物和他左右的门客们头脑的愚蠢、心思的干枯和学养品格的迂腐卑劣;而贾宝玉以一个"不喜读书"的少年,却那样才华横溢,思想清新活泼,两方成为明显的对照。贾政对宝玉的题词和议论,心里不能不欣赏,口里却无理地一口一声辱骂他"畜生"和"蠢物"。这样的"父范"和教子的态度,怎么能够叫贾宝玉亲他敬他,接受他的影响和教育?显然是不能够的。作为旗帜人物的父亲尚且是这样,贾宝玉的伯父和兄长,如贾赦、贾珍、贾琏之流,就不必去说了。

除了父兄的榜样,应该还有学塾方面的教育。这个社会的学塾情形,第九回里作了具有特征意义的集中的暴露。师生和学童彼此间风气的腐朽败坏,完全是这个社会的投影。

更为重要的,是贾母这个利己享乐主义者对于孙儿的庇护和骄纵。

贾宝玉自幼受祖母溺爱,在祖母这边屋里居住,"和姐妹们一处娇养惯了的","无人敢管"(见第三回)。贾政来叫,贾宝玉吓得"死也不敢去"。贾母就说:"好宝贝,你只管去。有我呢,他不敢委屈了你。"又吩咐老嬷嬷,"好生带了去,别叫他老子唬着他"(见第二十三回)。又当着贾政的面骂赵姨娘等人,"都是你们素日调唆着逼他念书写字,把胆子唬破了,见了他老子,就像避猫鼠儿一样……我饶那一个!(见第二十五回)"甚至男孩子受一切封建社会生活教育的机会也给挡开。贾宝玉挨打后,贾母因怕将来贾政又叫他,就把贾政的亲随小厮头儿唤来吩咐:"以后倘有会人待客诸样的事,你老爷要叫宝玉,你不用上来传话。就回他说,我说的,一则打重了,得着实将养几个月才走得;二则他的星宿不利,祭了星,不见外人,过了八月才许出门。"并把这话告诉宝玉,叫他放心。从此宝玉"不但亲戚朋友一概杜绝,连家中晨昏定省,都随他便了"(皆见第三十六回)。

贾宝玉在十二三岁时受他的贵妃姐姐贾元春之命(也是体贴贾母的意思),随同众姊妹搬到大观园里去住。这在宝玉的现实社会里是一个非常独特的自由环境,使他得到机会和封建秩序进一步隔离了开来。于是他在另一种与封建主义范畴相背的生活方式和日常活动中(包括和林黛玉和薛宝钗的关系的发展)去发展自己的思想与性格。

第四十五回里赖嬷嬷指着宝玉说:"不怕你嫌我:如今老爷不过这么管你一管,老太太就护在里头。当日老爷小时,你爷爷那个打,谁没看见的?老爷小时,何曾像你这么天不怕地不怕的?还有那边大老爷,虽然淘气,也没像你这扎窝子的样儿,也是天天打。还有东府里你珍大哥哥的爷爷,那才是火上浇油的性子,说声恼了,什么儿子,竟是审贼!……"

第六十六回兴儿对尤三姐等谈到贾宝玉:"他长了这么大,独他没有上过正经学。我们家从祖宗直到二爷,谁不是学里的师老爷严严的管着念书?偏他不爱念书?是老太太的宝贝。老爷先还管,如今也不敢管了……"

赖嬷嬷和兴儿这番话,很好地概括了贾宝玉在受封建主义教育方面的特点。

三

由于这些特点,贾宝玉虽然生长在贵族统治阶级家庭里,但自幼并没有受到封建主义统治势力正常的熏陶教育。而在他的现实环境里,却有一个和罪恶腐败的统治势力鲜明地对照着的女孩子们的世界。

《红楼梦》的作者,一如贾宝玉对他的生活环境的看法,他把他所处理的社会现实从中画一条线,区分为两个相互对照的世界:一边是居于统治地位的罪恶腐败势力,一边则以居于被压迫被牺牲地位的女孩子们为主——不论她们的主观思想如何。

这些女孩子们,除了为数不多的姑娘们,绝大多数都是丫鬟们。贾家的丫鬟有两种:一种是所谓"家生子儿",如鸳鸯和小红;一种是买来的,如袭人和晴雯。另外还有唱戏的女孩儿,是从苏州采买来的贫家女孩子,如芳官、龄官等。她们所受封建统治阶级的影响当然各有深浅,思想品格也各有不同,但在客观上都是处于被奴役和被蹂躏的地位,都各有一番辛酸悲苦、混合着血与泪的身世经历,还各有一个惨淡的未来运命等在前面:这方面她们是完全共同的。

贾宝玉实际就是在这些以丫鬟们为主的女孩子群里长大的。其中许多女孩子服侍他,看护他,各以一颗纯真的心围绕着他,倾注着他。贾宝玉自幼不止在生活上跟她们亲密,精神内心里也是亲爱着她们的。

作者特意为我们描写了跟贾宝玉生活上最密切的袭人的家庭和她的身世。袭人在思想品格上当然是书中的一个反面人物,但是她境遇的悲苦则和别的丫鬟有相同的一面,这却不可抹杀。她家是城市贫民,一家饿得没饭吃,几两银子把她卖给了贾家。

和袭人思想品格相对立的是被称为贾宝玉的"第一等人"的晴雯。她十岁上被人买来,孝敬了贾母。她的父母亲人都没了,只有个姑舅哥哥在贾家后门外居住,伺候园中买办杂差。

贾宝玉亲近的还有贾母的丫鬟鸳鸯。她的父亲在南京为贾家看屋子,得了痰迷的病,人事不知。娘死了也不能回去守孝,哥嫂都在贾家做奴仆。这是贾家所谓"根生土长"的丫鬟。

所有这些女孩子一般都有她们真挚纯洁、自由不羁的一面。像那些唱戏的女孩子们,都是些豪爽坦率、慷慨好义的小英雄。比如派给怡红院和贾宝玉发生了亲密友谊的芳官,那种勇敢无畏、豪迈开朗的性格,好像从来就没有受过封建礼教的拘检一样。她受了干妈的不平待遇,立刻抗争;她横遭赵姨娘的欺侮,别的小英雄就义愤填胸,一窝蜂跑去找赵姨娘对打(见第五十八回)。

另外,为贾宝玉所亲近,引为知心朋友的,还有外边的秦钟、柳湘莲和蒋玉函。他们有的身居贫贱,有的是没落了的旧家少年。贾宝玉在和他们的友情关系中自然要受到影响的。

这所说的影响,不只是指她们或他们的思想品格的本身,重要的还应该是她们或他们的社会存在。比如袭人,她屡次规劝贾宝玉走封建主义的道路,用阴柔的手段对贾宝玉进行无休止的斗争,但贾宝玉并没有在这些方面接受她的思想影响。可是她的社会存在,或者说她在社会关系上所处的地位、所遭的运命等,总是不幸的,可悲的;因此她对贾宝玉的用心,仍然使他感动,从而蒙受巨大的积极影响。

在这种方面,不止贾宝玉精神上所亲近的众多丫鬟们给予他以巨大深刻的影响;这个社会所有的女孩子,包括那些姑娘们在内,也无不在日常耳鬓厮磨的亲密接触中,对贾宝玉性格的形成起着强力的积极作用。因为她们,在贾宝玉的直感生活里,和那以世俗男性为主的居于中心统治地位的势力,都在聪明和愚蠢、纯真和腐朽、洁净和污浊、天真和虚伪、善良和罪恶、美好和丑陋:每一点上都鲜明映照,尖锐对比着。

书中强调地写了贾宝玉的聪慧和早熟;以他这样感觉敏锐的小孩,在这两相对照的生活里耳濡目染着,很快就把事物的特征辨别体察出来,而在自己思想上形成强烈的倾向,感情上产生明确的爱憎,那是不难理解的。

我们知道阶级偏见不是天生的,而是在社会关系、在具体处境、在生活教育的不断的作用下形成起来的。旧社会有"赤子之心"的话,意思应该是说小孩入世不深,所受社会影响或阶级蒙蔽不大,因此能够有一些识辨是非、分别善恶的初步能力。当然,在剥削阶级的社会里,这种所谓"赤子之心"不能长久保持,等他对不合理的社会制度所造成的生活现象看惯了,尤其和他自身的实际利害结合起来了,那时他的敏感和纯真善良的心都会失掉的。

贾宝玉所以能够保持这种"赤子之心",并且一步步和封建主义统治势力远离,成为自己阶级的叛逆者,而日益发展了他的进步思想,那原因,除了上面已经讲到过的他所在的社会关系和具体生活境遇等等方面的特点和它们的总和而外,他的以上述条件为基础而产生的和林黛玉的恋爱关系的发展,以及步步逼来的在婚姻问题上、在整个生活道路问题上所遭受的封建主义势力的切身压迫,是不可忽视的重要原因。

关于贾宝玉的恋爱和婚姻的悲剧问题,当另文详论。这里应该指出他所亲爱与钟情的林黛玉和他俩的爱情关系,对他成长中的性格的巨大影响和重要意义。

我们知道林黛玉原是个衰落旧家的女儿,父亲死后,就成为一无所有、悲苦无依的孤女。她像小浮萍似的寄居在这个声势显赫的"公府"里,环境的势利与恶劣,使她自矜自重,警惕戒备;使她孤高自许,目下无尘;使她用真率与锋芒对社会势力抵御、抗拒,以保卫自我的高超纯洁,免受轻贱和玷辱。这就形成她的性格与所在环境的矛盾对立。

在贾宝玉心目中,林黛玉的身世处境和内心品格,可以说突出地、集中地包括了生活环境里所有女孩子们一切使他感动、使他亲爱的客观与主观的特征。贾宝玉对女孩子们广泛的同情爱护之心,就是他对林黛玉发生发展其缠绵悱恻、生死不渝的爱情的根据。唯其林黛玉的性格具有极其广阔丰富的特征意义,所以他和林黛玉的相爱是以根深蒂固含有深刻社会内容的思想感情为基础的。

因此,林黛玉性格与所在环境的矛盾、他们的爱情关系与社会秩序的矛盾,就成为贾宝玉和封建主义势力永不妥协,成为他对自己本阶级叛逆到底,并且从而步步克服自身的劣点和弱点,日益发展他进步的新的思想性格的主要的支持力量或牵引力量。

另一方面,自古以来中国封建社会里面传统的人民性或民主性的文化思想,自然也给贾宝玉的性格以重大的影响。贾宝玉喜读诗词,喜读《庄子》,喜读《西厢记》和《牡丹亭》,就是具体的例子。

第二回里,当时尚未发迹的贾雨村对贾宝玉的性格有一番评论,提了一大串古人的名字,其中有许由、陶潜、阮籍、嵇康、卓文君等,认为他们和贾宝玉都是易地皆同之人;称为清明灵秀之气,仁者之所秉;说他们往往成为情痴情种,逸士高人,断不为庸俗所制。这正是说的贾宝玉性格的传统因素。

但这方面因素,对贾宝玉性格的形成,不能居于决定性的主要地位。因为离开了上述种种社会现实的条件,这种传统因素是不能够起多大的重要作用的。

四

但是，贾宝玉的生活环境既是罪恶腐败的统治阶级社会，他在里面生长起来，就不可能入污泥而不染。许多贵家公子的恶劣习气和腐朽观念，最初贾宝玉也同样沾染了，和他的性格中的好的倾向并存着的。但随着在生活环境中他所面对的重大事件给予的刺激和教育，随着他在参加现实斗争中精神上所受的挫折与打击，他的思想品格里一些腐朽恶劣的东西就慢慢减少了，消除了。

贾宝玉一如现实中的人，他的性格是不断发展着的。

贾宝玉在书中一被介绍出来，首先给我们的当然是一种与众不同的印象。他有许多清新自由的见解，有许多离奇与独特的性格，为他当时那个社会所不能理解；尤其是他关于女子的议论，和对于世俗的批评，都使人惊讶，认为大逆不道。王夫人称为"混世魔王""孽根祸胎"。他思想性格里这些同世俗社会相抵触，跟封建秩序相违背的苗芽，都是在上面所论述的一些具体条件之下培养成的。但是与此同时，作为当时封建统治阶级家庭里一个宠儿，许多坏思想、坏习性，他也不可能没有。

比如，他幼年时常跟着凤姐到宁宅去玩，第五、第七、第十、第十一各回，屡次写他被凤姐带领着到"东府里"去。在秦可卿死前，书中很着力地描写宁宅。正如第五回太虚幻境"金陵十二钗"册子和"红楼梦"曲子里的话："漫言不肖皆荣出，造衅开端实在宁""箕裘颓堕皆从敬，家事消亡首罪宁"。宁宅是个荒淫无耻的魔窟，贾珍许多淫乱行为，凤姐一些暧昧关系，书中有种种隐约曲折的暗示。当然荣宅也不是没有这方面的事，但不如宁宅的厉害和显露，是事实。贾宝玉当时以一个小孩，经常习染在里面，自然就学会了腐朽。像第六回写的和袭人的苟且行为，第十五回写的和秦钟睡前说的胡话。

对于书中写的性行为,不能无区别地一律批判它。因为在当时那个社会环境里,有些两性关系可以看作自由爱情,具有反封建秩序的意义,如秦钟和智能的关系。但那不纯洁的、邪恶腐朽的行为,却不能承认它。贾宝玉在幼年时代有这种腐朽、邪恶的习性,这是不能掩饰和抹杀的。

可是贾宝玉的这些方面,经过秦可卿之死(见第十三回),经过秦钟之死(见第十六回)等等一连串事故的刺激以后,他渐渐有所警悟,思想起了变化。因为这些事故,都是腐朽的封建主义势力糟践女子,迫害人命,摧残自由爱情的极为罪恶的表现。与此同时,他所亲爱的林黛玉死了父亲,成为一个身世飘零的孤女,她开始更为执着、更为切挚地要求着他的情分;他又见到身为贵妃的姊姊归省时那种完全失去人伦天性、难于忍受的悲苦的内心生活。贾宝玉从这些阅历里面开始认识到了关于男女关系的严肃与玩弄、纯洁与腐朽、美好真挚与罪恶虚伪的区分。从此,他对女孩子有了进一步的尊重和同情,对两性关系开始显出了比较严肃的态度,对自己所在的社会表现了深一层的反感。更为明显的,是他对凤姐疏远起来了;到了宁宅,感到嫌厌,待不下去了。

第十九回写贾宝玉到宁宅看戏,"兄弟子侄,互为献酬;姊妹婢妾,共相笑语。独有宝玉,见那繁华热闹到如此不堪的田地,只略坐了一坐,便走往各处闲耍"。他显然感觉精神上的郁闷和孤寂,想到小书房里一轴美人"也自然是寂寞的,须得我去望慰他一回",因而碰见茗烟和万儿的事;他对万儿流露了深切的关护,对两人的关系表示了由衷的同情。

第十六回一面写元春"封为凤藻宫尚书,加封贤德妃",全家"莫不欢天喜地",热闹非常;一面插写秦钟家里为智能恋爱私奔发生的惨剧:把这两个极端的事——皇家婚事和民间恋爱——拿来对比着。在荣宁两宅忙于谢恩庆贺,热闹得意的时候,贾宝玉却"置若罔闻""独他一个皆视有如无,毫不介意",一心惦记着秦钟,跑去痛哭好友的惨死。这时贾宝玉在性爱或婚姻问题上划清的界限和表现的态度就明白起来了。

但贾宝玉有些行为却不能归入上面说的腐朽邪恶这类里面去。比如书中追叙他幼年时有过"吃胭脂"的事。我们知道他自小在女孩子们群里长大,所谓"七岁不同席"之类"男女之大防"的封建礼教观念,他是没有的。在当时这样一个年幼的孩子,这些只能说是对女孩子表示亲爱的行为,本身是天真无瑕的。

我们在书中看到直接描写这事的有两次。第二十三回贾宝玉怀着紧张害怕的心情去见贾政,廊檐下站着丫鬟们,金钏儿对他说了一句有才擦的胭脂吃不吃的话。这分明是逗他、取笑他。所以彩云推开金钏儿说"人家心里发虚,你还怄他!"第二十四回鸳鸯来传贾母的话,贾宝玉被袭人找回来,在等着换鞋的工夫,回头见鸳鸯作何打扮,是何面貌,就猴到她身上去亲热她,提到此事。这也应该看作贾宝玉不顾封建秩序违碍,对素日看顾他的女孩子(祖母的贴身丫鬟)表示亲爱的坦率纯真的行为。

贾宝玉一贯地被一种意识和情绪支配着:他对于在被糟践的运命笼罩之下的女孩子们,总抱着深切的爱护、亲热和体贴之心;因为比照起那些体现了封建主义统治势力罪恶的世俗男子来,她们从内心到外表都会显出耀人心目的纯洁、美丽和可亲可爱。

所以对贾宝玉跟女孩子们的关系,首先应该从他的思想性格和他所处的现实环境的关联与矛盾上,来了解那内在的社会意义。若一概看作性爱行为,那就掉进弗洛伊德精神分析方法的泥沼,必定得出离奇不经的论断。这并不是说,贾宝玉对于女孩子的感情完全没有性爱的因素;这种因素不免会有。但更具有重要意义并且主导着他那些行为活动的却无疑是其中的社会内容;这是不容忽略的。

五

　　其次，贾宝玉对人一般温存和顺，合情合理，尤其对女孩子们。可是在初期有时对女孩子也表现出暴厉脾气。

　　第八回里，在薛姨妈家喝多了酒，就一连两次对女孩子发怒：从薛家回来，一个小丫头替他戴斗笠，动作不如他的意，他就骂她"蠢东西"；跟着回到自己屋里，他留了豆腐皮包子给晴雯，又沏了一碗枫露茶，都被李嬷嬷吃了。他讨厌李嬷嬷，却把脾气发作在捧茶来的茜雪身上，摔了茶杯，跳起来大骂，说"撵出去"！

　　这是十足的贵家公子的恶劣作风，所谓阶级的烙印。他本是个大官僚地主家庭的骄子，当他在生活中未受什么锻炼和挫折时，他这些从大人处学来的恶劣脾气，是不可能没有的。若是贾宝玉在书中一出现就是个完美的新人性格，那对曹雪芹的现实主义艺术就要打个问号。但是当他历练较深，所受事实教训较多，或者说所受封建主义统治势力的压迫打击较为深重的时候，他的辨识能力提高了起来，思想感情进一步划清了界限，上述恶劣作风也就显见得澄清了。

　　这里所说的历练和教训，重要的有两件：一是金钏儿跳井惨死，一是他自己被贾政毒打。这是接连着发生，体现了贾宝玉新的性格和他父母的封建主义严重地矛盾冲突的事件。

　　金钏儿惨死事件。在书中是作为重要的脉络之一，来揭示在矛盾斗争中各方面有关人物的内心，而主要是描写贾宝玉性格的发展的。金钏从被打被撵以至跳井而死，占了第三十第三十二各回；跟着和第三十三回"大受笞挞"的事相结合，发展为另一重大事件；到第三十五回"亲尝莲叶羹"、第四十四回"撮土为香"，仍是这一事件的余绪。

现在不妨看一看第三十回中关于金钏儿事件发生的具体描写。我们知道这时贾宝玉为自己婚事、为林黛玉因"金玉"问题和他的吵闹，曾陷入从来没有的苦痛之中。这里跟林黛玉和解了，却受到薛宝钗冷酷尖刻的讽刺，林黛玉又从旁嘲弄他。他走出来，到了母亲的上房，看见母亲在床上午睡，金钏儿为她捶腿，一边打瞌盹；于是他动了金钏儿一下耳环子，掏出一丸"润津丹"放在她口里，并说要向母亲讨她过去。我以为这种场合下贾宝玉的心绪可以这样理解：他刚从林、薛之间苦恼的纠葛里逃避开来，这时看见这个坦率热情的丫鬟在这种苦境，就产生同情和亲近之心。他说要讨她去，因为怡红院是个自由天地，那里没有主奴之界，也不讲封建规矩；她若到他那里，就不会有这种替人捶腿自己打瞌盹的苦差和苦情。因此可以说贾宝玉这时并无邪念。至于金钏儿这个活泼真率的女子，她本和贾宝玉不拘形迹惯了，向来不知什么忌讳，说话就不免脱口而出。但贾宝玉想不到母亲向来"宽仁慈厚"的人，从来不曾打过丫头们一下子，这回却忽然翻身起来，给金钏儿一个嘴巴，指着骂起"下作的小娼妇儿"来。他料不到这会如此触怒母亲，他第一次看到母亲可怕的面目，切身受到封建主义一次迅雷不及掩耳的打击。在骤然震惊之下，当时他赶快溜开了。这样走到园子里，遇见龄官"画蔷"，心里不禁对女孩子生起更为深切的同情，于是甚至忘了自己，淋了一身雨回屋。

综看贾宝玉这段生活经历，可以说在苦恼的心绪之上，又加上难忍的苦痛和不安。因为叫不开门，所以火上添油，"不由得一肚子没好气"，他的恶劣的贵家公子脾气又有了一次严重的发作：他把开门的袭人当成"那些小丫头们"，对她踢了一脚，还骂道："下流东西们！我素日担待你们得了意，一点儿也不怕，越发拿着我取笑儿了！"这里贾宝玉爆发出来的恶劣的封建主义习气和意识，和他平日一般表现的思想性格正相矛盾,和刚才一路来对女孩子所流露的心情也是严重地抵触的。这个娇生惯养、缺乏历练的公子,在刚受到一些切身挫折的特殊情况下,就不由自主地把他最坏的阶级本性暴露出来了。这是真实而且深刻的;这时处此具体情况下的贾宝玉势必有这种表现。

但他这时还不知道刚才在母亲那里的事所造成的悲惨的后果,连金钏儿被骂被打之后又被残酷地撵走了的事,他也不知道。等他知道了这全部的事实,他才算亲身受到一次惨痛的教训:他具体地感到了封建主义的血腥压迫,他清楚地看到了封建主义狰恶的面目。金钏儿死后,我们看到贾宝玉抱着怎样一种抱憾终古的苦痛的心;这表现在后来对玉钏儿的态度上(见第三十五回),表现在怎样在家长那么重视、全家上下那么隆重举行的凤姐生日那天,排除万难,不顾一切,逃到北门外水仙庵去"不了情撮土为香"的祭奠的事上(见第四十三回)。

由于金钏儿之死,由于和蒋玉函交好:以这两件事为导火线,引起贾政对贾宝玉的一顿痛打。这是贾宝玉的性格和封建主义势力正面冲突的另一重大事件。

蒋玉函的事和金钏儿的事性质是相同的。贾宝玉一贯不肯和上层士大夫交往,他鄙视他们功名利禄、庸俗恶劣的思想,却和处在被压迫被侮辱地位的优伶讲交情;他对蒋玉函只有亲近爱慕之心,实无腐朽玩弄之念。但那位忠顺王爷却以己度人,把他们纯洁的友谊看得那么腌臜,以为贾宝玉霸占了他,他要夺他回去;并且不承认、不允许蒋玉函有人身自由之权。这自然也是封建主义统治势力和民主自由思想之间的矛盾斗争。

但金钏儿和蒋玉函这两件事,都被贾政扣上罪名:"在外流荡优伶,表赠私物;在家荒疏学业,逼淫母婢。"这两件事所体现的矛盾斗争,都是通过封建统治阶级内部矛盾(庶出的贾环对正出的贾宝玉的挑拨诬陷和忠顺王府对国公贾府的争执），归总为贾政对贾宝玉父子之间封建主义势力和民主自由思想的矛盾而爆发出来。贾宝玉这次所受的严重打击,更是以前所没有经验过的。

六

贾宝玉受到父亲和母亲这两次封建主义势力的切身压迫,是向封建主义投降了呢,还是进一步对封建主义背叛了呢？或者说,是遵从了家长的训诫了呢,还是更加靠拢了被压迫者了呢？我们知道,贾宝玉走的不是前一条路,而是后一条路。经过这两次严重的考验和锻炼,他对封建主义进一步划清了界限,对封建主义的反感大大加深了,对封建主义的警惕大大提高了;原先留存的封建统治阶级的恶劣习性和意识显见得消除了,他的反封建的性格愈加成熟起来了。这具体表现在两方面：

第一,从此他对处于被压迫、被糟践地位的女孩子们的同情和体贴之心,更为深切、更为周到、更为无微不至了。看书中的描写上举一些打骂丫鬟的恶劣行为,此后就再没有发生过。那次对袭人脚踢而且辱骂的事,成为他性格中恶劣因素"回光返照"的最后一次的表露。

第二,他原先对女孩子们的亲近和好感,本是一视同仁,因为她们在封建社会所居的客观地位和所遭逢的运命总都是不幸的,可悲的;而对她们主观方面的思想性格,却不加区别,或没有明确认识。比如对于林黛玉和薛宝钗、史湘云,对于晴雯和袭人,他虽然经常地处在她们彼此间无休止的冲突斗争的纠葛里面,可是他一直认不清她们各自的内心思想,因而他对她们的态度也一直总是狼狈进退、模糊不明的。但经过两次历练之后,他对她们就能在一视同仁地怀着同情之心的原有态度之中,又进而对她们的思想性格有了明确的辨识能力,心里分出彼此来了。

在经过为跟金钏儿表示好心而在母亲面前受了打击以后(当时金钏儿还没有死),他对这方面已经表现有所认识。第三十二回"诉肺腑心迷活宝玉",描写了贾宝玉和林黛玉恋爱关系发展到一个重要的新阶段。这一新阶段的发展,就是建立在贾宝玉这种思想认识的基础上面的:那就是他明确地辨认出薛宝钗、史湘云两人和林黛玉的思想有本质的不同。一听见史湘云规劝他的话,他就"大觉逆耳",立刻给她下不去;同时自觉地认识到林黛玉是自己思想上的知己,于是怀着升高了的白热的爱情向路上遇见的林黛玉诉说了平日说不出的肺腑里的话。这种认识能力,是他过去所没有的。

但是一个人对于日常切近身边的事物,往往失去敏感,最不容易辨识。所谓"不识庐山真面目,只缘身在此山中"。贾宝玉对于近在身边的袭人和晴雯就是如此。他在被父亲痛打以前,对晴、袭两人的思想性格就缺乏实质的明确认识。有时甚至也对晴雯的率直和锐利表示嫌厌,为袭人的温和与柔媚深受迷惑。所以他一直有些亲袭而疏晴。第二十回里他对麝月说晴雯:"满屋里就只是她磨牙。"第三十一回写怡红院里一场争吵,贾宝玉显然跟袭人站在一边,而责备晴雯。(这时期各方面复杂的和激烈的矛盾斗争辏集在贾宝玉身上,他异乎寻常地显出感情波动,心绪烦躁;这是他思想上和爱情上产生重要变化的时期。)

可是在第三十三回挨打之后,他的思想骤见提高,反封建的感觉灵敏起来,这情形就完全转变。第三十四回,林黛玉悄悄地来看过他的伤,两眼哭得像桃子一样。过后,他心里惦记着林黛玉,要打发人去,只是怕袭人阻拦,便设法先使袭人到薛宝钗那里去借书,而后才命晴雯去看黛玉,并且拿了两条旧绢子给她送去。这事说明,他已经明确知道他和林黛玉的关系,袭人不会赞助,他把她归到薛宝钗那边去;而晴雯却可亲信,他托她为自己向黛玉传达爱情、递送私物。此后,贾宝玉所感受的封建主义压迫愈深——主要在婚姻和生活道路问题上,他在晴、袭之间内心倾向愈见分明;即是说,他愈把晴雯看作知己,流露特殊的亲切厚挚之心。晴雯被撵至惨死前后,他对晴雯的情分,不但瞒住了袭人,就连和袭人思想一致的麝月、秋纹也不让知道。

从这些我们可以明显看出:贾宝玉原是一般不加区分地对女孩子怀着同情的,但经过切肤之痛的斗争以后,就进而对她们思想性格的实质有了认识,因而在对她们怀着同情之中,又能有分明的取舍和爱憎了。

他对林黛玉的爱情,正就是在这种思想意识的基础上面成熟巩固起来的。

与此同时,另一方面,前文已经提到,他和林黛玉的关系,对他的思想的成长,也起着特别重大的作用。林黛玉从她孤苦无依的身世与处境和高洁的思想品格出发,一贯执着地、强烈地向他要求着彼此"知心""重人"、忠于自我,与封建主义秩序截然划分界限的严肃专一的爱情。为此她以血泪与生命,对他不断地进行了镂心刻骨的斗争,使他从苦痛的体验中逐步摆脱社会势力对他的纠缠和吸引,使他性格趋于纯化,头脑趋于清醒,思想感情趋于稳固与坚定。这一因素的力量,是必须充分估计到的。

这里应该顺便说一说贾宝玉对于仆妇们的看法和态度。我们不能因为贾宝玉一贯地爱护女孩子们而憎厌婆子媳妇们,就谴责他并不尊重在下层地位的人。

贾宝玉憎厌婆子媳妇们,是事实;而且一直不变,甚至愈来愈甚。第五十九回春燕对莺儿转述贾宝玉的话:"女孩儿未出嫁是颗无价宝珠;出了嫁,不知怎么,就变出许多不好的毛病儿来;再老了,更不是珠子,竟是鱼眼睛了!分明一个人,怎么变出三样来?"

春燕这里引此话,更为说明她的母亲和姨妈"老姐儿两个"越老越把钱看得真了。第七十七回周瑞家的带了司棋出去,迎春、绣橘都啼哭、赠物,依依不舍。周瑞家的不耐烦,只是催促。司棋要求到相好的姊妹跟前辞一辞,周瑞家的冷笑,坚决不许。这时恰好贾宝玉走来遇见,不觉如丧魂魄,连忙拦住。周瑞家的说,"我们只知太太的话,管不得许多",又威吓司棋,"你如今不是副小姐了,要不听话,我就打得你了"……几个妇人不由分说,拉着司棋就出去了。贾宝玉恨道:"奇怪,奇怪!怎么这些人,只一嫁了汉子,染了男人的气味,就这样混账起来,比男人更可杀了。"守园门的婆子听了笑问:"这样说,凡女儿个个是好的了,女人个个是坏的了?"贾宝玉发狠道:"不错,不错!"

从这些具体的场合来看贾宝玉的话,已经可以了解他的意见的正义性。我们不妨再看看他对奶母李嬷嬷的态度。贾宝玉从早就十分讨厌他的奶母。第八回"奇缘识金锁"那次,他在薛姨妈家喝酒,正和薛宝钗、林黛玉说说笑笑,心甜意洽之时,也即在家长的管束以外作称心如愿的自由活动之际,李嬷嬷上来拦阻,说:"你可仔细!今儿老爷在家,提防着问你的书!"贾宝玉顿时垂头丧气。

我们常看到贾宝玉从李嬷嬷跟前受到封建主义的干涉和威胁,看到封建主义势力经常通过林之孝家的、周瑞家的、王善保家的这些人对贾宝玉、对女孩子们的活动进行控制和压迫。这些婆子媳妇们,实在就是封建主义统治机构的基层组织细胞,封建主义势力总是通过她们来作恶逞威的。当然,她们自己也处于被压迫被奴役的地位。但她们所体现的封建主义罪恶特征却是更为重要的方面;因为她们总是为主子执行命令,作为封建主义势力的爪牙而从事活动的。贾宝玉嫌恶她们、憎恨她们,正是他反封建思想感情的具体表现。前面曾举贾宝玉因李嬷嬷吃了他留给女孩子的东西而大发脾气,那实质上也含有对封建主义发生反感的意义;至于他对茜雪发作了那脾气,那是另一回事。

总之,关于贾宝玉性格的发展,书中的描写极其真实深到;以上不过举出荦荦大端,以见他在思想上爱情上进于成熟与稳定阶段的情况而已。贾宝玉性格全部的发展变化,前面已经一再指明,主要和他的恋爱婚姻问题密切结合,直到最后出走都应包括在内;这在后面研究作者的处理态度时还有论述。

七

现在就贾宝玉典型形象的主要特征作一些说明。

贾宝玉性格最初的也是最突出的一个特征就是对于世俗男性的憎恶和轻蔑,以及与此相应的对于女孩子的特殊的亲爱和尊重。这是他自幼所处的生活环境的特点在他思想感情上的具体反映,前面阐论他的性格形成的条件,对这一点已经作过说明,这里不须重复。

《红楼梦》非常强调地描写了它的主人公性格的这一特点。开篇第二回,作者借冷子兴演说荣国府,就特意介绍了贾宝玉这句名言:"女儿是水做的骨肉,男人是泥做的骨肉。我见了女儿便清爽,见了男子便觉浊臭逼人。"第二十回里作者又在旁叙中重说此点:"他便料定天地间灵淑之气只钟于女子,男儿们不过是些渣滓浊沫而已。因此,把一切男子都看成浊物,可有可无。"至于"国贼禄鬼""须眉浊物",就是他平日鄙视与厌恶男性的口号。重要的不是他这样说、这样想,他也是这样做人,这样生活的。全书里面,不只关于贾宝玉生活活动的描写一贯地表现了这一特征思想或基本精神,而且由众多人物所构成的现实环境,也为他这种思想的产生提出了无可置疑的具体根据。这不必多说。

与这点相关联的,贾宝玉还有一种意识,那就是对于自己出身的家庭或阶级阶层的憎恶,以及与此相应的对于有些比较寒素和微贱人物的爱慕和亲近。

第七回中描写贾宝玉和"年近七旬""宦囊羞涩"的"营缮司郎中"秦邦业的幼子秦钟见面:"那宝玉自一见秦钟,心中便如有所失。痴了半日,自己心中又起了个呆想,乃自思道:'天下竟有这等的人物!如今看了,我竟成了泥猪癞狗了!可恨我为什么生在这侯门公府之家?要也生在寒儒薄宦的家里,早得和他交接,也不枉生了一世。我虽比他尊贵,但绫锦纱罗,也不过裹了我这枯株朽木;羊羔美酒,也不过填了我这粪窟泥沟:"富贵"二字,真真把人荼毒了!'"他和"一贫如洗""父母早丧"的破落世家子弟柳湘莲缔结深厚的友谊,对为当时社会所轻贱的"唱小旦的"蒋玉函衷心倾慕,可以说,也含有同样的意识。

当然,秦钟、柳湘莲和蒋玉函的所谓"人品",是使他和他们亲厚的主要原因。假如没有具备这种使他引为知己的"人品",他对他们的交情是建立不起来的。比如对于贾芸,最初他很怀有好感,但是接谈几次之后,看到贾芸人品的庸俗;他就不愿和他交往了。那么这种所谓"人品",究竟是什么呢?有人认为就是带有女性风格的美貌。我以为这是片面表面的看法。

第四十七回里写到在赖大家贾宝玉和柳湘莲见面的一个场面。他们的谈话主要是关于照管秦钟的坟墓和柳湘莲远行的事。贾宝玉一见柳湘莲,就问他这几日可曾去看秦钟的坟。一个说,想着雨水多,放心不下,特意绕路去看了坟,回家就弄了几百钱,雇人去收拾好了;一个自恨天天圈在家里,一点做不得主,但园子里结了莲蓬,就摘了十个,叫焙茗送到坟上供他。柳湘莲又说,"这个事也用不着你操心,外头有我,你只心里有了就是了"。柳湘莲虽然"一贫如洗,家里是没的积聚的",但他早"已经打点下上坟的花消"。贾宝玉意欲打发焙茗送钱给他,柳说用不着,这也不过各尽其道。于是谈到远行的事,贾宝玉依依难舍,说:"你要果真远行,必须先告诉我一声,千万别悄悄的去了!"说着便滴下泪来。

这里流露出来的他们之间友情的内容,在当时社会里是一种慷慨义气、严肃而又高尚的品格和精神。这不但和同一回里映照着描写的呆霸王薛蟠对柳湘莲的腌臜无耻的用心和行为成为尖锐的对比,就是和封建统治阶级或上层士大夫间——如贾雨村对甄士隐和贾家、贾政及他的那些门客们——那种庸俗的势利关系,也同样属于不同的范畴。这意思是说,像这种金子似的心,是当时被压迫人民所崇尚,贾宝玉的本阶级里一般是没有的。

早年贾宝玉对北静王水溶也怀着好感。那不止因为水溶"面如美玉,目似明星,真好秀丽人物",主要还因为水溶"风流跌宕,不为官俗国体所缚",和他的思想有合拍之处的缘故,尽管如此,仍然碍于身份与社会地位,贾宝玉后来和他没有什么交往,更未和他发生像和柳湘莲、秦钟那样的亲密的友谊关系。

贾宝玉对于世俗男子和对于自己社会出身的憎恶,实质上都是对他出身的本阶级的否定。他对世俗男子的否定,同样也就是对他本阶级的否定。因为封建主义社会以男性为中心建立其统治,妇女所受的压迫,实即反映了阶级的压迫;在旧社会,妇女的解放是必须在阶级斗争中去求取的。

贾宝玉的这种意识特别清楚地表现在对居于下层地位女子们的用心上。他对她们被糟践的命运,怀着无限同情;对她们纯真敏慧的资质和自由活泼的性格,倾心地亲爱。第二十三回写他在园中看见风吹花落,不忍落花被人践踏,兜起来抖入池中;后来又和林黛玉掘土葬花。这种对花怜惜的心情,正是他从对女孩子们的处境和品质的联想产生的。

八

　　书中关于贾宝玉对女孩子温柔体贴的描写随处都有,并且非常突出。这里只举两三个例,具体看一看贾宝玉这方面思想活动的特点,是有意义的:

　　第十九回写贾宝玉在宁宅看戏,对那里的富贵繁华和热闹发生厌恶,感觉内心的孤寂,就叫茗烟同他到花家去看袭人。他对袭人说:"我怪闷的,来瞧瞧你作什么呢。"后来袭人回来,贾宝玉和她谈及在花家看见的穿红的女子,袭人有意用歪话缠他。他说她们不配穿红的,谁还敢穿?"她实在好的很,怎么也得她在咱们家就好了。"袭人冷笑道:"我一个人是奴才命罢了,难道我的亲戚都是奴才命不成?"宝玉忙笑道:"你又多心了。我说往咱们家来,必定是奴才不成?说亲戚就使不得?"袭人又故意说:"明儿赌气花几两银子买进她们来就是了。"宝玉笑道:"你说的话,怎么叫人答言呢?我不过是赞她好,正配生在这深宅大院里,没我们这宗浊物倒生在这里。"后来袭人说及她们明年就要出嫁,宝玉不禁连"嗐"两声气。女孩子出嫁,在贾宝玉看来就像落花一样,遭受封建性的践踏;并且她们出嫁后渐渐成为社会机构的组成细胞,就会失去她们原有的纯真美好的内心精神和品质。贾宝玉一贯听说女孩子出嫁就难过,正是为此;他对女孩子的深切同情,也出于同样的意识。

　　贾宝玉这种意识和感情在金钏儿惨死,尤其在他和林黛玉的恋爱婚姻问题上所感受的切身压迫愈深的时候,就愈益发展了。我们可以看看第四十四回"平儿理装"和第六十二回"香菱情解石榴裙"两回的描写。处于"婢妾"地位的平儿,为贾琏和凤姐极端丑恶的争闹受到无辜的殴打和枉屈。贾宝玉招待平儿到怡红院,连声劝慰她:"好姐姐,别伤心。"照料她换衣、梳洗、擦脂粉,替她剪下秋蕙簪在鬓上。平儿到李纨处去了后,贾宝玉自觉在平儿前稍尽片心,引为今生意中不想之乐,歪在床上怡然自得。"忽又思及贾琏惟知淫乐悦己,并不知作养脂粉。又思平儿并无父母兄弟姊妹,独自一人,供应贾琏夫妇二人,贾琏之俗,凤姐之威,他竟能周旋妥帖,今儿还遭荼毒,也就薄命的很了。想到此间,便又伤感起来。复又起身,见方才的衣裳上喷的酒已半干,便拿熨斗熨了叠好;见他的绢子忘了去,上面犹有泪痕,又搁在盆中洗了晾上。又喜又悲……"贾宝玉服侍平儿温慰体贴的用心,这里是刻画得很清楚的。

再看贾宝玉生日那天,香菱和几个顽皮女孩子斗草,彼此逗趣,打闹起来。香菱的石榴红罗裙弄到脏水里玷污了,正在没办法,贾宝玉恰好走来看见,于是招呼她换了袭人的裙子,又无微不至地对她尽了一番温存体贴之心。这里描写两方内心活动是很深细的。贾宝玉说裙子本不值什么,但弄坏了,一则辜负琴姑娘的心,二则姨妈老人家嘴碎,会说只会糟蹋东西,不知惜福。香菱听了,碰在心坎儿上,反倒喜欢起来。这因为贾宝玉替她设身处地,想的深切入微。这在作"婢妾"的香菱是从来没有经过的温情。所以在袭人送来裙子给她换好之后,香菱已经走开,又重复回转身叫住宝玉;红了脸,只管笑,要说什么,又说不出口来;末后脸红说:"裙子的事,可别告诉你哥哥,就完了。"这正因为香菱从未领略过这样的温柔体贴,所以一时心里对贾宝玉有说不出的感激和欣喜。至于贾宝玉这样看待香菱,那心理活动也是很明白的:"一壁低头,心下暗想:'可惜这么一个人,没父母,连自己本姓都忘了,被人拐出来,偏又卖给这个霸王!'因又想起:'往日平儿也是意外想不到的,今儿更是意外之意外的事了!'"

可见贾宝玉对平儿和香菱的用心都是很严肃的。他只是对这些处于悲苦地位遭受压迫蹂躏的女子怀着莫可奈何的关怀和怜惜;他无力改变这种现状,于是到处发挥这种不能自制的感伤的温情。

但是贾宝玉严肃纯洁的内心,总是不为人所了解。比如香菱,就以为他对她怀着轻薄。第七十九回所写的,当时晴雯已死,迎春将嫁,和林黛玉的关系陷入一筹不展的苦境,贾宝玉在沉郁中,这种意识更为深入了。他到迎春住处紫菱洲一带徘徊瞻顾,吟咏了"蓼花菱叶不胜悲,重露繁霜压纤梗"这样的诗句;这时遇见香菱,谈到薛蟠将娶夏金桂。香菱是个天真的女子,在薛家长大,也只能有世俗的见解,对她自己悲苦的处境并没有自觉。所以这时她仍很高兴,说"我也巴不得早些娶过来"。宝玉冷笑道:"但只我倒替你担心虑后呢!"香菱道:"这是什么话?我倒不懂了。"宝玉笑道:"这有什么不懂的?只怕再有个人来,薛大哥就不肯疼你了。"香菱听了,不觉红了脸,正色道:"这是怎么说?素日咱们都是厮抬厮敬,今日忽然提起这些事来,怪不得人人都说你是个亲近不得的人!"一面说,一面转身走了。宝玉见她这样,便怅然如有所失,呆呆的站了半日,只得没精打采,还入怡红院来。

这里的描写显出贾宝玉在他世俗社会里精神内心是多么孤独寂寞;香菱对他的了解,正可以代表一般的世俗之见。

自来《红楼梦》的读者对上述贾宝玉看待女子的用心,也总是以封建社会的世俗之见去了解。他们认为贾宝玉对下层地位的女子都怀着邪念。这是荒谬的。

贾宝玉的这一思想倾向坚定不移。为金钏儿和蒋玉函的事挨了贾政的痛打之后,林黛玉来看他,抽噎地说:"你可都改了罢?"他长叹一声说:"你放心。别说这样的话。我便为这些人死了,也是情愿的!"

他此时对林黛玉说这样的话,主要是因为他明确意识到,自己和林黛玉的爱情关系,跟他被封建势力拿做罪名的那整套行为思想完全属于同一回事。这是贾宝玉坚持他的行为思想和反封建决心的表示,也是他向林黛玉提出他和她爱情关系的再次的声明和保证。

前面已经说过,贾宝玉对于生活环境里的女子们广泛深切的同情与爱护,是和他跟林黛玉的爱情关系互为因果、不可分割的。正因为贾宝玉性格的这一特点,他把它集中专注在林黛玉身上,才发展成为他们之间那样生死不变的深挚的爱情;也正因为他在爱情问题上遭受着封建主义势力的沉重的压迫,他才对环境里的女子愈益深切地怀着那样的同情和体恤。

九

综观上述贾宝玉思想的这些特点——一方面对自己出身的本阶级抱着憎恶和否定的态度,一方面对他所接触的生活环境中居于被压迫地位的人物——尤其女孩子们则寄予尊重、同情和无限亲爱体贴之心:这就积极方面意义看,实即反映了人性解放、个性自由和人权平等的要求,实质上也就是人道观念和人权思想,就是初步的民主主义精神。

贾宝玉非常讲究尊重个性,尊重意志。第二十回他对贾环说:"大正月里,哭什么?这里不好,到别处玩去……譬如这件东西不好,横竖那一件好,就舍了这件取那件……你原是要取乐儿,倒招的自己烦恼。"第三十一回"撕扇子作千金一笑"写晴雯生气说到怕砸了盘子,宝玉笑道:"你爱砸就砸。这些东西原不过是借人所用,你爱这样,我爱那样,各自性情。比如那扇子,原是扇的,你要撕着玩儿也可以使得,只是别生气时拿他出气;就如杯盘,原是盛东西的,你欢喜听那一声响,就故意砸了,也是使得的,只别在气头儿上拿他出气。——这就是爱物了。"这番议论,我们今天看来自然觉得太过分,很不妥帖,其中流露了浓厚的贵家公子气味。但主要的意思,却是尊重意志,尊重个性;用当时思想家的话说,就是"使人各得其情,各遂其欲"(戴震语)。

第三十六回写"情悟梨香院"的一段,贾宝玉兴兴头头去找龄官,因素日和女孩子玩惯了,只当龄官也一样,央她唱一套"牡丹亭"曲子。不想龄官见他坐下,忙起身躲避,正色道:"嗓子哑了。前儿娘娘传进我们去,我还没有唱呢。"宝玉见此景况,从来未经过这样被人弃厌,自己便讪讪的,红了脸,只得出来了。后来看见贾蔷那样体爱龄官,龄官又那样自爱并爱着贾蔷,他就悟出"人生情缘各有分定"的道理。

他是完全尊重龄官的个性、意志和她与贾蔷的关系的。他平日和姊妹、丫鬟们一处,也总是尊重别人的意见,很少拿自己的主张;更不想强迫别人接受自己的意见。

在日常生活活动中,贾宝玉也一贯流露这一思想。第四十回贾母、王夫人和众姊妹商议给史湘云还席。贾宝玉因说:"我有个主意。既没有外客,吃的东西也别定了样数,谁素日爱吃的,拣样儿做几样。也不必按桌席,每人跟前摆一张高几,各人爱吃的东西一两样,再一个十锦攒心盒子,自斟壶。岂不别致?"这意见立刻为贾母所接受。他作诗也不主张限韵,要求自由发挥个性。

贾宝玉这种思想是和封建主义原则正面抵触的,它直接破坏着封建秩序。我们试看贾宝玉待人接物的态度,他总是否定封建社会的礼法观念,主张听任各人按照自己的意志和心愿去自由活动。

第二十回写他对弟弟贾环:"宝钗素知他家规矩,凡做兄弟的怕哥哥,却不知那宝玉是不要人怕他的。""并不想自己是男子,须要为子弟之表率。是以贾环等都不甚怕他,只因怕贾母不依,才只得让他三分。"

他对茗烟,也是亲密无间,没有什么主奴的界限。像第十九回写的他对茗烟和万儿的喜剧,第二十三回写的茗烟替他买来各种小说,第二十六回写的茗烟受薛蟠之嘱竟诳说老爷叫他,第四十三回写的和茗烟偷偷同到水仙庵去祭奠,茗烟祝告的时候说:"跟二爷这几年,二爷的心事,我没有不知道的。"

在丫鬟们跟前,反倒经常服侍她们;并且受她们的排揎,不以为忤。正如袭人说的:"你这个人,一天不挨两句硬话村你,你再过不去。"(见第六十三回)麝月甚至这样"村"他:"你偏要比杨树,你也太下流了!"(见第五十一回)傅家婆子议论他:"一点刚性也没有,连那些毛丫头的气都受到了!"(见第三十五回)

在贾宝玉这种思想领导下,怡红院关起门来,除了袭人做些梗,可说是个没多少封建礼法观念的民主自由的世界。第六十三回描写"寿怡红",林之孝家的走后,丫头们要为宝玉安席,贾宝玉笑道:"这一安席,就要到五更了。知道我最怕这些熟套,在外人跟前不得已,这会子还怄我,就不好了。"众人听了,都说:"依你。"于是先不上坐,且忙着卸装宽衣。(这里"庚辰本""脂批":"吃酒从未如此者。此独怡红风俗。故王夫人云他行事总是与世人两样的。")尤其姊妹们散后,简直弄得"无法无天"。但他觉得称心如愿,无比的快乐。袭人也说:"昨日夜里热闹非常,连往日老太太、太太带着玩,也不及昨儿这一玩。"这话从袭人这样思想的人说出来,可见她们这些处在被压迫地位的女孩子们都是喜爱这种无拘无束的自由生活方式的。所以平儿说:"还说给我听,气我!"

第六十六回兴儿对尤三姐等评论贾宝玉:"再者也没有一点刚性儿。有一遭见了我们,喜欢时没上没下,大家乱玩一阵;不喜欢各自走了。他也不理我们,我们坐着卧着,见了他也不理他,他也不责备。因此没人怕他。只管随便,都过得去。"

贾宝玉这种性格,愈到后来,愈发展得厉害。第七十回写怡红院早晨,晴雯、麝月、芳官笑闹膈肢,贾宝玉也参加进去闹。碧月走来说:"倒是你们这里热闹。"他们在郁闷的生活中,简直作为精神的发泄。第七十九回写道:"这百日内,只不曾拆毁了怡红院,和这些丫头们无法无天,凡世上所无之事都玩耍出来。"

当时封建主义势力在大观园里大肆猖狂,园中素日丰富多彩的生活活动日见毁坏,形成"风雨如晦"的局势;贾宝玉和众多女孩子们所受压迫摧残日益加紧,宛如"釜底游鱼":这样形势下,怡红院中愈是逞心胡闹,愈令人觉得惨切;但同时也足见贾宝玉虽然限于条件,逼于形势,却充分表现了他负隅顽抗、苦战到底、不肯屈服的精神。

从这整套颇具规模的初步民主主义思想看,当时封建主义社会秩序为一个统治阶级的儿子所安排的道路,贾宝玉当然不能遵循。除了家庭中晨昏定省而外,一切应该参加的交游和礼节,他都不愿参加,尽力逃避。这是明显的事:他和处于被压迫地位的女孩子们的纯真自由的世界,与居于统治地位的庸俗腐朽的男子们或利欲熏心的士大夫们的世界——这两个世界在贾宝玉的具体生活环境里是尖锐地矛盾对立着的。对这两相矛盾对立的生活道路加以抉择的问题,早就提到贾宝玉的面前。自幼虽经家长训诫逼迫、袭人和宝钗等规劝,他却利用衰朽制度和腐败社会的空隙,极力抗拒逼来的压力。他批评"读书上进的人"是"禄蠹","把一切男子都看成浊物",把所有士大夫都骂为"国贼禄鬼"。

第三十二回史湘云天真直率地向他提出这个生活道路的问题:"如今大了,你就不愿去考举人进士的,也该常会会这些为官作宦,谈讲谈讲那些仕途经济,也好将来应酬事务,日后有个正经朋友。让你成年家只在我们队里,搅的出些什么来?"贾宝玉立刻还击,斥为"混账话"。

第三十六回写道:"那宝玉素日本就懒与士大夫诸男人接谈,又最厌峨冠礼服贺吊往还等事……日日只在园中游玩坐卧……却每日甘心为诸丫头充役……或如宝钗辈有时见机劝导,反生起气来,只说:'好好的一个清净洁白女子,也学的沽名钓誉,入了国贼禄鬼之流。这总是前人无故生事,立意造言,原为引导后世的须眉浊物,不想我生不幸,亦且琼闺绣阁中亦染此风,真真有负天地钟灵毓秀之德了。'"这里概括地写出了贾宝玉日常生活中的坚定不移的信念和战斗姿态。

后来随着家道的愈趋败落,形势对他的要求愈迫切,那逼到头上的压力也愈沉重,他也就愈见陷于力疾苦战的地步。但是在他具体的主客观条件下,他的信念始终不移,战斗也始终不休。贾宝玉对封建主义势力为他安排的生活道路是坚决否定了的,而他的民主主义思想和要求是一直坚持到底的。

贾宝玉和林黛玉的爱情,正就是建立在这种思想和要求的基础之上,同时他和林黛玉的关系,也坚定了和发展了他的这种思想和要求;他被逼被骗和薛宝钗结婚后而终于出亡,也得从他这整套思想和要求来看,才能了解。

十

从以上的阐论中,我们已经可以看到一些贾宝玉形象所含有的民主主义思想的限度。

不错,贾宝玉思想性格中民主主义因素已经具备规模,我们可以看见那色彩鲜明、线条清楚的完整的轮廓;它和封建主义抵触着、矛盾着,不能相容,并且态度坚定,没有调和妥协的意向。这方面都是不容置疑的。但同时,我们却也看得出,它的力量是如此其微弱,所处的境状如此其黯淡,它在衰朽腐败的封建主义势力跟前,宛如一棵幼芽压在大石之下,显得无法与之抗衡,因之也看不见天日、找不到前途。这方面我们也不能忽视。

贾宝玉经常想到死和毁灭。在他的早期就有这念头,到后来不但未变,反倒愈来愈见深彻。

第十九回他和袭人说:"只求你们看守着我,等我有一日化成了飞灰——飞灰还不好,灰还有形有迹,还有知识的!等我化成一股轻烟,风一吹就散了的时候儿,你们也管不得我,我也顾不得你们了,凭你们爱那里去那里去就完了。"

第三十六回他说——还是对袭人:"比如我此时若果有造化,趁着你们都在眼前,我就死了,再能够你们哭我的眼泪流成大河,把我的尸首漂起来,送到那鸦雀不到的幽僻去处,随风化了,自此,再不托生为人:这就是我死的得时了!"

第七十一回尤氏驳辩贾宝玉对探春的批评:"谁都像你是一心无挂碍只知道和姊妹们玩笑?饿了吃,困了睡,再过几年,不过是这样,一点后事也不虑。"宝玉笑道:"我能够和姊妹们过一日是一日,死了就完了,什么后事不后事!"又说:"人事难定,谁死谁活?倘或我在今日明日,今年明年死了,也算是随心一辈子了。"

贾宝玉自幼从生活中明确感觉到那尖锐的矛盾。他身在那矛盾中,为之呕心耗血,苦痛难置;他无法解决那矛盾,也不能为自己的斗争找到支援和出路。他始终在一种莫可奈何的境状中。于是感伤主义情绪随着他的民主主义思想同时生长起来。他一般只能给予处在封建主义势力压迫摧残下的人们以温情和体恤,对自己切身的恋爱婚姻和生活道路问题一般只能做出偏于消极性的奋斗:他坚决不向封建主义妥协投降,但是他也不能积极有为地做出有力和有效的反抗。他一般多是以逃避态度对待面临的矛盾,但这是逃不脱的;为了减轻斗争中的苦痛,他找到了可能找到的虚无主义思想。

感伤主义和虚无主义是贾宝玉民主主义思想的弱点和病症。

他欣赏《庄子》,喜观佛家思想。当他在切身的尖锐矛盾中、在激烈的思想斗争中的时候,他就以此自慰,求得苦痛的解脱。

第二十一回他摹拟南华文,写出什么"焚花散麝,戕宝钗之仙姿,灰黛玉之灵窍,丧灭情意"的句子。第二十二回因听见戏曲中鲁智深唱的"赤条条来去无牵挂"等句,就喜得拍膝摇头,并且作了几句佛偈。这都是他用来自解烦恼,自慰苦痛的办法。在他的现实条件下,他只能找到这样一些精神思想的出路。

当然这些都是他早期的勾当,但是虚无主义一直生根在他的思想里。他的"死"和"化灰化烟"的念头,正就是它的流露。

温情主义和感伤主义是同一东西的两面。贾宝玉对处于不幸运命中的女孩子的温情,实出于一种莫可奈何的态度。这种思想感情的深化和扩大,就成为明显的感伤主义。

第三十九回刘老老向他胡诌了"雪中抽柴"的若玉小姐的故事,他就当成一件了不得的大事去办。第四十三回他为祭奠金钏儿在水仙庵看见"洛神"像,以为真有"荷出绿波,日映朝霞"的姿态,就不觉滴下泪来。第五十八回见园中杏树"绿叶成荫子满枝",想到邢岫烟已经择了夫婿,又"不免伤心,只管对杏树叹息"。他为藕官掩护烧纸(见第五十八回),为彩云等瞒赃(见第六十一回),也都流露同一思想。

芳官被干妈打了,正吵闹,"宝玉恨的拿柱杖打着门槛子,说道:'这些老婆子都是铁石心肠似的,真是大奇事!不能照看,反倒挫磨他们。地久天长,如何是好?'"(见第五十八回)

他对面临的现实无可奈何,尤其当他对切身的恋爱婚姻问题束手无策时,比如在第五十七回"情词试莽玉"以后,感伤主义就主宰了他的心神。

十一

贾宝玉思想里这些病症和弱点是根深蒂固的。他对面临的和切身的矛盾无可如何,首先是因为他自己的思想里存在着严重的矛盾。

他的思想上的矛盾在这里:他从生活现实中否定了封建统治阶级社会,否定了封建主义社会秩序,可是,他却没有能够否定君权和亲权——封建主义统治权。这是贾宝玉直到"出家"没有获得解决的思想问题。这个思想问题使他对现实的斗争始终带着阴黯气氛和悲剧色彩,并且他也只能成为悲剧主人,以悲剧来结束他的斗争。

第三十三回"大受笞挞",众门客劝阻,贾政不许,说"明日酿到他弑父弑君,你们才不劝不成"?这是说在贾政看来,贾宝玉的行为虽然已离经叛道,但"今日"还未到弑父弑君的地步,不过听任不管,"明日"会酿到那地步。

贾宝玉不只没有弑父弑君的思想,他对君权亲权都一直尊重,从来不敢直接违抗。

这首先表现在他的民主主义思想并未突破封建主义体系而独立,他还不能不崇信"孔孟之道"。

第三回他说:"除了四书,杜撰的也多呢。"第十九回袭人复述他的话:"除了什么'明明德'外就没有书了,都是前人自己混编出来的。"

第二十回作者旁叙他的思想:"只有父兄伯叔兄弟之伦,因是圣人遗训,不敢违忤。"

第七十三回叙道:"更有八股一道,因平素深恶,说这原非圣贤之制撰,焉能阐发圣贤之奥,不过是后人饵名钓禄之阶。"

由于把孔孟之道看作天经地义,由于不敢违忤圣贤遗训,贾宝玉对于封建主义统治从不怀疑。

第二十八回为"金""玉"的问题他向林黛玉表白:"我心里的事也难对你说,日后自然明白。除了老太太、老爷、太太这三个人,第四个就是妹妹了。要有第五个人,我也起个誓。"

第三十六回他对袭人发议论:"人谁不死?只要死的好。那些须眉浊物只听见'文死谏''武死战'这二死是大丈夫的名节,便只管胡闹起来。那里知道有昏君方有死谏之臣,只顾他邀名,猛拚一死,将来置君父于何地?必定有刀兵,方有死战,他只顾图汗马之功,猛拚一死,将来弃国于何地?"又说:"那武将要是疏谋少略的,他自己无能,白送了性命:这难道也是不得已么?那文官更不比武官了。他念两句书,记在心里,若朝廷少有瑕疵,他就胡弹乱谏,邀忠烈之名;倘有不合,浊气一涌,即时拚死;这难道也是不得已?要知那朝廷是受命于天,若非圣人,那天也断断不把这万几重任交代。可知那些死的都是沽名钓誉,并不知君臣的大义。"

这些话把他颠簸不破地信持着的君父观念全盘托出来了。

第六十六回里他和柳湘莲有一段对话。柳湘莲说:"你们东府里,除了那两个石狮子干净罢了!"宝玉听说红了脸。湘莲自惭失言,连忙作揖,说:"我该死胡说,你好歹告诉我,他品行如何?"宝玉笑道:"你既深知,又来问我做什么?连我也未必干净了。"湘莲笑道:"原是我自己一时忘情,好歹别多心。"

这里贾宝玉流露了很深的宗族观念;其实在他的具体条件下,这也是理所当然的。

问题不在他只在口里说了什么或心里想了什么。重要的是他在日常生活活动中表现出来:他一贯遵循与顺从亲长的嘱咐,从不当面违抗。当然他心有不愿,但不敢直说,而只是逃避、掩饰,或作侧面的斗争和曲折隐忍的表示;要是逼紧了,也只好顺从。日常晨昏定省之礼,除非特殊原因和祖母叮嘱,也还是谨守不渝的。对父亲,他从心里惧怕;对母亲,他从心里尊重(有人认为芙蓉诔"毁诐奴之口""剖悍妇之心"二句中有指王夫人的意思,这怕是误解。按情理,按贾宝玉的思想,这还只能是指那些仆妇,如王善保家的之类);对老太太,他从心里崇敬。亲长通不过的事,他只能偷偷地隐瞒着做:如到花家去看望袭人,到水仙庵去祭奠金钏儿。凡这些,他都不能理直气壮、光明正大地在亲长前公开做出来。

下人来传亲长的话,他得站起来答话。甚至走过父亲书房门前要下马这一礼节,他也不肯违犯;他只能要求打角门绕过去,以免下马。周瑞说"老爷不在书房里,天天锁着,爷可以不用下来罢了"。宝玉笑道:"虽锁着,也要下来的。"他不肯越过礼去(见第五十二回)。

到检抄大观园后,晴雯、芳官、四儿等无辜被撵出去,他虽然如丧魂魄,痛愤得万箭穿心,恨不能一死,"但王夫人盛怒之际,自不敢多言",还一直跟送王夫人到沁芳亭。到了晴雯垂死的时候,贾政叫他随同出去作诗,他也只好去。

贾宝玉在家庭里,在他的社会环境里,在奴仆下人心目中,都有他特殊的地位。他以这种地位或面子对被压迫者被糟践者给予温情和庇护。他的丫鬟们也依靠了他的地位和势力以对抗婆子们和她们自己长上所施的压迫和干涉。并且,他得有这样的特权:打破了成规,被准许进行为封建主义社会秩序所不容的这样那样的民主自由生活活动(包括和林黛玉的爱情);从这里,培养出来他的具备规模的初步民主主义思想和反封建主义的叛逆精神。

可是,他的地位和特权哪儿来的呢?显然,他依靠的是亲长的爱宠,是封建主义统治势力的支持。

这是可悲的矛盾:他所深恶痛绝的,正是他所仰赖的;他所反对的,正是他所依靠的。

因此之故，在家长威力的压迫之下，他可以变得失去力量，毫无作为。

我们可以看看第七十七回的几段描写。周瑞家的押送司棋出去，坚执不允许司棋辞一辞姊妹们；贾宝玉走来遇见，向周瑞家的求道："姐姐们且站一站，我有道理。"周瑞家的便道："太太吩咐不许少捱时刻，又有什么道理？我们只知道太太的话，管不得许多。"宝玉又恐他们去告舌，恨的只瞪着他们。

到晴雯被撵以后，贾宝玉偷偷地去看她。他"将一切人稳住，他独自得便，到园子后角门，央一个老婆子带他到晴雯家去。先这婆子百般不肯，只说'怕人知道，回了太太，我还吃饭不吃饭？'无奈宝玉死活央告，又许他些钱，那个婆子方带了他去"。

这样的场合下，贾宝玉社会关系的真相就显出来了：没有了封建主义势力的支持，他就失掉了特殊地位，也就不能得到重视了。当王夫人拿出狰狞面目，残酷地把晴雯等人撵出去时，贾宝玉不但不能挺身而出，有所抗辩，甚至也不敢到老太太那里去求情。为什么？因为这就和母亲的意志正面冲突，就直接违犯了亲权。

贾宝玉是一贯尊重着与信守着封建主义统治的；违犯了统治权力的事，他就不能理直气壮公开做出来。

所以贾宝玉只能在封建主义统治所特准或其衰朽势力所不能控制的范围里进行他的反封建秩序的活动和发挥他的民主主义精神。这样的反封建活动，这样的民主主义思想，尽管它本身已具有规模，而且很坚决，不妥协，但终究是缺乏力量，没有前途的。

贾宝玉的恋爱与婚姻的悲剧，就植根在他的这种严重的思想矛盾上面：他热烈地进行了自由恋爱，他迫切地要求婚姻自主，可是同时又不得不期待家长的主持和批准，不得不仰赖封建主义势力的赞助与支持。

第五十六回贾母和江南甄家来的女人有一段谈话，透露了他们看待贾宝玉的许多消息,尤其道破了贾宝玉思想的这一症结所在。

贾母笑道:"不知你我这样人家的孩子,凭他们有什么刁钻古怪的毛病,见了外人,必是要还出正经礼数来的。若他不还正经礼数,也断不容他刁钻去了。就是大人溺爱的,也因为他一则生的得人意儿;二则见人礼数,竟比大人行出来的还周到,使人见了可爱可怜,背地里所以才纵他一点子。若一味他只管没里没外,不给大人争光,凭他生的怎样,也是该打死的。"

对于封建主义统治无法违抗,自己的民主主义思想和要求又不能放弃:于是贾宝玉的出路只有出家做和尚——那不是现实世界里的和尚,而是回到虚无飘渺的"太虚幻境"里去,大约还是去做什么"神瑛侍者"吧?

总之,他只能在超现实的世界里找到出路。

而且,当他随着"空空道人"和"渺渺真人"离开这个现实世界的时候,他光着头,赤着脚,身上披着大红猩猩毡的斗篷,还不得不去找在归途中船上的贾政倒身下拜,特意向父亲告辞。

因此,在他决心"出家"以前,也须考得一个功名以报"亲恩祖德"。

续书作者这样一些处理,可说费了很大的心血:他是掌握了他的主人公的性格里这个症结问题的。

十二

贾宝玉典型形象的特征以及它所反映的矛盾和限度,跟原作者曹雪芹的思想是一致的。但是,因为贾宝玉的性格在书中是不断地成长、发展的,所以原作直到原著八十回结束,还曾有多处对他的主人公的某些弱点给予讽嘲和批判。

作者对于贾宝玉的感伤主义和虚无主义并不表示异议或反对，因为作者自己显然具有同样的思想感情。但是贾宝玉一些稚气的、空想的、过痴过傻的感伤与温情，作者则不免要给以同情的挖苦和嘲笑。

第三十九回"村老老是信口开河，情哥哥偏寻根究底"，写扮演着丑角的刘老老为博得喜欢、投其所好，胡诌了"雪中抽柴"的若玉小姐的故事；贾宝玉信以为真，显出那等欲罢不能、严肃探挚的用心，打发焙茗去认真访了一整天。焙茗回来说，在田埂子上找到一个破庙，说"可好了"，一看泥胎，活似真的似的。贾宝玉喜的笑道："他能变化人了，自然有些生气！"焙茗拍手道："那里是什么女孩儿，竟是一位青脸红发的瘟神爷！"

作者对贾宝玉的一些迂阔之见和在斗争的关键问题上认识模糊、易受愚弄哄骗的弱点也加以揭发和讽刺。

第七十七回刚直纯真的晴雯遭受歧视和陷害，被残酷地撵了出去，贾宝玉痛愤难言，对袭人生了疑心，提出许多尖锐问题，使袭人窘态毕露，无可回答。于是袭人就用对贾宝玉惯用的诡谲的挟制手段，把话题岔开，故意说贾宝玉是咒晴雯死。贾宝玉对袭人诡诈的用心毫不觉察，还呆头呆脑的说什么阶下海棠花死了半边的坏兆头，又长篇大论发表迂阔的谬论。袭人接过来说："就是这海棠，也该先比我，也还轮不到他。想是我要死的了！"这一下贾宝玉被她抓住了弱点，忙掩住她的口，劝道："这是何苦？……罢了，再别提这事……"袭人听说，心下暗喜道："若不如此，也没个了局。"这里通过对袭人鬼蜮伎俩的揭露，狠狠地讥讽了贾宝玉的软弱和糊涂。

贾宝玉不是不知道袭人的思想性格和自己是背道而驰的。但另一方面，袭人的身份和地位，同其他受压迫糟践的女子一样，他对她寄予了深切的同情和爱护；同时袭人从早一片真心待他，对他无微不至,他对她有特别亲切深厚的感情。这样,贾宝玉对袭人的关系就纠结着爱和憎,而他对处于被压迫地位的女子一贯总是以同情和爱护为主导的,这使他无法解决自己对袭人的矛盾。

他的性格的这一特点,不但成为弱点,老是被袭人抓在手里加以利用,而且也使他对袭人的为人在认识上有时清楚,有时模糊,不想去深究。因此,他不只对晴雯"善善而不能留",对袭人也"恶恶而不能去"。这就使他在斗争的关键上显得软弱没有办法,只能自欺欺人、得过且过地苟安下去。

第七十八回那个伶俐的小丫头顺着贾宝玉的意思编了一套谎话,说晴雯咽气前自说死后去做花神,又见景生情地胡诌,说她专管芙蓉花。这些谎话正符合贾宝玉的内心要求,他不但不以为怪,亦且去悲生喜。他决心到晴雯灵前一拜,但尸已抬出焚化了,他扑了个空,回园顺路找林黛玉,林黛玉到薛宝钗处去了,再寻了去,薛宝钗搬走了,蘅芜院已空寂无人,他不觉大吃一惊,怔了半天。因转念一想:"不如还是和袭人厮混,再与黛玉相伴。只这两三个人,只怕还是同死同归。"

贾宝玉在这样严重的尖锐斗争关头,却一再地持这类迂阔无稽之见来为自己解慰苦痛,对晴雯的惨死、对袭人的奸伪,就都不了了之,安心要苟且地厮混下去了。在这种地方,作者对贾宝玉性格中弱点的揭发和批判是很严厉、很不留情的。

但所有这些,不仅是作者对他的主人公性格在肯定的前提之下持着善意的爱护的态度提出来的讽嘲与批判,而且也是贾宝玉性格在继续发展中存在的问题。

续书里描写了贾宝玉这些弱点的克服,或性格的进一步发展:当林黛玉郁病致死后,他并没有长久和薛宝钗、袭人等苟且厮混下去,而是终于抛弃了她们,毅然决然出走了。当然,其中许多具体安排——如和薛宝钗做了颇为恩爱的夫妻,日后生子,贾家仍得

"兰桂齐芳";如贾宝玉思想发生变化,是因再游"太虚幻境",由此悟了"仙缘",才"斩断尘缘"等——都不对头,有心的读者会觉得遗憾;但这方面问题本文且不讨论。

十三

不用说,作者在书中一贯是以热烈赞扬的肯定态度处理他的主人公贾宝玉的形象的。

开头安排了一系列的神话,突出地渲染主人公为世俗所不容的新的性格和他跟林黛玉的悲剧关系。关于他的前身,一面说它是"顽石"、是"蠢物",一面说它是"通灵"、是"宝玉";一面说它"无才补天",一面说它"灵性已通"。整个的神话以及这种正反两面的口吻,都表露着作者反对世俗之见,寄予主人公特殊的揄扬和赞美。

第二回用冷子兴和贾雨村的谈话来介绍还未出场的主人公,也是先说世俗之见的评论,而后又用较为高明的见解予以驳斥,再从而极力加以赞扬。

书中特意安排主人公和林黛玉见面的场合出场,以最重的着色之笔来反复描绘。仍然先介绍出于世俗成见的贬词,再用站在面前的主人公光彩耀人的具体形象把那些贬词批判掉;两首《西江月》,也还是取嘲弄世俗的反语,以贬为褒,以抑为扬,对主人公作了笼括全书的赞美。

作者所采取的这种从批判反面来歌颂正面,或从否定世俗来肯定反世俗的态度和描写手法,在全书里面是一贯的。我们前面的阐论正是从这两相对立、彼此映照的具体描写来说明作品的思想倾向性;这里面自然也正体现了作者的这种态度和手法。

作者在书中猛烈地攻击了腐朽罪恶的封建主义统治势力,对贾宝玉反封建、反世俗、一心倾向于被压迫、被糟践者的正义感情，以及他的全部以初步民主主义为主要内容的思想性格和行为活动作了极高的评价，并且以一种不胜悲慨之情，给予全心的同情和歌颂。

同时，从书中所安排的神话和一些超现实的情节描写里，我们也看得出来，作者对他的主人公在热烈爱护中，明显地带着惊异；在极力赞扬中，流露着觉得神奇；在全心歌颂中，显得以为不可解、不可知。于是贾宝玉这一高度现实主义艺术的典型形象出现在我们读者之前的时候，被作者点染了许多神秘主义的云雾。这些神秘主义的东西正是作者企图解释它、说明它，因而才带了出来的。

第二回里写尚在落拓中的贾雨村驳斥世俗说主人公"不过酒色之徒"，"将来色鬼无疑"，罕然厉色道："非也，可惜你们不知道这人的来历。大约政老爷也错以淫魔色鬼看待了。若非多读书识事，加以致知格物之功，悟道参元之力者，不能知也。"但贾雨村所能作出的解说，只是把他比做古来封建社会里传统的优秀人物——"情痴情种，逸士高人"。

第五回写"太虚幻境"，作者写了一个"司人间之风情月债，掌尘世之女怨男痴"的警幻仙姑。她款待贾宝玉喝"千红一窟"的茶，饮"万艳同杯"的酒，听"开辟红濛，谁为情种"的红楼梦曲子，后来对贾宝玉说："……吾所爱汝者，乃天下古今第一淫人也"；又详加解说道："……淫虽一理，意则有别。如世之好淫者，不过悦容貌，喜歌舞，调笑无厌，云雨无时，恨不能天下之美女供我片时之趣兴：此皆皮肤滥淫之蠢物耳。如尔，则天分中生成一段痴情，吾辈推之为'意淫'。惟'意淫'二字可心会而不可口传，可神通而不可语达。汝今独得此二字，在闺阁中虽可为良友，却于世道中未免迂阔怪诡，百口嘲谤，万目睚眦。……"

这些议论，我以为都可以看作作者从活生生的对现实体察中，认识了这种新的性格的特征,他努力要正确地说明它,但是难于寻找确当的概念或语言,只好用"情痴""情种"等名目,又觉得不能尽意,不够妥帖,就又找来"意淫"二字,特意加以诠释,指明须作特殊的意思来理解。此外,作者再无法说明这个性格了。

自来《红楼梦》的评点家批注家,一般也袭用"意淫"二字来说明贾宝玉的特征性格,但已与上引警幻仙姑所解说的词义完全相背,而是用了作者再三驳斥的世俗之见,按照字面望文生义来作理解的。

庚辰本脂批有两段说得比较老实。例如第十九回批贾宝玉对袭人说话一段:"这皆宝玉意中心中确实之念,非前勉强之词,所以谓今古未有之一人耳。听其囫囵不解之语,察其幽微感触之心,审其痴妄委宛之意,皆今古未见之人,亦是未见之文字,说不得贤,说不得愚,说不得不肖,说不得善,说不得恶,说不得正大光明,说不得混账恶赖,说不得聪明才俊,说不得庸俗平凡,说不得好色好淫,说不得情痴情种,恰恰只有一颦儿可对,令他人徒加评论,总未摸着他二人是何等脱胎,何等骨肉。余阅此书,亦爱其文字耳,实亦不能评出二人终是何等人物。后观情榜评曰:'宝玉情不情,黛玉情情。'此二评自在评痴之上,亦属囫囵不解,妙甚。"老实承认对这个新的性格不理解,但认为是"今古未有之一人",或"今古未见之人";这倒为我们作了很好的说明。

有位署名"读花主人"的,在光绪十四年版《增评补像全图金玉缘》上面作有人物论赞,对书中人物的理解,我以为高出任何评点家;其中《贾宝玉赞》说:"宝玉之情,人情也,为天地古今男女共有之情,为天地古今男女所不能尽之情……此为天地古今男女之至情……我故曰:宝玉圣之情者也。"

这里正面说明的,用来诠释上引警幻仙姑说的话,我想倒还比较中肯些。这所说的"天地古今男女之至情",不只是男女关系的

"情",而是一种广义的"情",即"人情";这是长期封建主义社会秩序所压制的东西;当时进步的思想家特意提出来加以鼓吹,并且用以反对"理"、批判"理"的,也就是这东西;用我们今日的话说,就是要求"个性解放",要求"人性自由",就是"人道观念"和"人权思想",就是民主主义精神。

十四

贾宝玉典型形象的特征是复杂多端的,但是民主主义却无疑是它的主要内容。

有人怀疑贾宝玉性格中民主主义精神的来头。他们说:在那种"富贵温柔之乡"的生活环境里,怎么可能产生这样的进步思想?

有人否认贾宝玉性格反映了当时历史与社会的新的内容。他们说:贾宝玉性格的民主性内容,不过是自古以来中国封建社会内优良传统的因素,其中没有什么新的东西。

也有人承认贾宝玉性格含有新的现实内容。但又觉得贾宝玉成天关在大观园里,现实社会可能给他的影响很遥远,难于指明;因此还是只好过分地去强调我国古代进步文化传统对他性格所起的作用。

根据本文的分析,我想提出下面几点意思:

封建统治阶级和被压迫人民并不是各有一个自己的天地,彼此隔离着,互不相关。因此,贾宝玉固然生活在封建统治阶级社会里,生活在"富贵温柔之乡"的大观园里,但是我们不能以为他的生活环境就和人民的"现实社会"截然划开,没有关系。

我们也不可脱离实际生活,把"阶级矛盾"的概念作简单化的理解,以为只有像《水浒传》所描写的斗争才是阶级矛盾;在贾宝玉的生活里就没有阶级矛盾,而贾宝玉所受的压迫、所参与的斗争就与现实社会的阶级矛盾无关。

我们也不可脱离实际生活,把"人民"或"市民"的概念作简单化的理解,以为只有像住在村庄里的"二丫头"之类才是人民(事实上住在农村里的也不一定就是劳动人民),以为只有城市手工业者、织造工匠才是市民;贾宝玉的生活环境里就没有人民或市民。

从书中的具体描写看,贾宝玉的生活环境里存在着两个矛盾对立的世界,这是很清楚的。贾宝玉认识这两相鲜明映照、尖锐对比着的世界,他以分明的爱憎态度和感情,背叛了自己出身的本阶级,站到处在被压迫地位的一边去;并且把自己的切身问题和这些处在被压迫地位人们的幸福问题完全连结起来;由此,从他丰富的阅历和苦痛经验中,逐步发展了和巩固了他独特的思想性格。

我们也清楚地看出来,给予他的思想性格以积极影响,使他的民主主义精神得以萌生与成长的,主要就是他生活上密切接近、精神上倾心亲爱的居于被压迫地位的众多男女青年们——首先是那些境遇悲苦、资质优美的女孩子们。她们和他们的具体境遇与内心精神以及在生活中所体现的迫切要求,不断地启发着他、熏陶着他;他在切身问题上所做的热情追求、所受的严重压迫,不断地教导着他、锻炼着他;由此,凭他敏锐的体察和很好的文化知识的修养,经过融合与提高,就使他性格中的民主主义精神日见深入巩固起来。

贾宝玉的生活环境正是当时封建主义统治下整个现实社会重要的剖面和缩影;这个环境里极其复杂错综的斗争冲突的主要环节,正是当时整个现实社会主要矛盾的具体反映。

为贾宝玉所倾心亲爱,从而对他的性格给予了积极影响的那众多男女青年们——主要是女孩子们,实质上正就体现了当时人民或市民的历史处境与时代要求;而且,她们和他们之中的绝大多数自身正就是人民或市民。

对贾宝玉性格的形成发展起了决定作用的,是社会现实的条件与因素;只有在这种现实的基础上,他才有可能接受并进一步发扬古来优良文化传统的影响。一味地或过分地强调文化传统的作用,不止不符合作品的具体内容,同时也是违背事理的。

假如贾宝玉只接受了优良文化传统的影响,他的性格自必不会有什么新的内容;那么,就贾宝玉这个具体人物说,恐怕也就只能像书中第二回贾雨村所说的,不过是"情痴情种""逸士高人"之类。可是这样的人物或典型,贾雨村也已具体指明,在我国历史上和文学作品中经常出现,为人所熟知;我们从贾宝玉形象的特征内容看,从作者的处理态度看,从作者和他同代人的理解情况看,可以知道事实远不是如此的。

看不到或忽视了产生贾宝玉性格的社会现实的根由,也就不能认识贾宝玉性格的新的内容。

如前文所阐明的,从贾宝玉形象的主要特征,我们可以看出色彩鲜明、线条清楚的民主主义精神的完整轮廓或雏形;这在当时我国历史现实中、在我国古典现实主义文学中,无疑是"新人的典型"。我国封建社会内要是没有资本主义萌芽的孕育,要是当时生产关系在原有的社会基础之上没有发生一些显著的变化,那就不仅不可能出现贾宝玉这样的典型形象,首先应该是不可能出现作品所描绘的那样形态的典型环境、那样形态的人与人间矛盾对立的关系,更为重要的是不可能出现那样种种不同典型的具有光彩耀人的内心精神的女子们。

贾宝玉形象的特征所反映的矛盾和限制,也是复杂多端的;其中有许多东西当然应该归于没落阶级的属性,比如那些感伤主义和虚无主义成分。但是当时的历史条件还是它的矛盾和限制的主要根源。

在当时历史阶段,封建主义制度虽然早已到了衰朽不堪、濒于最后崩溃的地步,资本主义萌芽虽然曾有长久孕育的历史,但后者仍然远没有脱离前者的社会基础而独立。史实告诉我们,当时各种工矿实业、国内外商业和银钱业,随着经济的恢复,开始有了显著的成长。可是这些新的经济因素,都是掌握在封建主义统治者之手;资金所有者和官僚、地主紧密地结合着,成为"三位一体"的社会统治势力。于是处在萌芽状态的资本主义因素,和衰朽的封建主义势力之间,一面抵触着,一面却又依存着。在这种形势下面,生活处境最感苦痛的,首先是被迫脱离了土地、脱离了自给自足小农经济生产的广大城乡被压迫人民;他们迫切要求巨大的变革,但又困在黑暗的现实中,看不到自己的斗争道路。

《红楼梦》的作者曹雪芹从他自己的生活经历里面敏锐地感受到那时代的窒息气氛,深刻体验到社会统治势力的罪恶,通过他天才地创造的以贾宝玉为主人公的巨著,提出了控诉与诅咒,同时描绘了自己所向往的生活理想;这正和当时广大被压迫人民内心的苦痛状态和热切要求完全相通的。

作为伟大艺术家的《红楼梦》作者,凭他的生活体验和形象思维通过贾宝玉典型所说道、所宣传的,和当时历史阶段我国伟大的思想家、学术家所呼吁、所主张的,那内容实质也是一致的。这些先进的思想家、学术家,一面鼓吹人的"情""性"或"欲",以反对统制文化思想的"理",但一面还是只能以儒家经典为依据,为孔孟之学作新的解说;一面反对专制政治,攻击"后世之为君者",一面还只能向往于古代仁君之政,拿"古之为君者"作根据来要求新的政治:他们所提倡鼓吹的,含有明显的民主主义的新的因素,有强烈的反对封建主义文化与政治的要求,可是同时也没有能够脱离封建主义思想体系。

我们知道有一个民间故事:一个樵夫,坐在树枝丫上面,用斧子砍他所坐的那枝丫;他所要砍掉的,正是他赖以托身的。

这个故事是可笑的;但就历史现实说,却是可悲的!

1956 年 6 月 16 日补毕

(原载《北京大学学报》1956 年第 4 期)

《儒林外史》的思想与艺术

——纪念吴敬梓逝世二百周年

一

历史悠久、丰富多彩的中国古典现实主义文学,发展到十八世纪中叶,无独有偶,产生了两位值得我们自豪的杰出的大作家。这就是《红楼梦》的作者曹雪芹和《儒林外史》的作者吴敬梓。他们的不朽的作品,不只使我国优秀的文学传统获得前所未有的新的发展,就是在世界文学历史中,他们也应该居于最先进最光辉的行列。就产生的年代说,曹雪芹比俄罗斯的巨匠托尔斯泰要早一个世纪;吴敬梓比俄罗斯的讽刺家果戈理也早一个世纪,比契诃夫则早一个半世纪。这里我们将曹雪芹和托尔斯泰作比,将吴敬梓和果戈理、契诃夫作比,不仅因为他们笔下所反映的社会现实与历史面貌具有某些类似之处,也因为他们作品的气派或风格、思想与艺术的造诣,都是两相交辉、相互媲美的。

至于吴敬梓和曹雪芹呢,吴比曹要大二十多岁,但作品的写作年代几乎相同。他们都生当鸦片战争以前——中国开始半殖民地化以前一百年顷;几千年长期停滞的中国封建社会已经到了衰朽不堪的地步;同时清的势力侵入,经过几十年武力与政治的统治,政权逐渐巩固起来。本来尖锐激烈的阶级斗争和民族斗争至此都转趋消沉。这可以说是古老中国封建主义统治最后的"回光返照"时期。在此时期,中国广大被压迫人民实际处在一种沉郁苦闷的境遇之中,中国社会的矛盾,是突出地表现在统治阶级阶层的内部。即是,统治阶级自相倾轧,剧烈分化,生活越趋腐烂,精神越趋崩溃,封建主义制度破绽百出,加速地走向穷途末路。曹雪芹和吴敬梓都出身于没落的统治阶级家庭,他们各以自己的切身感受,绘成充满诗情的巨幅图画:一个以两性婚姻问题为中心,反映了贵族统治阶级的罪恶和崩溃;一个则从"功名富贵"的问题着眼,反映了士大夫阶层的堕落和政治的黑暗与窳败。他们对现实的态度和所反映的社会层、生活面都有不同,但是所提出的问题的性质则同一范畴,同是给当时罪恶的封建主义社会制度和政权统治以无比深刻的揭露和有力的狙击。因此,他们都成为当时中国广大被压迫人民的代言人,他们的控诉,正反映了中国人民的心声。近二百年来,他们的作品在读者中间广泛流传,深入人心,一直在直接、间接地教育着中国人民;这对民主主义思想的启发和培养,无疑地做了出色的贡献。

　　《儒林外史》,因为它的高度的讽刺艺术这一特色,向来对社会有特殊的影响。同治年间惺园退士的序引述这样一句话:"慎勿读《儒林外史》,读之乃觉身世酬应之间,无往而非《儒林外史》!"鲁迅在《中国小说史略》里说,从有了《儒林外史》,中国的小说"乃始有足称讽刺之书";又说,以后也少有"以公心讽世之书如《儒林外史》者"。我们的鲁迅,在思想与艺术方面所受此书的影响很大,他在许多篇杂文里论及它,推崇备至。《且介亭杂文二集》为叶紫作《丰收》序说:

　　　　《儒林外史》作者的手段何尝在罗贯中下,然而留学生漫天塞地以来,这部书就好像不永久,也不伟大了。伟大也要有人懂。

鲁迅的这话,对于今天的我们,也是很重要的提示。由于《儒林外史》的题材和主题的一些具体问题,也由于艺术手法方面的一些特点,我们今天读起来,是会发生许多隔阂的。要向这部可珍贵的文学遗产进行学习,很好地认识它的思想和艺术,困难似乎比读《红楼梦》还要多些(《红楼梦》写的两性问题,这是有普遍性的题材;书中充满一个青年人的感觉情绪,这也容易为一般读者领会)。本文提出几点粗浅的见解和体会,希望得到指正。

二

关于吴敬梓的生平和思想,有几个要点,对我们了解《儒林外史》是不可忽略的。

吴敬梓(1701—1754)生长在长江北岸安徽省全椒县一个"名门望族"的大家庭。他的曾祖和祖父两辈宗族,官做得特别发达,在明清之际,有五十年光景的"家门鼎盛"时期。但他自己的祖父在同辈中功名很小,而且早就死去;他自己的父亲也只做了几年县教谕,后来得罪上司,官弄丢了,次年也就死去。吴敬梓十三岁死母亲,二十三岁死父亲,他既不热心功名,又轻视钱财,喜欢挥霍,喜欢帮助人。上代留给他的家产几年就被他花费掉,奴仆也逃散了。但是他的宗族多是富贵中人,自然看不惯他,讲势利的邻里们也歧视他。他在故乡住不下去,三十三岁那年搬家到南京,很快就弄到精穷。从这时直到五十四岁在扬州逝世,主要就依靠卖文和朋友的周济过活,有时不得不把几本旧书拿去换米,有时几天没米下锅。从这里我们可以知道,吴敬梓自幼处在富贵宗族或"名门望族"的社会环境中,而在自己的、从祖父起就已经衰微下来的家庭里长大,到中年以后又骤然陷入贫困不堪的境地的。在他一生所经的这种由"渐"到"骤"的家庭破落过程中,他在家乡全椒县、在苏北赣榆县（他父亲任上）、在南京都曾久住过，到过扬州、安庆、芜湖等城市；从他几代上辈的关系，他的宗族们的关系和他自己的关系，他所接触的士大夫阶层很广泛，认识与熟知的人物也非常多。他看的嘴脸，受的冷暖，经历的人事，体验的世情，都很丰富深刻。这就培养了他的富有正义的敏锐感觉，和体察现实的清醒头脑，使他看透清朝黑暗统治下士大夫阶层的堕落与无耻，看透政治的罪恶与社会的腐败，使他的心倾向于他所接触的微贱的和落拓不得意的人物。总之，他的这种身世经历，就是他的严肃的现实主义精神的直接渊源。

　　吴敬梓的先代和他的许多宗族都以八股文起家，博得很大功名富贵。他的曾祖是顺治朝"探花"，做到翰林院侍读的官；曾祖兄弟五人，除了一个没有功名，其余四人都是明代或清代的"进士"。和他祖父同辈的宗族中，有"榜眼"，有"进士"，有"举人"。只有他自己的祖父是"监生"，父亲是"拔贡"，功名都不得意，却都有自己的信念，讲究"孔孟之徒"的德行与操守。吴敬梓在这方面受了上代——尤其父亲的深刻影响，他始终对父亲念念不忘。他轻视功名富贵，讲究"文行出处"，就有家庭这方面的根深蒂固的来头（明末清初许多爱国主义先辈大师们给他的思想影响后面再说）。但在当时的社会制度和士大夫风气中，在他自己的具体处境中，说他对功名富贵就毫不动心，那恐怕也不可能。他的诗文中就有"从来家声科第美"这类夸耀的话。尤其在他中年落拓贫困以后，那味道在他这样出身的人不是好受的。他在扬州看见本来富有的他的好朋友程晋芳这时也贫困了，拉着手流泪道："你也到了我这样地步，这境况不好过呀，怎么办？"这话说得很真挚。他二十岁考得"秀才"以后，也还应过考；三十六岁时安徽巡抚征他应乾隆朝的"博学鸿词"科考试，他确实到省去考过。但到正式荐举他入京廷试时，他终于没有去。后来他的诗中可又流露失悔之情。到他亲眼看见赴京考"词科"的几个熟人一个个落第的狼狈丑态,他才死心塌地,而且从此真正断绝了这个念头。由此可见,他在"穷""达"、"沉""升"、"贫贱"与"富贵"之间,有过苦痛的思想斗争,到了写作《儒林外史》以前几年,他才斗争过来,思想上才完全坚定了下来。这不是很简单很轻易的思想斗争过程。没有这种占去他大半生的切身苦痛经验,他不能有那种强烈敏锐的憎恶八股制艺、憎恶功名富贵的感情;更不能通过日常现象中的一些人与事,那样深刻地领会到那根源和本质——政治和社会的罪恶;也就不能有鲁迅所说的"秉持公心,指摘时弊""戚而能谐,婉而多讽"的他的这种对现实的态度和看法。闲斋老人的《儒林外史序》说:

> 其书以功名富贵为一篇之骨,有心艳功名富贵而媚人下人者;有倚仗功名富贵而骄人傲人者;有假托无意功名富贵,自以为高,被人看破耻笑者;终乃以辞却功名富贵品地最上一层为中流砥柱。

这是全面概括地阐明了这书的主题,说得非常中肯和确切。作者所要表现的这个主题,和他内心深处的思想感情结合为一;书中的人和事,都经过他自己平日深切的体察和感受才写出来的。这是作者一生心血的结晶,它之所以写得深刻动人,不是偶然的。

因为家庭破落,才有清醒的头脑来看人与人之间的关系,才能通过生活经历和感受深刻地体察到事物的本质:这种高度的现实主义精神,曹雪芹和吴敬梓可以说没有区别。可是他们的具体的身世经历,环境教养,则有很大的差异,他们的思想也就完全不同。曹雪芹从小过着繁华绮丽的贵家公子生活,不到二十岁,突然一切化为乌有;这真恍如梦幻。他平日又多接触佛老思想,这就使他的思想很自然的带上一些虚无主义的色彩。他把他的悲剧的社会原因,了解成为整个的人生问题;把对现实的否定,归结为对人生的否定。于是创造一个"太虚幻境",作为他的理想世界(这里只是指出一些思想的特点,说明曹雪芹对现实的否定更为彻底一些,以与吴敬梓比较;当然没有贬低曹雪芹的意思)。吴敬梓的思想完全不是这样。如前面所说,他出身于上层中比较"寒素"的家庭,与曹家相比,属于另一个社会阶层。他到中年以后才经过他自己的手陷于贫困,他完全清楚自己家庭破落的根由。他自小受"孔孟之徒"的熏陶教养,他的思想虽含有许多新的进步因素,但并未跳出"名教"的范围;也就是说,他的思想基本上仍属封建主义思想体系。同时,他的先代在明朝即已发达,虽然曾祖吴国对做过清代顺治朝的大官,但他的家庭终究不是清朝的暴发户,倒是他祖、父两辈和他自身的沉落都在清朝。因此,他对清代外族统治,保有良知,抱有憎恨和反感。总之,他对现实并不全部否定,也绝无消极逃世之心。他主要只是憎恶清代外族黑暗的封建统治,憎恶士子们醉心八股制艺,热衷功名富贵,以及因此而造成的堕落窳败的社会风气。他的朋友程晋芳介绍他的思想,说他"好治经",把治"经"看作"人生立命处"。这很明白,他是要以正统的儒家思想作为自己立身处世的站脚点,以与清廷统治下的现实社会与政治对抗;并且也以一个自以为正统儒者的观点,以一种热爱自己民族与社会的积极态度,欲罢不能地要对当时罪恶窳败的政治与社会痛加攻击和针砭。闲斋老人序说:

> 故其为书亦必善善恶恶,俾读者有所观感戒惧,而风俗人心,庶以维持不坏也。

作者写作《儒林外史》的态度确是这样的。但必须点明,这一种态度的根本出发点,还是对清廷统治的憎恶。

三

但是,要了解吴敬梓所持的正统儒家思想的实质,他所谓"治经"和说"治经"是"人生立命处"的实际意义,我们还必须就明末清初的复古运动这一总的时代思潮的背景来加以说明。

我们都知道自宋代起统治者为了加强思想统制,就大力提倡程颐、朱熹的所谓"理学";到了明代,"理学"又与八股制艺相结合,读书人以此争取功名富贵,风气日益堕落。关于"理学"的本身,这里不去谈,但提倡"理学"的结果,文化思想方面形成前所未有的黑暗时期;中国社会的"封建礼教",是从宋代起发展到特别严重地步的。这是事实。

到了明末清初,爆发了一个思想革新运动;这是中国历史上隋唐以后的第二次复古运动。这个思想运动的重要人物非常之多,我们在这里只就顾炎武(1616—1682)、黄宗羲(？—1695)、王夫之(1619—1693)、颜元(1635—1704),还有后起的戴震(1723—1777)几个大师来说一说。他们都以复古的正统儒家思想来反对"理学"。最初对明代的理学家王阳明发动攻击,后来连宋代的程、朱也一并反对。他们复古思想的主要精神有下述几点:

第一,他们反对理学家"束书不观""游谈无根";斥"理学""儒表佛里""佛老混杂"。他们主张"穷经"。顾炎武说"理学"即"经学","经学"而外,古今无所谓"理学"。黄宗羲指斥明人袭程、朱语录糟粕,不以六经为根柢。戴震说宋以来儒者,以自己见解硬坐为古圣贤立言之意;因此孔孟的经书尽失其解,儒者杂袭老释之言以解之。

第二,他们攻击理学只空谈,不实践。他们主张"致用"与"力行"。顾炎武说理学家"言心言性",讲"危微精一",而置"四海穷困"不言;明代亡国,就是因为清谈孔孟之故。又说,孔子删述六经,即伊尹太公救民水火之心,所以说"载之空言,不如见诸行事"。他声言自己"凡文之不关于六经之指,当世之务者,一切不为"。他治学贵独创之见,反对依傍和因袭;贵有丰富确切的实证,反对空疏;而最终目的则是为了"经世致用"。黄宗羲在主张"穷经"之外,还以为"拘执经术,不适于用,欲免迂儒,必兼读史"。颜元攻击程、朱:"为爱静空谈之学久,必至厌事;厌事必至废事,遇事即茫然。故误人败天下者,宋学也。"说:"书本上见,心头上思,可无所不及,而最易自欺欺世。不特无能,其实无知也。"他拿行路作比,说宋儒如得一路程本,观一处又观一处,自喜为通天下路程,其实一处未行,一处未到。又拿行医作比,说满天下都是名医,"而天下之人病相枕、死相接"。除了颜元所说的实行另有意思而外,顾炎武、黄宗羲所说的"致用",就是指"四海穷困""救民水火"这样的"当世之务"。他们不只如此说,确是如此去干的。他们是卓越的思想家、学术家,也是了不起的政治家和社会活动家。

第三,明朝亡国以后,在清廷外族统治之下,他们一身硬骨头,保持凛然的民族气节,始终与清政府对抗,不受它的收买和利用。清代在顺治、康熙各朝都在施用恐怖手段的同时,兼用对士大夫阶层的收买政策,先是征举"山林隐逸",后来开"明史馆"和"博学鸿词"科试,但他们都坚决地拒绝荐举。顾炎武奔走南北,黄宗羲往来沿海,都是反清斗争的英勇参加者。他们研究经学,详考史事成败,精研山川要塞,兼通天文算法,讲究文字声韵,都是从"经世之务""利济天下"着眼;他们的研究学术,是为了心含隐痛,志图匡复明社。所以这个复古运动,含有强烈的民族思想。

第四,他们反对"理学",实即具有明显的民主主义思想的因素。黄宗羲从民族斗争的实践,根据他的高超的史学眼光,提出极精辟的反对专制政治的理论。《明夷待访录·原君》篇说,古代是人民为主,君是人民的公仆;后世却以君为主,从此天下不得安宁。"后之为人君者不然……我以天下之利尽归于己,以天下之害尽归于人""以我之大私为天下之公""视天下为莫大之产业""凡天下之无地而得安宁者,为君也""天下之人,怨恶其君,视之如寇仇,名之为独夫,固其所也。而小儒规规焉,以君臣之义无所逃于天地之间,至桀纣之暴,犹谓汤武不当诛之"!《原法》篇说:"后之人主,既得天下,惟恐其祚命之不长也,子孙之不能保有也,思患于未然,以为之法。然则其所谓法者,一家之法,而非天下之法也。"这说得何等透辟!十八世纪初反映欧洲资产阶级民主革命思想的卢梭的《民约论》也不过是这些意思。此外,明亡后,起兵反抗清兵失败,逃入深山著书立说的王夫之,在攻击"理学"时,也发表了深刻的反封建礼教的见解。他说:"天理即在人欲之中,无人欲则天理亦无从发现。"这种新的学说,为后起的戴震加以发展。戴震指斥理学家"以释混儒""舍欲言理"。他的《孟子字义疏证》里说:"圣人之道,使天下无不达之情,求遂其欲,而天下治。后儒不知情之至于纤微无憾是谓理,而其所谓理者,同于酷吏所谓法。酷吏以法杀人,后儒以理杀人!"又说:"记曰,'饮食男女,人之大欲存焉'。圣人治天下,体民之情,遂民之欲,而王道备""君子之治天下也,使人各得其情,各遂其欲,勿悖于道义;君子之自治也,情与欲使一于道义。夫遏欲之害,甚于防川……"这些学说,都有"人性自由"或"个性解放"的民主主义因素,都含有反对封建主义政治与文化的要求,这是很清楚的。

第五,他们当然也反对科举制度。顾炎武在他的《日知录》中屡次痛骂八股,说"八股盛而六经微,十八房兴而二十一史废",认为八股的流毒比秦始皇焚书坑儒还要厉害得多。

这个思想运动波澜壮阔,方面很多,从顾炎武到戴震历十七世纪中叶至十八世纪中叶一百多年之久。可是限于条件,随着清朝封建统治的趋于巩固,因而衰退以至中断。但影响还是很大的,乾嘉的"朴学",虽然变了质,也是它的余绪;至清末康有为、梁启超、谭嗣同的维新变法运动,还接受了这个思潮的传统。我们应该注意,他们讲复古,讲正统儒家思想,不过拿来作为自己思想的依据,实质上,他们的思想本身含有新的内容。我们至少可以这样说:它反映了封建主义制度发展至衰朽不堪因而寻求变革之道的新精神(至明代亡国,则又转为反清的民族主义精神;这时反封建统治和反外族统治实际是一回事)。毛主席曾在《中国革命与中国共产党》文中指告我们,"中国封建社会内的商品经济的发展,已经孕育着资本主义的萌芽"。从明代起,中国封建社会内的商业经济有特殊的发展,而类如江、浙地区的织造业也脱离了小农经济家庭副业的地位而成为有独立规模的厂坊;不过这些萌芽状态的经济因素,因受封建主义统治的压迫与摧残,没有很好地成长起来。

  马克思在他的《拿破仑第三政变记》的开端指告我们,历史上当人们从事于变革与创新时,总要"召唤过去的亡灵来为自己效力";并说,"其目的是在于赞美新的斗争,而不在于仿效旧的斗争"。梁启超著《清代学术概论》称这个复古思潮运动是"以复古求解放";又把宋以来"理学"的思想统治时期比之为宗教思想统治的欧洲中世纪黑暗时期,而把这个复古运动比之为欧洲的"文艺复兴"运动:这所比拟的两方,在一定范围内是有它们的相同之点(但梁著《清代学术概论》把变了质的乾嘉"朴学"当成这一思潮运动的"全盛时期",那就完全不对了)。总之,这个复古运动,实质是一个要求变革,要求解放的具有重大历史意义和价值的新思潮运动,是不容置疑的。

  吴敬梓生当这个新思潮运动的末期。顾炎武在他出生前二十年死,黄宗羲在他出生前六年死,颜元在他四岁时死。但后起的戴震则比他年小二十二岁。只有在戴震以后，称为这个新思潮的继承者的乾嘉学者们才抛开了"经世致用"的这一主要之点，完全转向脱离实际的为学术而学术的考据之学，即所谓"朴学"，而这个新思潮运动才变了质，成为绝学而中断了。吴敬梓的思想一方面与顾炎武、黄宗羲的显然一脉相通，一方面又与后起的戴震的学说有共同之点。他的好朋友程廷祚、樊圣谟都是当时有名的古学家，和他的思想基本是一致的。他说"治经"是"人生立命处"，正是这个思潮的特点。但是他的先辈大师们的"治经"，是拿来反对当时居于权威地位的"理学"思想；到了吴敬梓的时代，"理学"已经失去它统制思想的力量（"理学"虽经清代统治者极力提倡，也未收大效，后来不得不转而提倡"朴学"），所以在他就具体表现为与当时特别猖獗、严重地腐蚀着民族与社会的八股制艺风气作战。再则，他的先辈大师们之"治经"，是为了"经世致用"，也就是"救民水火""匡复明社"；到了吴敬梓的时代，政治环境不同了，清朝的统治已经巩固，民族斗争已趋消沉，所以他的"治经"就具体表现为讲"文行出处"。这就是说，在他所处的现实形势下，他的先辈大师们做那样远大企图的客观条件没有了，在他只能以"治经"来作为个人与清朝外族统治下的腐朽社会和黑暗政治对抗的思想武装了。同时，也应该指出，他的"治经"和戴震以后的乾嘉学者们有根本不同。乾嘉"朴学"完全脱离实际，丢开了古学的思想内容，实际是为清朝统治者服务；而吴敬梓不只想以正统的儒家思想作为自己立身处世的准则，而且以一个所谓正统儒者的精神热情地关心着现实社会，热爱着自己的民族和人民，他始终对黑暗窳败的清朝封建统治保持着抗拒的和不妥协的态度。应该说，他的先辈大师们的复古思想的基本精神就是爱国主义；这一基本精神，是被在他以后的乾嘉学者们完全丢掉而且走到相反的路上去了。但我们的吴敬梓，则仍然保持着这个新思潮运动的基本精神，他仍然是个热烈的爱国主义者。

四

吴敬梓一生历清代康熙、雍正、乾隆三朝。他在康熙四十年出生,清廷已经结束了它的对内地本部的武力镇压,而转向对边疆少数民族的征服。但在本部,先代所遗留的民族思想的影响还是很大,因此清廷在逐步巩固了它的政权的同时,对文化思想的统制也变本加厉。康熙是个历史上少有的博学多能的皇帝,对内部的文化思想统制,他有一整套的内行办法。那就是一面怀柔,一面镇压与禁锢。他提倡"理学",主持多种古籍的整理编纂,同时严禁"小说淫词",又兴文字狱。著名的文字狱先有庄廷鑨明史案(这不是康熙自己搞的),死七十多人;后有戴名世和方孝标南山集案,处死刑流刑的几百人。到了雍正朝,因为他的皇位是抢夺来的,兄弟相残,君臣相忌,统治阵营内部分崩离析,他为了巩固自己,大量用特务,统治手段尤其恐怖。单说文字狱差不多年年都有,如汪景祺西征随笔案、钱名世作诗案(因为称颂了年羹尧)、查嗣庭出八股试题"维民所止"案、陆生柟通鉴论案、徐骏奏章笔误案;最著名的是吕留良案,牵连极广,杀戮极惨。雍正在朝十三年,正当吴敬梓自二十三岁至三十五岁的时候,他所感受的应该特别深刻。《儒林外史》的写作,大约开始在乾隆朝初期,他已经四十岁左右;到快五十岁的时候书即完成。这时政治恐怖空气暂时缓和了些,但老虎总是会吃人的,那威胁还是严重地存在(乾隆朝的文字狱更是吹毛求疵;搜查与焚毁书籍数十次,达一万数千部,多是些稗史笔记和诗文集;但这些都是吴敬梓死后的事)。鲁迅在蒋介石恐怖统治下作的诗有"城头变幻大王旗""怒向刀丛觅小诗"之句。我们可以想象,吴敬梓在当时的政治环境里,写作这样一部深刻揭露政治与社会,处处都可以触清廷忌讳的讽刺小说,该怀着怎样的战斗热情和勇气;而他的正义的爱国主义思想感情,又必须怎样巧妙地表现出来,才能没有违碍。

《儒林外史》所写的,多有当时实有的真人真事做影子。这不只是金和跋里一个个的指说过,我们根据有关的资料看,书中的杜少卿确实像作者自己,庄绍光确实像他的朋友程廷祚;书中写了杜少卿和庄绍光谢征辟的事,写了南京祭祀太伯祠的事,这也都是当时实有的事,但作者却把这些亲身的阅历(当然经过了很大的加工),也就是当时清代的政治与社会现实,假托为明代的故事;把明代的某些史事,拿来作成当时现实的背景,这在作者是怀着苦心的。因为这样办,一则可以规避现实政治,免得触犯忌讳;二则借事影射,可以很好地来攻击现实;三则也寄托了他对亡明故国之思,抒写他的隐痛。这样的假托,有《水浒传》《金瓶梅》的先例可以效法,但他运用得非常现成而且巧妙。

开宗明义第一回,作者就用饱含诗意的笔,写了一个他所悬为士子典范的历史人物王冕;他就王冕的历史材料加以概括和提高,创造为自己理想中最完美的形象,标题明白点出,这是为了"檃括全文""敷陈大义"。这一种士子的典型,在中国封建社会里,自来就被人敬慕的。士子这一阶层居于封建统治者与人民之间,为封建统治者统治人民,享有特殊的社会地位。按照传统的教导,他们应该替统治者行"仁政",就是在适当范围内顾念人民利益,重视人民意见,使封建主义制度得以维持和巩固。因此,每当封建统治者坚决与人民为敌的时代,也就是所谓"无道之世",有些洁身自爱的士子就退隐不出,过他们"安贫乐道"的生活。早在春秋时代,就有长沮、桀溺;在魏晋之世,最为人所知的有陶潜。另一种情形,每到有道的君主出来,就亲自到田园、山林或江湖去寻访有名的贤士,诚敬地请他来辅佐"仁政",比如"渭水访贤",周文王请出吕尚来;"三顾茅庐",刘备请出诸葛亮来,这也都被人传为美谈。所谓"穷则独善其身,达则兼济天下",就是士子讲"出处"讲"操守"的原则。因此,作者所创造的王冕这个典型,概括了历史上这种高明的贤士的传统精神。但同时又添上了新的特点,因为王冕是外民族统治的元朝人,他的退隐,除了表现反对一般"无道"的封建统治的精神而外,同时又含有反对外民族统治的意义。这一回中写推翻元代,复兴民族的朱洪武,写"大明"建国,都带有明显的称颂口气。作者笔下的王冕对朱洪武本怀着好感,后来从八股取士的制度,看到明朝也不是有道之世,才坚决地逃官到会稽山中。

作者用王冕这样一个典型来橐括全书,就形象地把主题思想揭示出来,评量全部人物也就有了明确的准绳或尺度。闲斋老人序里所归纳的四类人物,只有那不要功名富贵的最后一类,才是"品地最上一层",才是"中流砥柱",为什么呢?因为他们拒绝参加清朝的黑暗政治,不受清代外族统治的利用;而另外那些占绝大多数的三类人物之所以可怜可笑,主要就因为他们忘掉了这个大道理。

书中揭露现实政治吏治黑暗之处,也都是对于清朝统治的攻击。最露骨的是第四十回极写萧云仙的战功和生聚教训的劳绩之后,不但没有得到朝廷一句奖励话,反倒被兵部工部斥为"任意浮开"工费,勒限严予追比,结果赔了七千两,把父亲的家产赔光了,还少三百两银子,仍被地方官紧追,后来沾了平少保的光,才不了了之。同样,第四十三回写汤镇台为顾全朝廷体统,积极主张兴师征苗,这事得到总督的支持,汤镇台野羊塘大胜,忠勇谋略都了不起,可是具了本奏进京去,却奉上谕指为"率意轻进,糜费钱粮,着降三级调用,以为好事贪功者戒"。汤镇台只好叹了一口气,收拾打点回家。我们知道康熙、雍正和乾隆各朝屡次攻略边疆,尤其雍正朝,有功勋的将领总被猜忌、受惩处,岳钟琪革职多次,年羹尧以征西功高受灭门之戮。所以这里对现实政治的讥弹意味是很明显的。全书一贯憎恶做官,对做官的有种种辛辣的讽刺,王冕的母亲说:"我看见那些做官的都不得有甚好收场。"蘧太守认为儿子亡化,晚景凄怆,"仔细想来,只怕还是做官的报应"。做官这样可憎,热衷功名那么可笑,所以书中一贯地单只颂扬孝弟之道,而且极力用了最美好的感情来写尽孝;这是以尽孝否定尽忠,也就是说,作者根本否定了"尽忠"这回事。另外,作者还一贯地表露一种态度,就是对于"旧家"和老年人总怀着好感,而对于暴发户和青年新贵总表示憎恶鄙视,给以嘲笑与挖苦。这不能单纯了解为守旧或落后意识。因为在作者的时代,凡是"旧家"总在明代就发达起来的,凡老年人总是明代的遗民,在作者眼里他们总保有较为淳厚笃实的家风和性格;而暴发户和新贵,都是在清朝统治下才飞黄腾达的,他们一得意,就忘了根本,带上满身奴才相和市侩气味了。书中反映的整个社会风气,也有江河日下之势,作者对这一发展趋向,寄予了无限忧愤悲慨之情。这都是作者主观的印象,也是客观真实的反映。因为在外族黑暗统治下,对社会人心所起的腐蚀作用总是特别严重。

　　以上说的各点,都表露了作者对清朝政权的态度,表露了作者的民族思想和感情;虽然表露得隐隐约约,曲曲折折,但贯串在主题,弥漫在全书,不一定枝枝节节在某一处。因为士大夫的堕落,社会的败坏,政治的黑暗,和清朝的外族统治分不开;人民与封建统治的矛盾和民族矛盾就是一回事。鲁迅说《儒林外史》的描写,"诚微词之妙选,亦狙击之辣手";看来作者的"微词"和"狙击",最终都指向了清朝罪恶黑暗的统治。

五

但是《儒林外史》攻击和揭露清朝封建统治下的政治与社会，主要还是就士大夫阶层下手，即以士子们对功名富贵的问题作为中心的。在过去封建时代，士子们在民族、社会中起着感官和神经的作用，他们对人民群众影响很大，往往左右着民心的向背。清廷征服者人口少，力量弱，文化落后，而被征服的这个大民族，则拥有历史悠久的高度文化。因此对于士子们的驾驭，对于文化思想的统制，清朝统治者在建立政权之初即特别重视；它很现成地沿用了明代八股制艺这一罪恶制度，作为牢笼士子，统治文化，禁锢思想，腐蚀人心的主要办法。特别在康熙、雍正和乾隆三朝，也就是吴敬梓生活着的年代，复古思潮运动的影响随着先辈大师们的凋谢与清朝统治的巩固而益趋淡薄，这是八股制艺最猖獗的年代，是清朝统治者的罪恶政策取得胜利果实的年代，是文化思想重又回到黑暗的年代，也是一般士子们堕落无耻、丧心病狂的年代。章学诚在他的《答沈枫墀论学书》中说，自雍正初年至乾隆十几年的时候，八股风气大盛，老生宿儒甚至把通经服古看成"杂学"，把诗和古文辞称为"杂作"，士子不会做八股制艺，就不能算"通"。章学诚这里说的，正和《儒林外史》所描写的完全符合。这样的情形，在保有清醒头脑和敏锐感觉的热衷爱国主义者的吴敬梓，觉得最为沉痛而无法容忍：《儒林外史》痛击八股制艺，集中地讽刺士子们的热衷功名富贵，那特殊意义是很可理解的。

在开头几回里，作者先就八股制度的本身作了深刻有力的揭露和攻击。周进和范进，在没有考中的时候，他们的生活和内心精神，是多么悲苦，多么令人不堪，可是一旦中了，就一步登天。像周进，受尽辛酸和屈辱，但后来科名得意了，原先侮弄他的梅三相，恬不知耻地在别人面前冒充他的学生了,他写的对联也要小心地揭下来,像宝贝一样珍藏起来了;轻视他贱视他,辞掉他的馆的薛家集的人,替他供起长生禄位牌,把他当作神明来看待了。像范进,原来穷得没米下锅,一家人饿了两三天,不得不将一只正生蛋的鸡拿到集上出卖。但转眼之间,田也有了,房子也有了,奴仆丫鬟也有了,细瓷碗盏和银镶杯箸也有了。他们都从踩在脚下的地位,骤然升为高高骑在人头上的缙绅大老爷。有功名就有富贵,这怎么不叫人拼死?不叫人发疯?但是中与不中,却全无凭准。周进考了一辈子,到老还是童生,忽然一下运气来了,就青云直上;范进也是考到胡须花白,只因遇上年老才发的考官周进,对他怀着同情和怜悯,有心要取他,把他做的八股文章连看三遍,先是觉得实在不好,"都说的是些什么话,怪不得不进学",最后忽然看出是"天地间之至文,真乃一字一珠",于是考生的卷子还未交齐,就把他取为第一名,把另一童生魏好古取做第二十。

八股取士就是这样一种瞎胡闹的制度,功名富贵的来头就是这样的滑稽扯淡。但就是这种滑稽胡闹的制度,使得士子们利欲熏心,丧魂失魄,什么是非观念也没有了,什么理想和抱负都抛掉了,人人变得堕落无耻,糊涂愚妄而不自知。第十三回写马二先生的一番议论,在他的观念里,自古以来,士子就是要做官,不管怎样才做得到手,"就日日讲究言寡尤,行寡悔,那个给你官做"?马二先生是个很诚笃的人,说得赤裸裸,一点没有矫饰。三十四回高翰林评论杜家,说杜少卿的父亲"又逐日讲那敦孝弟,劝农桑的呆话,这些都是教养题目文章里的词藻,他竟拿着当了真",在八股世界里,什么都公然成了骗取功名富贵的假文章,根本无所谓德行和作为了。于是这些士子们习于虚伪和谎骗,而不以为怪。像范进本是个拙朴的人,中举后,母亲死了,就被张静斋撺掇着拿这做题目,到高要县汤知县处去打秋风,汤知县请他吃饭。他因要守孝尽礼,连象牙银箸都不肯用,可是大虾肉圆子却吃。荀玫本也是个诚实青年,科名一得意,就听从王惠的建议,要匿丧不报,悄悄去求周司业、范通政保举,而周、范两位为人伦师表的学官竟说"可以酌量而行"。我们知道在封建社会里孝是"百行之首",是做人的最基本的德行,可是这些大人先生们拿它作伪,并且视为当然。与此相关联,这些功名中人另一个普遍的特征,就是愚妄无知。著名的选家马二先生呆头呆脑,把骗子洪憨仙认真当作神仙,诚诚恳恳地跟他做行骗的勾当,直到事情完全揭穿,他还对他怀着感激之情。王玉辉也是个正派的老好人,但迂腐到泯灭了人道和天性,他鼓励女儿绝食殉夫,满口说女儿死得好,他的老妻和亲家都不读书,但脑筋比他清楚。张静斋和范进两位举人在汤知县处大谈刘基的故事,满口胡说八道,眼面前的历史知识也一点没有;做了通政的范进,连苏轼是什么人都不知道。士子们的恶劣与无行,也成为风气。像严贡生关人的猪,赖人的钱,强夺寡妇的财产,甚至把云片糕硬说成值几百两银子的药。满口做官的张老爷、周老爷,如此诬赖和威吓船家,目的不过是不给赏钱。王德、王仁两兄弟,因为姊夫严监生以王氏名义每人赠了一百两银子,他们两人就马上哭得眼红红的,并且"义形于色",拍着桌子说:"我们念书的人全在纲常上做工夫。就是做文章,代孔子说话,也不过是这个理……"这类恬不知耻的人物,充满当时的儒林中,他们利欲熏心,各有一套招摇撞骗、趋炎附势的本领,妙的是大家习以为常,对自己的堕落无耻毫无一点自觉,反倒沾沾自喜,引为得计。

当时做官的,就多是这种八股取士制度所培养训练出来的愚妄与无耻的人,所以政治吏治的黑暗窳败是当然的事。看高要县的汤知县怎样办案,他为回民卖牛肉的事,自己没有主意,听了张静斋的一席话,搞出人命,闹得一团糟,结果还要发落几个为头的,以保持脸面。为盐船被抢一案,那彭泽县知县问原告舵工水手等:

"那些抢盐的姓甚名谁?平日认得不认得?"随即大怒,说:"本县法令严明,地方清肃,那有这等事",不由分说,把他们各打二十板,寄监再审,还要打朝奉。但汤少爷拿帖子一说情,就扯个淡一齐"开恩"赶出来。王太守一到南昌的任,一心记着"三年清知府,十万雪花银"的话,用戥子、板子和算盘来治理地方,因此被称为江西第一个能员,很快就升了上去。凡稍有一点好的倾向,比较为人民欢迎的,如温州知县李瑛、安东知县向鼎,就有摘印或被参的危险。有这样的衙门,他们的差役也就专干坏事,像杭州巡抚衙门的潘三等一批差役,像押解宦成的差役,他们久惯牢城,神通广大。像匡超人的打枪手,万青云从假中书变成真中书,都是公开的或合法的偷天换日。书中对当时政治吏治随处作漫不经意的但又是十分深刻的揭露。我们没有看见一个官是忠于朝廷的,他们一律徇私舞弊,欺上瞒下,这就是清朝统治的特点。

书中除写醉心功名的士子而外,还以同等的笔墨写了许多招摇撞骗的假名士。这种假名士,在中国封建社会里原也有悠久的来历。所谓名士,本应该是像吕尚、诸葛亮或陶潜这样的人,他们隐居着,不出来做官,心怀淡泊宁静,以品行、识见或才学而知名,所以称为名士。《礼记·月令》篇说:"勉诸侯,聘名士。"名士是为有道的统治者所尊重的。因此就产生一种情形,就是一些并不高明,也无贤行的士子,装出隐居的姿态来,藉以邀得统治者和社会的尊重,博富贵和名誉。古书上称这种假名士是"身在江湖之上,心居乎魏阙之下"。但到了像《儒林外史》里的这些名士或山人,连隐退的姿态也干脆不做了,因为做了,也无人理睬了,除非像娄三娄四这样唐吉诃德式的公子才满怀幻想,自我陶醉地去访杨执中、权勿用这样莫名其妙的人。他们多是功名爬不上去,想谋富贵而不可能,想受人敬重而不可得,所以有的就走巧路,学着诌几句滥调的诗,冒称高雅;因为诗是写在斗方纸上,所以称为"斗方名士"。他们奔走富贵者之门,扯扯谎,帮帮闲,骗些银子,或混碗饭吃。杭州、扬州和南京,到处看见他们丧魂失魄地跑来跑去。像牛玉圃、景兰江、赵雪斋、浦墨卿、支剑峰、辛东之、金寓刘等,都是当时社会制度制造出来的一群游民。

因此功名富贵不止腐蚀了士子们,也对士子们以外的广泛社会散布着恶劣影响。比如牛浦郎本是个市井贫家少年,他为了一心想相与官府老爷,就冒充了别人姓名,骗人,吓人,无所不为。妇女们像王太太之类,也一心想做诰命夫人,甚至妓女如聘娘也想做官太太想得做了梦。又比如五河县,整个儿成了利欲熏心的世界,正如余大先生说的:"我们县里礼义廉耻一概都灭绝了。"

如上所述,作者全面地体察了功名富贵的制度对社会人心与政治吏治的腐蚀作用和恶劣影响,因此,他自然而然倾心于两种人物:一种是轻视功名富贵,襟怀冲淡的人,他们保有先代进步思想,讲究品德和学问,正和作者自己志同道合,因之也是书中的肯定人物,如虞育德、庄绍光、杜少卿和迟衡山等。另一种就是下层细民和落拓不得志的人物。他们都受当时政治社会的压迫,处境很悲惨;或者在功名富贵的圈外,因之能保有善良人民的本色或真性情。比如三十五回庄征君辞爵还家途中所见一对无人过问的年老夫妇的死;三十六回虞育德救助的,为田主所逼因而自杀的农民等,书中虽没有着重地写,但那同情之心是显而可见的。二十四、五各回写鲍文卿的为人以及他和倪老爹的关系,尤其对于倪老爹,作者充满了同情、悲怜和不平;二十一回写卜老爹、牛老爹的友谊,二十回写甘露僧对牛布衣的情分,十六回写匡超人未发达时的家庭关系,十五回写马二先生对匡超人的关爱,作者都以深沉的赞叹和忧郁情绪,描写了这些在贫贱中的人物的真挚笃厚的人情。倾心欣慕之情还突出地寄托在头回对王冕的田家生活和末回对四个市井高士的描写里。作者着力写了这些人物的美好的品质与纯良高洁的内心精神,与功名富贵中人的丑恶习性做对比,以反照儒林中的寂寞无人。很明显,作者一心倾向于"微贱"人物的这种深切亲爱的感情,是从对于功名富贵中人的利欲熏心、堕落无耻的反感而来,也是从对于统治者所设"名缰利锁"的罪恶制度的憎恨而来。他觉得凡是功名富贵圈外的人,多比较可亲可爱,他们的心地多能保持本有的真诚与笃实。比如周进的姐夫金有余和他的朋友,牛浦郎在被牛玉圃痛打后路上所遇的那个黄客人,都是商人或做小买卖的,但他们帮助人,对待人都是一片真心实意;这是一般热衷功名富贵的士大夫阶层所没有的人情。又如抚院差役潘三,三教九流,作恶多端,但作者不是取一种憎恶的态度来批判他,相反,从他的坏蛋行为中倒着重地描写了那种江湖豪杰式的慷慨义气,和真挚亲切的人情;这比起飞黄腾达后的匡超人,和那批浇薄虚矫的假名士来,就显得非常可爱了。

  对于妇女和两性关系,作者也持着完全不同于世俗的,他自己的清新自由的独特见解和人道观点。这种见解和观点,并不彻底,而且有时显得自相矛盾,但是,却有明显的反对封建礼教的意味。他并不一般地反对封建婚姻,但二十五回写鲍廷玺娶王太太,却把封建婚姻的毒害作了深刻的揭露;十三回写宦成和双红的恋爱私奔,则寄予了欣喜和同情。他也并不一般地反对旌表节烈,但五十二回写王玉辉之女的殉夫,却深切有力地暴露了封建礼教的泯灭人性与惨无人道。他反对像玩弄男戏子这类上层社会盛行的腐朽恶劣的风气,三十回写"访友神乐观""高会莫愁湖",对杜慎卿作了集中的挖苦。他对夫妇关系的观念,表现在正面人物庄绍光和杜少卿的家庭生活描写中。三十三回写杜少卿与娘子同游清凉山,三十五回写庄绍光居玄武湖与娘子饮酒读书,都是作者对世俗社会挑战的着意之笔,因为这样的夫妇关系,正为封建礼教所不容,为世俗社会看不入眼的。虞博士说:"这正是他的风流文雅处,俗人怎么得知?"他所主张的无非是一种合乎道义与人情的真挚笃实的人伦关系,其主要内容还是反对功名富贵之泯灭人性和丧失天良。三十四回写杜少卿说《诗经》,就直接表露了这种见解。杜少卿说:"溱洧之诗也只是夫妇同游,并非淫乱。"最明显的是讲女曰鸡鸣一章:"但凡士君子横了一个做官的念头在心里,便先要骄傲妻子;妻子想做夫人,想不到手,便事事不遂心,吵闹起来。你看这夫妇两个,绝无一点心想到功名富贵上去,弹琴饮酒,知命乐天:这便是三代以上修身齐家之君子。"这番话,可以作书中许多描写的注脚,也具体见出作者以"治经"为"人生立命处"的精神。这里讲的是《诗经》,实际是发表他自己由世俗观念反激出来的清新自由的进步思想。因此他反对娶妾,认为娶妾最伤天害理,但理由是免使天下有无妻之客,所以主张人生四十无子,方许娶一妾;此妾如不生子,便遣别嫁。这番议论,被萧伯泉讥为"风流经济",我们今日看来,他确实不够高明。但他还是尊重女性人格的。四十一回写沈琼枝,充分写出了当时社会制度下受压迫凌辱女性的内心深处的辛酸和苦痛。沈琼枝对杜少卿和武书说:"我在南京半年多,凡到我这里来的,不是把我当作倚门之娼,就是疑我为江湖之盗。两样人皆不足与言。今见二位先生,既无狎玩我的意思,又无猜疑我的心肠……"作者对于沈琼枝的同情和尊敬,也还是由对于利欲熏心的世俗社会的反感而生。后来杜少卿说:"盐商富贵荣华,多少士大夫见了,就消魂夺魄;你一个弱女子,视如土芥,这就可敬的极了。"书中写沈琼枝言谈行动落落大方,对待拘捕她的差役,回答知县的审问,都从容沉着,理直气壮,有主意,有信念;一直写到沈琼枝的故事结束,都是笔歌墨舞,把这个反封建反世俗的女性英雄,塑造出光彩夺人的高尚形象,并从而对当时窳败黑暗的社会和政治作了真实深刻的揭发。

六

鲁迅说:"讽刺的生命是真实""非写实决不能成为所谓讽刺"。所以讽刺即是写实。吴敬梓的以爱国主义为内容的高度现实主义精神,是他的讽刺艺术的生命。《儒林外史》所写的人与事不止具有严格的真实性,而且也是平凡的生活中到处可见的,是日常普遍存在着的。不过这些日常生活现象,在别人司空见惯,不以为意,好像认为应该如此,理所当然似的。但作者则从爱国主义的正义思想出发,以其清醒头脑,敏锐感觉,随时随处明确地认识和强烈地感到那可笑、可鄙与可憎,这对他,犹如芒刺在背,骨鲠在喉;他以艺术的笔,善意地写它出来,希望"读之者,无论是何人品,无不可取以自镜"。

闲斋老人序说:"稗官为史之支流,善谈稗官者可进于史。"又说本书所以名为"外史",是表示不自居于"正史"之列的意思。作者在书中所表现的态度,正是我们中国古代史家的一种高明的传统态度。在我国古代史家所要求采取的实即是一种严肃的现实主义态度。这种态度的要点,是反对主观主义,力求客观真实。不但不容许无中生有或凭空臆造,而且力求"不虚美""不掩善",即不容许以主观去任意改动客观真实。认为国家大事的得失成败,如日月之蚀,绝不是"饰辞矫说"所可掩蔽的。所以要求做到"明镜照物,妍媸毕露;虚谷传声,清浊必闻"。但又绝不是置身事外,无是无非的客观主义态度。即在记载中,在处理上,要有明确的善恶观念,有一定的褒贬倾向。章学诚《文史通义》说:"春秋之所书以褒贬为主。"《三字经》说:"寓褒贬,别善恶。"史的目的就是分别善恶,有褒有贬,使后人借鉴。但这种别善恶,有褒贬,要能"爱而知其丑,憎能知其善,善恶必书"。对于所拥护爱戴的方面,不掩盖隐藏其缺失；对于所反对的方面，也不抹杀其优长。这就是，排除主观偏见成见，而将客观真实显示出来，让它本身去作褒贬。因为客观真实本身有善恶，有是非；史家要能发现它，掌握它，把它显示出来给人看。我国古代史家所讲究的这种态度，实是一种努力追求与坚持真理的合乎科学原则的态度；而这，在写作上也就是一种严肃的现实主义态度。

《儒林外史》的讽刺艺术，首先就生根在这种严肃的现实主义上面。他接受了我国古代史家的优良传统，具体运用在小说创作上，而加以发扬光大。

比如，书中写了几个正面人物，主要只是肯定他们不同于世俗、不热衷功名富贵这一点。他们轻视功名富贵，所以心怀冲淡，为人笃实，有真性情，有真见解，有真信念。他们一个个是活的人，各有自己的个性和特点，而不是一些善的概念或标本。他们都生活在当时社会现实中，因此，也就不能完美无缺。比如被称为"真儒"的虞育德，就不是没有可疵议之处。他把家乡房子给表侄汤相公住，表侄拆卖了，又到南京来找他要银子租房住；他说拆卖房子是应该的，要的银子也照给。这就是只顾自己讲厚道或恕道，实际鼓励别人作坏。一个监生犯了赌博，送给他惩处，他却留在书房里天天一桌吃饭，大加优待，还替他向上面辩白。学生考文作弊，把夹带误夹在卷子里，交到他手里，他赶快悄悄还给那学生。发案之后，这学生考列二等，跑来谢他，他坚决不承认有这事。这样一些作法，当然都有他的不同于世俗——尤其反对功名富贵制度的高明之处，但既然如此，他何必做这国子监的学官？这实在是一个为社会风气反激出来的迂而无当的滥好人。又比如杜少卿，这是作者取他自己为影子而创作出来的一个正面人物，他在家乡相与臧荼和张俊民这些莫名其妙的人，他骂臧荼说："你这匪类！下流无耻极矣！"但仍和他们做亲戚，大把的拿钱帮助他们。所以娄老爹批评他"贤否不明";这是十足的旧家大少爷脾气。余大先生,在书中也是作为有品行的君子来处理的,但他到无为州去打秋风,受贿赂,闹出一场官司。凤四老爹是个义侠,却在秦中书家作宾客,为冒官的万中书大卖气力,这样的"侠"和"义",也未免无聊得很。从这些处理上,我们很难说对这些正面人物就毫无挖苦的意思。但他们在主要方面,毕竟还是应该被肯定的典型。这些正面人物并不使今日的我们读着觉得讨厌,起反感,正因为他们都是真实的有血有肉的活生生的人。这就是作者的"爱而知其丑"的态度。

同样,书中对于否定人物,主要也是只嘲笑他们热衷功名富贵,醉心八股时文,此外绝不一笔抹杀。而且对他们也不苛求,许多被挖苦的很没品行的人物,都让他们参加了祭祀太伯祠的典礼,担任着职位;其中如辛东之、金寓刘等性格有些恶劣,如储信、伊昭等很庸俗,景本蕙、臧荼等很无聊。但这些人物有一个共同点:就是功名上不得意,都不是富贵中人;参加太伯祠祭典的,没有一个飞黄腾达的人物。书中对一些高官厚禄、享有富贵的上层人物讽刺得最辛辣,最不留情,如对高翰林、秦中书和施御史等;那是因为这种人确实是那副嘴脸,我们只觉写得新鲜活泼,入木三分。但书中也并不一味否定做官的,比如向太守对鲍文卿的厚挚之情,李给谏对匡超人的提携之力,都写得真切动人。这就是作者的"憎而知其善"的态度。(这里也只是指出他处理人物的态度的特点,至于这种态度是否值得我们今天来学习,那是另一问题,这里不谈。)

鲁迅所说作者"秉持公心,指摘时弊",更重要的应当是在"戚而能谐,婉而多讽"这一特点方面。就是作者对于人物的挖苦嘲笑,绝不是对个人的人身攻击,相反,他对他们都怀着一种深切的同情。这就使我们在阅读中,觉得这些人可笑、可鄙与可憎,但同时又觉得他们处境很惨,十分可怜;我们忍不住要笑,但同时又不禁皱起眉头,沉下了心,觉得难过。因为书中揭露得很明显,不是这些人本身不可救药,而是他们的思想性格里体现了政治与社会的罪恶。作者好像坚决地相信:人多是些好人,比如匡超人、马二先生、王玉辉等等,他们只是受了政治与社会制度的作弄以致迷失本性,陷入这样堕落无耻、愚妄无知的不堪地步。这就是,从人物思想性格的描写中,深刻地揭露了那政治与社会的本质;从对于人物的嘲笑中,有力地攻击了统治者与社会制度。作者热爱着民族,热爱着祖国,热爱着人群,但是痛恨清朝的罪恶统治,痛恨腐朽的社会制度。他清楚地指告给读者,要对那罪恶统治抗拒,要和那腐朽的社会制度隔离,要站得远远的,保持自己善良纯朴的品质,清新自由的合乎真理与人情的思想。书中对于士子的堕落与愚妄,对于社会的恶劣与庸俗,对于政治的黑暗窳败,都通过人物描写,作了无情的深刻的暴露和有力的鞭挞;但同时,他又对自己的民族、祖国与人群持着坚定不移的信心,认为我国先代所遗光辉传统和精神财富无比深厚,不可摧毁,世道人心可以变得好起来,一切的丑恶与耻辱都可以洗刷干净。因此他虽然身处日益沉沦的黑暗现实之中,但绝不悲观,绝不沮丧。他似饥若渴地热望着未来的光明,似饥若渴地寻求着那种继承了过去传统和显示着未来光明的力量;这种力量主要是表现在人性的尊严上面,表现在对于真理正义的理想的坚持上面,表现在对于生活和创造的执着与热爱上面。但是显然的,他已经渐渐不能在士子们——无论富贵的或贫贱的——社会里发现这种可贵的力量,因之他也渐渐不能再把对于未来光明的希望寄托在士子阶层了。在最后"添四客""弹一曲"一回的开端,他以黯然之情综括地叙明了这一点,而后,写了四个特立独行、有品格有信念的狷狂人物:一个"自小儿无家无业,总在这些寺院里安身"的会写字的季遐年;一个"祖代是三牌楼卖菜的",卖火纸筒的棋手王太;一个家道破落后,沦为开茶馆的,会画画、喜读书的老人盖宽;一个"每日替人家做了生活,余下来工夫就弹琴写字,也极喜欢做诗"的,做裁缝的荆元。他在自己所接触到的生活范围里面,欣慰地发现所寻求的那种显示未来光明的力量,是存在于市井下层社会里面了。

  吴敬梓的爱国主义是热烈深沉的,因此,他的现实主义是严肃的、高度的,因此,他的讽刺艺术也是无比深刻的。他总是从日常生活现象的体察之中,抓住事物内在的本质,透入人物内心的深微之处;总是从一些似乎是漫不经意的淡淡几笔描写中,饱满深到地托露出那发展的必然。比如周进游贡院,一头撞在号板上,他为什么这么伤心?在第二回中,一直抓紧了写这一点。当周进未出面时,先就为他布置好了那个利欲熏心、恶俗浇漓的社会环境;在这样的环境气氛中,这个考到胡子花白还是童生的主人翁的内心感受应该怎样?梅玖怎样挖苦他、凌辱他?王举人的言谈与生活势派怎样威胁着他、压迫着他?他又怎样连一个每年十二两银子束脩的馆也丢了,不得不受姊丈的照顾,跟着去做记账的:从这些描写里,无不深切入微地揭示了他积压在内心的辛酸、悲苦、屈辱和绝望之情;因此,我们也就不难想象从前以往、一直多年以来他是怎样生活过来的。这样,一旦进了号,看见两块号板,"不觉眼睛里酸酸的,长叹一声",一头撞上去,直僵僵不省人事,就成为事所必至,理有固然的发展焦点了;而这,是怎样准确与透彻地暴露了功名富贵制度的罪恶本质?范进为什么中举发了疯?因为他考到老,时时热切盼望这一日,但又从来没料到真会有这一日,这猛然的大喜,使他的长久郁结之情顿时大开,使他的神经不能承受;那发疯的状态和过程,无不使人发笑,又无不令人惨然,但写来丝丝入扣,笔笔深彻,毫无一点臆造或走样。这时与他的性格有相同之点的他的老太太却还不会受到什么刺激,因为她是一个贫家的妇女,她根本不了解中了举人有怎样的实际意义。但等到知道细瓷碗盏、银镶杯箸以及奴仆房屋都是自己家的,这对她就具体得很了,于是大笑一声,也不省人事了。匡超人是怎样一个纯良勤谨的贫家少年,他是怎样一步步成为那种恶劣无耻的人的?他的性格中本来有聪明乖巧这种特点,他的处境使他要向上爬,他有向上爬的条件,并且得到那些际遇,于是他就自然而然那样发展起来了。所有这些描写,都是严格地真实、无比地深刻、不肯有一点苟且,有一丝模糊或差讹。唯其如此,书中所表现的人物性格、生活现实,其内部蕴藏都可惊地深厚,足够我们作步步深入的体会与发掘。我们常听人说,读《儒林外史》像吃橄榄,初上来似乎淡而无味,但愈是咀嚼,愈觉得味道醇厚隽永。这并不是神秘不可理解的,反映生活真实愈深刻丰富,就愈令人有咀嚼不尽的味道,而其动人之力也就愈大。

但有几回却不是如此。如三十八回写郭孝子寻亲途中经历,三十九回萧云仙救难、平少保奏凯,以至四十回上半劝农兴学;另外还有四十三回野羊塘大战:这些片段,有的写得完全不真实,有的写得概念平板,总之都没有实际生活经验;作为艺术看,显得很低劣,和书中所表现的一般高度的严肃的现实主义精神是迥不相牟的。其次,在这几段里有几处对话,那思想跟全书主题和作者的思想也正面冲突,不能相容。如三十九回郭孝子劝萧云仙不要作侠客,说"而今是四海一家的时候,任你荆轲聂政,也只好叫做乱民。像长兄有这样品貌才艺,又有这般义气肝胆,正该出来替朝廷效力;将来到疆场一刀一枪,博得个封妻荫子,也不枉了一个青史留名……长兄年力鼎盛,万不可蹉跎自误……"萧云仙道:"晚生得蒙老先生指教,如拨云见日,感谢不尽。"后来父亲萧昊轩吩咐他投效平少保去打松潘,也说:"……你也可以借此报效朝廷,正是男子汉发奋有为之时。"这样再三宣扬"报效朝廷""替朝廷效力""博个封妻荫子""青史留名",和全书精神、作者思想完全违背。若说是讽刺,全书中从没有这样蠢笨的讽刺;而且这些明明都是正面话,说话的也都是作为正面人物来处理的。尤其郭孝子,前面三十七回里的郭孝子是个反对统治者的狷介人物。武书要他去找虞老师,他说:"我草野之人,我那里去见那国子监的官府?"以后武书提及杜少卿,他说:"杜少卿?可是那天长不应征辟的豪杰么?"又说:"这人我倒要会他。"我们知道,郭孝子的父亲就是"曾在江西做官,降过宁王,所以逃窜在外的"王惠。他隐姓埋名称做郭孝子。这样一个人,怎么会忽然替朝廷宣扬起来?再看这几段里用的语言,也多陈词滥调,生硬呆滞,读着枯瘪无味;手法上也庸俗拙劣,有些地方对不起榫来,有些地方显然是坊间小说的老套。我们知道,现在最流行的五十六回本,除最末一回已公认是后人所加,还有五十五回。但程晋芳作的传和全椒志都说原书只有五十回。上面提出的几段(不是整回),可能不是原作者的手笔。

七

吴敬梓的讽刺艺术,从对现实的处理方面看,是取传统的史家态度而加以发展;若从表现手法或技巧方面看,则可称为"史笔"。

晋书有"皮里阳秋"一语,意思是"口无所臧否,而心有所褒贬";这和"寓褒贬"意思相同。后人所说"皮里阳秋"的笔法,其实即是春秋笔法。我国古代文学与史学同流。孔子说:"不学诗无以言。"诗教所讲"温柔敦厚""主文谲谏""风人之旨""讽谕之义"等说法,那基本精神和史笔是一致的。过去作诗为文,讲"蕴藉""含蓄",讲"意在言外""言有尽而意无穷""意到笔不到";戒直言,戒浅露:是我国文学在表现上的传统准则。

所谓"寓褒贬",用我们现在的话说,就是作者把自己的意见或思想寄寓在客观真实的具体形象里面传达出来给读者;因为表现出来的形象的特征,是经过作者挑选糅合的,即是,经过作者按照客观真实的本质和法则而概括、集中,而安排与处理的。在这里,作者的主观之见,不应该违背客观真实,而必须尽可能做到统一于或服从于客观真实——在这个前提之下,作者的看法,尤不容简单地直接拿出来硬塞给读者,而必须通过具体形象的本身和盘托出来。我国传统的这种所谓"史笔",实是很高的现实主义手法。

《儒林外史》在表现上,就是用的这种"史笔",或"皮里阳秋"的手法。上段说作者体察现实的深度,我们随手举出了一些例子作了粗浅的说明,这些例子同时也好说明他的艺术手法的特色。周进和范进的中举,匡超人的发迹,在全部描写中,都通过具体逼真的形象,表现了丰富深刻的思想,传达了明确的正义观点(这种思想与观点,是作者从爱国主义出发,由对生活的现实深入体察得来的)。作者并没有直接对我们褒贬什么,但那种种形象却无处不含有巨大力量的褒贬。这种地方很不容易说明;简单地说,我们在阅读时,不可忽略下述三点:

第一,书中所写每一场合的形象的本身,哪怕是轻描淡写的几笔,一般都蕴藏丰富深厚,我们阅读时不可从表面滑过。这一点,我想这里无须赘说。

第二,必须从各个场合形象关连上、发展上来作体会和了解。比如周进在薛家集教馆时,村上人怎样看待他,尤其梅玖对他怎样态度,说了些什么;后来周进做了学道,村上人怎样看待他,梅玖怎样看待他。范进未中举时,胡屠户怎样看待他,对他讲些什么;后来范进中了举,又怎样态度,讲了些什么。这些,都要前后关连起来看看,想想,不能看到后面丢了前面。又比如第四回严贡生和范进、张静斋见面,自吹汤知县如何特别赏识他(那说法揭露得很深广);又自称为人率真,在乡里间从不占人便宜(他特别表白这点的用意),所以很蒙父母官相爱(这些自吹与表白之点,以及特意对此时的范、张二人说的用心,都当关连起来寻求其意味);随后小厮来告讨猪之事,他和小厮几句对话的情状;后来汤知县接受王小二和黄梦统喊冤所诉之事,以及汤知县实际对他的观感:这些,都是前后对照着写严贡生的恶劣无耻的。同样,对于张静斋,在胡屠户、在那僧官、在汤知县各人心目中的印象,以及他与众光棍、与范进、与汤知县的关系和对他们所发生的影响:这些,各方面也都关连着,逐步深入地写出张静斋的为人和作风的。这是就大处说。有许多细节,也不可忽略。比如对于周进,写他在薛家集教馆,申祥甫拿出一副蓝布被褥,送他到观音庵歇宿;以后领来七长八短几个孩子;晚上拆着各家赘见;平日孩子淘气,他只得捺定性子坐着教导;天暖,他午间出来看河道春日风光,雨中见王举人船到;直写到王举人吃什么,他吃什么;次早王举人走了,他如何扫地:凡这些细小节目,也都当连到他游贡院头撞号板的事上来看,才能了解周进精神内心的具体情状及其发展。

第三,还必须就各个场合的形象以外去寻求那所暗示的。这就是所谓"睹一事于句中,反三隅于字外",所谓"事溢于句外",或所谓"神余象表"。比如,前面提过,周进从前以往,一直来的经历、遭遇、所受辛酸、悲苦,以及内心生活,书中都未提及,但读者从他到薛家集后的描述里,这些都可推知;他的头撞号板,不省人事,是多年长久以来所积屈抑之情的总爆发,绝不是到薛家集后短短一年中的那些情事刺激出来的:举此一端,我们就知道书中关于周进的一些有限的描写,暗示了多少深厚丰富的东西。又比如第六回写严监生死后,严贡生由省回来,赵氏请王德和王仁两位舅爷陪着他在书房摆饭,席上说话,两方唇枪舌剑,互相诋毁;说的都是考文章一类不相干的事,并无一语提及严监生的财产:我们应该知道,这时他们之间,心理意识中都横梗着一个财产的问题;正是为了孤儿寡妇的财产,他们才那样钩心斗角,嫉忌之情形于言色。书中没有明写这一要点。但是这一点,从前后许多描写里已经充分暗示出来,实在用不着再画蛇添足。又比如严监生之死,究竟是为什么致死的?书中也未明写(难道是为悼念已死的王氏,悲痛过度所致么?实在不是)。我们知道他吝啬到临死连灯盏里点了两根灯草也觉得费了油,不能断气。但是他为王氏丧事,被逼着花了四五千银子;为扶正赵氏,不得不大封大封的银子拿出来送给二位舅爷,还不时要送给他们新米、冬菜、火腿和鸡鸭小菜;又花钱请三党亲戚,一次就摆了二十多桌酒席。两位舅爷的为人他极清楚,他们的欲壑难填;只倚仗舅爷的力量,明摆着还不成,另外那不在家的老大还得准备花更多的钱来做无止境的笼络,他已经为他的官司白贴了不少银子了。他是个胆小怕事,心性懦弱,而拥有很大财产的守财奴,处在这样一种众多强横亲戚觊觎侵夺的形势里面,他的内心精神应该是何状态?在此处境中他无法自拔,只有不时哽咽哭泣;后来感觉心口疼痛,每晚算账到三更,渐渐饮食少进,又舍不得银子吃人参;儿子小,无人可托,少不得在一日自己料理一日;渐至卧床不起,还想着田租,打发仆人去,又不放心。"那一日,早上吃过药,听着萧萧落叶打的窗子响,自觉得心里虚怯,长叹了一口气,把脸朝床里面睡下。"于是二位舅爷又来辞行去省里乡试,他又不得不拿出几封银子送给他们"添着做恭喜的盘费"。像这样,这个守财奴的思想性格、精神内心、具体处境连同得病致死的缘由和过程,都无比深刻地托出来了。

但书中也有几处不是这种"皮里阳秋"的写法。四十四回至四十七回,写到五河县风俗人心的地方,就有几处作者禁不住出而发议论,把自己的观点直接拿了出来。"其风俗恶如此","总是这般见识","欣欣得意,不以为羞耻","生活在这恶俗地方"等等,都是直接骂出来,而后再写具体的人和事。这几处的写法,在全书里是特殊的。

　　上面所说"皮里阳秋"的史笔,最主要的特点是"概括"和"简约"。这里还应该特别提出来说一说。我国传统的史笔,极其讲究"概括""集中"的手法,以及行文造语的简约凝练。所谓"略小存大""举重明轻",所谓"疏而不遗,俭而无阙""文如阔略,语实周赡",所谓"一言而巨细咸该""词约事丰,神余象表""文虽简略,理皆要害"等等说法,都是讲如何不浪费笔墨,用最简单的语言,表现最深刻丰富的内容;如何将生活现象精工提炼,如何抓住特征性的东西,表现那最有深刻意义的内在本质(这里只是指出我国古代的史学与文学在手法上有其基本相同之点,至于具体运用,并不是毫无出入)。高尔基说契诃夫的短篇都是一个个的小瓶子,里面装着精炼过的无比浓洌的酒精;苏联叶尔米洛夫称契诃夫的作品为"现实主义的提高"。这些评语,用在《儒林外史》的描写,同样很恰当。

　　许多精彩的情节应该首先注意:周进头撞号板,范进中举发疯,范母一喜而死,范举人吃虾肉圆子,严监生伸着二指不断气,严贡生发病闹船家,娄公子捐金访杨执中,侠客虚设人头会,牛浦郎发阴私被打,王太太嫁鲍后下厨,徽州烈女殉夫,来宾楼灯花惊梦……数不完的这些情节,都给我们深刻不忘的印象,我们可以随口谈出来;它们也使人爱好,使人喜欢谈。那特色,是在于它们集中地、准确地揭露了矛盾,鲜明突出地表现了人物的思想性格,从而特征地、深刻地反映了政治与社会的内在本质;因此这些情节思想性和艺术性两皆高强。这绝不是单纯的材料或手法问题,而必须有赖于正义的爱国主义观点,有赖于丰富深刻的生活体验和感受;因为这些都从生活现象中精炼出来,是现实的最大概括和最高集中。后来的《二十年目睹之怪现状》和《官场现形记》,等而下之的如《黑幕大观》之类小说,只是简单地追求新奇情节,就不能成为很好的艺术。

书中的对话和神情动作的描写,看去很自然,很生动逼真,但也尽了集中与提炼的能事。尤其是对话,多是声态并作,活灵活现,深入隐微地揭出思想性格及精神内心的特点,差不多每一处都值得仔细寻味。这在上面的举例里已经见出梗概。这里不妨任便再举几处。比如第六回严大闹船家,硬把云片糕说成珍贵的药,一口一个官,要写帖子送他们到汤老爷衙里打板子。这番话里有一要点,是威吓为主,胡赖为次。因为这谎太离奇,讹不住人家。在那声口语气里,严大的恶劣无耻,活现纸上。接着几个搬行李的脚夫上船劝解,说了一段话,表面是责备船家不是,骨子里却句句揭穿严大的无赖,为受屈的船家开脱。在那声口语气里,被压迫者雪亮的眼光,善良的品质,正义的心肠,无可奈何的抗议,和对于严大与官府的鄙视敌视之情等等,都可以具体感觉出来。二十三回牛浦和子午宫道士谈话,牛浦道:

……我一向在安东县董老爷衙门里。那董老爷好不好客!记得我起初到他那里时候,才送了帖子进去,他就连忙叫两个差人出来请我的轿。我不曾坐轿,却骑的是个驴,差人不肯,两个牵了我的驴头,一路走上去;走到暖阁上,走的地板格登格登的一路响。董老爷已开了宅门,自己迎了出来,同我手挽着手,走了进去,留我住了二十多天。我要辞他回来,他送我十七两四钱五分细丝银子,送我出到大堂上,看着我骑上了驴,口里说道:"你别处若是得意就罢了,若不得意,再来寻我。"这样人真是难得,我如今还要到他那里去。

这番话,牛浦精神世界和内心活动的微妙处都勾了出来。他的吹牛,并不是漫天扯谎,而是根据实有的关系,运用他所能有的想象力编排出来,努力要说得适合自己身份,避免过火;努力要说得活现,确实,像真有过的事。这里面表现了他有限的见识和经验,他说得很幼稚可笑;但又表现了他的不平常的小聪明或"才气";同时又表现了他心的深处的热切诚挚的愿望,他的扯谎吹牛,不仅为要抬高自己,以博对方重视,更重要的是对目前处境不甘,对牛玉圃怀着反感,他像说着自己最"美好"的理想,带着无限自我陶醉和不胜神往的意味。这种地方,我们读着,不能不在要笑的同时,又骤然感到心里沉重起来。

书中描写人物主要用对话,有时也写些神态动作,总是从生动传神的形象里勾画出内在的特征的东西。四十五回余敷、余设兄弟在宴席上验土谈风水,写了他们许多动作,那种毫无定见,毫无把握,而又故作神秘,自欺欺人的神气活现在我们眼前。五十三回陈四老爷到来宾楼妓女聘娘处,虔婆和邹泰来等满心艳羡地谈了一番国公府里像神话似的阔绰,而后陈四老爷到聘娘房里,聘娘递了茶,款待着并肩坐下——

  聘娘拿大红汗巾搭在四老爷膝盖上,问道:"四老爷,你既同国公府里是亲戚,你几时才做官?……"

聘娘一片痴心想做官太太,全神倾注地沉醉在自己幻梦底柔情里,那心情意绪被这简单的几笔描画入骨。作者的嘲笑与怜悯,也整个儿传达给了我们读者。

  全书一般都写这样的日常生活活动。有许多生活细节,好像写得过于琐屑,但人物的思想性格及其内心深微处,正从这些描写与刻画里透露出来。第十四回后半写马二先生游西湖,细写他东跑西走,吃吃喝喝,硬是要游名胜,对眼前风物却毫无领会,那迂腐诚笃的内心就这样描绘出来。十八回后半写胡三公子与景兰江等雅集,拿着所凑的分子到街上买酒饭,二十一回后半写牛卜二老为牛浦成亲,都是从极琐细的生活节目,写出难于捕捉的特征。二十八回写诸葛天申——

> 诸葛天申是乡里人,认不的香肠,说道:"这是什么东西?好像猪鸟。"萧金铉道:"你只吃罢了,不要问他。"诸葛天申吃着,说道:"这就是腊肉!"萧金铉道:"你又来了!腊肉有个皮长在一转的?这是猪肚内的小肠!"诸葛天申又不认的海蜇,说道:"这进脆的是甚么东西?倒好吃!再买些进脆的来吃吃。"

这写的好像毫没意义。但试想想,就是这样一个香肠海蜇都不认识的老好人,有了二三百银子,却不肯在家好好过日子,一心带着钱到南京来,诚诚恳恳要找"名士"选刻一部八股文章,带上自己的名,"以附骥尾",硬把钱给穷极无聊的萧金铉和季恬逸等吃个光:我们难道不觉得可笑,又为之惨然么?

《儒林外史》五十多回,约三十八万、不到四十万字,写出性格鲜明,令人不忘的人物近二百个,主要的人物有五六十个。每回以一个或多个人物作为中心,而以许多次要人物构成一个社会环境,从人与人的关系上,从种种日常生活活动中,来表现人的思想性格与内心世界。总是在这一回为主要人物,到另一回即退居次要地位,而以另一人居于主要:如此传递,转换,各有中心,各有起讫;而各个以某一人物为中心的生活片段,又互相勾连着,在空间上,时间上,连续推进;多少的社会生活面和人物活动面,好像后浪逐前浪,一一展开,彼此连贯,成为巨幅的画面。这种形式,显然受了《三言》《二拍》之类话本小说和《三国》《水浒》之类长篇的影响;同时也有些像《史记》的《列传》或《五宗》《外戚》诸篇形式的放大:总之,它综合了短篇与长篇的特点,创造一种特殊的崭新形式。这种形式运用起来极其灵活自由,毫无拘束,恰好适合于表现书中这样的内容;正和绘画上《清明上河图》《千里江山图》或《长江万里图》之类"长卷"形式相类。若要将它取个名目,可以叫作"连环短篇"。

1954 年 6 月 24 日

(原载《人民文学》1954 年第 8 期)

关于中国古代小说理论的几点体会

我对中国文艺理论,没有什么研究。总认为搞文艺理论不能脱离实际,不能脱离文学史、文学作品,还不能脱离当时的哲学思潮,当时社会的政治。文学批评史,应是文学史的一个重要的构成部分。这当然不是说不要写中国文学批评史,但决不能把它同中国文学史的精神脱离开来,专门背条条。专门研究条条,什么也研究不来,因为你不了解这些条条在当时有进步意义没有。

一　中国古代的小说

中国小说,在各种文学样式里头是成熟最晚的,比戏曲还晚,它所以成熟得晚,因为文学就像人一样,从幼年、少年、青年发展到成年,是相当长的一个时期,中国社会发展到后期,小说才成熟,小说的内容,是人类对客观世界认识比较成熟的产物。

人类社会发展受两个限制:一个是生产规模的限制,一个是阶级的限制,这就形成了历史局限。原始社会没有阶级,但生产规模太小,认识世界也很狭小,人人忙于养活自己,对别的事情不感兴趣,他的理想、愿望,也就是怎么猎取更多的食物,然后到奴隶社会、封建社会,到封建社会后期,商品经济大为发展,而且在我们中国发展不平衡,在东南地区发展比较快,因此小说在这一带地区成熟起来。

小说这个形式,在各种文学样式里,反映社会生活更广阔,能写一些社会问题。我国古代的抒情诗,除少数叙事诗之外,一般都抒写个人之情,它提出的问题常常是个人问题,如人生无常、相思、看人、思妇,都是个人问题,当然你从他个人身上也看到社会问题,不过他主观上写的是个人问题。到小说里头,也有这一类题目,不过常是提出一个社会问题,开阔了。为什么呢?因为生产规模扩大了。我是乡下人,在皖南山区长大的,小时候就不晓得平原是什么样子,眼界太狭窄,在外边跑的人,眼界就开阔一些。小说这东西,就可以反映更开阔的眼界之下看到的一些问题。这种形式本身,表达能力也最强、最自由,所以在各种文学样式里头,小说的内容更充分、更开阔。这并不是因为我们搞小说,就夸小说,把别的东西都贬掉,这里讲的内容的开阔、自由,别的方面,它又不如别的文学样式。如直观的形象教育,不如戏剧;表达感情方面,不如诗歌。

中国小说最早是在原始社会的神话传说,世界各国也都如此。神话、传说,实际是一回事。按道理讲,神话说的是神,许多自然现象不理解,把它当神看了,创造出许多神来。传说,是对人的一些非常英雄的事迹的记载,这是传说。但是,写神呢,作者也没见过神,写的实际上是人,拿人类自己推想的;写人的传说,也把人神化、把神人化了,把人神化了,所以古代的神话和传说分不清。如《汉武帝内传》《穆天子传》。穆天子本来是人,可是他又驾着八匹马的车子在天上游,成了神的样子。汉武帝当然是人了,但后来他又同西王母来往,西王母又是什么神。这样的东西,古代人都不认为是神话、传说。神话、传说这概念,是我们后世有科学头脑的人起的名字,古人认为真有其事,他们是作为真正的东西记录下来的,是属于历史的东西,都看成科学记载。"志",不论有没有"言"字旁,都是记录的意思。"志"和"作"是对立的,"作"才是创作,是虚构。"志"不允许虚构,是记录。就等于我们今天看电影,哪是故事片,哪是纪录片,分得很清楚。"志",就相当于纪录片。"志",后来叫"志怪",又后来叫"志人",神话、传说部分就减少了。神话、传说和志怪、志人,两组四个样式,都是属于历史,古代小说的这种内容,与现代的意义不同。现代的小说,一方面有传统的称谓,同时也受了外国的影响,内容已不是中国本身的了。

最早的小说,在先秦讲的小说,是对"大道"而言。上层人物的一些事情,如修身、齐家、治国、平天下,都是"大道";小说对"大道"而言,都是日常事务性的小道理,这些小道理都是民间所谓"街谈巷议,道听途说",日常生活的一些经验,好比说,蚊子出来了,要洒敌敌畏,就是这一类东西。鲁迅有《古小说钩沉》,里面有许多神话传说,也有许多科学记载。如"春花落瓣,秋花落朵",南方的燕子怎么样,北方的燕子怎么样,这都是科学记载。还有许多神话,就是"志怪"了。这些都是与"大道"相对的"小道",但先秦儒家也有两面,一方面对这些东西"君子不为",另一面也主张"虽小道必有可观者"。这种观点,没有多少理论。但实际上传播了一种理论,就是"街谈巷议,道听途说"是民间的东西。这就是一个理论,最早的理论,也形成了中国小说发展的一个传统,所以我们说小说理论在先秦就有了,在小说的原始阶段就有了,这个传统、这个理论,你遵守它,就往往成功;你不遵守它,就失败。如清初蒲松龄,他写了《聊斋志异》,他成功的首先一条是取的"志"的路,就是搜集民间的神话传说。因为民间的神话传说里面有广阔的、丰富的社会内容,时代社会的血肉、老百姓生活的血肉都结晶在神话传说里面,有很丰富的内容,有很深刻的意义。他首先花了很大的工夫来收集民间的传说,他自己不虚构、不创作,把这些东西都收集起来了以后,他再加工创作,根据这些来创作。这一条他遵守了,所以《聊斋志异》一开步就在故事方面取得成功。这些故事拿出来,老百姓感兴趣。虽然他是用典奥的文言写的,老百姓在口头上都可以传说。许多乡下的老百姓,他一字不识,但能谈《聊斋志异》的故事,因为那个故事同他有血肉联系。它从群众中来又回到群众中去,老百姓喜闻乐见这个故事形式。在这以前,尤其是以后受《聊斋志异》的影响,有大量的《聊斋志异》式的作品,但大部分没有走这一条路。一个不得意的书生,考科举没考上,就来写小说,他不是走蒲松龄的道路,到民间收集街谈巷议、道听途说,而是自作聪明,关在家里虚构,结果老百姓毫不感兴趣,砸了锅,失败了。

小说家出于稗官,稗官就是史官的一种。封建社会上升时期统治阶级派了史官在民间到处收集诗,也有专门收集神话传说的。因此,我国古代书籍里头还保留了一部分古代的神话传说。他收集来干什么呢?就是看看老百姓在想些什么,来作为他们进行统治的参考。他们看老百姓的反映、思想活动、动态,就是要缓和矛盾。所以我们古代封建阶级有许多诗歌向统治阶级建议,缓和矛盾,巩固统治,而不是推翻它。小说属于历史的范畴,所以像《穆天子传》过去归到帝王的起居类,《山海经》摆在地理部,都被当作科学记载。发展到元朝的时候,变成志怪志人了。元朝是个动乱的时期,死的人多。古代科学不发达,有迷信思想,见神见鬼。死亡的人越多,神话传说也就更多。所以元朝的志怪是很独特的。到蒲松龄时代又是这样。明末清初,大动乱,大破坏。老百姓死了很多,饿死的,杀死的,各种疾病死的,很多,于是产生大量的神话传说,狐鬼故事特别多。《聊斋志异》常常写一个妖宅。那时南方北方到处都是空房子,没有人住,你说是神话吗?不是的。是真实情况。人死光了,没有人住,就是这么一种情况。死亡相继,狐鬼就出来了,狼也出来了,野兽也出来了,不稀奇。

古代文与史不分,开始分开是《文选》。昭明太子萧统《文选序》把文与史分开了。文是什么呢?他说:"事出于沉思,义归乎翰藻。"用这两句话,把文学同史学分开来了。可是他们所谓文不包括小说,不包括志怪志人。志怪志人还是属于历史的。文学的小说部分,志怪志人、神话传说,仍然属于历史。

小说发展到唐代,又有了变化。唐代是中国封建社会发展最兴盛的时代。首先是商品经济进一步发展,商业贸易发达,造成大量的老百姓脱离农业劳动,脱离农村,形成了出卖劳动力的阶层,促进了城市的繁荣。除了国内的商业贸易之外,当时最突出的是国际间的贸易往来频繁,伴随着商业贸易,国际间的文化交流也更加发展。鉴真和尚就是唐代的。唐代大诗人李白是碎叶人,碎叶在新疆还要过去,有的地方现在属于苏联的范围,所以李白看问题的眼光就不一样,心胸就比较开阔一些,那个时候写游子、思妇的作品特别多,也就反映着这种情况。你看到处都是胡姬,唐人小说还有"昆仑奴",昆仑奴就是黑人,胡姬多数是少数民族,有的则是波斯(伊朗)人、巴基斯坦人、印度人。另外还有东罗马帝国的,是通过"丝绸之路"来的。日本的留学生也很多。当时长安的规模很大,有好几百万人,哪里人都有。扬州也是一个大的商业区,有大量的外国人。"故人西辞黄鹤楼,烟花三月下扬州。"李白为什么要送孟浩然到扬州?就是因为扬州商品经济发达,外国人多,他要来采购、游玩,要来看文化的新气象。宋、元以后的一些小说也常写到扬州有许多波斯人,专门经营珠宝。由于商品经济的发展,国际交流的扩大,开阔了视野,这反映到文化上就出现了一个繁荣昌盛的时期。这可以同汉代相比,汉代也是类似的情况。

在这样的背景之下,于是唐代开始有"说话"。当时宗教也很盛行,寺庙很多,"说话"最早就是从寺庙里和尚说经开始的。他们在庙会的时候,把佛经作通俗宣讲,讲佛经故事。庙会往往就是农村集市,所以宗教的活动是同商品经济的活动有联系的。最初是寺庙里的和尚说经,很多人来听,后来老百姓也讲,在民间流传了起来,就是"说话"。现在敦煌还保留了许多唐代的"变文",一部分是宗教故事,大量的是民间故事,是老百姓的东西。这些民间的东西为当时先进的知识分子所接受,他们又做了进一步的创造,就出现了唐人"传奇"。封建阶级并不是完全接受民间的东西,要看是怎么一个具体情况。封建阶级也有上升时期、兴盛时期、没落时期的区别。前一段"四人帮"搞极"左"思潮,把封建的东西一棍子都打死,他们打着毛主席的旗号,实际违背毛主席的思想。毛主席说中国封建时代有灿烂的文化。我们看问题不能片面,在世界上中国封建社会时间最长,中国的封建阶级很有统治经验,他们有时也采取一些缓和阶级矛盾的措施,来维护自己的统治。

在民间"说话"的基础上,当时士大夫阶层的白居易、元稹,以至韩愈、柳宗元都开始大量写作文言小说,写"传奇"。他们在创作中开始根据自己的生活经验来进行虚构。白居易曾在新昌宅听《一枝花话》。《一枝花话》就是现在《李娃传》的前身,过去是民间的"说话",而白行简加以改编,进行虚构,把它写成了"传奇"。元稹写《莺莺传》,讲一个张生在寺庙里碰到了崔莺莺,以后又如何如何。以前说元稹写的是自己,但后来有人考证没有这个事情。他是进行虚构,以妓女为模特儿,写成了崔氏小姐。这部作品影响很大,后来重新在民间再传播,然后到"董西厢",再以后又产生了王实甫的《西厢记》。可见,唐人"传奇"是受民间的影响而逐步发展起来的。

唐代小说创作,突破了以前的局限,开始虚构,文字上也不像志怪、志人那样朴实无华了,讲文采、讲描写人物、写人物性格,这就接近近代人的小说了,不只讲故事,而是写出人物来。《聊斋志异》一方面走"志怪志人"的路,搜集民间传说,然后再加工,走唐传奇的路,把志怪志人与唐传奇两个传统结合起来。

到宋代,城市发展了,有勾栏,有专门说书的,这样就产生、推进了近代意义的小说。所以,中国小说的民间性、群众性很突出。最初不是写给人看的,是说给人听的。因此我们的小说同外国的不一样,通过一系列动作来刻画人物性格,人物性格完全能讲出来。外国小说不能讲,比如《安娜·卡列尼娜》写跳舞、赛马的场面,写得很漂亮,很美,达到艺术高峰,可是你谈到它,一句也说不出来,除非你背。为什么?它不是说给人听的,是写给人看的。

二　中国的一些小说理论

这些理论不只是讲小说的,但包括各种文学样式在内。

(1)器识、读书、行路、孤愤

我们常把儒家孔孟之道一棍子打死,这不对。儒家孔孟之道的思想体系我们不会同意,可是它经验很丰富、识见很广阔。有很多真知灼见,很深刻。比如儒家讲"士先器识而后文艺"这句话就很好。"士"就是读书人、知识分子,应该先讲"器识",然后才讲文艺。"器识",拿我们现在的话讲,就是品德的培养。"器"就是器具的"器",里边能装东西,而"器"的大小,主要是"识"的问题。见识太少了,就多怪,少见多怪嘛,"器"就不会很大。这一句话很重要。一个人对事物认识的深刻性,同识见广博分不开,没有识见,特点就抓不住,就写不好小说,也评不好小说,不能对文艺理论有真知灼见的理解,只能搬条条。

司马迁很了不起,他说"读万卷书,行万里路"。"读万卷书",并没有什么了不起,那是书都写在竹简上、木片上。一万卷也只那么一点,我们可以超过他。"行万里路"很重要,司马迁不行万里路,写不出《史记》来。《史记》同后世那些史书就不同,他眼界开阔,不把人看得绝对化,哪是好人,哪是坏人,不像我们电影那样简单化,好人就是好人,坏人就是坏人,五岁小孩子一看就知道。

《史记》就不同,很难说哪是好人、哪是坏人,在这一篇里,这个人有优点,另一篇中他有缺点,辩证地看人,生活里本来就如此。托尔斯泰的书也如此,你也很难分出哪是好人哪是坏人。"读万卷书"也很重要,因为你不能样样都识见,要接受文化遗产。我认为人和动物的区别,主要在于人类能积累知识,动物不能积累知识,人类的文明就是知识积累。当然古代的知识有两类,一类是错误的如鬼神,或者在当时有用今天无用了的;一类是今天还有用的,这是大量的,所以"读万卷书"很重要。

唐代史学家刘知幾写了《史通》,他讲究"才、学、识",说作为一个史家,必须讲"才、学、识",他说的,也包括文学家。"才",就是天资。天资,我们不能否认,就是聪明一点,有先天的条件,在艺术创作上很显著。可是"才"主要是后天的,后天的锻炼。"学"就是"读万卷书"。"识"摆在最后,但并不是说最不重要。恰恰相反,古代最重要的往往摆在后边,像周信芳的"压轴戏"一样。"才、学、识"很重要,"读万卷书,行万里路"很重要,"器识"很重要。这是我们文学的一个理论,一个传统。

到明代以后,资本主义萌芽、商品经济特殊发展,资本主义生产关系已经开始出现,当然还是封建社会,这时产生一些思想家、其中有一个很突出的,就是李贽。他有许多重要文章,其中一篇是《童心说》,这篇文章很重要的一点,就是要摆脱封建思想的束缚,替那时的新的文化——人民的文化铺路,打先站。于是他对中国的小说花了很多的劳动。当然,这个问题还要继续研究,对资料进行研究,哪些真正是李贽做的工作,哪些是别人借他的名字搞的,这个工作要搞清楚。但我看即使不是李贽的,也是受了李贽的影响,他那些理论也同样都要重视。

李卓吾在我国小说发展的成熟阶段,是一个元勋,头一个有功劳的人。《文论选》选了李贽的重要文章《童心说》,就是提倡小孩子的精神思想,要求搞文艺工作的人,要从封建思想的束缚里头突破。在他那个时期,这反映了商品经济的发展,一些新的阶级、阶层的成熟。他的思想体系也还是封建主义的思想体系,古代不可能有别的思想体系。封建主义的思想体系,我们中国是三家,就是儒、释、道这三家。我们古代很多进步思想家、文学艺术家,谈他们的思想体系的话,根本不可能也没有摆脱这三个思想体系。例如曹雪芹,有儒家思想、也有佛家思想、也有道家思想,都没有摆脱掉。可是在某一些具体的方面,具体的生活方面,在接受感情生活上面是突破了,突破某一点就不容易。要求他摆脱这些思想体系,而有达尔文进化论的思想体系,有卢梭民约论的思想体系,民权论的思想体系,是不可能的。李贽在《童心说》里,就是要求突破这个封建时代的思想束缚,为小说创作,为当时的新的进步文化服务,开辟道路。就达到这一点而已,而这一点是很重要的。所以,李贽在《忠义水浒传序》里,(这个我稍微补充一点,就是中国古代小说理论不像诗文理论,有专著,如《文心雕龙》;有专篇,如《典论·论文》《文赋》。小说理论就在序言里、跋里、评点里,还有许多批语,还有一些札记、笔记里头都谈到,所以搞小说理论要广泛地收集。而且,我们说它是理论也可以,实际上它只是自己的一些体会。我来谈的话,也是我的体会。我的题目,就是关于中国古代小说理论的几点体会。)强调文学作品,包括小说,最要紧的是孤愤。司马迁写《史记》,完全发表他的孤愤,《聊斋志异》作者自称是"孤愤之书"。后来也有别的人讲,说《水浒传》就是施耐庵的孤愤,借水浒英雄表现出来。《红楼梦》的孤愤,拿儿女之情表现出来。《聊斋志异》的孤愤,拿狐鬼表达出来。古代成功的作品,名篇名著,都是有孤愤的。没有孤愤,写不好文学作品。左丘明有孤愤,就写成《左传》。屈原有孤愤,写成《楚辞》。孤愤是什么东西呢?我的体会,孤,就是自己的,个人的,我自己的,我个人的。愤,应该说是一种激情,激动的感情。这一条我觉得很重要。搞文学同搞别的科学论文不一样。写文学作品,首先要有自己的激情。没有这个激情,像汽车没有力量,不能发动。一个作品,有两个很重要的东西,构成了艺术生命之所在,就是真诚,就是个人的激情。并不是我们每个人对每件事情、每个主题都可以写得好。不是的。你对这个主题缺乏激情,你就写不好。你看我们古代的演义小说、历史小说,每一个朝代都有一部历史小说,起码是一部,宋代有好几部,隋唐有好几部,有《隋史演义》《隋唐演义》,还有《说唐》。可是经过时间检验,家喻户晓的,只有《三国演义》。就是因为《三国演义》里面,贯穿了罗贯中的激情。而别的那些历史小说没有激情,只编排了一些材料,就不能激动人心。一个文学作品,包括小说在内,它的目的不是说理来说服人,它所工作的对象,主要的不是人的理智,而是人的感情,人的情绪。所以讲,文学家是人类灵魂的工程师。灵魂工程师要搞到人的感情、内心情绪里头去,不是理智的活动。我常常看到人家称赞某篇小说写得好,说它能说服人。我不知道这是褒它呢还是贬它,我看是贬它。你那小说说服了人,这有什么了不起啊?要感动人!要感动人,必须首先自己感动。你自己都不感动,叫人家怎么感动啊?所以李贽讲的这一条孤愤,这一条真情是必要的。你无论是作诗、作散文、作小说、作戏曲,都必须要有真实感情。孤愤里头除了真情以外,还有一条就是实感。你那个真情哪儿来的?就是你有实在的感受的缘故。你要写一个英雄,又根本没有见过英雄。你就听人家说说,那不会有激情。你有了激情,是因为你看到了、直接接触了英雄,感受了英雄的光辉的一面,那一方面使你感动了。因此,你就观察得细致,了解得也更深入。一个妈妈,生一个孩子。因为妈妈对孩子很有激情,有孤愤。因此,她对于小孩子的每个小动作、小的表现,都充满了激情,都观察得细致。如果我告诉你我家小孩子会笑了,你一点也不感动。哪家的小孩子不会笑？可是妈妈感动得要命。我没有激情，我就写不好这个妈妈。真情跟实感是两回事情，真情是自己主观的，实感是对于客观事物的观察、认识。真情实感是构成文学艺术生命的东西。没有这两条，你的作品就没有生命，就会是概念化、想当然的。李贽提出的孤愤，在我看来，是很重要的一条理论。

（2）形象大于思想

李贽的一个跟着他实际上是做秘书工作的、做助手的一个小和尚（李贽是居士，也相信佛教的），叫怀林，他在一种版本的《水浒传》里（就是李卓吾的《忠义水浒传序》的前面，是他写的几句话），谈到他对小说的一些见解，说客观世界里头有《水浒传》里所写的这些人和事情，然后才有《水浒传》。社会上先有像鲁智深、李逵这样一些英雄人物，然后才有鲁智深、李逵这些人以实之。社会上先有王婆这样的人，然后《水浒传》写王婆以实之。同志们可以把原文拿来看一看，他讲的很简单的几句话，这个就是反映论，就是马克思、恩格斯，尤其列宁讲的反映论。你看一个作品，首先要分清，哪是作者的主观世界的东西，哪是作者接触到的、所反映的客观世界的东西，要把这两个区分开来。文学作品里头，小说里头，作者主观世界的东西不重要，而作品所反映的客观世界的东西是重要的，这就是艺术。所以文学作品，像小说，主要的是感性认识，描写的是感性认识，而不是他自己主观世界的一些东西。上一次我讲《聊斋志异》，蒲松龄采取过去的志怪的路，收集民间传说，这个路子就好。以后学《聊斋志异》的，往往不去收集民间传说，向壁虚构，虚构一个故事，尽是作者主观世界的东西，发一点牢骚，表现自己的一点才气，或者什么东西，这东西就是主观世界的东西，而不是反映客观世界的东西。作品、小说，是要写感性认识。你没有感性认识，写出来的东西一定概念化，一定是你主观想当然的,那就不行。《红楼梦》为什么那么伟大？写的就是感性认识,他有一段生活,在感性认识的基础上再加工,虚构,进行艺术概括。没有这个基础,就写不出《红楼梦》来。那么,《红楼梦》有没有曹雪芹主观世界的东西呢？有的是。那些虚无主义思想、感伤主义思想,也还有儒家思想,那都是他主观世界的东西,还有迷信思想、宿命论思想。一个古代的封建主义的作家,他不可能没有这些东西,那些东西不是很重要的。所以,我常常说笑话,不是,真话,你叫曹雪芹写一篇论文的话,那一塌糊涂。打分数的话,十分都够不上。可是他写感性认识的东西,客观世界的东西,你打一百分都不够,要打个一百五十分,是不是？列宁论托尔斯泰时,说他是呆头呆脑的地主,是不可救药的基督徒。列宁这两条都是讲的他的主观世界。要是在中国,这一棍子就打死了。又是地主,又是基督徒,那你还能写出什么好东西,尽是反动的。可是列宁底下有一句,"伟大的艺术家""俄罗斯的一面镜子"。他讲的是客观世界,描写的客观世界。所以,马克思主义唯物主义讲反映论,讲文学作品反映客观,而不是表现主观和理性世界。我这个理论并不是说感性认识里头没有思想指导。有进步思想,这个进步思想就是现实生活里头、感性生活里头提炼出来的。因此,古代作家的世界观里头,尤其在这种时代转换的时期的世界观里头,感性认识同理性认识形成尖锐的矛盾。曹雪芹《红楼梦》就是如此。许多著名的作品都是如此。他矛盾得要命,世界观这个理性世界同感性世界,他解释不好。他那一套理性理论对于他所感受的感性生活,他没法解释。因此,伟大的作品都是形象大于思维。为什么形象大于思维呢？因为反映客观的东西很多,拿你的那一套理性解释不了。因此,现实生活里的感性认识的丰富内容,把它反映出以后,叫人家就百读不厌。你重读,又有新的体会,又有新的理解,读《红楼梦》就是如此。我们有些作品,而且数量不少,那就是思维大于形象。尽是思维,没有形象,它可悲就在这个地方。什么话,它都说尽了,作者把读者当傻瓜。这个人一出来,前面加了很多形容词,这个人一出台,就知道是了不起,革命家。那是最坏的一个地主,黄世仁一出来,人家就知道他是坏蛋,就是思维大于形象嘛!刚才我们讲的怀林这几句话,讲的是唯物主义反映论,是素朴的唯物主义观,讲世界观同创作方法的矛盾,实际上就是理性世界同感性世界的矛盾。这就是我讲的第二点。

(3)刘知幾总结史传文学的主张:把人写活

上一次我介绍了唐代刘知幾写的《史通》。他研究中国史传文学,《史记》《左传》,先秦的一些作品,还有后世的一些历史。比较起来,他对于后世的一些史家是不满意的。而对于古代的先秦的许多史家赞美的地方多。刘知幾《史通》也是不统一的,一会儿这个看法,一会儿那个看法,矛盾百出。不过,有一个总的倾向。他总结史传文学时,讲了几条。我这里要插进去讲,像《史记》,同《汉书》就不一样。《史记》以写人为主,写刘邦,写项羽,写萧何、张良、吕后,一个个都是活生生的人。《汉书》就不了,以写事为主,不是写人。因此历史、史书常常仅是写事,后来它反对写人。把一个人写得活生生的了,说话的口吻在,语气都在,那个性格、脾气、内心、精神世界都在,这样人家就要怀疑:你没有看到刘邦,你怎么知道他说话是这个口吻啊?司马迁就不管,"我写我认识到的,我认为刘邦是这个样子的人",他把他写活了。《史记》这部书,讲系统,应是史的系统,不是小说的系统。可是它对后世的小说影响很大。后世小说发展到现实主义,发展到成熟阶段,都在《史记》里头取经,学《史记》。因此,《史通》总结关于《史记》《左传》这些史传文学的经验,实际上指导后面,后面的许多作家,像施耐庵写《水浒传》、吴敬梓写《儒林外史》、蒲松龄写《聊斋志异》、曹雪芹写《红楼梦》,都从《史记》《左传》里头接受经验。毛主席在《为人民服务》里,称司马迁是个文学家,他不讲是史学家,我觉得讲得对。因为他写的是人,写得像小说一样。你看看班固写的《汉书》,《汉高祖本记》它也有,《项羽本纪》它也有,它写的就是他们的事情,就是把事情一个个罗列出来,没有人的形象。这就是不同了。刘知幾的《史通》是研究史传文学的。史传文学在我们中国的学术体系上,属于史的范围。它不是小说,那时小说还很幼稚。可是后世小说受史传文学影响,接受它的经验。因此,《史通》里司马迁实际上是作为文学家提出来的,司马迁作为文学家,是个现实主义文学家。刘知幾总结这些历史著作写人物的经验,有一段就讲,一个作家,写一个东西,如"明镜照物,妍媸必露",不因为她是个王嫱,是个西施,她脸上有缺点,就不把她照出来。"妍媸必露",妍就是漂亮,美啊,媸就是难看,丑啊。丑的,美的,它都把你照出来。即使你是哪个高干的姑娘,它也不会把你照得好看一点,它不走后门,它不肯走后门的。"妍媸必露"底下还有一句,说"虚空传响",就是虚空之中传这个响,传这个声音。"清浊必闻",哪个好听的,哪个不好听的,都把你传过来。同志们可以读《史通》,它好多地方讲这个东西,这就是现实主义的一个要点。他主张反映客观,真实地反映客观事物,你不要尽去随便改动。当然,他并不反对你掌握了规律、熟悉了情况以后,再加工,他不反对的。也应该搞现实主义,并不是像镜子那个照法,他打个比喻就是了。可是,他讲褒贬是很清楚的。《春秋》一书,以褒贬为主。所以它也讲褒贬,并不是客观主义,可是如像"明镜照物""虚空传响"一样,忠实地反映客观,这都是现实主义的要求。这是我们讲的第二点反映论。

(4)"爱而知其恶,憎而知其善"——艺术概括是什么

第三条,也是刘知幾讲的,"爱而知其恶,憎而知其善"。这句话先秦就有了,《尚书》《礼记》上面都有过。奴隶社会,封建社会

初期,最初的那个时期的统治者,看人已经有这些经验了。他把它引用过来,说我们写作品也应该"爱而知其恶,憎而知其善,善恶必书"。这个很要紧的。这话是很有道理的。首先,并不是说像客观主义没有善恶,没有爱憎,不是这样的。他首先爱他,爱他的前提之下知道他有缺点,并不因为爱他了他就没有缺点了,坏事情缺点也变成好处了。"憎而知其善",你不喜欢他,不爱他,憎恶他,可是也知道其善,他有优点的。而写作品应该两方面都写。这并不是没有是非,没有善恶了,在恨他的前提之下也写出他的优点,在爱他的前提之下也写他的缺点。这就是一种辩证法的观点,用唯物主义辩证法来看世界,实际上就是现实主义。现实主义创作方法就是拿唯物主义、辩证唯物主义的观点来看世界。因此,描写一个人,不能写他坏就是绝对的坏,写他好就是绝对的好。这是一个现实主义要点。世界各国都是如此。《水浒传》也好,《儒林外史》也好,《红楼梦》也好,凡是成功的作品,人物都是有优点有缺点的,就是我们现在讲的一分为二,矛盾的统一。一个活生生的人都是矛盾的统一体,有好的一面,有坏的一面,可是有个主导面,主要的是哪一方面?决定事物性质的,是那个主导东西,主导面之下、之外,他还有缺点或坏处,这是一个活生生的人。这样一个人,我们就感动。比方说,现实主义,最初写中世纪的英雄,写理想的英雄,传闻的多,把他夸张得太厉害了。可是《水浒传》尽管也把现实的人提高了,成为一种不平凡的人,非常的人,非常的英雄,但它的核心的内容是活生生的活人,因此叫我们看了很感动。鲁智深、李逵,我就很感动,武松我们看了也很感动。为什么呢?他有很多缺点,是通过克服缺点慢慢成长起来的。因此,他有发展过程,这是现实主义很要紧的。客观事物都在发展,有两面,没有矛盾就不会发展。因为他写出人物的两面,所以人物就有发展。《水浒传》的人物都有发展,武松一开始,作者说他是个英雄,提到此人的名字,敢教星月无光彩,敢教长江水倒流。就说他是个了不起的人。底下尽写武松的缺点,慢慢地克服自己的缺点,一步步地发展,大闹飞云浦,血溅鸳鸯楼,克服自己的缺点,才走上梁山,成为一个英雄。鲁智深、李逵也如此。李逵流氓气重得很,借了钱赌博,赌了以后他又不还,看到了一个卖唱的姑娘,就动手动脚,骂起来了,可是是个英雄,克服缺点过程中,他成为英雄。另一方面,作为现实主义来看,《三国演义》就差,人物没有缺点,因此也没有发展,你说关羽、刘备、诸葛亮有什么发展?诸葛亮二十七岁出山,一出山就样样都是,没有打过败仗,无处不胜利,政治斗争,军事斗争,样样都好。不可思议。我并不否定《三国演义》。《三国演义》作为现实主义,人物描写是差的,不如《水浒传》《红楼梦》。《红楼梦》赞美贾宝玉、林黛玉这些人,你说贾宝玉没有缺点?我们五四年批判俞平伯先生的《红楼梦研究》,那时候多数说贾宝玉是个坏分子,是流氓,乱搞男女关系,把他骂了一顿。这些话你说完全不对吗?贾宝玉是有这些方面的嘛。最初怎么没有呢?他慢慢地克服这些东西,平等待人,尤其对做丫鬟的这些人,特别尊重。他最初也打骂丫鬟,他一脚就把袭人踢得吐出血了嘛,鲜血溅到了茶杯上,茶盘都砸碎了,少爷脾气大得很,他不可能没有这些少爷脾气。可是以后通过实践斗争克服了,有个发展过程。这是很重要的一点。

　　在这里我顺便讲一讲艺术概括是什么东西。作品要写发展,写人物的发展。这个发展的观点,矛盾运动的观点,矛盾通过斗争达到统一这个过程,这是马克思主义的要点,辩证唯物主义的要点,也是毛泽东思想的一个要点。这要点精髓之所在,就是万事万物都有矛盾,有两面,矛盾的统一体。矛盾统一在一块儿,它斗争了,矛盾可以转化,就是本来居于次要面的,它可以慢慢地转化成为主导面,于是事物的性质就变了。作品写人物、写事情,都应该掌握这个发展规律。我们现在看的小说,一般都是现实主义小说,也有浪漫主义,浪漫主义也必须建立在现实主义基础上。离开了现实生活,离开了现实主义,讲浪漫主义,就是胡说八道,没有价值。因此,辩证法讲矛盾要好好地学。辩证唯物论,首先讲黑格尔的辩证法,就是"正——反——合"。正,一上来是正的,发展成反,转化,然后合,就统一了。矛盾转化通过这三个阶段,世界上万事万物都必然有这个发展的规律。这个并不是黑格尔头一个创造的,我们中国老早就有辩证法,佛学里头就有辩证法,《老子》《庄子》都有辩证法,我们的老百姓就有辩证法。同志们都知道,好事变坏事,坏事变好事,马克思、恩格斯,一直到列宁、斯大林都讲过这个话。你写小说,也要写出这个发展阶段来。《红楼梦》就这么写的,写贾宝玉思想发展阶段,一个一个,清清楚楚。写贾宝玉同林黛玉的爱情关系,最初是青梅竹马,两个小孩儿老在一起嘛,然后初恋,然后热恋,然后互相信任,达于成熟阶段。从那以后,林黛玉再也没有发过脾气,也不再怀疑贾宝玉,对于薛宝钗也没有矛盾了。通过几个阶段写,写得清清楚楚。电影《红楼梦》就差劲。它把矛盾搞得乱七八糟。坏在哪里呢?比方说,贾宝玉同林黛玉矛盾已经解决了,诉肺腑心迷活宝玉,已经诉了肺腑了,她又来葬花。原来是怎样的呢?原来她去敲贾宝玉的门,贾宝玉误会了,晴雯发脾气不肯开门,而且在里头跟贾宝玉两个嘻嘻哈哈笑啊谈的是薛宝钗,她这下子悲伤起来了,所以葬花。葬花就是怜花,怜花就是自怜。那个社会里的一个姑娘,林黛玉非常之清楚:我就像这个花一样,落下来落在泥沟里,掉在粪坑里。因为左右啊,现实环境里尽是贾珍、贾琏、薛蟠,尽是这样的人,所以她要葬花。在同贾宝玉矛盾没有解决,而且很尖锐的时候,她去葬花了。到了三十二回,诉肺腑了,矛盾早就没有了,她怎么又来葬花了?当然越剧《红楼梦》主要的问题不在这里,主要的问题是把它抽出来了,成了个才子佳人戏。才子佳人,一见倾心,后面加上了感伤主义情绪的宣扬,叫人家哭啊。实际上没有多少社会内容了,比原来的作品差得远。

(5)生活真实与艺术真实

第四点,我就讲讲生活真实,艺术真实。关于艺术概括,除了人物之外,里头很要紧的就是人物所做的事情,就是情节、场面。这个刘知幾的《史通》里头也讲了,有两句话很重要的:"略小而存大,举重以明轻。"就是说,提炼情节要把分量小的、意义小的略掉。一个人做了很多事情,很多是琐碎的,意义不大的,省略掉,不要写。要存那个大的,写有重大意义的。这就是艺术提炼。艺术真实就是生活真实的提炼,生活真实的概括。人做的事情,把那个最有代表性的、有重大意义的挑出来,琐碎的、没有意义的不写。把分量重的写出来,那个轻的自然也就表达出来了。这都是很要紧的理论。当然,这首先要观察,有感性生活。根本没有生活,想当然,这样的作品是不利的。生活里千变万化,有血有肉的东西,都是想不出来的。必须要通过现实生活本身最丰富最有意义的材料来写人物。鲁迅写小说《离婚》,许多人物都没写样子。主要人物爱姑是什么样子,谁也都不晓得。他不写,一句也不写,不像我们一些小说,老是写一个年轻姑娘有两条辫子。没有大的意义,没有重的分量你写它干什么? 当然,由于情节发展的需要,在街上人家拽了一下她的辫子,这就产生出情节来了,这你就可以写辫子。鲁迅写爱姑,写了她一双中大脚,此外什么也没有嘛,样子也没有写,衣服也没有写。写爱姑的爸爸庄木三,也没有写他什么样子,也没有写他高个矮个,或者穿的衣服,就写了个长烟袋。这两条就是略小而存大,举重以明轻。中大脚是个什么脚啊? 不是小脚也不是大脚。那时完全小脚的时代在南边已经过去了。爱姑是南边人,绍兴一代人,她不缠那个小脚。可也不是大脚,缠了缠,包了包。妇女的解放运动,有这么一个时期就叫作小大脚时代,那时的妇女杂志都有这种文章题目,叫小大脚时代,她开始要放,又没有放透。就这么一个,这是标志爱姑的思想。男的要离婚,爱姑不离,她要闹,闹就不是小脚了,她肯闹了。过去多少妇女就离了婚被休了以后就不闹嘛!可是也没有彻底解决,闹也闹不成,叫其他人一吓,她就偏了,承认错误了。所以是个小大脚时代的,他写那个中大脚就标志着她那个思想。庄木三那个大烟袋,就说明他的社会地位。假使爱姑的脚表示她的时代的话,她爸爸的烟袋就表示他的社会身份。很多人说庄木三是不是农民啊,这个问题用不着讨论。鲁迅讲了,他拿了个长烟袋,这就不是个农民,农民是个小毛竹烟袋。自己拿打火石打个纸捻以后自己抽嘛。他这个烟袋这么长,是别人替他点的。别人给他点,他的社会地位就很高嘛。因此,他一上船,全船的人都是农民吧,都起来给他打拱,有的还"木公公""木叔叔"尊敬得要命。这也说明他的社会地位,起码是个富农吧。连地主都要过问他的事情。这就是略小而存大,举重以明轻。鲁迅的经验我们也应该继承。我们的短篇小说越写越长,我们所讲的短篇小说是三千字,莫泊桑的短篇小说三千字,契诃夫的小说两千字,还有一千字的,现在我们一写起码一万字,两万字还是个短篇小说,叫我说,许多人物可以取消。矛盾的发展没掌握,没有认识清楚,矛盾已解决又跑回来。春天过完了又是冬天,没完。就是这么闹。前人的经验没有很好地吸取和丰富。

艺术真实是从生活真实来的。生活真实加以提炼,就是艺术真实。李贽评《西厢记》《琵琶记》,他就讲,化工和画工。他说《西厢记》和《牡丹亭》是化工之笔。化是造化,自然状态,本来的那个真实。他说《琵琶记》是画工。画工之笔也有好的,是人家画出来的,是人工的,不失自然的。他要作品写出生活的本来样子,加以提炼、概括之后,要回到生活的本来样子,把它表达出来。这就是所谓化工之笔。《西厢记》《牡丹亭》他认为都是写的人的本能的要求,人本来就要求爱情,《西厢记》《牡丹亭》写男女爱情宣扬这个东西,所以认为是化工之笔,自然状态。《琵琶记》讲忠孝,全忠全孝,很多说教,他认为写得也很真实;也很感动人,但是画工之笔,是人工造的。这是李卓吾的见解。他赞美化工之笔,赞美真实的,就是艺术真实。我们再引两句,就是有一个人评《聊斋志异》讲了两句话,引苏东坡的几句诗,他讲是苏东坡题了一个画,画的是鸿雁,他说:"鸿雁见人时,未起意先改。君从何处看,得此无人态?"苏东坡这个绝句,极赞其画得真实。我们的电影,包括纪录片,常常就不是"无人态",装模作样,是准备给人家看的。这个艺术就差了。照相馆有的照艺术人像的师傅很有本领,他就能把你安排得拿出"无人态"来,很自然。艺术是要加工的,要人工做出来,而能达到"无人态"。我们中国讲究形、神,形似、神似,提倡要神似。我们写小说,光形似不行,还要神似。鲁迅讲,你画一个人的头发,画多少,画得怎么细致也没有多少意义,不能表达人的内心世界,写内心世界要画眼睛,眼睛可以传神。我们又要形似,又要神似,神形兼备。我们中国有些时候,作诗也好画画也好,常常可以丢开形似,得意忘形。得其意,意都是精神;忘其形,把形忘掉。可以传神的地方不在形。所以李卓吾讲,追风逐电之足,决不在牝牡骊黄之间。千里马可以是公的也可以是母的,可以是黑的也可以是黄的。不在形方面,要看出它那个神来。古代关于这个有无数的例子。唐代有个画家专门画马的,叫韩干。杜甫的诗里就有很多引韩干的马。韩干画马画在绢上。以后那绢发霉了,破掉了,马腿没有了,可是上面马头还在,马背脊还在,还可以看出是个跑的马。因为马头、马背脊还是个奔跑的千里马的神态。所以他那个千里马的神态是表达出来了,虽然形已丢掉了。这一条很重要的。我们中国写小说也是这样,要写出人的精神状态,写出入的内心精神来,写出性格来,苏东坡讲,"论画以形似,见与儿童邻"。见解就像小孩子一样,就不高。比如《红楼梦》中写林黛玉葬花,随口就念出葬花词来了,你说生活中有这种事情吗?她在家没有打底稿啊?形似上就差劲了。而且这首诗写出来并不是林黛玉嘴头上谈出来的,她在那里葬花,边念边哭,贾宝玉隔了好几个石山,隔了一段路听她哭哭啼啼地念,声音很低,她念出来他就把它写下来了。这就更不可解了。但作者并不追求这个,他要写神似,写林黛玉的精神世界,写她怜花,写这个状态之下贾宝玉不理她,她格外感到身世孤微,就怜花,所以黛玉葬花抓住她那个精神,内心那个要点,把它构成一个画面。所以《红楼梦》的插图比外国那些小说好画,一个个都能构成画面。他要写神似,把形似舍掉了。你看有许多地方对里头的数目字一些形的方面他都不讲。现在有些人考证,戴不凡也是这么讲,说贾宝玉生日不对头,一会儿这么大岁数,一会儿那么大岁数。都在那里考证。周汝昌同志完全把贾宝玉那个年月,做曹雪芹的年谱,把曹雪芹同贾宝玉等同起来,这不对头的。有一位同志写了老厚的一本书,叫《水浒研究》,上海出的。把《水浒》研究了一阵以后,考证出地理全不对。郓城县跑到江州,就是现在的九江。他怎么绕过梁山,梁山在哪里?一考证,没有一个地方是对的。《水浒》全没道理。我并不是提倡得意忘形,我主张还是要形,只是在形之上还要写出神来。你只写了形,写得很真实,那个艺术并不高,要写神。二者不能兼得的话,我们中国传统是要得意忘形。《红楼梦》就是这么写的。王维不是画雪中芭蕉吗?下雪天是没有芭蕉的,实际生活里没有雪中芭蕉。他要写雪中芭蕉,写那芭蕉的生命力之强,他要把它的神写出来。我们写百花齐放,把菊花、梅花、荷花都放在一起,也根本不形似,有梅花的时候哪里有荷花呢?把它们放在一块行吗?一写百花齐放,写这个精神,得意忘形,大家很喜欢。

(6)"显晦"、语言提炼

我们讲第五点。刘知幾很讲究"显晦"。在表达方面,要具体地描写,他反对显,显就是直接说出来。晦就是不直接说出来,拿具体事实来表现。刘知幾举了很多例子。我们的诗歌讲言外之意,神寓象表。司空图的《诗品》讲诗要超于象外。说出来的话,言外还有意思,这样内容就丰富,反映现实就更深一些,不是你讲出来的这么浅薄。《三国演义》毛宗岗的批,讲变化,他引杜甫的诗,"天上浮云如白衣,斯须变幻若苍狗"。人生在世,无论什么事物都在变化。所以主张变化,反对公式化。我们自古以来就有这个传统。《三国演义》写多少文臣武将,没有一个相同的。写那些军阀坏人也写了无数,也没有一个相同的。《水浒》像鲁智深、李逵、武松一个人一个样子。《红楼梦》写丫鬟,也各不相同。

中国自古以来很讲究文学表达,语言提炼。刘知幾举了一个例子,写一个老太太,"年老口中无齿"。他批评得很厉害。老就是年老,要"年"字干什么?"无齿"就够了,还要"口中"干什么?难道耳朵里还有个"齿"?写了六个字,三个废字。一半废字算什么史学家?这个我们太不讲究了。你不管做什么老师,中学老师,语文表达是首要一关。因为你这么写,人家要花时间看的。什么叫生命?生命就是时间啊!鲁迅先生讲,你消磨人家时间就是不声不响地不流血地杀人啊。这个语文关呀,一定要过好。现在有一种坏现象,搞文学的不管汉语,搞汉语的不管文学。他不知道汉语要管文学语言,你不懂文学,汉语也讲不好。搞文学的不管语言,你的文学拿什么来表达呢?

我讲的这些东西都是一些很粗浅的意见。可能有许多错误,占了你们许多宝贵时间。我很感谢。

1980年2月至7月,由于各大学开始普设"中国文学批评史"

课程，研究古代文论，逐渐受到重视。为培养师资，教育部委托华东师范大学和武汉大学两校中文系在上海合办为期半年的师训班，由徐中玉、王文生两教授主其事。以聘请专家讲学为主，组织学员共同讨论为辅。承郭绍虞、朱东润、施蛰存、程千帆、钱仲联、吴组缃、马茂元、吴调公、舒芜、程应镠、吴奔星、叶玉华诸先生都允来讲课，受到学员们极大欢迎，一时称盛。开始本应每讲仔细录音，却疏忽未行，后才一一录下，得以整理油印出来，但又多未及遍请讲者审看。学员近五十人，来自近四十所各地主要大学的中、青年讲师及副教授，油印件随出随发。时距二十二年，保存完整者已极少。近才搜求到一部分，或后已公开由讲者审看后发表，部分则未经审看。著名小说家、小说研究专家吴组缃先生此文即属此类。原讲共两次，合为此稿。吴先生已逝世有年，此稿不知已否成文发表？此稿全据当时所讲口头录音，通达平易，深有特色。特为刊出，既有它本身的价值、特色，也谨表我们对老友名师大力支持的感谢与怀念，未经他本人审定，不妥处当是整理者之责任。敬希读者的鉴谅。文中小题目为编者所加。（徐中玉附记）

（原载《文艺理论研究》2002年第1期）